21世纪学前教育专业规划教材

幼儿文学

Literature for Young Children

瞿亚红 主　编
黄轶斓 副主编

图书在版编目(CIP)数据

幼儿文学/瞿亚红主编. —北京：北京大学出版社，2013.10
（21世纪学前教育专业规划教材）
ISBN 978-7-301-23216-3

Ⅰ. 幼… Ⅱ. ①瞿… Ⅲ. ①儿童文学理论—高等学校—教材 Ⅳ. ①I058

中国版本图书馆CIP数据核字（2013）第219572号

书　　　名：	幼儿文学
著作责任者：	瞿亚红　主编
责任编辑：	赵学敏
标准书号：	ISBN 978-7-301-23216-3/G · 3705
出版发行：	北京大学出版社
地　　　址：	北京市海淀区成府路205号　100871
电　　　话：	邮购部 62752015　发行部 62750672　编辑部 62754934　出版部 62754962
网　　　址：	http://www.pup.cn　新浪官方微博：@北京大学出版社
电子信箱：	zyjy@pup.cn
印　　刷　者：	北京鑫海金澳胶印有限公司
经　　销　者：	新华书店
	787毫米×1092毫米　16开本　22.25印张　360千字
	2013年10月第1版　2022年6月第11次印刷
定　　　价：	58.00元

未经许可，不得以任何方式复制或抄袭本书之部分或全部内容。
版权所有，侵权必究
举报电话：010-62752024　电子信箱：fd@pup.pku.edu.cn

序

彭斯远*

中国的"文化"一词向来有"人文教化"的意思,而"教化"则是这个词语的核心要义。幼儿文化顾名思义是与幼儿相关的"教化"内容。单以课堂传授幼儿文化而论,它就必然涉及,而且始终涉及一个重要课题:教师对其施教对象——幼童必须无限尊重。美国当代教育哲学家乔治·奈勒在其《教育哲学导论》中说过,教育的哲学不仅"解放了教师的想象力,同时指导着她的理智……那些不用哲学去思考的教育工作者必然是肤浅的"。既然教育哲学如此重要,由此使我们进一步想到,教师不仅要把幼儿看作"小小的哲学家",而且,还应始终不渝地尊重幼儿的独特个性,并千方百计保护幼儿,使其在脆弱和不成熟中得到愉快的生存与迅猛发展。

重庆师范大学教育科学学院学前教育专业的教学科研团队,在瞿亚红老师的带领下,正是这样将幼儿文学、幼儿教师语言、幼儿园文学启蒙等课程纳入幼儿文化、幼儿教育和幼儿哲学的纵深与广阔背景下,从事幼儿文学的教育与科学研究,从而取得了突飞猛进的成果。

该团队在课程研究中,注重课程群之间的关联性研究。"幼儿教师语言"是一门口语课程,但该课程与"幼儿文学"密不可分,即"幼儿文学"要依托幼儿教师的语言来传递给幼儿,而且是精彩的、生动的、形象的艺术语言。如果想达到恰如其分地传递文学作品的目的,"幼儿文学"课程会让幼儿教师对幼儿文学作品有更深刻的感受和体味。

重庆师范大学教育科学学院学前教育专业的幼儿文学课程,2009年以优秀的成绩完成了校级精品课程的建设。继此之后,这个团队不断努力,于2013年4月录制的"幼儿文学与幼儿成长"成为国家级精品视频公开课。这在幼儿文学教学领域内,全国尚属首次。目前该课程已公诸于"爱课程"网站。这也是重庆师大瞿亚红老师教学科研团队,多年来辛勤耕耘的一次华丽亮相。同时在"幼儿教师语言"这门课程上,参与该教材编写的教师均有多年的教师口语教学研究经历,且都具有国家级和省级普通话水平测试资格。鉴于此,

---

* 作者为重庆师范大学教授、中国作家协会会员、重庆作协主席团委员。

大家才合力出版教材,也算是对自己多年从事该课程的一个总结和提升吧。

在此基础上,瞿亚红老师教学科研团队得到北京大学出版社的热情鼓励与支持,决定编写《幼儿文学》《幼儿教师语言》等图书。如今,《幼儿文学》和《幼儿教师语言》两本书即将付梓出版,应该说,这是一件可喜可贺的事情,因为万事开头难。如今既然有了以《幼儿文学》和《幼儿教师语言》的较好开头,接着要做的事,就会沿着既定的轨迹和已经摸索出的经验,源源不断地做下去。

《幼儿文学》《幼儿教师语言》即将问世了,在分享作者艰辛笔耕终获硕果的欣喜之余,草草奉上这篇拙稿为序,望得到读者和儿童文化研究家们的教正。谢谢。

2013 年 6 月 14 日

目 录

第一章　幼儿文学理论篇 ··· 1
第一节　概说 ··· 2
  一、如何理解幼儿文学 ·· 3
  二、幼儿与幼儿文学的拥抱 ·· 6
  三、成人与幼儿文学之间的距离 ··································· 10
  四、幼儿文学的文体分类 ··· 14
第二节　幼儿文学的特征 ·· 19
  一、推开探索世界的窗户 ··· 19
  二、幼儿文学独特的乐趣 ··· 21

第二章　幼儿文学发展篇 ··· 29
第一节　西方幼儿文学发展史 ······································ 30
  一、孕育期（古希腊、罗马时期） ································ 30
  二、萌芽期（14—17 世纪） ······································· 32
  三、发展期（18 世纪） ··· 33
  四、成熟期（19 世纪） ··· 34
  五、多元期（20 世纪） ··· 36
第二节　拉美和日本幼儿文学发展史 ····························· 47
  一、拉美幼儿文学发展史 ··· 47
  二、日本幼儿文学的发展 ··· 49
第三节　中国幼儿文学发展史 ······································ 57
  一、发轫草创期 ··· 57
  二、初步兴盛期 ··· 58

三、高度繁荣期 ··· 60
　　四、美学回归期 ··· 61

第三章　幼儿文学文体篇 ·· 67
第一节　幼儿诗歌 ·· 68
　　一、儿歌 ·· 68
　　二、幼儿诗 ··· 97
第二节　幼儿故事 ·· 141
　　一、幼儿神话传说故事 ·· 141
　　二、幼儿童话故事 ··· 150
　　三、幼儿生活故事 ··· 172
第三节　幼儿散文 ·· 191
　　一、幼儿散文概说 ··· 191
　　二、幼儿散文的特征 ··· 192
　　三、幼儿散文的分类 ··· 196
　　四、幼儿散文鉴赏与经典作品推介 ··································· 200
第四节　幼儿图画书 ·· 213
　　一、幼儿图画书概说 ··· 213
　　二、幼儿图画书的特征 ·· 218
　　三、幼儿图画书的分类 ·· 222
　　四、幼儿图画书经典作品推介 ·· 222
第五节　幼儿戏剧 ·· 235
　　一、幼儿戏剧概说 ··· 235
　　二、幼儿戏剧的特征 ··· 236
　　三、幼儿戏剧的分类 ··· 237
　　四、幼儿戏剧经典作品推介 ··· 238
第六节　幼儿动画 ·· 253
　　一、幼儿动画概说 ··· 253
　　二、动画片与幼儿 ··· 256
　　三、幼儿动画经典作品推介 ··· 257

第四章 幼儿文学实践篇 ··· 263

第一节 幼儿文学各种文体的创编 ··· 264
- 一、幼儿诗歌的创作 ··· 264
- 二、幼儿童话的改编 ··· 270
- 三、幼儿生活故事的创作 ··· 272
- 四、幼儿散文的创作 ··· 276
- 五、幼儿图画书的创作 ··· 278
- 六、幼儿戏剧剧本的改编 ··· 286

第二节 优秀幼儿文学作品的选择方法 ··· 293
- 一、主题：充满儿童精神 ··· 293
- 二、内容：符合幼儿发展需要 ··· 294
- 三、表达：浅与深的结合 ··· 294
- 四、选择优秀幼儿文学作品的其他建议 ··· 295

第三节 幼儿文学作品的家庭阅读方法 ··· 301
- 一、家庭阅读的要求 ··· 301
- 二、具体的阅读方法 ··· 303

第四节 幼儿文学作品的具体实践方法 ··· 311
- 一、儿歌表演 ··· 311
- 二、幼儿诗朗读 ··· 312
- 三、故事讲述 ··· 313
- 四、幼儿图画书讲述 ··· 314
- 五、幼儿戏剧活动组织 ··· 317

第五节 幼儿园文学活动设计与案例 ··· 323
- 一、幼儿园文学活动设计概述 ··· 323
- 二、幼儿园文学活动案例 ··· 324

参考文献 ··· 341
后记 ··· 343

第一章

幼儿文学理论篇

第一节　概　说

本节导读

本节从树立正确的幼儿观入手，解读幼儿文学中"幼儿"和"文学"的内涵。同时，分别从幼儿与成人的角度，分析两者对幼儿文学的不同感受，寻找影响幼儿文学发展的关键因素，以此来促进幼儿文学更好地为幼儿成长服务。本节还简要介绍了幼儿文学不同的分类方式，以及本教材分类的特点，起到帮助大家了解本教材体例的作用。

小组探讨

> 阅读本节后，你认为编写者所持的"幼儿观"是什么？你认为"幼儿观"与"幼儿文学"之间有什么关系？

记得黄云生先生在其1997年出版的《人之初文学解析》中，感叹幼儿文学的理论研究被冷落。他说："幼儿文学理论是最能反映儿童文学特殊性的理论，也是整个儿童文学理论最核心、最本质的部分……在整个现当代儿童文学理论中，婴幼儿文学理论几近空白！直到50、60年代才有三五篇论文发出微弱的呼声，而又很快被浓浓的'误解和冷落'所淹没。这一令人困惑的理论现象，延至80年代才开始引起儿童文学界的警觉……""然而，十多年过去了，婴幼儿文学理论空缺和贫乏的现象并未真正改变。"（黄云生《人之初文学解析》）

1997年至今，又一个15年过去了，今天的幼儿文学理论研究状况不能说没有丝毫进步，特别是各类学前教育专业中的幼儿文学课程的教师们，一直在踏踏实实地潜心研究幼儿文学理论，并且努力将幼儿文学理论研究与幼儿文学教学结合起来。研究幼儿文学理论、建立幼儿文学自己的理论体系的目的，都是为了更好地促进幼儿文学的发展；幼儿文学发展的目的则是为了更好地促进幼儿健康而全面的成长。然而，发展幼儿文学不仅仅要对幼儿文学理论展开研究，更重要的是如何将幼儿文学理论与幼儿文学实践联系在一起，即在幼儿文学传递中，作为幼儿文学的主要传递者们——未来的幼儿教师和家长们，如何运用幼儿文学基本理论看待、解决幼儿文学实践活动中出现的问题。

本教材的幼儿文学理论建立在前辈们的研究和对自身教学实践过程梳理的基础之上，希望能从幼儿文学传递者的角度搭建起幼儿文学最基础的理论框架，以便幼儿文学在传递过程中不出现更多的偏差，更大限度地发挥幼儿文学对幼儿成长所起到的效用。树立以"幼儿为本"的幼儿观尤为关键，因为观念会影响看待、理解幼儿文学的角度，更决定了幼儿教师和家长们在幼儿文学活动过程中所采取的言行。

一、如何理解幼儿文学

"儿童观是成人在人生哲学层次上对儿童这一生命存在所作的认识和观照。"（朱自强《经典这样告诉我们》）"儿童生命存在与儿童文学本质之间存在着恒定的独一无二的本体逻辑关系。正如不能先于研究人去研究文学一样，我们也不能先于研究儿童而去研究儿童文学。探求儿童文学的本质，无可避免地要去探求儿童生命的本质，并在这一探求过程中，建立其自身的儿童观，由此儿童观的指引，寻找到通向儿童文学本质的大路。建立科学、合理的儿童观是儿童文学本质研究的重中之重。"（朱自强《经典这样告诉我们》）对于幼儿文学更是如此。成人对于幼儿生命的理解和认识就是"幼儿观"，幼儿文学的本质也是以幼儿观为根基的。

（一）树立以"幼儿为本"的幼儿观

在我们日常生活中，成年人面对幼儿的态度，通常有三种视角：一是俯视，二是仰视，三是平视。所谓俯视，就是中国传统观念中的"唯女子和小人难养"，其中的"小人"就是幼儿，在这样的成年人眼里幼儿是什么都不懂的。此观点虽与英国的哲学家、教育家约翰·洛克的白板说并不完全一样，但也有些相似。持这种观念的成年人在面对幼儿的时候，表现出很强的控制欲。在幼儿文学活动现场，一旦幼儿有对于作品不一样的理解、想法时，我们经常会看到，持这样观念的教师会想尽一切办法把幼儿往自己预设好的思路上拉。结果是教师筋疲力尽，幼儿兴趣皆无。

所谓仰视，就是在生活中幼儿需要被供着、被哄着，即幼儿无论怎么说、怎么做都是对的。持这种观念的成年人其实面对幼儿是苍白而无力的。持这种观念的幼儿教师在幼儿文学活动的现场面对幼儿不同的理解和看法时，会表现出不知所措或是只知道一味地表扬幼儿"说得好！说得好"，而完全不顾幼儿的理解和想象是否远离文学作品而不着边际。

所谓平视，即是成年人与幼儿对话时的姿态，当成年人蹲下来与幼儿同样高时才能看得明白幼儿的视野。这需要成年人有一种平等的心态。这才符合朱自强先生提出的儿童与成人是人生不同的两极。黄云生先生也曾提出："学前儿童主要还处于自然生存的状态，'自然人'是他们的主导方面；而学龄儿童则由于正规的学校教育的规范，开始逐步进入社会生存的状态，逐渐显现出'社会人'的特征。"（黄云生《人之初文学解析》）准确地说，幼儿与成人是区别最明显的人生两极，"孩子的世界与心灵是无限广大的，他们不是附庸，而是主体，他们身体上的羸弱，受呵护，不代表他们精神上的无意识，依附性与非独立性"。（王一方，王珺《童年精神的重新发现》）这就是以"幼儿为本"的幼儿观。持有这样观念的幼儿教师在幼儿文学活动的现场，会表现出与幼儿游戏般的自如状态，幼儿也会自然而然地融入其中，充分感受幼儿文学作品带给他们的快乐和感动。

带着"幼儿为本"的幼儿观去理解幼儿文学，幼儿文学的本质就是以"幼儿为本"的文学。

（二）幼儿文学是"幼儿"的

幼儿文学由"幼儿"和"文学"组成，"文学"是主题词，"幼儿"是修饰、限定"文学"的。"幼儿"是限定词，在这里应理解成"幼儿为本"，这是成人的看待幼儿文学的角度和观念问题，因此必须先行陈述。

以"幼儿为本"的文学，首先意味着幼儿文学是独立的文学样式，只有成人以平视的心态看待幼儿，才可能承认幼儿文学是与成人文学平等的、有独立存在价值的文学样式。这样的幼儿文学观是对于幼儿成长的尊重，是认可童年"对人生的整个周期而言，它是永远不能摘下的一环，是一个价值永存的领域"，即是对童年在人生中价值的肯定。

以"幼儿为本"的文学，还意味着幼儿文学是独特的文学样式。幼儿文学要充分尊重幼儿身心成长真正的需要。这里的"身心成长真正的需要"不是成人以自己为标准认为的需要，而是符合幼儿成长特点，又能激发幼儿健康、快乐成长的需要。它的独特性将在后面的幼儿文学的特征中再详细论述。

（三）幼儿文学是"文学"

幼儿文学是独立并独特存在的文学样式，因此幼儿文学必须具有文学性，即具有文学的本质或特质。"文学中有二原质焉：曰景，曰情。前者以描写自然及人生之事实为主，后者则吾人对此种事实之精神的态度也。故前者客观的，后者主观的也；前者知识的，后者感情的也。……苟无敏锐之知识与深邃之感情者，不足与于文学之事。此其所以但为天才游戏之事业，而不能以他道劝者也。"（王国维《人间词话》）老舍认为："感情与美是文艺的一对翅膀，想象是使他们飞起来的那点能力；文学是必须能飞起来的东西。使人欣悦是文学的目的，把人带起来与它一同飞翔才能使人欣喜。感情，美，想象，（结构、处置、表现）是文学的三个特质。"（老舍《文学概论讲义》）以上的论述都论及这样一个共同点，即文学的文学性在于通过与世界的艺术性接触，使用某种创造性语言表达人对世界的最深切感受。幼儿文学也是如此，由于幼儿思维特点——形象思维，幼儿文学就是通过生动的形象，给予幼儿以情感的冲击，表达幼儿对于世界的最深切的感受。

然而，现今幼儿教育领域缺少既拥有一定幼儿教育理论、实践研究基础，又拥有幼儿文学理论基础的教育者，加之幼儿语言教育领域存在"为语言而语言"的功利主义的教育理念，同时，由于我国在很长的一段时期，将幼儿文学的核心本质确定为"教育性"，因此，幼儿文学在幼儿教育中还主要被作为对幼儿进行道德教育的工具。一些幼儿教育者仅仅从幼儿语言教育和道德教育的角度看待幼儿文学，忽略幼儿文学的文学性，导致他们不仅在选择幼儿文学作品时的标准发生偏差，即使优秀的作品进入他们的视野内，生动的形象、优美的情境，都可能被肢解成无滋无味的词汇、句式以及抽象的说教。即使是希望孩子们能够有感情地朗读出作品，孩子们脸上的表情也变成了肌肉的机械运动而已。"文学有它内在的完整意境，有它浑然不可分割而又无所不在、渗透内外的特定神韵，文学文本的意义是文本形式建构的产物，文本意义和文本形式是不可剥离的。"（老舍《文学概论讲义》）

幼儿文学与幼儿教育的确密不可分，但幼儿文学其本质特征是文学性，而教育作用只是幼儿文学的一种功能而已。幼儿文学并不是为教育幼儿而产生的，而且幼儿文学的"教育"是一种广义的教育，它是利用"文学的力量"对幼儿进行潜移默化的感染、感动，幼儿在自然而然、愉悦的心境中发生变化。幼儿文学的文学性与教育的关系是："儿童文学创作必须包含着'文学性'。儿童文学创作可能洋溢着'教育性'。"(林良《浅语的艺术》)虽然这是从儿童文学创作角度出发,但对于我们感受、理解幼儿文学的"文学特质"不无启发。

现在对于幼儿文学的理解虽各有侧重,但主要都是从幼儿的年龄、幼儿文学的目的以及幼儿文学自身的内涵三个方面来确定幼儿文学的定义。北京师范大学张美妮教授对幼儿文学的定义就是:"幼儿文学是以0—6岁的儿童为读者对象,为促进他们健康成长而创作或改编的、能为他们接受和欣赏的启蒙的文学。"(张美妮,巢扬《幼儿文学概论》)南京师范大学郑荔教授也综合三方面给出了定义,即"幼儿文学是适应0—6、7岁儿童年龄特征、具有独特艺术个性和审美价值、能够适宜幼儿以多种方式'阅读'激发幼儿兴趣的文学作品"。(郑荔《儿童文学》)综上所述,本教材的幼儿文学定义采纳郑荔教授的定义。

二、幼儿与幼儿文学的拥抱

(一)幼儿的文学感受能力——敏锐而细腻

幼儿天生喜欢听故事,可见幼儿与幼儿文学的关系不一般。而幼儿时期是人生中最富于想象力、感受力的时期,幼儿具有敏锐而细腻的感受能力,而"童年期是培养和发展儿童感性能力的最佳时期,它有如农事的节气,是不能错过的"。(朱自强《经典这样告诉我们》)朱光潜先生把幼儿泛灵的观念看作是"宇宙的人情化",他认为:"人情化可以说是儿童所持有的体物的方法。人越老就越不能起移情作用,我和物的距离就日见其大,实在和想象的隔阂就日见其深,于是这个世界也就越没有趣味了。"(朱光潜《文艺心理学》)这意味着幼儿对于文学作品的感受能力并不逊色于成年人。在一所幼儿园中班的4岁小朋友们开展的幼儿文学欣赏活动中,教师有感情地朗读了儿童文学作家徐鲁的幼儿诗《一片红树叶》:

秋天的风,
吹过了山谷和田野。
光秃秃的老橡树上,
还站着一片
小小的红树叶。

老橡树说——
再见吧,孩子,
等到明年春天,
我再听你唱歌。

小小的红树叶,
低声告诉老橡树说——
让我再等等吧,
等到雪花飘落。
冬天还在路上呢,
他还没有越过小河。
如果我们都走光了,
你有多么寂寞!

朗读完了,全班小朋友鸦雀无声,老师不敢打扰孩子们,停留了几十秒钟,才轻轻地问:"你们在想什么?"一个孩子说:"老师,我想哭。"另一个孩子接着说:"老师,我想起你教我们的一首歌——《秋天的落叶》。"老师随即说:"那我们来唱一遍《秋天的落叶》吧!"孩子们敏锐的感受力和深情的演唱让人震惊!活动结束后,老师感慨地说:"今天孩子们唱得太感人了。我完全没有预料到孩子们能把两个作品联系在一起,而且对于诗歌的欣赏让他们加深了对歌曲的感受和理解。"

也许还有人会问:"孩子真的懂吗?"俄国文学批评家尼·瓦·舍尔古诺夫曾提出:"一本读物就应去打动他们的感情,作用于他们的想象。它应当温暖他们的心灵,给他们打开那美好而又人道的感觉世界,激发他们心中温柔的、微妙的感受能力。"(周忠和《俄苏作家论儿童文学》)别林斯基也说过:儿童文学的"正面的、直接的影响都应当集中儿童的感性,而不应当集中于他的理性"。

"我觉得对幼儿来说,理解与感受并不完全是一回事,深刻的东西也会打动他们幼小的心灵,虽然他们并没有真正理解是什么打动了他们的心。当我们过分拘泥于所谓幼儿认识理解能力的局限时,我们却忘记了审美感受能力往往超越了逻辑和经验。当我们自以为幼儿不可能理解《去年的树》那种生死不渝的友情时,孩子们却已被那生死不渝的友情深深地打动了。"(朱庆坪《谈谈幼儿文学作品的艺术感染力》)

的确,文学不是科学,不能用科学的方式来理解文学。文学与知识的多少无关，文学是在感受、感动中体味和领悟。这也就是"文学的力量"！

（二）幼儿的文学感受方式——全身心投入

在《作为艺术中的要素与美学原则的"心理距离"》一文中，作者布洛提出"审美需要心理距离"。朱自强先生曾说："如果以审美的心理距离的观点看待儿童与成人审美，便可以清楚地发现，常常将现实与幻想相混同的儿童与审美对象处于近距离，而成人则相对于审美对象处于远距离。"（朱自强《儿童文学概论》）所谓近距离审美，是由于幼儿审美心理中的自我中心思维、任意结合逻辑和泛灵的观念，导致幼儿在审美的活动中极易沉浸到作品的情境中去，对于幼儿文学作品的感受是全身心的，彻底的投入。于是会出现这样的情景：在中川李枝子的《不不园》中，孩子们将板凳搭好就会立刻认为自己已经上了捕鲸船，顿时眼前就会出现茫茫大海，甚至在一旁的小班的孩子们并没有觉得荒诞，并且也加入了欢送和欢迎的行列。朱光潜先生曾经在观察幼儿的游戏时说："像艺术一样，游戏是一种'想当然耳'的勾当。儿童在拿竹帚当马骑时，心理完全为骑马这个有趣的意象占住，丝毫不注意所骑的是竹帚而不是马。他聚精会神到极点，虽是在游戏而不自觉是在游戏。本来是幻想的世界，却被他看成实在的世界了。他在幻想世界中仍然持着郑重其事的态度。"（朱光潜《文艺心理学》）成人应充分利用幼儿近距离的审美特点，让幼儿与幼儿文学充分互动。

（三）幼儿的文学审美特点——纯粹的感性

"儿童时期就是理性的睡眠"。（卢梭《爱弥儿》）成人面对艺术作品，无论是创作还是欣赏，虽然是感性与理性思维共同完成的，但主要是依靠感性思维的方式，因为艺术在本质上是感性的。"在儿童时期，感性和理性是处于根本对立的状态，两者互不相容的，是一方排除另一方的；优先发展儿童的感性能使他们了解生活的丰富、和谐及诗意；优先发展儿童的理性会使他们心灵中绚丽的感情花朵凋谢枯萎，使他们身上说教的杂草蔓延生长。"（周忠和《俄苏作家论儿童文学》）纯粹的感性是幼儿期审美的特点。有人说幼儿经验少、识字少，因而审美能力受限，然而审美中起决定作用的是情感和想象力。幼儿正是凭着纯粹的感性思维方式，以及不受束缚的想象力，总是能够直抵幼儿文学作品中最打动人的情感之处，这也往往是优秀的幼儿文学作品的主题所在。也正是凭着这种能力，对于劣质的幼儿文学作品，幼儿的表现会非常直截了当——不好听！不好玩！反之他们会对着成年人叫嚷："再讲一遍，再讲一遍嘛！后来呢？后来呢？"

其实，成人与幼儿的审美方式各有特质，不存在孰高孰低。但是成人往往忘记尊重幼儿的审美方式，凡事自有其序，总是以为自己是高明的。别林斯基曾这样提出："一个爱发议论的小孩，一个明事理的小孩，一个爱说教的小孩，一个时时刻刻小心谨慎，从不淘气，待人接物温文尔雅，谨小慎微的小孩，而且所有这些行为都是经过仔细盘算的……你若把小孩培养成这副模样，那将是你的不幸！你扼杀了孩子身上的感性，助长了孩子的理性；你扼杀了孩子身上不自觉的爱的美好种子，却养成了他那干巴巴的说教本领……"（周忠和《俄苏作家论儿童文学》）

（四）幼儿的文学接受特点——听与动组合

幼儿文学是听觉的文学，由于幼儿不识字，所以幼儿是通过成人运用有声语言的传递来感受文学作品的。"幼儿文学的媒介材料不是文字，而是有确切含义的声音。"金波先生用通俗易懂的方式告诉我们，幼儿文学的听觉艺术特点是"便于听，听得懂，记得住"。所谓"便于听，就是指幼儿文学要有音乐美。它的音乐美表现在语词的选择上和句式的安排上"。"比如多用象声词，用音响的模拟造成一种听觉的真实感。多用短句、多用反复、排比的句式，听了给人造成一种重叠复沓、回环反复的旋律感。"所谓"听得懂，就是多用孩子们活的口头上的语言"。（金波《诉之于听觉的幼儿文学》）所谓"记得住"，就是讲究句式安排以及篇章结构。便于听才听得懂，听得懂才记得住，记得住才喜欢。

"艺术的雏形就是游戏，游戏之中就含有创造和欣赏的心理活动"，"所以要了解艺术的创造和欣赏，最好研究游戏"。（朱光潜《文艺心理学》）与成人文学接受相比，幼儿文学接受的游戏性特征更为显著。"成人的文学接受往往是一种幻想的游戏，它主要是发生在大脑之中的一种精神性的游戏，是一种静观的、内在的心理活动，没有明显的外观特征。而幼儿的文学接受通常伴随有相应的外部行为表现，幼儿在接受活动中的内心感受往往会通过幼儿的表情或动作表现出来，呈现出一种积极的活动状态。"（许央儿《论幼儿文学接受的游戏性特征》）

"一个听音乐和听故事的儿童，他是用自己的身体在听的。他也许入迷地、倾心地在听；他也许摇晃着身体，或进行着、保持节拍地在听；或者，这两种心态交替着出现。但不管是哪种情况,他对这种艺术对象的反应都是一种身体的反应,这种反应也许弥漫着身体感觉。"(加登纳《艺术与人的发展》)所以幼儿文学不仅要有故事性、音乐性,同时还得多一些动作性。

三、成人与幼儿文学之间的距离

(一)成人与幼儿文学的关系现状

在现实生活中,与幼儿文学发生密切关系的成人,第一类是幼儿文学作家,第二类是家长,第三类是幼教工作者。大多数的幼儿文学作家的创作能够关注幼儿接受特点,但是特别优秀的作品为数不多。虽然近年来的绘本很畅销,但大多数优秀的作品是国外翻译引进的,国内原创的作品为数不多。作为幼儿的家长,他们关注幼儿成长,但是很多家长对于幼儿文学作品的优劣无法辨识,对于幼儿文学于幼儿成长的作用的认识,很多人显得很功利化。幼教工作者对于幼儿文学的理解和认识,往往具有语言教育和道德教育的工具化倾向。至于一般的成人,对于幼儿文学的看法是:幼儿文学是幼稚的文学,与成人无关。改变这样的现状还需加倍努力。

(二)幼儿文学作家的创作精神

"幼儿文学是特别难写的文学",北京师范大学张美妮教授如是说。对于没有走进幼儿文学的人而言,会以为幼儿文学是简单的文学形式,甚至鄙视这"小儿科"的文学形式。儿童文学作家贺宜曾说:"尽管有不少人对年龄越小的读者的文学越是鄙视它,然而事实却是:正是这种幼小者的文学,是世界上最难的文学!"幼儿文学作家鲁兵也表示:"就那么几个词,就那么简单的语句,要把诗歌、童话、故事、剧本等等写得生动活泼,幼儿文学创作之难就在于此。"

幼儿文学作家在创作时应该有一种精神,如台湾儿童文学学者林良先生所说:"儿童文学作家为孩子写书的时候,应该尽心尽力,而且毫不自卑。"这种精神中的"尽心尽力",只有对幼儿充满爱的作家才可能做到。同时,这种"尽心尽力"也只有真正走进幼儿世界,并能够蹲下身来和幼儿平等对话,才可能创作出让"那种顽固的,认为'文学就是文学,哪里有什么儿童文学'的人读了以后,不得不点头说'文学毕竟是文学,这种儿童文学到底不坏呀'"。(林良《浅语的艺术》)

所谓"毫不自卑"的前提就是"尽心尽力",于是无论别人是否关注幼儿文学,作为幼儿文学作家有自己"工作的自尊":"你不能盼望全世界的作家不写别的,都只写儿童文学；全世界的人都只阅读儿童文学作品。你所做的是人类千万种工作中的一种，只要工作是神圣的，尽管大家忙得没工夫理你，你也不必觉得自尊心受了伤。我们几时关心过哲学？我们几时关心过太空医学？我们几时关心过文学批评史？诚恳的耕耘自己的园地，这才是最重要的。"（林良《浅语的艺术》）

（三）幼儿文学：成人可以阅读的文学作品

优秀的幼儿文学作品是0—99岁的人都可以阅读的文学。因为优秀的幼儿文学作品不仅"具有在成人看来也无懈可击的艺术价值"，而且在思想上还具有一定的思辨性。"所谓思辨性，不是脱离儿童的理解水平，它不过是启发孩子进一步思考的内容依据"，也是作者寓深于浅的丰富内涵。例如苏联作家安德烈·乌萨丘夫的幼儿故事《大海的尽头在哪里》：

一只蚂蚁爬到海岸边，望着一个接一个的海浪涌到岸上，不禁忧愁起来："海这么大，而我这么小，我一辈子也不能看见大海的尽头……我还活在世上干什么呢？"

蚂蚁在一棵棕榈树下坐下，哭了起来，他感到这般委屈。

这时，一只大象来到岸边，问道："蚂蚁，你哭什么？"

"大海的尽头看不见"，蚂蚁呜呜哽咽道，"大象，你个子大，或许能看得见吧？"

大象开始张望。他看啊，看啊，甚至踮起脚，但除了海水，仍然什么也看不见。大象在蚂蚁旁边坐下来，也哭了起来。

他们哭呀，哭呀……突然，蚂蚁说：

"听着，大象，你爬上棕榈树，我爬到你身上，我们再看看！"

蚂蚁爬到大象身上，大象则爬到棕榈树上。

他们看啊，看啊，除了海水，照样什么也没看见。于是，他们坐在棕榈树上又哭了。

这时一条金枪鱼游到岸边。

"喂"，他喊道，"在岸上好好待着，哭什么啊？"

"大海的尽头看不见"，蚂蚁和大象异口同声。

"怎么？"金枪鱼感到奇怪："这里难道不是大海的尽头吗？"

"对呀！"蚂蚁兴高采烈地叫着："呵呵，大象！我们见到海的尽头啦！"

"呵呵！"大象高兴地欢呼起来，并开始从树上下来。但他突然顺便考虑了一下，问："那么大海的开头又在哪里呢？"

一则短小的幼儿故事，通过蚂蚁、大象和金枪鱼把作品一步步推向高潮，并给了人们一个思考的空间。其实"优秀的幼儿文学作品也会常常以坚定而又巧妙的方式，捕捉并呈现出这样一种属于哲学的气质"。（方卫平《幼儿文学：可能的艺术空间——当代外国幼儿文学给我们的启示》）

林良先生曾在《浅语的艺术》一文中说他的努力，只是想纠正尝试儿童文学写作的人的错误想法，即那浅浅的文字，也有文学的价值。

（四）成人：幼儿文学的传递者

1. 幼儿文学的传递者必备的基本素养

幼儿文学发展至今，有一个被长期忽略的现象——就是一些幼儿文学的传递者缺乏必备的文学基本素养。甚至这一现象制约了幼儿文学的发展。因为我们知道，幼儿由于年龄因素，在文学接受上有其特殊性：即幼儿主要是通过听觉的途径来接受幼儿文学作品的。于是在幼儿文学作品和幼儿之间必须有一个传递媒介，而主要的传递媒介就是家长和老师，以及图画、音响等辅助媒介。幼儿教师和家长承担了传递者的重要角色，而幼儿教师在其中更承担着引领家长的职责。为此，幼儿教师作为幼儿文学传递者的传递能力尤为重要。一个幼儿文学传递者必须具备以下基本条件：

（1）具有正确的幼儿观和幼儿文学观；

（2）具备一定数量的优秀幼儿文学作品阅读经历；

（3）具备较好的适合幼儿听赏的语言表达和表现能力；

（4）熟知幼儿的文学接受特征，并能够利用其策划、开展多种样式的文学活动方式的能力。

在幼儿看来，一个优秀的幼儿文学传递者的地位绝不低于作家。"可以这样说，在幼儿眼里，一个故事或一首儿歌的作者是谁，那是无关紧要的，他们认准的是讲述故事或教唱儿歌的人，即传达人。"（黄云生《人之初文学解析》）

那么，传递者心里是否热爱幼儿，是否认识到幼儿文学真正的价值所在，这都将影响他所选择的幼儿文学作品的质量优劣，以及围绕该作品展开的一系列传递活动的质量问题。例如，在一次幼儿园大班小朋友的文学欣赏活动中，教师选择了我国儿童文学作家樊发稼先生的儿童诗《放学路上》：

学校里，响起下课的铃声；
天空中，传来隆隆的雷声。
——放学了，
——下雨了。
从校门口，飞出一只只彩色的蘑菇：
绿的蘑菇，黄的蘑菇，蓝的蘑菇，
紫的蘑菇，红的蘑菇……

天空中，传来隆隆的雷声；
学校里，响起下课的铃声。
——下雨了，
——放学了。
从校门口开出一簇簇绚丽的花朵：
蓝的花朵，黄的花朵，绿的花朵，
红的花朵，紫的花朵……

半路上，雨停了，
天边映出灿烂的彩虹。
——一下子，蘑菇蔫了，花朵谢了，
只听见小伙伴们欢乐的笑声、快活的笑声……

这次活动，作品的选择与幼儿的接受能力比较相符，但是在欣赏活动的目标的设定中存在一些问题，这些问题与教师本身所秉持的幼儿文学观有关系。例如目标一——"欣赏美文，理解散文中'蘑菇'和'花朵'指的是什么"。由此目标不难看出教师依然将知识的学习作为文学欣赏活动的重中之重。其实幼儿欣赏完作品，自然就知道"蘑菇"和"花朵"是什么了，这并不是文学作品欣赏的关键。况且如此真实地了解雨伞就是"蘑菇"和"花朵"，势必也破坏了诗歌的意境美。

同时，在这样的目标指引下，教师在欣赏活动中就出现这样的语言总结："原来诗歌里说到的'蘑菇'和'花朵'指的是小朋友们五颜六色的伞。"这时候，"彩色的蘑菇"、"绚烂的花朵"、"蘑菇蔫了，花多谢了"带给孩子们的美好、快乐意境可能会荡然无存，孩子们心里想到的不过是——雨伞收了罢了！

2. 幼儿文学的传递者：理论与实践并重

长期以来，我国儿童文学研究受到成人文学研究方式的影响，采取的是从理论到理论的研究模式。这种影响也殃及幼儿文学，同时我国高校专门研究幼儿文学人数极少，更多是学前教育专业的幼儿文学教师，而在学前教育专业中幼儿文学课程也并没有被当作一门理论与实践结合的课程，依然延续从理论到理论的研究模式，导致学前教育专业的幼儿文学课程教学严重脱离幼儿教育实践。因此，改革幼儿文学的研究和教学模式势在必行。在幼儿文学研究和教学中，应采取从理论到实践，再从实践到理论的螺旋上升的研究模式。同时将学前教育专业的幼儿文学课作为理论实践型课程，强调幼儿文学教师深入幼儿园、社区等幼儿文学活动现场观摩、学习、指导，同时作好幼儿文学理论和实践课时量的适当调整和分配。

黄云生先生曾指出："幼儿文学虽然是为幼儿创作为幼儿存在，……但它和幼儿之间仍然隔着一条'河'，即幼儿尚无直接欣赏和接受幼儿文学的能力，所以人们采取'传达'的方式，在这条'河'上架起一座'桥'，使幼儿变被动为主动，进入幼儿文学的欣赏和接受的过程。"（黄云生《人之初文学解析》）作为幼儿文学传递者的幼儿教师，应该努力让自己成为一座沟通幼儿与幼儿文学之间的美丽"彩桥"。

四、幼儿文学的文体分类

在我国大陆地区，幼儿文学一般采用按体裁分类方式，即儿歌、幼儿诗、童话、寓言、散文、幼儿戏剧、图画书以及幼儿生活故事。最近也有专家学者根据幼儿文学不同体裁的特点进行划分，例如儿童诗与儿歌具有韵语的特点，且儿童对于韵语的阅读和欣赏，较之成人具有不同的地位和价值，因此，儿童诗与儿歌被划分为韵语文学。所以就将儿童文学划分为韵语儿童文学、幻想儿童文学、写实儿童文学、动物文学、图画书。

台湾地区则主要按文学形式进行划分，其中有三分法、四分法和五分法。三分法，即散文、韵文、戏剧；四分法则是分为散文、韵文、戏剧、图画书；五分法则是分为故事形式、图画形式、韵文形式、戏剧形式、散文形式。

本教材主要以幼儿接受特点以及体裁共同点为参考，分为幼儿诗歌、幼儿故事、幼儿散文、幼儿图画书、幼儿戏剧与幼儿动画六个类别。

其中，幼儿诗歌包括儿歌和幼儿诗，这是因为儿歌虽然与幼儿诗有区别，但这种区别不具有完全截然不同的特质，反而是两者有交叉有交融的地方。

幼儿故事包含幼儿童话、神话传说和幼儿生活故事，这主要是以幼儿对于故事类作品的喜好，以及这几类题材都具有情节性强的特点来进行划分的。未将寓言纳入幼儿文学的分类中，则是因为幼儿对于寓言的寓意并不感兴趣，而寓言的目的是最终的寓意，这与幼儿接受特点相违背。幼儿散文则是相对于幼儿故事进行划分的。

幼儿图画书本身就是深得幼儿喜爱的，又符合幼儿接受特点的幼儿文学体裁。同时，图画书是幼儿唯一可以自行阅读的文学形式。在幼儿园，老师也会用大量的图画书与孩子开展早期阅读的活动。所以，图画书单独作为一种文学类别是十分有必要的。

幼儿戏剧是幼儿文学不可或缺的一个类别，它不仅是幼儿最喜欢欣赏的文学形式，更是幼儿非常希望参与的艺术创造活动。同时它也能对幼儿健康成长发挥重要的作用。对于幼儿动画的分类，则是基于幼儿被动画片的方式深深吸引，他们不仅喜爱，甚至痴迷，这也是幼儿期的一个尤为突出的表现。

关于这一节，请留下你的建议吧，谢谢！

第二节 幼儿文学的特征

本节导读

本节从幼儿成长的角度和幼儿作为一个独立的个体的角度，详细探讨幼儿文学的特征，以此帮助大家深刻了解幼儿文学独特的个性。

小组探讨

如何理解幼儿文学是"0—99"岁的人们都可以阅读的文学？

一、推开探索世界的窗户

幼儿具有强烈的好奇心，促使他们执着地探索世界。但是现实世界是成人的世界，幼儿常常无法在现实生活中满足自身的好奇的欲望，而幼儿文学无疑为幼儿推开了一扇探索世界的窗户。当这扇窗户被推开时，幼儿不仅满足了好奇心，并且在这奇妙的文学世界里得到意想不到的收获——全面的成长。

（一）认识启蒙

幼儿文学反映生活，涉及了大千世界中种种幼儿感兴趣的事物，从吃、穿、住、行、玩、用，到草木虫鱼，再到自身、群体、社会、宇宙……无所不有。幼儿在这里不仅认识世界、增长知识、了解生活，他们心中的许多个"为什么"得到了解答，还能发掘出他们自身的兴趣所在，也从幼儿文学有趣而生动的故事情节中明白了事理。这就是通常人们强调的幼儿文学的教育性的体现。而教育的终极目标，在于教导人珍惜生命，热爱生活，丰富人生，并发现生命的意义。印度伟大诗人泰戈尔说："教育的目的是应当向人类传送生命的气息。"教育之"育"应该从尊重生命开始，使人性向善，使人胸襟开阔，使人唤起自身美好的"善"根。

幼儿文学的教育是与艺术完美的结合，其教育性正存在于强大的艺术魅力之中。

（二）生命启蒙

阅读文学作品，孩子沉浸在情感的浓厚氛围中，从这些特定的时刻、特定的文学世界中进一步体验情感的微妙复杂，理解情感的含蓄、克制，懂得快乐与爱、恨与忧伤。更重要的是，孩子们的情感世界中，开始容纳"同情"、"尊重"这些人类最宝贵的情感，待他们长大成人，就不会因漠视而随意践踏、残害生命。

一个妈妈在博客中这样记录了3岁女儿读《小熊尤克》的故事。妈妈开始讲述了熊妈妈养育小熊的一些情节，当讲到"熊妈妈因为要救正在吃蜂蜜的小熊而推开他的同时，——山谷中响起巨大的石头滚动的声音，一股浓烈的血腥味扑了过来，当小熊睁开眼睛的时候，妈妈已经不见了……"女儿的表情由紧张变得悲伤，当读到小熊在山谷中已经怎么也找不到妈妈的时候，女儿流泪了。妈妈问："怎么了？""小熊没有妈妈了……"女儿边哭边说——晶莹的珍珠般的眼泪挂在胖胖的脸上。妈妈拥抱着女儿安抚了好久，说不知道熊妈妈掉到山谷里还会不会回来。女儿肯定地点头说："熊妈妈一定会回来的。"后来很长时间女儿都不肯再读这个故事，妈妈问为什么，她很认真地告诉妈妈"太悲伤了"。幼儿文学作品经常用深情的笔墨，歌颂弱小的生命，幼儿在阅读作品的过程中，情感上会发生微妙的、神秘的变化。它的影响是不易觉察的、贮之于心灵深处的、悠远而绵长的。

满足幼儿心理需要也是幼儿文学在情感启蒙中一个很重要的内容。尽管幼儿总是幸福的、无忧无虑的，但由于幼儿年龄的原因，成年人在生活中用许多的"不可以"要求幼儿。"儿童期的精神压抑现象，其实恰恰就是指向儿童的身体感官和器官，所有的禁忌以及压制的形式，细究起来便知统统是针对儿童的手、脚、嘴巴，针对着不许动、不许去、不许讲和不许看等等内容。"（班马《中国儿童文学理论批评与构想》）文学世界里，幼儿喜欢《长袜子皮皮》中神奇的"皮皮"，他们与吹牛吹得"天花乱坠"的皮皮产生强烈共鸣，心中被压抑的欲望与渴望自由的天性得到快意地释放。现实生活中受了种种束缚，有着种种"孩子式苦恼"的幼儿们，在文学作品这个"美好世界"中得到了补偿。这时，幼儿可以通过文学作品宣泄心里的不愉快情绪，有益于心理健康。例如，刘盛云的儿童诗《爸爸的脸》：

爸爸的脸是电视广告　　变来变去
真让人烦恼
要是我有个遥控器就把它定在
笑眯眯的频道

在这首诗里，作者准确地捕捉住了幼儿在日常生活中的心理活动，即对于成人情绪变化的无奈与无助，于是只有借助想象来抚慰自己的心情。任何一个幼儿读到这首诗时，对于诗中的"我"想出来的妙招——"遥控器"，都会露出狡黠的笑容，同时心里的不满与不快便烟消云散。

二、幼儿文学独特的乐趣

"儿童对于人生自然，另取一种特殊的态度。他们所见、所感、所思，都与我们不同，是人生自然的另一面。这态度是什么性质的呢？就是对于人生自然的'绝缘'的看法。所谓绝缘，就是对一种事物的时候，结束事物在实践的一切关系、因果。而孤零地观看……所看见的是孤独的、纯粹的事物的本体的'相'。我们大人在世间辛苦的生活，打算利害，巧运智谋，已久惯于世间的因果的网，久已疏忽了、忘却了事物的这'相'。孩子们涉世不深，眼睛明净，故容易看出，容易道破。"（丰子恺《丰子恺文集·艺术卷》）正是因为幼儿是儿童世界中最特立独行的群体，幼儿与成人确是人生不同的两极。因此，"幼儿文学是儿童文学中儿童文学特点最为鲜明的文学。"（黄云生《人之初文学解析》）

（一）快乐的游戏

1. 游戏精神

幼儿这个年龄阶段天然就是属于游戏的，幼儿对于世界万事万物的态度可能前一分钟是真实，后一分钟即是游戏。在真实与虚幻、严肃与轻松之间交替那样自然而然，可见幼儿是最具有游戏精神的人，游戏之于幼儿就是幼儿生活的全部，幼儿文学之于幼儿也是游戏。"游戏共同的本质是非功利性、假想性与快乐原则等，而这些恰恰与幼儿文学的追求有着惊人的一致性。"作家贺宜说："故事里就有游戏因素。童话、儿歌、笑话、谜语，以及一切其他充满娱乐性的文艺形式都有游戏的因素。"（贺宜《幼儿文学随笔》）幼儿在文学的世界里最自由，因为当"工作"不再受威胁和强迫的时候，就能陶醉和享受"工作"。这里的"工作"就是游戏！

每当我们看见幼儿如此投入于故事之中，听得两眼发直、脸颊红红、表情多变、精力高度集中，就可以断定他已经沉浸在故事营造的游戏之中了。

2. 娱乐精神

当幼儿听完故事之后，如果问幼儿故事好听吗？幼儿往往会回答："好玩！""好玩"是幼儿在幼儿文学中发现的乐趣，这"好玩"里蕴涵着幼儿的娱乐精神。这也是幼儿给予成人为幼儿组织的所有活动的最高评价。"不好玩"——幼儿就会决绝地拒绝！幼儿文学尤其要重视"寓教于乐"，"益处"要在"乐趣"中自然流泻出来。幼儿文学是否能给幼儿带来快乐，是幼儿接受幼儿文学作品的基本前提。一篇只有训诫而没有快乐的幼儿文学作品，幼儿定然不会接受。好的幼儿文学作品不仅能给幼儿带来快乐，还能使幼儿稳定情绪，宣泄烦恼，达到心理上的平衡。在日常生活中，讲故事几乎成为家长和教师们平定幼儿哭闹、引起注意的良方，甚至成为幼儿接受的一种奖励方式，这都说明幼儿文学具有娱乐的功能。

3. 幽默意识

幽默是指依靠情节、语言等内在手段来造成一种包含复杂情感、引人发笑、耐人寻味的艺术意境。秦文君就幽默与儿童的关系认为："其实幽默不是一种现代派的东西，幽默是一种古典精神，说到底是和儿童的游戏精神紧密联系在一起的。它在中国传统文字里比较缺乏，但在西方一直是儿童文学的精髓之一。幽默一般都是针对人的弱点的，其实人的所有弱点孩子都有，而成长中受挫又特别会产生喜剧效果，人只要用宽容的心去看待一切，就会产生幽默。"例如，周锐的《门铃和梯子》中，幽默的野猪和长颈鹿、幽默的故事情节往往让幼儿乐得哈哈大笑，且乐此不疲地不断多次阅读。其实在孩子欢乐的笑声中，他们已经充分感受和体会了作品的幽默元素。

幽默可以培养幼儿高雅的气质、乐观的心态、高尚的情趣。幼儿文学的幽默重在营造欢乐、滑稽的、机智的艺术氛围，为他们从小播下幽默的种子。

（二）特别的情趣

幼儿情趣是一种有别于成人作品中的"特别的情趣"，即童趣。童趣是幼儿特有的行为、动作、心理、兴趣、喜好、思想、感情在文学作品中的艺术表现，是创作者以敏锐的艺术洞察力将生活中的童趣浓缩提炼而成的艺术结晶。文学作品中的"趣"是能给人以美感的一种审美趣味。"趣"是人们对艺术作品最一般的审美要求和鉴赏艺术作品的标准。"幼儿文学作品中，幼儿情趣除了是一种审美属性外，更作为其唯一的审美特征成为作品的灵魂。"（张美妮，巢扬《幼儿文学概论》）在成人文学中，如果作品的情节、人物、语言等均可以弥补"趣"的不足，而在幼儿文学中则呈逆向显示：幼儿文学不可以"无趣"！否则就不是一篇优秀的幼儿文学作品。

幼儿童趣是幼儿文学的美学特征，成人欣赏幼儿文学往往是感受作品中幼儿情趣特有的美质。幼儿欣赏幼儿文学，除了感受情趣的美，还能增进对自身生活的认同并增长知识。幼儿情趣具体表现为纯真美和稚拙美。

1. 纯真美

幼儿还没有经过成人社会的濡染、异化，因此保存着纯真、透明的心灵，保有人类的本性与本真。幼儿世界总是显得那么稚嫩、纯真、美好。这种独特的品性往往成为幼儿文学作品纯真美的丰富资源。因此表现幼儿生命的纯真美，就成为幼儿文学自觉的美学追求。许多作者将幼儿的纯真的心灵作为对功利的成人世界的对照与反驳。"童心"之所以被人们向往赞叹，也因为很多时候它与"善"是联系在一起的。幼儿天然不假矫饰的善良使他们澄澈的心灵在作家笔下呈现出动人的纯真美。如作家肖定丽的童话《和你一起长胖》：

小狮子毛尔冬的表妹花眉儿长胖了，很伤心，不肯出门。毛尔冬很担心花眉儿，于是想了个主意：自己也长得胖胖的，然后和花眉儿一起出去玩，一起变瘦。两个快乐的好朋友在草地上像大绒球一样滚啊滚，咕噜噜，咕噜噜。

毛尔冬奇怪的主意让我们感动，因为我们看到了一个幼儿纯真、善良的心灵。

2. 稚拙美

稚拙美是独属于幼儿的美。幼儿对世界的了解甚少，经验有限。幼儿以自己的思维方式面对世界并作出判断，难免产生矛盾和错位。将幼儿特有的种种思维、行为、心理等真切地表现在作品中，稚拙美就产生了。这是一种原始的、质朴的、在成人看来悖于常情常理，然而却异常明净、透彻的美。稚拙美是生命之初本真的美，虽然"稚"与"拙"，然而却绝不是"呆"与"笨"。

幼儿文学的稚拙美既表现在内容上，也表现在形式上。从内容上说，幼儿文学中的稚拙美主要表现为儿童心理、儿童生活中的形态与情态。比如在美国作家阿诺德·洛贝尔（Amold Lobel，1933—1987）的《青蛙和蟾蜍》中，蟾蜍想讲个故事为生病的青蛙解闷儿，为了想出一个有趣的故事，他又倒立，又给自己头上泼水，又去撞墙，结果把自己折腾病了，最后青蛙只好从床上爬起来给蟾蜍讲故事。

稚拙美也表现在形式上。从广义上说，幼儿文学的语言、文字、组合、叙述方式的变化等，都可以产生一种稚拙的美。例如，在安武林的童话《熊爸爸的钥匙找到了》中，主人公熊爸爸总是丢三落四，他的钥匙总是不知道丢在什么地方去了。他配了八把钥匙，可还是丢了七把，最后还剩一把了，他亲着最后一把钥匙说："宝贝，你不能再丢了。你丢了，我会很伤心很伤心的。"最后熊孩子建议熊爸爸说："爸爸，你以后把钥匙挂在脖子上，像我一样，这样就不会丢了。"之后熊爸爸真的就这样做了。别人笑话他像个小学生的时候，熊爸爸为自己解释说："我是熊孩子的学生，是小学生的学生。"熊爸爸孩子式的语言表述方式，塑造了一个憨态可掬的熊爸爸形象，进而也产生了稚拙的美。

（三）浅语的艺术

浅语的艺术是台湾儿童诗人林良先生提出的。儿童文学的特质之一是"运用儿童所熟悉的真实的语言来写"。浅语是听得懂、看得懂的浅显语言。然而浅语不浅，那是因为浅语也是需要文学技巧的。"运用浅语来写作，并不是一件简单的事……能作浅语，是儿童文学作家值得自豪的本领，并不是一个该受轻视的缺点。主要的理由是，这种本领是吃尽苦头培养起来的。"（林良《浅语的艺术》）

儿童文学学者朱自强教授认为，儿童文学具有"朴素性"的特质，即"自然（大巧若拙、浑然天成），但是不是无为；本色（质地形色站得住脚），但是不苍白；简约（洞悉事物的本质），但是不空洞；单纯，但是不简单；率真（有如《皇帝新装》里的那个孩子），但是不幼稚。儿童文学这一'朴素'文学拥有的实在是高超的艺术境界"。（朱自强《儿童文学概论》）朱自强教授这里所言的"朴素性"，与林良先生的"浅语的艺术"所指是一致的。

浅语的艺术是幼儿文学独有的艺术表达形式。成人常有"以艰深文浅陋"的弊病，说话或作文，常为了显示自己知识的渊博而故意把问题说得很深奥、很复杂、很玄乎，让人看不懂。其实用艰涩、专业的语言表达并不难，然而"深入浅出"才是最为不易的。

林良先生的幼儿诗《雨》就是浅语艺术的代表：

你在天井里赌气，
把盆盆桶桶

桶桶盆盆

敲得很响。

短短的小诗，看起来语言浅显、普通，可是当你读出声时，你就会听见调皮、活泼的雨点在盆盆桶桶上跳来跳去发出的清脆的声音，犹如欢快的乐曲。

台湾儿童诗作家林焕彰先生的幼儿诗《花和蝴蝶》很好地运用了浅语的艺术，将看似简单的语句只是调换了一下先后顺序，却让读者置身于花和蝴蝶交织的缤纷世界里，分不清哪是蝴蝶，哪是花，仿佛真的感到花是蝴蝶，蝴蝶是花。如下：

花是不会飞的

蝴蝶，蝴蝶是

会飞的花。

蝴蝶是会飞的

花，花是

不会飞的蝴蝶。

花是蝴蝶，

蝴蝶也是花。

儿童诗人柯岩的作品《鱼儿的妈妈》也是如此，短短四句话，却道出了幼儿与大自然天然的亲密感情，以及万事万物皆有生命和灵性的纯真的幼儿情怀。如下：

天黑啦，天黑啦！

钓鱼的，回家吧！

你的妈妈在等你；

鱼儿的妈妈在等它……

正如林良先生所言："在'文学的世界里'，'浅语'往往竟是'动人'的条件之一。"

理论与实践操作

选择一至两篇幼儿文学（体裁不限）仔细阅读，分析作品中体现了哪些幼儿文学独特的乐趣。小组讨论后，以小论文形式呈现。

拓展学习书目

[1] 金波. 幼儿的启蒙文学——金波幼儿文学评论集[C]. 南宁：接力出版社，2005.

[2]〔法〕卢梭. 爱弥尔[M]. 北京：北京出版社，2008.

[3] 刘小东. 儿童精神哲学[M]. 南京：南京师范大学出版社，2003.

[4]〔加〕佩里·诺德曼，梅维丝·雷默. 儿童文学的乐趣[M]. 上海：少年儿童出版社，2008.

关于这一节,请留下你的建议吧,谢谢!

第二章

幼儿文学发展篇

第一节　西方幼儿文学发展史

本节导读

西方的幼儿文学历史悠久，佳作不断，在整个世界幼儿文学发展史中发挥着举足轻重的作用。一部部西方的幼儿文学经典作品伴随着一代代不同国籍、不同肤色的幼儿成长，为整个世界的幼儿精神发展奠定了坚实的底色。本节从五个阶段对西方幼儿文学的发展进行较为详细的勾勒和梳理，从而让我们对西方幼儿文学的发展有较全面的认识和理解。

小组探讨

1. 你最喜欢发展史所提到的哪一部幼儿文学作品？为什么？
2. 为何说"如果有人五岁还没有倾听过安徒生童话，那么他的童年少了一段温馨"？

一、孕育期（古希腊、罗马时期）

对幼儿文学的起源，有很多不同的看法，但毋庸置疑，人类先民为了相互间精神沟通而创作的民间文学，以及成人文学中一些贴近儿童审美趣味的作品，无疑孕育了最早的幼儿文学。这一时期的作品大抵有两类：

（一）流传于民间的口头文学

民间口头文学，是幼儿文学最初的萌芽。世界幼儿文学可以追溯到人类文学源头之一的希腊神话，这些充满奇妙想象的神话传说，其中有不少适合幼儿年龄特征。这些民间文学往往有很多精彩悬念的设置，常用超人的手法，如通过魔法、宝物使故事神奇、荒诞、惊险、刺激，符合幼儿的欣赏水平。其内容扬善抑恶，能够唤起孩子们的正义感，再加之民间口头文学的大团圆结局，更与孩子的心理喜好、欣赏水平相契合，所以孩子们特别乐于接受。

例如，印度的《五卷书》被称作"世界儿童文学史上第一部童话书"，是最早、影响最大的一部寓言、童话、故事集。该书收有83个故事和一个楔子。《五卷书》大约成书于公元2—6世纪，其序言讲了一个故事：一个国王有三个愚蠢的儿子，他要求大臣们设法使其儿子聪明起来，但大臣们都毫无办法，后来请了一个婆罗门来，婆罗门就编写了这部作为"统治论"的《五卷书》当教材，结果把三个王子教得聪明起来了。这个故事恰好说明当时成人要教育好孩子，需要有儿童文学。

还有相传古希腊民间口头流传的《伊索寓言》，它大都以一个个简短的动物故事来说明一个道理、观点或道德教训。故事生动，想象丰富，文字凝练，饱含哲理，融艺术性和思想性为一体，其中《农夫和蛇》、《狐狸和葡萄》、《狼和小羊》、《龟兔赛跑》、《乌鸦喝水》、《牧童和狼》、《农夫和他的孩子们》、《蚊子和狮子》、《公鸡与宝石》、《北风和太阳》不仅成为家喻户晓的故事，也成了孩子们喜爱的传统文学经典。

再如阿拉伯民间故事《一千零一夜》（又名《天方夜谭》），高尔基称之为民间口头文学的一座灿烂丰碑。它包括神话传说、寓言童话和各种描写爱情、冒险及动物生活的故事。在这本书中，作者展开了想象的翅膀，神灯、魔戒、飞毯、会飞的木马、海岛一般大的鱼，能够隐身的头巾、可以驱使神魔的手杖、能够看到任何遥远目标的千里眼，这些故事都是劳动人民智慧的结晶，表达了人们征服自然、改造社会、战胜邪恶势力和追求美好生活的愿望，整个作品把幻想和现实生活奇妙结合，引人入胜。其中许多篇章，如《辛伯达航海旅行的故事》、《阿里巴巴和四十大盗》等吸引了一代又一代孩子，至今仍是畅销的儿童文学读物。

（二）成人作品中符合儿童审美趣味的作品

它们的题材多为儿童生活、成人冒险经历或是动物故事，因而常常被小读者选中，列为自己的精神食粮。如：16 世纪法国作家拉伯雷（Francois Rabelais，1494—1553）的《巨人传》，17 世纪西班牙著名的人文主义作家塞万提斯（Miguel de Cervantes Saavedra，1547—1616）的小说《堂吉诃德》，17 世纪英国班扬（John Banyan，1628—1688）的《天路历程》等，都颇受孩子喜爱。

二、萌芽期（14—17世纪）

儿童文学的发展史研究一般认为，在儿童的独立人格被确认，儿童作为独立的人被认知之前，没有真正的儿童文学这个独立的种类，而儿童文学的萌芽期应该是在14—17世纪的文艺复兴时期。这个时期，人文主义者主张"以人为本"，对封建主义和神权进行了挑战，宣扬人性、人道和人权，尊重和肯定人的主体。在肯定人的同时，人文主义者意识到，儿童是有别于成人的独立的群体，应该尊重儿童的人权，注重儿童的人格，发展儿童的独立性，激发儿童的创造力。

1658年，捷克教育家扬·阿·夸美纽斯（Comenius，Johann Amos，1952—1670）出版了第一本幼儿百科知识大全《世界图解》，这是世界史上第一本幼儿图画书。《世界图解》是一本知识性的书，以图为主，离文学尚有不小的距离。但书编得相当精心，编者也能够体察幼儿的心理，图画浅显易懂而且有趣味；文字短小明白，用诗体分行排列。这本书的出版对西方教科书和儿童读物的影响一直很大，并渐渐引发了西方真正的儿童文学的产生。它本身虽不是文学，但编者对儿童的那种态度，隐藏在知识性画面和文字背后的那种文学性，以及它属于实用的教科书却独具的可欣赏性，应该说已具有儿童文学的特质了。这本书与幼儿欣赏水平契合，体现了作者对儿童的关注和尊重，对后世儿童文学作品有很大影响。

1693年，英国教育家和哲学家约翰·洛克（John Locke，1632—1704）发表了《教育漫话》，书中明确地指出发展儿童文学的重要性，并向压制儿童健康的清教主义提出了挑战，认为儿童应该有快乐的童年，应该让他们读一些像《伊索寓言》、《列拉狐故事》这样轻松幽默的好书，并认为儿童的求知欲是从好奇开始的，教材要尽量有趣，可以通过儿童感兴趣的故事游戏来进行教育。这种见解对社会进一步发现儿童、尊重儿童起到了有力的推动作用，也为儿童文学的出现开辟了道路。

17世纪后期，法国的预言诗作家让·德·拉封丹（Jean de La Fontaine，1621—1695），是儿童十分喜欢的作家。他的《拉封丹寓言》把希腊、罗马、东方的民间故事和自己的观察、想象融汇在一起，用民间语言把寓言写得生动、别致、情趣盎然和有声有色，在缺少儿童文学读物的情况下，父母和教师把它作为儿童读物读给了幼小的孩子们听，而这样的作品也间接成为了幼儿文学。

1697年，法国著名作家夏尔·贝洛（Charles Perrault，1628—1703）采录、整理和加工了欧洲流传很广的民间故事，出版了童话集《鹅妈妈的故事》，这部作品主要包括《林中睡美人》、《小红帽》、《穿靴子的猫》、《仙女》、《灰姑娘》等11篇。这本书被誉为"开儿童文学的新纪元"、"儿童文学的独立日"，是儿童文学也是幼儿文学诞生的标志。它的诞生有两个意义:"一是它优美的童话意境、清新的叙述文体,在当时以及后来产生了广泛性的世界影响,为相继效仿的童话创作提供了成功的范例;另一方面,它确定无疑地证明了来自民间口头文学的、以独立的儿童文学姿态现身的童话是幼儿文学,是一种适宜于幼小儿童口述的纯朴活泼、情趣天然的文体。"(黄云生《儿童文学教程》)《鹅妈妈的故事》不仅是法兰西幼小儿童的爱物,也是全世界孩子们无不耳熟能详的佳作。因此,它对世界幼儿文学的催生与形成,显出不可估量的价值。

三、发展期(18世纪)

随着时代的进步和生产力的发展,欧洲出现了比较富裕的中产阶级。他们对儿童的教育和培养较为关注,经济上也有条件为孩子们购买书籍。同时,为了适应资本主义生产的发展和科学化的文明劳动,普及教育的任务提到了社会的议事日程。这样,专门为教育儿童而创作的儿童文学应运而生了。

儿童文学从18世纪开始形成一股独立的支流,不少作家考虑到儿童的特点,纷纷自觉地为儿童创作文学作品。1762年,法国启蒙运动思想家、哲学家、教育家和文学家让·雅克·卢梭(Jean—jacques Rosseau,1712—1778),出版的《爱弥尔》表达了他顺应儿童本性的主张,提出"回到自然"的口号。他的儿童观、教育观对儿童文学的产生起到了推动作用。

被公认为儿童文学出版事业开山鼻祖的则是英国的约翰·纽伯瑞(John Newberry,1713—1767),他在这一时期开创了儿童文学的出版事业。他出版的图画书籍深受幼儿的喜爱,也成了幼儿文学的主要组成部分。当时民间文学《一千零一夜》和一些探险、航海的故事在英国甚为流传,深受孩子欢迎,这些小册子被教会认为隐藏着道德的危险,但是孩子们仍然悄悄地从沿街叫卖的书贩手中购买这些吸引人的小册子。纽伯瑞从中敏锐地觉察到孩子对书籍的强烈渴求和需要,于是他在1745年于伦敦创建了世界上最早的儿童图书出版社"圣经与太阳社",积极出版精美的儿童图书。他为孩子们出版了两百多种图书,其中有自己创作的,也有别人创作的。他使一直被贵族子弟垄断的图书,普及到一般民众的孩子,而他出版的图画书广为幼儿欣赏,也成了家长引导幼儿阅读的最好书籍。约翰·纽伯瑞在1744年出版的《精装袖珍书》,被人看作是英国幼儿文学的真正开端,而图画书更是成为了幼儿最喜欢的文学形式之一。这成为儿童文学出版事业的一座里程碑。

因为他巨大的贡献,美国的儿童文学图书奖因此以纽伯瑞的名字命名。该奖从1922年开始颁发,是世界上最早最重要的儿童文学奖。

18世纪后期,还有一本在各国儿童中广泛流传的《敏豪生奇游记》。该书原为德国民间故事,后由德国的埃·拉斯伯(Raspe R.E,1737—1794)和戈·毕尔格(Burger G.A,1747—1794)两位作家再创作而成。敏豪生是作品中的吹牛家,他吹的牛非常荒诞离奇,例如:猎手竟能在没有火石时,利用眼睛里爆出的"火星"去点燃猎枪的火药;敏豪生能骑着半截马奔跑杀敌;海上船队能从一条大鱼肚里闯出来,等等。这部作品所表现出的超凡的想象力和丰富内容、令人惊叹的诙谐和幽默,征服了无数的读者,被高尔基誉为源于人民口头创作的"最伟大的书面文学作品"。

四、成熟期(19世纪)

19世纪,随着欧洲各国封建制度的崩溃和资本主义制度的建立与巩固、社会生产力和科学技术的迅速发展、儿童教育思想和文学想象力的大解放,世界幼儿文学有了迅速的发展。这一时期文学浪漫主义思潮的兴起,使文学想象力得到空前的发展。浪漫主义文学所表现出的特征是:对大自然有极大的兴趣,神话了的自然界,如仙女、小精灵和狐仙等成为了文学作品的主角,草木虫鱼、飞禽走兽频繁地被人格化。这些想象特征给儿童文学,特别是幼儿文学中的童话带来了巨大的影响。

幼儿文学崛起并空前兴旺发达,其中专为幼儿创作或者适宜幼儿欣赏的优秀文学作品数量大大增加。这个时期涌现出为数众多的世界一流的幼儿文学作家,许多闻名世界的文学巨匠也为孩子们献出了珍品。幼儿文学作品不仅如雨后春笋般成批涌现,而且具有世界影响、流传久远的优秀作品充实了世界儿童文学的宝库,世界幼儿文学的发展进入了成熟时期。

德国的格林兄弟(雅各布,Jacob Grimm,1785—1863;威廉,Wilhelm Grimm,1786—1859),1812年出版了《儿童和家庭童话集》,为世界儿童文学的发展带来深刻的影响。1819年作品再版时格林兄弟作了修订,更加符合幼儿阅读的需要。《格林童话》是包括《白雪公主》、《灰姑娘》、《青蛙王子》、《布来梅镇的音乐家》等200多个童话在内的童话集。这部作品被译成140种文字,在世界各个国家广泛传播,深受成人和儿童的欢迎,是幼文学的主要组成部分。

丹麦的汉斯·克里斯蒂安·安徒生（Hans Christian Andersen，1805—1875），是19世纪第一个赢得世界声誉的丹麦作家，他所创造的文学童话，在艺术上达到了世界高峰。文学史一致尊奉他为现代童话的杰出奠基人。他一生创作了168篇童话，几乎每个国家都有安徒生童话的译本。为了纪念他，国际上还设立了被称为"小诺贝尔文学奖"的国际安徒生奖，专门奖励那些在儿童文学界作出巨大贡献的人。

安徒生的童话分为两大类：一是改编自民间文学的童话，二是自己创作的纯艺术童话。改编自民间文学的童话有从民间童话中汲取再创造的，如《皇帝的新装》、《小克劳斯和大克劳斯》、《豌豆上的公主》、《野天鹅》、《打火匣》、《牧猪人》、《笨汉汉斯》、《老头子做事总不会错》、《幸运的套鞋》等。有的只是从民间童话中取一颗童话种子，然后把它写成了一个与童话原型完全不同的故事，如《白雪皇后》。还有的是从民间谚语、谜语中延伸出来的，如《天国花园》、《鹳鸟》、《接骨木妈妈》等。但是安徒生在童话中艺术成就最高的是他创作的纯艺术童话，如《海的女儿》、《丑小鸭》、《夜莺》、《坚定的锡兵》、《卖火柴的小女孩》等，在他这些作品中，洋溢着对弱小者的同情，对真、善、美的追求，以及人道主义情怀和人性的光辉。

意大利的卡罗·科洛迪（Carlo Collodi，1823—1890），他的长篇童话《木偶奇遇记》虽然是一部地道的教育童话，但是它突破了教育童话训导的模式，没有停留在苦口婆心的说教层面上，而是通过木头孩子匹诺曹的种种奇遇，在长驴耳朵、鼻子变长的焦急伤心中，慢慢悔悟，改正缺点，最终成为一个真正的孩子的经历，让孩子在奇妙的想象、欢快热闹、诙谐幽默的气氛中，领悟到作者的教育意图。

俄国文学巨匠列夫·托尔斯泰（Tolstoy.L.N，1828—1910），他也创作、编写了大量儿童读物，在《农民读物附刊》中发表儿童故事，先后编为《启蒙读本》、《新启蒙读本》和4册《俄罗斯读物》，其中在中国广为流传的有《李子核》、《狼和山羊》、

《狗和自己的影子》等作品。从 1859 至 1875 年，他专门为低幼儿童创作了 370 余篇短小故事。当作者回忆起这段创作经历时，认为那些幼儿故事和寓言是作者在他大量写成的故事作品中筛选出来的，每则故事都加工、修改、润色达十来次，它们在他的作品中所占的地位，是高出于其他一切作品的。

英国的刘易斯·卡洛尔（Lewis Carroll，1832—1898）是一位数学家。《爱丽丝漫游奇境记》是他兴之所至，给友人的女儿爱丽丝所讲的故事，于 1865 年正式出版。这部童话以神奇的幻想，风趣的幽默，昂然的诗情，突破了西欧传统儿童文学道德说教的刻板公式。卡洛尔后来又写了一部姐妹篇，叫《爱丽丝镜中奇遇记》，并与《爱丽丝漫游奇境记》一起风行于世。

英国还有奥斯卡·王尔德（Oscar Wilde，1850—1900）。1888 年他的第一部童话集《快乐王子及其他》(包括《快乐王子》、《夜莺和玫瑰》、《自私的巨人》、《忠诚的朋友》和《神奇的火箭》)出版了，这本书立刻轰动一时。1891 年 12 月，他的另一部童话集——《石榴之屋》问世，收有四部童话：《少年国王》、《小公主的生日》、《渔夫和他的灵魂》和《星孩》。这些童话以诗意的笔调，向我们展示了作者对人生、对灵魂的深刻叩问，值得人们去细细品读。

另外，由于 19 世纪末叶彩色印刷技术的进步，图画书的出版首先在欧洲发展起来。英国的毕翠克丝·波特（Beatrix Potter，1866—1943）于 1902 年出版风靡世界的《彼得兔的故事》，作品中的小兔子自讨苦吃、顽皮、不听话，反映了儿童内心的需求和情感，立刻受到小朋友的喜爱。该书堪称图画故事书创作的里程碑。图画书的出版，丰富了幼儿文学的种类，由于其适合尚未识字的幼小孩子的需求，一经出现就广受欢迎。

19 世纪这一时期的作品艺术形式趋于丰富，有寓言、小说、诗歌、童话、图画书等不同体裁，童话有长篇、短篇等；艺术表现手法也逐渐成熟，情节曲折，引人入胜，打破了传统的三段式、三兄弟式结构，艺术风格趋于多样化。其中具有革命意义的是《爱丽丝漫游奇境记》，其艺术形态及内在的文化意蕴大大有别于传统童话，欧美世界将之称为幻想作品，在充满训诫、崇尚机械教育的时代，儿童破天荒地不再被视作成人，而是具有了独特的人格与智慧。

五、多元期（20 世纪）

儿童文学的真正成熟是在 20 世纪，这时的幼儿文学被认为是儿童文学中最有儿童文学特色的部分。20 世纪初，幼儿文学作品是温情、甜蜜的，淡化、美化儿童性格中的阴暗面，展示纯真的心灵、快乐的童年，远离纷扰的世界。英语世界的童话形象多是幼儿接受的形象：永恒童年象征的彼得·潘，快乐、淘气、乐于助人的小熊维尼·普、米老鼠和唐老鸭以及古怪、善良、神通广大的玛丽·波平斯阿姨。

英国的詹姆斯·马修·巴里（James Matthew Barrie，1860—1937），《彼得·潘》是巴里最著名的一部童话剧。1904年12月27日在伦敦公演后，引起巨大轰动，从此每年这一天都在伦敦上演此剧。

艾伦·亚历山大·米尔恩（Ellen Alexander Milne，1882—1956）的主要童话是《小熊维尼·普》。这部作品共分两部，原是作者为他儿子小罗宾写的，主角是小罗宾的一只玩具小熊。故事讲述的是小熊及其小伙伴们在森林里的生活、交往以及追捕"猎物"、"北极"探险、智胜洪水等种种奇遇，而看上去有点傻的小熊，实际上在关键时刻却很机智，而且能够想出解决问题的好主意。故事生动，笔调幽默，富有浓厚的生活气息。这部书在1926年出版，到1976年为止，在英国已重版了70多次。

帕梅拉·林登·特拉弗斯（Pamela Lydon Travers，1899—1996）为儿童创作的主要作品是六本以玛丽·波平斯阿姨为主角的童话，其中有《随风而来的玛丽·波平斯阿姨》、《玛丽·波平斯阿姨回来了》、《厨娘玛丽·波平斯》。还有美国作家E.B.怀特（E.B.White，1899—1985）出版于20世纪40、50年代的《小老鼠斯图亚特》和《夏洛的网》两部童话。其中最受欢迎的就是《夏洛的网》，在1953年度美国儿童文学奖评选中名列第二，至今已经发行500万册以上，拥有20多种文字的译本，被誉为代表了美国童话成就的最高度。

第二次世界大战以后幼儿文学空前繁荣，很多卓有成就的成人文学家开始加入幼儿文学的创作行列，优秀幼儿文学作品从原本集中的英、美、意扩展到世界范围内，如瑞典作家阿斯特丽·林格伦（Astrid Lindgren，1907—2002），其著作超过了120种，近200件，童话80多种，小说和其他作品100多种，代表作有《长袜子皮皮》、《小飞人尼尔斯·卡尔松·皮斯林》和《米欧，我的米欧》。1957年获瑞典高级文学标准作家国家奖；1958年获安徒生金质奖章；1971年获瑞典文学院金质大奖章。

还有芬兰的托夫·杨森（Tore Jansson，1914—2001）的"木民系列"，他于1945年以童话集《小特洛尔和大洪水》闻名，1966年被授予第六届国际安徒生儿童文学奖。《魔法帽》是杨森最出色的童话作品，也是颇受幼儿欢迎的作品，讲述魔法师丢了一顶帽子，被木民山谷的小木民矮子精捡来，无论什么东西到了帽子里都会变成另一种东西，变成什么呢？谁也预料不到，这就引起了一连串有趣事情的发生……作者以生活在自由天地里的矮子精灵"木民"为主人公，创作了一系列的童话，主要有《姆米特洛尔和大洪水》、《彗星来到姆米山谷》、《魔法师的帽子》、《精灵帽》、《姆米爸爸回忆录》、《危险的夏天》、《神奇的冬天》、《爸爸和大海》、《十一月的姆米山谷》，还有短篇童话集《看不见的孩子》，其中流传最广的是《魔法师的帽子》。挪威的土尔边·埃格纳（Thorborn Egner，1912—1990）的作品很多适宜幼儿阅读。他有童话名作《豆蔻镇的居民和强盗》，另外的童话作品还有《枞树林中历险记》、《城里来了一帮吹鼓手》、《小鸭游大城》。与此同时，还有日本的中川李枝子（1935—　）的《不不园》等，都是蜚声世界的优秀作品。

值得一提的是随着彩色印刷技术的进步和"为儿童创作"意识的增强，20世纪30、40年代，在欧美诸国以精美插图为特色的幼儿读物显示了强大的生命力，美国30年代曾出现过一个儿童读物出版的爆炸期，称作"黄金30年代"（The Golden Thirties）。这期间诞生了一批图画书经典作品，如：美国作家罗伯特·麦克洛斯基（Robert McCloskey，1919—2003）的《给小鸭子让路》是一篇不朽的世界幼儿童话经典，于1942年获得了凯迪克图画故事书金奖，他的另一部作品《奇妙的时光》也获得了凯迪克图画故事书金奖。美国的画家苏斯博士（Mr.Seuss，1904—1991）的早期童话《桑树街》、《巴塞洛米·库宾斯的500顶帽子》被认为是"真正新颖的视觉创作"，而他的《戴高帽的猫》创下了畅销书纪录的新高，《大象孵蛋》也非常受欢迎。还有V.L.伯顿（Virginia Lee Burtun，1909—1968）的《小房子》。莫里斯·桑达克（Maurice Sendak，1928—2012）的《怪兽出没的地方》是他的童话艺术顶峰作品，该作品获得了凯迪克图画书奖。法国让·德·布吕诺夫（Jean de Brunhoff，1899—1937）在自己的图画故事书中创作了家喻户晓的小象巴巴尔的形象。法国的汤米·温格尔（Tomi Ungerer，1931—　）创作了《三个强盗》、《黑亮的帽子》等图画书，1988年获得了国际安徒生儿童文学绘本奖。

20世纪50、60年代，欧美的图画书被译介到日本，并很快形成一股图画书热，日本后来居上达到了世界一流水平。在日本和欧美一些国家，幼儿文学成为整个儿童文学的重点。

20世纪后半期，欧美有的国家已经把幼儿文学作为整个儿童文学的重点来强调。它已经兴盛到可以相对独立的地步。幼儿文学是文、图、色彩、音响和玩乐并茂的文学，这样的文学特别要求精、慎、细、巧，特别难于创造。科技迅速发展，开发智力成为社会的需要，儿童教育尤其是学前教育受到重视，幼儿文学进一步成为人们重视的对象，艺术形象更丰富。现代哲学、心理学对幼儿文学创作产生了深刻的影响，充分体现了现代儿童观对孩子的爱和庇护。

20世纪的幼儿文学开始呈现出以下特色。一是狂放的幻想与现实生活的融合。传统童话的幻想一般是远古、异域或者仙境等，现实与幻想是截然分开的。而20世纪的童话打破了现实与幻想之间的壁垒，尤其是阿斯特丽·林格伦的童话，根本分不清现实与幻想，是艺术荒诞性和生活真实性的合理扭结。例如《长袜子皮皮》中皮皮的超大力气随时随地发生，以至于她周围的伙伴早就习以为常。这种不受理性、逻辑制约，对现实的无视恰恰符合孩子的心理特点。二是高度重视游戏、娱乐化作用，《不列颠百科全书》中宣称："它是以娱乐而不是以自我完善为目的，为了陶冶性情而不是为了增进知识。"从某种意义上来说，20世纪的童话已成为孩子们最快活的游戏，那些深受孩子们喜爱的童话形象之所以成功，最根本的秘密就是充分体现了孩子世界中无边无际的快乐，如美国阿诺德·洛贝尔的低幼童话《青蛙和癞蛤蟆》，1970年获得美国纽伯瑞等多项奖，其作品以青蛙和癞蛤蟆为主人公，他们之间的故事就如同两个孩子一般的纯真可爱。还有意大利姜尼·罗大里（Gianni Rodari，1920—1980）的《电话里的故事》等作品都包含快乐的游戏因子。

十月革命后苏联儿童文学体系建立，其中包括高尔基的童话、马雅可夫斯基的儿童诗、阿·托尔斯泰的童话、伊林的科学文艺和比安基的科学童话等。俄苏儿童文学理论体系坚持儿童文学的共产主义教育方向性，主张文学作品应适应少年的年龄特征，强调儿童文学的教育作用必须通过"巨大的艺术感染力"，用艺术的力量去"撬动少年儿童心理上的巨石"。它还张扬现实主义的创作道路，帮助少年儿童树立正确的生活理想。这些儿童文学思想在很长时期里被内化为中国儿童文学的价值判断与审美尺度，也同样深深影响了中国幼儿文学的发展。与此同时，俄苏的儿童文学作品同样也不忽略艺术性，并且充满幼儿情趣，贴近幼儿生活。高尔基就竭力主张给孩子们的读物应该是生动有趣的，不能都是教训式的，也不能都有明显倾向的。它必须以形象的语言来叙述，必须是艺术性的东西。他认为用枯燥乏味的语言向儿童说话，就会在他们心中引起苦闷和对于说教的主题本身产生内心的厌恶。因此，在高尔基的影响下，马雅可夫斯基的儿童诗、马尔夏克的幼儿诗《笨耗子的故事》、托克玛科娃的幼儿诗《鱼儿睡在哪里》、苏霍姆林斯基的童话《大和小》、奥谢耶娃的幼儿故事《蓝色树叶》和《让弟弟也哭哭鼻子》等等，都成为幼儿文学中经久不衰的作品。

除此之外，在20世纪的幼儿文学发展史中，还有一系列作家作品经常被提到。

英国

肯尼斯·格雷厄姆（Kenneth Grahame，1859—1932）。他的《柳林风声》是适合围坐在暖暖的火炉边、大家一起听的故事：当在雪地里冷得直打哆嗦的鼹鼠和水鼠终于进到獾先生舒适的家；当癞蛤蟆先生跳上令他心驰神往的那辆豪华汽车，"轰隆"一声发动引擎，扬长而去的那一刻。我们听着故事的眼睛都会迸出光芒，几乎想立刻跳进那个童话世界。《柳林风声》带给了读者柳林中萦绕的友谊与温情。

依尼洛·法吉恩（Eleanor Farjeon，1881—1965）。她把自选的童话故事集命名为《小书房》，因这部作品而荣获1955年英国卡内基奖，1958年又获美国刘易斯·卡洛尔图书奖。她在1956年荣获国际安徒生奖，其中《国王的女儿哭着要月亮》深受孩子喜爱。

德国

奥斯利特·普雷斯勒（Aufide Plehslie，1923—　）。他于1963年和1972年两度荣获政府设立的少年儿童文学奖。给他带来巨大声誉的是他的三部著名童话：《小水妖》、《小魔女》和《大盗贼》。

雅诺什（Janosch，1931—　）。雅诺什出版了150本以上的作品，其中的许多作品成为家喻户晓的儿童小说和图画书，他本人也成为当今德国最有名的专业作家及插画家。《噢，美丽的巴拿马》深受幼儿喜爱。这部作品是写小熊和小老虎旅游的故事。他们听说巴拿马是一座美丽的城市，跟天堂一样美，所以他们萌生了前往巴拿马的念头，他们出发了，其结果是原来他们自己的家就是美丽的巴拿马。

瑞士

约克·舒比格（Jurn Schubiger，1936—　）。他的图画书《当世界还年幼的时候》取材于圣经故事，是简单而清新的幼儿童话。

法国

阿纳托尔·法朗士（Anatole France，1844—1924）。1921年，他获得诺贝尔文学奖。法朗士曾下功夫研究过神魔故事以及它的源流问题，他认为必须维护和发展孩子们的幻想，童话《蜜蜂公主》是他专门为儿童创作的极成功的作品。

马赛尔·埃梅（Marcel Ayme，1902—1967）。《搔耳朵的猫》、《小矮人》、《七里靴》是他的童话代表作，她的童话被《大英百科全书·儿童文学》评价为"奇迹般的童话"。

意大利

姜尼·罗大里从20世纪40年代开始写童谣和童话故事，一生为儿童写出大量作品，成为世界儿童文学泰斗，在1972年被授予国际安徒生儿童文学作家奖。他于1950年发表了他的第一部中篇童话《洋葱头历险记》，1952年出版了《蓝箭号列车旅行记》，1959年出版了《小茉莉在撒谎人居住的王国》（《假话国历险记》），1961年写了《电话里讲的故事》，另外他还有中短篇童话《电视机里的吉普先生》、《天上的蛋糕》等。

伊塔洛·卡尔维诺（Italo Calvino，1923—1985）。他的主要作品有《一个分成两半的子爵》、《阿根廷蚂蚁》、《不存在的骑士》等。他的作品独具一格，擅长用童话的方式来写小说。所以他的小说也可以说是童话。卡尔维诺走遍意大利，付出了两年时间的辛勤劳动，终于编写出一部《意大利童话》，这部《意大利童话》可以和安徒生、格林兄弟的童话媲美。

瑞典

塞里玛·拉格洛芙（Selam Lagerlf，1858—1940）。他于1909年获得了诺贝尔文学奖金，是第一位获得诺贝尔文学奖的瑞典女作家。她的《尼尔斯骑鹅旅行记》被誉为"作品中特有一种高贵的理想主义、丰富的想象力、平易而优美的风格"（诺贝尔文学奖的授奖辞）。在瑞典，现在有一项最重要的儿童文学奖，就是用尼尔斯的名字命名的。

保加利亚

埃林·佩林（Elin Pelin，1877—1949）。从1909年开始，在

近 40 年的时间里，他为儿童写了许多书，有童话、寓言和短篇小说。其中《扬·比比扬历险记》是其主要作品。《扬·比比扬历险记》描写一个顽劣的、不听教导的男孩，在小魔鬼阿嘘的诱惑下，干了许多坏事，最后还被换掉了脑袋，骗入魔鬼王国。在魔鬼王国中，他的智慧和善良慢慢苏醒了，终于战胜了恶魔米里莱莱，冲出了魔鬼王国并找到了自己的脑袋，成了一个好孩子。

比利时

莫里斯·梅特林克（Maurice Maeterlinck，1862—1949）。他是象征派戏剧的代表作家。1911 年他因成绩卓著的文学活动，获得诺贝尔文学奖。他的《青鸟》这个剧本写于 1908 年，采用童话剧表达他的哲学思想，多少年来，一直盛演不衰，受到不同年龄观众的欢迎。剧中写樵夫的两个孩子在圣诞节前夕，梦见仙女请他们为她病重的女儿去寻找象征幸福的青鸟。这对兄妹用一块有魔法的宝石召来了面包、糖、狗、猫等精灵，在光神的引导下走遍记忆之乡、夜之宫、树林、幸福之宫、未来之国，历尽千辛万苦，青鸟得而复失。梦醒以后，女邻居为她生病的女儿来讨圣诞节礼物。兄妹俩决定把心爱的鸽子送给她的女儿，不料鸽子一下子变成了青鸟。

捷克

聂姆佐娃（Bozena Nemcova，1820—1862）。他的小说《外祖母》被誉为"捷克文学的一颗明珠"，同样，她的童话也深为读者喜爱。《三株金苹果树》是 10 卷本的《斯洛伐克童话和故事》中最为著名的一篇作品。

约瑟夫·拉达（Jose Lada，1887—1957）。他是著名的插图画家，为捷克讽刺作家哈谢克的《好兵帅克》画了非常有特色的插图。他的童话作品代表作有《聪明的小狐狸》和《淘气的故事》。拉达还自己编绘了《我的字母》、《妖怪与水鬼的故事》、《小猫凯什的故事》，并且主编过儿童刊物《小花朵》。由于他把毕生精力都献给了艺术事业，1974 年，捷克政府授予他"人民艺术家"的光荣称号。

俄苏

尼古拉·尼古拉耶维奇·诺索夫（1908—1976）。他写有短篇小说 40 多篇、中篇小说 5 部，为孩子们写过短篇小说集《笃笃笃！》、《快乐的小家庭》、《会动的帽子》等。他作品的主人公分为三类：有调侃和嘲笑孩子的《会爬动的大礼帽》、《会想法儿玩的人》、《随机应变》、《油灰》、《地铁》，嘲笑和评判有品格弱点的孩子《幻想家》、《好孩子找不到称心如意事情做的》、《舒里克在爷爷那里》、《好朋友》、《黄瓜》。他最重要的作品就是以全不知为主人公的童话三部曲——《全不知游绿城》、《全不知游太阳城》、《全不知游月球》，这三部童话都曾荣获苏联克鲁普斯卡娅国家奖。

阿·彼·盖达尔（1904—1941）。他为幼儿写的《丘克和盖克》是他作品中最完美的作品之一，另外他还有作品《铁木儿和他的伙伴们》、《鼓手的命运》、《军事秘密》、《蓝杯》、《军事秘密》等。

维塔利·比安基（1894—1959）。他的大自然文学作品很受欢迎，他为小读者创作了300多篇作品，他向孩子们展示了动物的生活，解释了动物的特性和特点以及与周围环境的联系，开拓了孩子的视野。他的童话适合低幼儿，《小老鼠比克》分外受到低幼孩子的喜爱。

安德烈·乌萨乔夫（1958— ）。他至今出版作品60多部、动画剧10部左右，主要有《母牛的儿子依凡》、《聪明小狗索尼娅》、《老熊看牙》、《小绿人的故事》等。

美国

莱曼·弗兰克·鲍姆（Lyman Frank Baum，1856—1919）。他的第一部儿童文学作品是《鹅爸爸的书》，获得了成功。第二年，他就写出了《绿野仙踪》（原名《奥芝国的魔术师》），这部作品在美国少年儿童中引起了轰动，其后还被改编为舞台剧本，在20世纪30年代末，又被拍成电影。鲍姆应读者的要求，以他虚拟的"奥芝国"为背景，写了一系列的童话，诸如《奥芝国的地方》、《去奥芝国的路》、《奥芝国的翡翠城》、《奥芝国的铁皮人》、《奥芝国的饿老虎》等等。这个系列童话，他一共写了24部。

休·洛夫廷（Hugh Lafting，1886—1947）。他1920年出版了《杜立德医生的非洲之行》（中文译作《杜立德医生的冒险故事》），立即获得成功。此后直到1927年，他每年写出一本以杜立德医生为主角的书，如《杜立德医生的马戏班》、《杜立德医生的花园》、《杜立德医生的动物园》等，一共写了12部。他的《杜立德医生航海记》（1922）获得美国纽伯瑞奖。最后一本叫《杜立德医生与神秘湖》，在他去世后才出版。

乔治·塞尔登（George Selden，1929—1989）。他写了不少儿童文学作品，其中《蟋蟀奇遇记》（《时代广场上的蟋蟀》）是20世纪全球50本最佳童书之一，曾获美国纽伯瑞奖第二名。

弗朗西斯·霍奇森·伯内特（Frances Hodgson Burnett，1849—1924）。她于1886年发表了小说《小少爷方特罗伊》，这本书让伯内特成为当时最畅销、最富有的流行作家之一。此书和1905年发表的《小公主》都曾被改编成话剧。1939年，电影《小公主》由当时红极一时的童星秀兰·邓波儿主演。1911年出版的《秘密花园》，在英国和美国都畅销，并且成为她最著名、最成功的作品。

20世纪，幼儿文学引起了社会普遍的重视和关注。由于印刷条件的日新月异，以幼儿为主要对象的图画书的发展更是蓬勃兴旺，人们对幼小孩子的关注度进一步提高了，人们从不同的角度去关心幼儿文学：家长着眼于对早期阅读的启智作用；教育工作者重视它在培养道德品行方面的作用；儿童文学家从美学角度去探讨其艺术特征；政治、社会活动家则注重其提高年幼一代素质的功效；出版家、图书工作者、书商也各从自己的角度关心幼儿文学。然而，人们一致的共识则是：当今一代儿童是未来世界的主宰，决不能轻视文学在他们成长过程中留下的印痕，如何利用文学形式去引导他们健康成长，关系到国家和民族未来的命运。

正因为社会从如此的角度看待儿童文学，自然导致了各种儿童文学机构的设立和有关工作、活动的开展，全国性、地区性甚至跨地区的组织也应运而生，而这又极为有力地促进了世界儿童文学以及幼儿文学的进一步繁荣。如1954年，国际儿童读物联盟（International Board on Books for Young People，IBBY）在苏黎世设立了以童话大师安徒生的名字命名的国际性儿童文学奖，每两年评选一次。这是20世纪儿童文学发展的一座重要的里程碑。另外，还有为了纪念19世纪英国的图画书画家鲁道夫·凯迪克（Randolph Caldecott）而以他的名字命名的美国凯迪克奖（Caldecott Medal），以及英国图书馆协会于1955年为儿童图画书创立的凯特·格林威奖（Kate Greenway Medal）等。

拓展学习书目

[1] 朱自强. 儿童文学概论[M]. 北京：高等教育出版社，2009.
[2] 韦苇. 世界童话发展史[M]. 福州：福建教育出版社，2002.

关于这一节，请留下你的建议吧，谢谢！

第二节　拉美和日本幼儿文学发展史

本节导读

亚洲、非洲和拉丁美洲的幼儿文学是世界幼儿文学重要的一极，然而鲜有书籍介绍其幼儿文学成就。本节拟以拉丁美洲和日本幼儿文学的发展来一窥亚非拉幼儿文学的发展状况。

小组探讨

1. 谈谈你对阅读过的拉丁美洲幼儿文学作品的感受。你认为影响一个国家幼儿文学发展的因素有哪些？

2. 日本幼儿文学发展是否开启了一条亚非拉幼儿文学发展的道路？为什么？

一、拉美幼儿文学发展史

拉丁美洲的幼儿文学以现实主义为主要风格，在小说、诗歌和童话等方面取得了巨大成就。

在小说方面，拉美的儿童故事洋溢着浓烈的儿童情趣，尤其善于营造儿童与动物之间的脉脉温情。如哥伦比亚享有国际声誉的作家爱德华多·阿里亚斯·苏阿雷斯（Eduardo. Arias. Suarez，1897—1958）的《我与瓜迪安》，写的就是一个流浪儿和小狗瓜迪安患难与共的深厚感情。巴拿马当代知名作家马利奥·奥古斯托（Mario augusto，1919—　）的《甜蜜的圣诞节之夜》堪与安徒生的《卖火柴的小女孩》相媲美，写一个小孤儿圣诞夜在狗的陪伴下作心酸的幻想。此外由智利作家阿尔曼托·基西高里所写的令人啼笑皆非又心酸落泪的故事《洛洛贝贝和狗评选馆》，讲述了一个穷人的男孩子装狗到"狗评选馆"去参加评选的离奇遭遇。委内瑞拉作家阿曼多·何塞·塞凯拉和古巴作家埃尼特·比安在1979年第20届"美洲之家"文学奖的评选活动中分别以作品《防止人们走邪道》和《胡安·扬多》两个作品获得了少年儿童文学奖。秘鲁女作家卡洛塔·努尼丝（？—1980），因儿童小说创作取得杰出成就而获得西班牙"少年儿童小说奖"，她的代表作《镜中的小姑娘》是一部想象力极为丰富的优秀之作。

在诗歌方面，南美的儿童诗歌较为发达，如哥伦比亚的诗人拉·波姆达为儿童写了很多好诗，算是拉美的"头号儿童诗人"。一些在成人文学界获得国际声誉的诗人也投身儿童诗歌创作。如智利女诗人加夫列拉·米丝特拉尔（Gabricla Mistral，1889—1957），这位曾获得诺贝尔文学奖的女性在她的一些诗篇中唱出了纯洁的儿童心声，评论界很多人认为其文学价值高于斯蒂文森的《一个孩子的诗园》。古巴诗人尼古拉斯·纪廉（1902—1989）的《唱给安第利斯群岛孩子的歌》、《摇篮歌》等是献给低幼儿童的不朽名篇。智利诗人聂鲁达（Pablo Neruda，1904—1973）也曾写过一些适合孩子诵读的诗歌作品。

在童话故事方面，拉美也实力不俗。其中最有代表性的作家当属蒙泰罗·洛巴托（1882—1948），他以现实和幻想糅合的方式来讲述童话，如广受孩子喜爱的《黄啄木鸟勋章》和《纳西塔西亚姊姊的童话》，汇集了东方、西方、拉丁美洲的各种各样的民间童话，为童话创作提供了一个成功的范例。另外，秘鲁作家阿·巴尔玛（1911—1969）的印第安民间故事集以及卡·巴尔玛（1833—1919）的《秘鲁传奇》，还有乌拉圭作家奥拉西奥·基罗加的《南部热带森林的童话》等都具有较大的影响。

第二次世界大战后，玻利维亚作家奥斯卡·阿尔法罗（？—1963）的短篇童话取得了与乌拉圭作家奥拉西奥·基罗加相近的文学地位和成就。他的童话以南美大自然风物为背景，题材广泛，构思巧妙，意蕴深刻，融入了作家对丛林的丰富知识和对孩子的理解与热爱，代表作有《火鸟》、《航海家小青蛙》、《鱼首领》、《英雄小山羊》、《泥羊驼》等。

拉美大陆尽管在幼儿文学创作的作家数量、专门的幼儿文学读物出版机构以及幼儿文学的研究机构的数量等方面都不如欧美的许多国家，但从20世纪后半期以来，拉美的幼儿文学获得了较大发展，成为世界幼儿文学重要的一极。

1974年10月，国际儿童读物联盟大会在巴西最大的海港城市里约热内卢召开，讨论了作为陶冶儿童品德情操的儿童图书问题，当时拉美各国参会的约有300多人。1982年，巴西女作家贾·努尼丝荣获了国际安徒生儿童文学作家奖。

二、日本幼儿文学的发展

1. 第二次世界大战前日本幼儿文学发展概况

真正意义上的日本幼儿文学始于19世纪末译介《伊索寓言》、《鲁滨逊漂流记》,到20世纪20年代前后,才真正开始认识并接受西方的现代幼儿文学观。

1918年铃木三重吉因主办了一个发表儿童文学作品的刊物《红鸟》而引起轰动。之后此类刊物如雨后春笋般大量出现,而这也造就了一大批优秀的幼儿文学作家和作品,如小川未明的《红蜡烛和人鱼姑娘》、《野蔷薇》、滨田广介的《灰椋鸟的梦》,宫泽贤治的《银河铁道之夜》等,开启了日本幼儿文学的花季。可惜好景不长,由于受政治和侵略扩张宣传的干扰,幼儿文学界刚刚焕发出的勃勃生机在第二次世界大战中陷入了停滞状态,可读的仅有在夹缝中生存的少量幼儿文学作品,如坪田让治的《风中的孩子》以及新美南吉的《小狐狸阿权》等。

2. 第二次世界大战后的日本幼儿文学发展

第二次世界大战后,日本的幼儿文学是在对战前幼儿文学的批判的基础上建立起来的。首先挑起争论的是鸟越信、古田足日、渡边茂男、石井桃子等理论家,他们以广受儿童欢迎的欧美幼儿文学创作为参照,批判战前童话的诗性品格与儿童读者的阅读兴趣不能对应,认为小川未明等先辈作家的童话缺乏日常性、社会性语言,认为此前的日本幼儿文学没有把"生动有趣、明白易懂"作为自己创作的追求,因而有悖于"儿童文学正是受到孩子的欢迎才具有意义"的常理。(鸟越信《儿童和文化·儿童和文学》)此外,由于受到西方文化的影响,日本也开始引进大量的图画书(日本称之为绘本),许多幼儿文学作家以及艺术家开始积极投身于图画书原创的工作上来。被称为"日本图画书之父"的松居直,从理论上和创作上都对日本图画书的创作起到了巨大的推动作用。他的理论著作有《什么叫图画书》、《看图画书的眼睛》、《图画书时代》、《到图画书的森林中去散步》、《幸福的种子》等,图画书作品有《桃太郎》、《木匠和鬼六》、《信号灯眨眼睛》等。之后产生了五味太郎、宫西达也、中江嘉男等一批享有国际声誉的图画书作家。

一批年轻的幼儿文学作家,如长崎源之助、前川康男、乾富子、大石真等人开始以现实主义手法,用童话和小说等方式反映战争给孩子带来的伤害,从而批判战争的罪恶。另外,一些幼儿文学圈外的作家创作的幼儿文学作品也取得了较大的成就和影响。如石井桃子(1907—2008)的《阿信坐在彩云上》、《山上的富人》、《山上的孩子》、《三月娃娃日》、《侬弄的小花子》等作品深受孩子们的喜爱。其中《阿信坐在彩云上》塑造了一个健康、聪明、快活、淳朴、勤奋又善良的阿信形象,这部作品也因为阿信的这一形象被认为是战后日本幼儿文学起步的标志性作品。大学教授竹山道雄(1903—1984)的《缅甸的竖琴》被认为是"一部质量很高"的从人性深处谴责日本侵略战争的作品。而善于描写母爱和自己童年生活的壶井荣(1900—1967)的《二十四只眼睛》因其平凡而又深刻的内容和温暖情感的表现而震撼了读者的心灵,引起了巨大的反响。

20世纪60年代前后,日本迎来了幼儿文学发展的第二个春天,产生了大量的优秀作品,也奠定了日本幼儿文学的国际影响力。古田足日(1927—   )的《鼹鼠原野的小伙伴们》被日本全国图书馆协会选定为小孩子的"必读图书"。乾富子(1924—   )是一位深受西欧童话影响的幼儿文学作家。她在1954年到1958年发表的长篇童话《长长的长长的企鹅的故事》初次展露童话创作的才华,而此后发表了《树阴下那家的小矮人们》、《来自天空的歌声》、《北极莫希佳、咪希佳》、《小矮人奇遇记》等等。她的童话以动物喻人,讲述动物在与困难的斗争中茁壮成长,以此来培育孩子的良好品格。她也因她的作品和对幼儿文学领域的贡献而获得了安徒生佳作奖、日本国内安徒生奖、野间幼儿文学奖、每日出版文化类奖等多类奖项。

松谷美代子(1926—   )。她是一位成绩卓著的童话作家。1947年,年仅21岁的她创作出版了作品集《变为贝壳的孩子》,该作品在1951年获得了幼儿文学新秀奖。1960年她出版了《龙子太郎》,并获得讲谈社幼儿文学新人奖,次年又获得产经儿童出版文化大奖。1962年因她的多部幼儿文学杰作获得了国际安徒生佳作奖。1980年因写出了反对原子战争的童话《两个意达》而获得为国际儿童年而设立的特别安徒生奖,继而在国际残疾人年又获奖。松谷美代子因多次获得国际性奖誉而受世人瞩目,是日本少数饮誉世界的童话作家之一。

此外比较有代表性的还有佐藤晓(1928—   )。她在1959年以长篇童话《神秘的小小国》而成名,该作品也曾获得多个奖项,被誉为21世纪50年代的划时代童话。她的《狐狸三吉》、《豆粒大的小狗》、《婴儿大王》、《外婆的飞机》等也是较为优秀的童话作品。

中川李枝子(1935—   )。她的幼儿童话是日本童话中最具世界性的部分。1962年她出版的《不不园》以其幽默和童趣获得了国内外的一致好评，被认为是低幼童话的东方典范。这部作品由7个相对独立的小故事组成，以小男孩闹闹相贯穿。该童话最大的特点在于把孩子们的现实日常生活和幻想世界相对接，用幻想来写真实生活，在真实生活中融入幻想。故事想象大胆奇特，幽默富有童趣，真实地再现了幼儿丰富的心灵世界。此外她还写作了《桃花色的长颈鹿》、《小胆大侦探》等童话故事，也受到了孩子的欢迎。另外她创作的幼儿图画书《古利和古拉》也深受孩子们的欢迎，被日本童话书之父松居直选为"最受儿童欢迎的50本图画书"之一。

佐野洋子（1938—　）。这位生于中国北京的日本童话女作家，是一位曾经到柏林造型大学深造过的版画艺术家。她的《活了100万次的猫》第一次把她自己创造的艺术震撼传送给了世界，把生死以及真爱这种深刻的话题生动地展示出来，是一部超越了年龄和时代的杰作。故事以一只虎斑猫为主人公，讲述了这只漂亮的虎斑猫曾经活过100万次，在100万次死的时候有100万个人为它流下了眼泪，但它自己一点也不觉得悲伤，因为这些人，其中包括国王、水手、魔术师、小偷、老太太，还有小女孩等，他们爱的永远是自己而让虎斑猫来承受这种无爱，100万次的生命其实是100万次的被玩弄，当然虎斑猫也没真正爱过100万人中的任何一个。直到它成为了一只独来独往的野猫，一只属于自己的猫，遇到了一只白猫并与白猫因为爱情真正生活在了一起，它才体会到了真爱。当白猫死后，虎斑猫也死了，而且流下了很多眼泪，而这次死亡也终结了它的生命。它再也没有活过来。这就告诉我们，虎斑猫真正地爱过才算真正地活过，真正地活过，才可以无憾地死去。此外，佐野洋子的《五岁奶奶去钓鱼》也获得了大家的一致认可。

五味太郎（1945—　）。他出生于东京，毕业于日本桑泽研究所的工业设计科，曾经荣获波隆那国际儿童原画展等多项国际知名大奖。他是一位多产又富有创意的作者及画家，他的作品都是自己写作，自己画插画，自己设计版面。虽然五味太郎30岁才加入创作图画书的行列，但是他的创作力丰沛，于短短

20多年间，就拥有230多本图画书作品，堪称是世界儿童图画书界的奇迹。他的每本图画书都充满了创意、趣味和幽默感，题材包罗万象，色彩鲜艳明亮，令每个刚接触绘本的小小孩都爱不释手。其代表作有《鳄鱼怕怕，牙医怕怕》、《从窗外送来的礼物》、《黄色的是蝴蝶》等，构思精巧，童趣无限。

宫西达也（1956— ），日本当代最为活跃的绘本作家之一，至今出版了70多部绘本。毕业于日本大学艺术学部美术学科的他，从自己的童年生活和四个孩子的成长中获得灵感创作了许多趣味盎然而又构思奇特的绘本故事。《今天运气多好》获讲谈社出版文化奖绘本奖，《爸爸是赛文奥特曼》、《你看起来好像很好吃》均获剑渊绘本乡绘本奖大奖。宫西达也不仅致力于绘本创作，而且也对绘本进行了大量的宣传和推广。他多次来过中国，在中国拥有大量的"粉丝"。

中江嘉男、上野纪子是一对夫妻搭档。中江嘉男致力于故事的情节构思，妻子上野纪子则倾向于图画的设计。两人都曾多次获奖，也都毕业于日本大学艺术学系美术专业。代表作是两人合作的"鼠小弟系列"，目前已出版了22本，深受孩子们的喜爱。

此外，战后的日本在幼儿动画方面也展示了较强的实力。日本的动漫产业非常发达，其产品远销世界各国，深受各国儿童的欢迎。其中著名的动画影视制作大师宫崎骏堪称是日本动漫产业的领军人物。

宫崎骏（1941— ）。他毕业于日本东京学习院大学，1963年进入东映动画公司，1985年与高畑勋共同创立吉卜力工作室。宫崎骏因多部优秀的动漫作品而在全球动画界享有无可替代的地位，迪斯尼称其为"动画界的黑泽明"。2001年由他执导并参编的动画《千与千寻》获得了第75届奥斯卡最佳长篇动画奖。宫崎骏的动画片是能够和迪斯尼、梦工厂共分天下的一支重要的东方力量。宫崎骏的每部作品，题材虽然不同，但却将梦想、环保、人生、生存这些令人反思的信息，融合其中。他这份执着，不单令全球人产生共鸣，更受到全世界重视，连美国动画王国迪斯尼，都有意购买宫崎骏的动画电影发行版权（亚洲地区除外）。其代表作还有《天空之城》、《哈尔的移动城堡》等。

总而言之，日本的幼儿文学比较发达，在整个国际舞台上扮演着重要的角色，尤其是动漫产业和图画书创作在国际上享有很高的声誉。

理论与实践操作

1. 阅读一些亚非拉幼儿文学作家的作品，谈谈感受。
2. 你认为制约亚非拉幼儿文学发展的因素有哪些？

拓展学习书目

［1］〔巴西〕若泽·毛罗·德瓦斯康塞洛斯.我亲爱的甜橙树［M］.北京：天天出版社，2010.

［2］〔日〕中江嘉男（文），上野纪子（图）.可爱的鼠小弟系列［M］.海南：南海出版公司，2011.

关于这一节，请留下你的建议吧，谢谢！

第三节　中国幼儿文学发展史

本节导读

中国幼儿文学虽然起步晚，但发展较快，所取得的成就也较大、较全面。短短一百余年的时间，我国在幼儿诗歌、童话、戏剧、散文等各方面都获得了长足的发展，在世界幼儿文学发展之林中扮演着越来越重要的角色。本节以历史发展为线索，对我国幼儿文学进行了梳理。

小组探讨

1. 日本幼儿文学的发展对我国幼儿文学发展有什么启示？
2. 当前我国的幼儿文学发展存在哪些弊端？未来的发展方向有哪些？

一、发轫草创期

20世纪前中国尚无完全意义上的儿童文学，更不要说是幼儿文学了。这是因为在封建宗法制的社会中，泱泱中华只知皇权，不知有人权，而儿童又是人权最为孱弱的群体。作为成人的附庸，他们被动地受制于道统体系中所有的权威。中国有着丰富、瑰丽的民间文化，如《后羿射日》、《女娲补天》、《精卫填海》、《嫦娥奔月》、《牛郎织女》等传说和寓言，中国古籍中最早出现具有童话特点的作品并不比西方迟。周作人说："中国国自昔有之，越中人家皆以是娱小儿，乡村之间尤多存者，第未尝有人采录，任之散逸……"（周作人《童话研究》）魏晋南北朝的志怪小说、唐人笔记小说中记载下来的民间童话，比贝洛童话早出近千年，可是它们的文学形式没有产生像贝洛童话那样深广的影响。早在1593年我国便出现了第一部由吕坤编的儿歌专集《演小儿语》，其中的儿歌作品"极浅，极明，极俗。讹字从其讹，方言仍用方言，但令人耳悦心，欢然警悟"，它是真实记录下来的民间儿歌。

这些神话传说以其故事的幻想和趣味，以其对于大自然奥秘的烂漫荒诞解释而叩击孩提心灵，无一不具有为低幼孩子喜闻乐听的性质。所以古代的民间传说和神话，虽不是专为幼儿所创作，但却为幼儿所喜爱，而成为幼儿文学之萌芽。

二、初步兴盛期

"五四"时期，是我国幼儿文学的初步兴盛期。彭斯远教授认为："整个中国现代儿童文学具有明显和突出的幼年文学面貌。"这种现象形成的原因是"中国现代儿童文学自上一世纪诞生以来，很快加强了自身发展规律的认识。在此过程中，儿童文学研究家周作人曾于1920年在北京孔德学校所作的演讲中，提出了与读者年龄分期相对应的儿童文学组成部分的划分理论。他认为少年儿童可分为幼儿期与少年期，故儿童文学相应也需划分为幼年文学与少年文学两个部分。"（彭斯远《成人与孩子的世界》）这为此后的幼儿文学的正式产生和确立奠定了基础。

例如被朱自清辑录于《中国新文学大系·诗集》中的两首小诗，一首是周作人的《儿歌》，一首是胡适的《湖上》：

儿歌

小孩儿，你为什么哭？
你要泥人吗？
你要布老虎吗？
也不要泥人儿，
也不要布老虎。
对面杨柳树上的三只黑老鸹，
哇儿，哇儿地飞去了。

湖上

水上一个萤火，
水里一个萤火，
平排着，
轻轻地，
打我们的船边飞过。

他们俩儿越飞越近，

渐渐地并作了一个。

这两首小诗无论从思想、意境还是语言，都显出浅显、明朗和易懂的幼儿诗歌的特点，同时在20世纪初郑振铎的《春游》、《小猫》，叶圣陶的《蝴蝶歌》，汪静之的《疑问》，康白情的《和平的春里》等短诗，都是供低幼儿童吟咏的典型的幼儿诗。

除了韵文，散文体的童话、寓言和故事，也是呈现在幼儿阅读视野里的宠物。1909年孙毓修用白话出版了《童话》连丛，囊括了几乎中外古今儿童文学读物之大成。叶圣陶创作的第一批童话、黎锦晖的童话歌舞剧和《小朋友》杂志，都适应低龄幼儿阅读欣赏的口味。

梁启超先生对中国儿童文学的启蒙也有极大的影响，他热诚关注文学同"童孺"的关系，亲自作过好多供小学生咏唱的儿童歌谣，认真推进《学堂乐歌》，使之成为本世纪初中国儿童精神表现的重大现象和特征之一。但同时他的主张显示了鲜明的政治功利色彩，倡导文学"开启民智"、"疗救国民根性"的功能，中国儿童文学从这一时期就被注入"社会功能"和"政治目的"，奠定了"工具性"的基础。

朱自强教授认为中国儿童文学的母体是西方儿童文学，是在"五四"时期正式进入中国的，这一时期的儿童文学明显以译介为主要特点。沈雁冰主编的《小说月报》和王蕴章主编的《妇女杂志》都分别开辟了"儿童文学"和"儿童领地"专栏，翻译刊登安徒生、格林兄弟、王尔德、梅特林克、托尔斯泰等作家的儿童文学作品。鲁迅、周作人兄弟在留学日本期间开始译介西方儿童文学，郑振铎、穆木天、赵景深、顾均正、赵元任、严既澄、徐调孚、陈伯吹等人都做了大量译介工作。著名语言学家赵元任1922年译介了风靡欧美的《爱丽丝漫游奇境记》，1928年另一部著名童话《木偶奇遇记》也由英文翻译成中文。1922年中国现代儿童文学史上最有影响的两份刊物——《儿童世界》和《小朋友》创刊，其中《儿童世界》几乎每期都登载外国童话和寓言，主编郑振铎亲自撰文介绍《印度寓言》、《莱辛寓言》、《列那狐的故事》

等作品。在译介的作品中,安徒生的童话引起人们的极大兴趣,1918年《新青年》就专题介绍安徒生。1925年安徒生诞生120周年及逝世50周年,大型刊物《小说月报》整整两期刊出"安徒生号"。郑振铎称安徒生是"世界最伟大的童话作家",其童话是"儿童最好的读物","他的伟大就在于以他的童心和诗才开辟了一个童话的天地,给文学一个新的式样"。很多作家受到安徒生的巨大影响,如严文井读了安徒生的《夜莺》等童话深受触动:"安徒生给我很大的震动,他的书引起我对美和纯文学的兴趣。"

除翻译作品外,一些作家着手创作了一批文学精品,如沈从文先生于1928年出版了中国第一部长篇童话《阿丽丝中国游记》,陈伯吹先生于1931年创作了《阿丽丝小姐》。这时期最大的收获还有张天翼的童话,20世纪30年代初张天翼发表《大林和小林》和《秃秃大王》,作品从儿童的生活经验出发,用巧妙的艺术手法展开故事,荒诞怪异,充满游戏性。冰心的《寄小读者》从20年代到1947年就发行了36版。香港也有黄庆云出版半月刊《新儿童》(1941),并出版《庆云童话集》、《庆云儿童故事集》等。

在理论研究方面,周作人先生是中国现代儿童文学的先驱和童话理论家。在其《童话研究》、《童话略论》、《童话释义》等专门的童话论著中,对童话的特征、功能、艺术标准等作了开拓性的研究。著名学者李叔同对儿童歌咏、儿童艺术和戏剧的审美形态进行了开拓性的研究。郭沫若1922年1月发表的《儿童文学之管见》、1943年2月发表的《本质的文学》都是在当时的文艺界引起过重要影响的儿童文学理论。赵景深在这一时期先后出版了《童话概要》、《童话论集》、《童话学ABC》、《〈儿童文学小论〉参考资料》、《童话评论》等论著,对我国儿童文学理论研究作出了开创性的贡献。

20世纪30、40年代的中国可谓"遍体鳞伤",既有国内战争又有外敌入侵,在这种背景下,需要的是能够直接反映现实问题的文学作品。以张天翼、陈伯吹、严文井、金近、贺宜、郭风等为代表的儿童文学作家,创作了一批与中国的出路、与当时的阶级对抗以及革命联系在一起的作品,其中儿童剧、报告文学和小说等容易体现现实意义的作品居多,而童话、散文等浪漫性、抒情性文体相对来说比较少。

三、高度繁荣期

1949年中华人民共和国成立,结束了多年的战乱生活,人们充满了对未来的信心和希望。中国儿童文学与年轻的共和国一样,洋溢着一股蓬勃向上的生机。黄云生教授说:"处于上升时期的政治氛围,使作家们很自然地形成了丰富的想象,而这一特征又与儿童文学本身所具有的浪漫主义气质相契合。"于是"新的思想、新的表现对象、新的创作力量,创造了新的主题、新的题材、新的人物形象。"(黄云生《儿童文学教程》)这一时期的作品数量和质量都有很大的发展，并且强烈地吸引着小读者。

这一时期的幼儿文学作品，例如柯岩于1955年首次创作的《儿童诗三首》——《小弟和小猫》《我的小竹竿》《坐火车》在《人民文学》发表，立即赢得广大幼童的喜爱并为儿童文学界注目。柯岩继而发表的《"小兵"的故事》更在儿童诗坛引起轰动效应。柯岩50年代的创作，大多是幼儿故事诗，这些诗作的主要特色，是荡漾着动人心弦的幼儿情趣。还有任大霖的《蟋蟀》、张天翼的《宝葫芦的秘密》和童话剧《大灰狼》、陈伯吹的《一只想飞的猫》、贺宜的《小公鸡历险记》、金近的《小鸭子学游泳》、包蕾的《小金鱼拔牙齿》、葛翠琳的《野葡萄》、洪汛涛的《神笔马良》等作家作品描绘了一个个生动活泼的艺术形象，使这些作品散发出耀眼的光彩，深深吸引了广大幼儿读者。

50年代后，苏联儿童文学的影响巨大而深广。外国儿童文学研究专家韦苇认为："论及外国儿童文学对中国儿童文学影响之深广，是没有第二个国家可与俄罗斯匹比的。"（韦苇《外国儿童文学史》）其中高尔基的《主题论》不仅对我国当时的儿童文学创作有着指导意义，同时还对此后的中国儿童文学研究产生了积极的影响。在苏联儿童文学理论直接间接影响下，我国的儿童文学研究初步形成了强调儿童文学的社会主义教育方向性和儿童审美心理的年龄特征的基本观点，这些观点一直被延续和扩展到建国后整个中国儿童文学理论界。尤其值得一提的是孙幼军，他是中国第一个获得"国际安徒生文学奖"提名的作家，1961年出版的《小布头奇遇记》意趣盎然，有极高的文学声誉。

四、美学回归期

王泉根等学者认为，新时期的儿童文学作家的创作从一开始就反思社会、反思人生、反思中国儿童生存状态。他们的创作实践曾经历了"三个回归"：第一个回归是回归文学，不满"教育儿童的文学"脱离文学的本质，把文学当成教育儿童的工具；第二个回归是回归儿童、回归儿童本位；第三个回归就是回归作家的艺术个性。

这期间，中国幼儿文学以多姿多彩的风貌显现在下述三个方面。

一是幼儿文学报刊不断萌生。幼儿杂志和幼教杂志在全国遍地开花，与幼儿园教育密切相关的《幼儿教育》《学前教育》等专业杂志，以及《婴儿画报》《幼儿画报》《幼儿智力世界》等文学杂志适应家长和小读者的要求，开始大量刊登优秀的文学作品，客观上刺激了文学创作的发展，并相应带动了幼儿文学理论的研究。全国不少报纸还定期不定期地开辟幼儿文学专栏，为繁荣创作、推荐新人起了很大作用。

二是幼儿文学作家、理论研究队伍不断壮大。文坛一大批创作经验丰富的老作家，仍然不断向孩子们奉献新作。其中最为活跃的有任溶溶、鲁兵、圣野、张继楼、金近、张秋生、方轶群、金波、樊发稼、叶永烈等。为了保持创作活力，我国幼儿文苑一向把新人培养视为自己的职责，因此20世纪80年代成长起来的幼儿文学作家，如郑渊洁、冰波、周锐、郑春华、高洪波、谭小乔、杜虹、王一梅等在创作上作出了杰出贡献；而以蒋风、韦苇、黄云生、王泉根、方卫平等学者为代表的儿童文学理论工作者，共同开创了幼儿文学研究的新局面。

三是幼儿文学作品和书籍大量出版发行。有了充足数量的高素质作家，其创作的量和质才能得到确切的保证。个人作品集有郑春华的幼儿生活故事《大头儿子和小头爸爸》、谢华的《岩石上的小蝌蚪》、李华的《会飞的蘑菇》等。幼儿文学丛书有少年儿童出版社的鲁兵主编的《365夜》等系列丛书、安徽少年儿童出版社推出的"中国著名作家幼儿文学作品丛书"，其中包括陈伯吹、贺宜、严文井、金近、包蕾、柯岩、鲁兵、葛翠琳等人的作品。明天出版社推出的"中国幼儿文学家丛书"，其中包括孙幼军、张秋生、郑春华、冰波、李少白和武玉桂等作家的作品。另外在汇编中有两套系列大书特别值得一提，一部是中国出版工作者协会幼儿读物研究会编辑的《中国幼儿文学集成（1919—1989）》（重庆出版社）；另一部是张美妮和巢扬主编的《中国新时期幼儿文学大系》（未来出版社）。这两部书的发行在记载保存我国现当代幼儿文学的珍贵史料上，具有不可抹杀的文献价值。同时，在翻译界，20世纪80、90年代译介西方儿童文学再一次形成热潮，这时期翻译作品数量之多、门类之广、对中国儿童文学影响之深，远胜于"五四"前后第一次译介热潮。如1982年任溶溶先生翻译的《长袜子皮皮》在上海《新民晚报》上连载，大受幼儿欢迎。

90年代之后，作家是在市场经济、传媒多样化的环境中长大的，这正是中国改革开放的年代，更具青春滋润的灵气，更富先锋张力的姿态，更加紧贴把握新世纪少儿世界的行动。这一时期的创作走向儿童内心世界，不再把思想内涵作为衡量作品优劣的唯一标准，而是追求表现风格的多样化，追求鲜明的艺术个性，儿童文学理论学者张美妮教授将之称为"儿童文学回归大地"。幼儿文学的文学性、儿童性进一步得以彰显，郑春华的《大头儿子和小头爸爸》以及汤素兰《笨狼的故事》等作品，摆脱了以往"主题先行"、一味凸现"思想性"的窠臼,充满意趣,为幼儿文学创作带来清新的气息,与幼儿教育界进一步明确文学教育回归"文学性"的主旨相吻合。与此同时,幼儿读物出版界内部有了很大的变化,明确"儿童本位"的理念,开始与幼儿教育界、与家长等密切接触,引进国外优秀的图画书读物。美国、日本等国家以及我国台湾地区的一些出版公司以各种形式进入中国大陆,他们在图画书等领域原本就站在一个很高的起点上,短时间内就引进了大量优秀的读物。

我国幼儿文学虽然取得了较大的成绩,但是对于幼儿文学仍被看成不起眼的"小儿科"。方卫平教授曾指出:"对于幼儿文学的重视和误解,在今天我们大众的文学生活中是一个同样触目的事实。一方面,对早期教育的重视,把幼儿文学推到了当代幼儿教育和幼儿精神生活的一个重要位置上,幼儿文学也成了亲子阅读的重要的文学选材;另一方面,对幼儿文学认识上的误解,又使整个幼儿文学在创作、出版和推广方面存在着许多误区和尴尬。"(方卫平《幼儿文学:可能的艺术空间——当代外国幼儿文学给我们的启示》)幼儿文学给人的感觉就是似乎是糊弄孩子的文学"小儿科",终究不成什么气候。虽然现状不容乐观,但不应丧失努力的信心,除了全社会要真正加强对幼儿文学认识,即不要过分强调其"工具性",而要真正挖掘其文学性和艺术性,还应该"不断提升幼儿文学创作的思想和美学内涵,不断拓展幼儿文学的艺术空间",也应该是我国幼儿文学创作一个重要的努力方向,也才能"彻底破除那些对于幼儿文学的歧视态度"。(方卫平《幼儿文学:可能的艺术空间——当代外国幼儿文学给我们的启示》)

拓展学习书目

[1] 樊发稼. 樊发稼儿童文学评论选[M]. 贵阳:贵州人民出版社,1996.

[2] 蒋风. 中国儿童文学发展史[M]. 上海:少年儿童出版社,2007.

关于这一节，请留下你的建议吧，谢谢！

第三章

幼儿文学文体篇

第一节 幼儿诗歌

本节导读

通过本节的学习,在理论方面,掌握儿歌和幼儿诗的概念,理解儿歌和幼儿诗的艺术特征,了解儿歌和幼儿诗的主要类型,培养和提高对幼儿诗歌的阅读鉴赏能力和创作素养。

小组探讨

还记得小时候听过或念过的童谣吗?试举例说明它们为什么能一代代流传下来。

一、儿歌

(一)儿歌的概说

1. 儿歌的概念

儿歌是一种适合幼儿听赏诵唱的歌谣,是幼儿最早接触的文学样式,是幼儿文学最古老也最基本的体裁形式之一,也称"童谣"。

作为一种口头文学样式,在幼儿文学中,儿歌最具有人之初文学的意义。儿歌生长于民间文学的土壤,合辙押韵,有明显的实用性和游戏性。从呱呱坠地开始,幼儿就与儿歌相依相伴,可以说,有孩子,就有儿歌。聆听着轻快悦耳的童谣,吟唱着朗朗上口的儿歌,孩子们度过了纯真美好的幼年时光。如下面这首:

月光走,我也走,我跟月光提花篓,一提提到园门口。摘把苋菜摘把葱,摘些茄子满篓红,摘把韭菜塞篓角,摘个葫芦毛茸茸。

这首江西儿歌描绘了一个小孩子在月夜以月当灯,提篓到菜园摘菜的情景,表现了月下劳动的喜悦之情。

作为人一生中最早接触的文学样式,儿歌对开启婴幼儿的心智,陶冶他们的性情,训练他们的语言有着重要的作用。著名的儿童文学作家、理论家高洪波先生曾这样说过:"用儿歌的音韵、节奏来营养的童年,注定是幸福的童年。"因为它给了孩子幼小的心灵最初的美的熏陶和爱的滋润。如王承华的《小乌龟》:

小乌龟,

没礼貌,

我想和它说句话,

它却缩头又缩脑。

再如成再耕的《山羊》:

胡子一大把,

天天喊"妈妈"。

样子像老头,

声音像娃娃。

我们不学你,

大了要耍嗲。

这两首儿歌都采用了拟人化的手法,将孩子熟悉的小动物幻化为人的形象,符合了孩子丰富的想象力。其短小活泼的形式、幽默晓畅的语言,既吻合了孩子纯洁的童心,又使他们在极富幼儿情趣的审美氛围中感受到了生活的真善美,体悟到儿歌独特的艺术魅力。

由此可见,作为幼儿文学不可或缺的一种文学样式,儿歌应该符合幼儿特有的心理需求和欣赏趣味,应该从幼儿的角度出发,反映他们对外在世界的认识,既富有幼儿情趣,又具有民歌艺术风格。黄庆云说过:"很难设想,一个没有唱过儿歌的孩子能快乐地成长起来。"优秀的儿歌宛如天籁之音,滋润着孩子稚嫩的心田,在他们心中播下至真、至善、至美的种子,伴随着他们快乐地成长,就像吕坤在《演小儿语·序》中所说"童时习之,可以终身体认"。

2. 儿歌的历史发展

我国儿歌有着悠久的历史,它起源于民间,是劳动人民用以表达自己思想感情和情感倾向的一种口头创作,口耳相授,代代相传。如秦始皇时的一首童谣"阿房,阿房,亡始皇",用凝练简洁、晓畅易懂的语言倾泻出了民众鲜明的情感指向。在当时这类歌谣还没有一个统一的称谓，于是我国古代常常将其称之为"童谣"、"孺子歌"、"小儿语"、"小儿谣"、"童儿歌"等，一般指传唱于儿童之口的没有乐谱的歌谣。

关于儿歌的最早记载可追溯到两千多年以前的作品，如《国语》、《春秋左氏传》、《战国策》等古代典籍。《国语·晋语》（韦昭注）中说："童，童子。徒歌曰语。"不过由上古流传下来的童谣并未真正立足于孩子并为这一特有群体而书写，歌谣中也未真正体现出孩子特有的童真与童趣，它们更多的是作为为政治服务的工具，为政治而吟诵，多以预示祸福吉凶的谶语形式出现。直到明代，文学家杨慎对童谣作出了进一步的诠释，在《丹铅总录》卷二五中，他认为："徒歌者，谓不用丝竹相和也……童子歌曰谣，以其出自胸臆，不由人教也。"杨慎对童谣的认识无疑突出强调了童谣自身的创作规律，他所编辑整理的《古今风谣》便收录了不少凝聚着幼儿审美内蕴的生动有趣的童谣，如"牵郎郎，拽弟弟，打破碗儿便作地"。质朴平易的语言，舒缓有致的节奏令小读者感受到了童年时的快乐时光。杨慎的努力使以前难登大雅之堂的童谣逐渐为人们所瞩目。

16世纪末，明代学者吕坤编辑的《演小儿语》问世了，这是我国最早的一部儿歌专集。全书是在收集河北、河南、陕西、山西等地民间童谣基础上创作整理而成，共有儿歌46首。此后文人整理编撰的童谣集日益增多。19世纪中叶，清代郑旭旦编的《天籁集》、悟痴生编的《广天籁集》以及清末意大利驻中国使馆的传教士韦大利编的《北京儿歌》等相继问世，郑旭旦把儿歌称作"天地之妙文"，肯定了儿歌的价值。他们对儿歌的收集整理工作，无疑为现代儿歌的发展奠定了良好的基础。

"五四"时期儿歌的重要性日渐为人们所认识，1918年2月北京大学专门设立了歌谣征集处，1920年冬歌谣征集处改为歌谣研究会，1922年创办《歌谣》周刊，开始着手对儿歌进行较深入的研究，我国的现代儿歌也由此发端。在这时期，由于许多醉心于儿歌创作的人们多使用"儿歌"这一称谓，于是"儿歌"这一概念得以广泛普及并沿用至今。陶行知先生便是当时的儿歌创作能手，他写了一首《手脑相长歌》，易诵易记，在当时广为流传："人生两个宝，双手与大脑；用脑不用手，快要被打倒；用手不用脑，饭也吃不饱；手脑都会用，才算是开天辟地的大好佬！"

1949年中华人民共和国成立以后，儿歌的创作园地更加馥郁芬芳，涌现出了许多挚爱儿歌、热心于儿歌创作的作家和大量的儿歌作品。但在十年文化浩劫中，儿歌创作渐入低谷，即使还存有部分的儿歌创作，但多数已不再是真正意义上为孩子而书写，也不再具备儿歌的基本艺术特色。

"文革"结束后，新时期以来，儿歌再次焕发出勃勃生机。新创作的儿歌、编辑整理的儿歌集大量涌现，研究儿歌的理论文章也层出不穷，这些都显示出了儿歌在当代发展的巨大潜力，亦在一定程度上显现出了儿歌创作发展的繁荣局面。

1976 年，在比利时举行的国际诗歌会把每年的 3 月 21 日定为"世界儿歌日"，并于 1999 年正式确立。21 世纪伊始，北京大学教授、著名学者陈平原就曾预言，儿歌将在 21 世纪重新回到文学的主体地位。我们将看到，儿歌作为一种激发想象力和表现才情的最本真的文学样式，会散发出钻石般的璀璨的光芒。

（二）儿歌的特征

儿歌属于诗歌范畴，具有诗歌的一般属性，同时因其接受对象的年龄特点，而具有自身的特征。儿歌以低幼儿童为主要接受对象，内容贴近低幼儿童的生活，表达上符合低幼儿童语言特点及审美情趣，采用口语化韵语来叙事表意。具体说来，儿歌主要有以下特征。

1. 童趣美

童趣，包含着天真的孩童对这个世界质朴的热爱、率真的好奇，儿歌所表现的正是孩子那颗童心对人、对物、对自然的感受，是发自孩子内心的情感。童趣美是儿歌吸引孩子由生活走向审美的桥梁。比如樊发稼的《小蘑菇》：

小蘑菇，
你真傻！
太阳，
没晒，
大雨，
没下，
你老撑着小伞，
干啥？

在天真的孩子眼中，蘑菇跟自己一样，是一个小孩子。不过，这个孩子有点儿一根筋，老是撑着把小伞，让他看着着急。他好意地去跟蘑菇对话，自然地抒发内心感受：老撑着把伞多累呀，蘑菇，真傻！

蚂蚁是孩童最熟悉的玩伴之一，那么，在孩子眼中，小小的蚂蚁到底是什么样的呢？让我们来看看李文雁的《小蚂蚁》：

小蚂蚁，

小蚂蚁，

见面碰碰小触须。

你碰我，

我碰你，

报告一个好消息：

排队走，

一、二、一，

大家去抬一粒米。

孩子眼中的小蚂蚁，仿佛就是一群小士兵，整整齐齐列队而行，原来是去完成一个"大"任务。细致的观察、天真的想象、活泼的情景，构成了孩子世界中的"真情趣"。

再来看看鲁兵的《小刺猬理发》：

小刺猬，

去理发，

嚓嚓嚓，

嚓嚓嚓，

理完头发瞧瞧他，

不是小刺猬，

是个小娃娃。

短短的几句话描绘了一个小朋友的形象，这个小朋友平时不讲卫生、不爱理发，把自己搞得蓬头垢面的，就像一个小刺猬。儿歌善意地批评了小朋友的不良生活习惯，让他们在笑声中接受教育，充满了机智、趣味和幽默感，让我们深深感受到了儿歌的童趣美。

儿歌，就是这样单纯、直观、具体、形象、活泼又生动，洋溢着浓浓的儿童情趣，没有童趣的儿歌是没有生命力的。

2. 音乐美

儿歌主要是供幼童吟唱的，或者是大人吟唱给孩子们听的，表现出很强的口头文学特征，所以，儿歌是一种听觉艺术，具有韵文艺术的特征。儿歌的篇幅大多短小，却朗朗上口，轻快和谐，具有强烈的节奏感和音韵美。现代心理学研究表明，婴幼儿对音乐的敏感几乎是先天的、本能的。儿歌的音乐感、和谐美，能带给幼儿美的熏陶，给予他们愉悦的体验，也使儿歌富于朗读的魅力。

儿歌的音乐性主要体现为韵律和节奏。作为韵文文学作品，儿歌在语言形式上的特点是必须要押韵，也就是说儿歌的相关句子的最后一个字韵母相同或相近，使作品读来朗朗上口，韵律和谐。常见的押韵形式主要有：一是连韵，也就是句句押韵，一韵到底；二是隔行押韵，一般是一、二、四句押韵，这和唐诗绝句的押韵位置差不多（绝句要求二、四句押韵）；三是几行一转韵，一般用于篇幅相对较长的儿歌，转韵要自然和谐；四是用相同的一个字结尾，如字头歌，每句都用"子"、"头"、"儿"等字收尾。在韵脚的选择上一般以开口韵居多，因为开口韵气流通畅，声音响亮悠长，方便低幼儿童吟诵，而且开口韵的韵脚较多，选择余地较大。

节奏是儿歌的灵魂。所谓节奏，就是每句音组有一定规律，音步统一而协调。有规律的句式是使儿歌产生节奏感的重要途径，另外，押韵和重叠句式的运用也可以加强诗歌的节奏感。一般而言，三字句为两个音步，五字句为三个音步，七字句为四个音部。例如郑春华的《睡午觉》：

枕头放放平，	XX XX X
花被盖盖好。	XX XX X
小枕头，	X XX
小花被，	X XX
跟我一起睡午觉，	XX XX X XX
看谁先睡着！	XX X XX

儿歌的节奏是明快自然的，看似随意，然而又符合节律，丝毫不加雕饰。朗读时如珠落玉盘，清亮悦耳，明快跳跃。看看下面这首传统儿歌《摇摇船》：

摇摇摇,

摇摇摇,

一摇摇到外婆桥,

外婆叫我好宝宝。

糖一包,

果一包,

还有饼儿还有糕,

吃了糕饼上学校。

这首儿歌明白如话,节奏明快,音韵流畅,韵脚落点自然,节律是"三七言"的自然转化,朗读起来轻快跳跃,错落有致。

儿歌句式的变化和每句字数的变化也是增强儿歌节奏感的有效手段。儿歌的句式非常富于变化,三言、五言、七言居多,也可以是一言、二言、三言、四言……以至七言等更多变化。不过,尽管儿歌可以由杂言句式组成,但必须要在统一中求变通,不可因变通而破坏统一的格局,否则就会影响儿歌音乐的美感。让我们来看看任溶溶的儿歌《我给小鸡取名字》:

一、二、三、四、五、六、七,

妈妈买了七只鸡,

我给小鸡取名字。

小一、

　小二、

　　小三、

　　　小四、

　　　　小五、

　　　　　小六,

　　　　　　和小七。

它们一下都走散,

一只东来一只西,

于是再也认不出,

谁是

小七、

小六、
　　　小五、
　　　　小四、
　　　　　小三、
　　　　　　小二，
　　　　　　　和小一。

　　这首儿歌，童趣盎然，清新活泼，特别在节奏上，不拘泥于形式，音韵变化自然，简洁明快灵活多变。不仅读起来朗朗上口，看起来也生动活泼，仿佛一群淘气好动的小鸡跃然纸上。

　　为了加强音乐美的效果，儿歌中还经常采用双声叠韵词、叠词和摹声词。如英国著名诗人里弗茨的《巴喳——巴喳》：

穿上大皮靴在林子里走，
巴喳——巴喳！
"笃笃"听见这声音，
就一下躲到了树枝间。
"吱吱"一下窜上了松树，
"蹦蹦"一下钻进了密林。
"叽叽"嘟一下飞进绿叶中，
"沙沙"哧一下溜进了黑洞。
全都悄没声儿地蹲在看不见的地方，
目不转睛地看着"巴喳——巴喳"越走越远。

　　这是一首构思别致、非常有名的儿歌。儿歌中，诗人巧妙地勾画了一幅森林静谧安详的气氛被人类打扰后动物们紧张不安的场景，没有半个字的说教，却让人体会到人与自然、人与动物之间的和谐是那么可贵，人类应该尊重动物，尊重自然界中每一个生命。儿歌借助有趣的象声词、形象的动词，把不同动物的表现描绘得淋漓尽致，极富音乐性。有一群声音躲起来了——"笃笃"、"吱吱"、"蹦蹦"、"叽叽"、"沙沙"，这群声音是谁啊？他们怎么躲的啊？躲起来之后怎么了呀……谜语般的表现形式对激发幼儿的思维很有帮助。

儿歌是诗，更是歌。它给天真无邪的孩童以知识的陶冶和美的感受；儿歌是文字，更是天籁，是"风行水上，自然成文；花散月前，无心起舞……尤觉真率浑成之至"（郑旭旦《天籁集》）。

3. 游戏性

儿歌最早就是从游戏中发展起来的，有着很明显的游戏成分，"母与儿戏，歌以侑之"。喜爱游戏是幼儿的天性。鲁迅曾经说过"游戏是儿童最正当的行为"。幼儿的生活中，游戏占了相当大的比重。在众多的传统儿歌中，如游戏歌、问答歌、数数歌、颠倒歌、连锁调、绕口令等，无不充满浓厚的游戏精神。儿歌的游戏性使它成为最适宜开展亲子活动的文体。在和孩子玩游戏时，配合游戏一边玩一边念唱儿歌，可以锻炼孩子的语言和思维能力。还记得小时候外婆教我们玩推磨的游戏吗？坐在小靠背木椅上，外婆面对面地握住我们的一双小手，拉过来，推过去，念念有词重复着推磨的童谣：

推磨摇磨，推个粑粑吃不够，推粑粑，请嘎嘎（指外婆、姥姥），嘎嘎不吃酸粑粑；推汤圆儿，请幺姨（儿），幺姨不吃酸汤圆儿；推豆腐，请舅母，舅母不吃酸豆腐……

在富于变化的音乐节奏中，我们不仅获得了语言的快感，还进行了身体的训练。一般形式的儿歌也非常注重动作性，让幼儿在边游戏边诵读中寻找快感和乐趣，在不经意间得到了思维和语言的训练，因此，歌戏互补是儿歌的一个重要特征，如邓国英的《洗脚》：

小脚丫，胖脚丫，
脚盆里，划呀划，
扑哧扑哧打水花，
好像两只小白鸭。

这首诗，游戏性强，小胖脚的活泼可爱，跃然纸上，孩童往往是一边朗读，一边兴奋地摆动小脚丫。在真正洗脚时，也不忘把自己的小脚变成"小白鸭"，戏水玩乐，好不愉快。

再如滕毓旭的《黄豆荚》：

黄豆荚，
真可爱，
里面住满豆乖乖。
秋天到，

房门开,

豆乖乖嘎嘣跳出来。

排着队,

一二一,

走进农民大口袋。

这首儿歌的游戏成分非常明显,动词"住、开、跳、排、走"很具体直观,具有可操作性。故朗读儿歌时,十分讲究动态的设计,即使是描述静态的事物(黄豆荚),也在拟人化中精心赋予游戏的动感。

(三)儿歌的分类

儿歌的分类目前尚无统一的标准。

有研究者根据吟唱主体的不同,将其分为"母歌"和"儿戏",前者指婴幼儿尚在襁褓之中时长者为孩童吟唱的摇篮曲,后者指幼儿嬉戏时念唱的歌谣。

从创作者的角度分,可以分为民间儿歌和创作儿歌两大类。

从形式上分,可以分为三言、五言、七言和杂言以及流传甚广的传统形式儿歌。

从内容上分可以分为德育儿歌、生活儿歌、知识儿歌、谐趣儿歌、游戏儿歌等。

我国儿歌经过几千年的历史传承,形成了一些深受幼儿喜爱的特殊的传统艺术形式,这些传统艺术形式至今仍为儿歌作家所借鉴。儿歌传统艺术形式主要有以下几种类型。

1. 摇篮曲

摇篮曲又称摇篮歌、催眠曲,古称抚儿歌,是母亲或其他成人在看护孩子、哄婴幼儿睡觉时深情吟诵的短小歌谣,是人出生后最早接触的文学样式。睡眠是婴幼儿重要的生活内容,母亲哄孩子入睡时吟唱摇篮歌,可以使孩子在妈妈的歌声中感受到温柔的母爱,在恬静气氛中安然入睡,母爱是摇篮曲的主旋律。摇篮曲情感温柔,韵律和谐,节奏舒缓,对孩子的作用在声不在义,适合低声轻吟,使小小婴孩儿神经舒缓、轻松,渐入梦乡。

摇篮曲一般表达的是长辈对孩子的抚慰和对他们未来前途的期望与祝福，有民间摇篮曲，也有作家创作的摇篮曲。民间流传的摇篮曲数量较多，具有较强的民族风格和地域色彩，大多比较简单，如四川民间流传的摇篮曲《觉觉喽》：

啊哦……
啊哦……
乖乖哟……
觉觉哟……
狗不咬哟……
猫不叫哟……
乖乖睡觉觉喽……

这首摇篮曲语言非常简单，没有明确的意义，只是一些和谐的词语的连缀和重复，是吟唱者的即兴创作，但音韵轻柔悦耳，节奏舒缓和谐。我们可以想象一下：夜深了，妈妈把小宝宝轻轻地揽入怀中，微微摇动宝宝的身子，甜美深情地哼唱着，宝宝在妈妈温柔地吟唱中定会慢慢地进入甜美的梦乡。

作家创作的摇篮曲是有明确文学内容的歌词，讲求艺术技巧，如陈伯吹的《摇篮曲》：

风不吹，浪不高，
小小船儿轻轻摇，
小宝宝啊要睡觉；
风不吹，树不摇，
小鸟不飞也不叫，
小宝宝啊快睡觉；
风不吹，云不飘，
蓝蓝的天空静悄悄，
小宝宝啊，
好好睡一觉。

全诗分三个小节，渲染出一种静谧的氛围，但又有层次有变化，风越来越小，夜越来越静，宝宝正渐渐地安然入睡，诗语中流溢着柔柔的母爱，甜美而温馨。

再来看看黄庆云那首著名的《摇篮曲》：

蓝天是摇篮，

摇着星宝宝，

白云轻轻飘，

星宝宝睡着了。

大海是摇篮，

摇着鱼宝宝，

浪花轻轻翻，

鱼宝宝睡着了。

花园是摇篮，

摇着花宝宝，

风儿轻轻吹，

花宝宝睡着了。

妈妈的手是摇篮，

摇着小宝宝，

歌儿轻轻唱，

宝宝睡着了。

诗人运用比喻和拟人的手法，为我们描绘了"蓝天"、"大海"、"花园"和"妈妈的手"四幅温馨浪漫画面，意境深邃而优美。整首儿歌一韵到底，音韵柔和，节奏舒缓，温存的母爱就在徐徐地吟唱中传递出来，给孩子最初的情感滋养和语言熏陶。

2. 游戏歌

游戏歌是配合游戏动作吟唱的歌谣。游戏是幼儿最喜欢的活动方式，在游戏中朗诵儿歌，可以增强游戏的娱乐性和幼儿的愉悦感，同时也使游戏轻松易行，如儿歌中的踢毽歌、跳绳歌、拍手歌等就是游戏歌。如四川民间童谣《斗虫虫》就是婴儿玩的游戏歌："斗虫虫，咬手手，虫虫虫虫——飞！"在幼儿园里老师也常常用游戏歌来组织幼儿进行游戏活动，如"老狼，老狼，几点钟？"这首流传甚广的游戏歌是幼儿园进行集体反应跑游戏活动时伴唱的重要内容。

由于游戏歌的内容与动作相协调，显得生动活泼，深受幼儿喜爱，因此也出现了许多作家创作的游戏歌，如张继楼的《做手影》：

兔来了，狼来了，
螃蟹爬上墙来了，
电灯一关都跑了，
电灯一开都来了。

孩子们在玩手影游戏时可以一边吟唱这首儿歌，一边以手型完成各种有趣的动作。同时可以按诗歌节奏，增加手影动作，丰富儿歌内容。

有些作家在创作游戏歌时还吸取了传统民谣的一些元素，如李培美的《翻绳谣》：

翻，翻，翻翻绳儿，
翻的花样真逗人儿。
你翻一个大鸡爪，
我翻面条一根根儿。
你翻一张小渔网，
我翻一个洗澡盆儿。
翻呀翻，翻翻绳儿，
赛赛宝宝的巧手。
翻呀翻，翻翻绳儿，
乐呀乐得笑出了声。

手指谣也是一种游戏歌。手指谣是一种把儿歌与手指游戏相结合的游戏儿歌，主要面对的是0—6岁的幼儿。除了一般儿歌的作用之外，手指谣还可以训练幼儿手指动作的协调能力，如《小手拍拍》：

小手小手拍拍拍，（双手做拍手动作）

小手小手伸出来。（双手张开，两臂前伸）

小手小手拍拍拍，（双手做拍手动作）

小手小手举起来。（双手张开，两臂上举）

小手小手拍拍拍，（双手做拍手动作）

小手小手转起来。（两手握拳，两臂曲肘，在胸前做内外绕环）

小手小手拍拍拍，（双手做拍手动作）

小手小手藏起来。（两手放在背后）

科学研究表明，对婴幼儿来说，运动能力与大脑发育水平呈正相关，尤其是婴儿期，而手指谣训练了幼儿双手的灵活与协调能力，对幼儿精细动作的发展非常有利。前面谈到的《斗虫虫》，妈妈一边念儿歌，一边握住婴儿的双手，两手食指相点，念到"飞"的时候，把两只小手分开。这样能帮助婴幼儿锻炼手指的灵活性，培养他们精细运动的能力，刺激大脑发育。所以，现在的手指谣不仅广泛运用于幼儿园的活动教学，还成为早期教育中亲子活动的基本内容，大多数父母都会一些手指谣，还出现了很多改编创作的儿歌。这些创编的手指谣，一般取材于幼儿的日常生活，内容浅显，语言流畅，节奏明快，韵律和谐，配合相应的手部动作，不但能使幼儿的身心得到陶冶，还能增进他们双手的灵活性与协调性，是对大脑机能综合全面的训练，能有效地提高孩子的学习能力和智力发展水平。另外，它还给家长提供了一个与孩子一起边念、边听、边玩、边做的亲子活动的机会，让孩子在充满亲情的良好环境中享受文学带来的乐趣。此外，儿歌的游戏性也为手指谣的改编提供了可能。

3. 数数歌

数数歌是培养幼儿对数的初步认识的儿歌。这种儿歌把数数与文学巧妙结合，既能帮助幼儿掌握简单的数的概念，又能训练幼儿的抽象思维能力，使抽象的数字学习充满趣味性，是对幼儿形象化的数学启蒙教育。

有的数字歌把抽象的数字形象化，激发幼儿对数的兴趣，如郭明志的《数数歌》：

"1"像铅笔细长条，

"2"像小鸭水上漂。

"3"像耳朵听声音，

"4"像小旗随风摇。

"5"像秤钩来称菜，

"6"像豆芽咧嘴笑。
"7"像镰刀割青草，
"8"像麻花拧一遭。
"9"像勺子能吃饭，
"0"像鸡蛋做蛋糕。

有的数数歌利用数序的变化来结构儿歌，增加了儿歌的趣味性，如金近的《数字歌》：

一二三，
爬上山。
四五六，
翻跟头，
七八九，
拍皮球。
伸出两只手，
十个手指头。

还有的数数歌加入简单的计算，使数数与运算融为一体，形成竞赛式的游戏效果，如童谣《蛤蟆下水》：

一只蛤蟆一张嘴，
两只眼睛四条腿，
扑通一声跳下水；

两只蛤蟆两张嘴，
四只眼睛八条腿，
扑通扑通两声跳下水；
……

这样的儿歌不仅教会幼儿数数，而且要求幼儿根据蛤蟆的数目推算出蛤蟆的嘴、眼、腿的数目，无疑是对幼儿的智力测验。这种有一定难度的数数儿歌，往往能激发较大幼儿的思维积极性，培养他们的思维能力。

在传统数数歌中，《七个阿姨来摘果》堪称经典之作：

一二三四五六七，
七六五四三二一，
七个阿姨来摘果，
七个花篮手中提，
七个果子摆七样；
苹果、桃子、石榴、柿子、李子、栗子、梨。

这首儿歌内容中提到的东西都是幼儿生活中经常见到的物品，形象鲜明。数数中有顺数有倒数，节奏感很强。结尾的时候果子的名称突然由双音节变成单音节，戛然而止，体现了儿歌的音律之美。

4. 问答歌

问答歌又称对歌，还有的称之为问答调、盘歌。它通过设问作答的形式，唤起幼儿去观察周围的事物，启发幼儿思考，引导幼儿认识事物或道理。问答歌句式简单，形式活泼。有的采用一问一答的形式，如《谁会跑？》：

谁会跑？
马会跑。
马儿怎样跑？
四脚离地身不摇。
谁会飞？
鸟会飞。
鸟儿怎样飞？
张开翅膀满天飞。
谁会爬？
虫会爬，
虫儿怎样爬？
许多脚儿向前爬。
谁会游？
鱼会游。
鱼儿怎样游？

摇摇尾巴点点头。

有的采取分段问答（连问连答）的形式，如宫玉华的《叫声歌》：

什么"汪汪"能看家？
什么"哦哦"清早啼？
什么"喵喵"抓老鼠？
什么"哞哞"会耕地？
小狗"汪汪"能看家。
公鸡"哦哦"清早啼。
小猫"喵喵"抓老鼠。
老牛"哞哞"会耕地。

还有的儿歌把问答一直延续下去，多问多答，直到问不出或答不出为止。另外，在幼儿园进行集体游戏时也经常采用问答歌的形式，如："嗨！嗨！我的火车要开了／开到哪里去？／开到xx（地名）去。"在你问我答间，幼儿的思维和想象力得到激发，增长了知识，扩大了眼界，语言能力也得到了训练。

5. 连锁调

连锁调也称连锁歌、连珠体儿歌、衔尾式儿歌，是用顶针的修辞手法来结构的儿歌。这类儿歌往往是"随韵接合，义不相贯"，将上一句末尾的字或词作为下一句的开头，或者前后句随韵黏合，逐句相连，类似接口令的方式，环环相扣，一气呵成。这种类型的儿歌，上下句连锁相扣，连得有趣，深得幼儿喜爱。在让幼儿获得音乐的快感的同时，又具有语言训练、培养思维能力的功能。传统的连锁调一般没有明确的意思，但节奏鲜明，音韵铿锵，顺口易记。而作家创作的连锁调则讲究内容的表达，更注重内容和形式的统一，如金近的《野牵牛》：

野牵牛，爬高楼；
高楼高，爬树梢；
树梢长，爬东墙；
东墙滑，爬篱笆；
篱笆细，不敢爬，
躺在地上吹喇叭：
滴滴答！滴滴答！

野牵牛花想往高处爬，先选择了高楼，可高楼太高了，爬不上去，于是去爬树梢又太长了，那就爬东墙吧！可东墙太滑了，怎么办呢？爬篱笆？不行，篱笆太细，它可不敢爬。干脆不爬了，躺在地上吹喇叭玩吧！金近借用传统连锁调的形式，把野牵牛花的形象活泼泼地展现了出来，既生动有趣，有易诵易记。

6. 绕口令

绕口令又叫拗口令，属于儿歌中重点练习发音正音的游戏性儿歌，用读音相近或容易读错的字词连缀在一起组成语音拗口的儿歌。它是训练幼儿语言和思维的一种形式。绕口令除了要求口齿清晰，念得准确无误外，还着重对难点字音进行区别性训练。在文学性上往往要求不高。幼儿语言发展的阶段不同，绕口令的难度也不一样。幼儿在朗读绕口令的过程中，得到了语言与思维方面的训练，而顺畅地朗读会带给他们极大的成就感和满足感，有利于培养他们的自信心与进取心。如《四和十》就是一首经典绕口令：

四和十，十和四，

十四和四十，

四十和十四。

说好四和十得靠舌头和牙齿。

谁说四十是"细席"，

他的舌头没用力；

谁说十四是"适时"，

他的舌头没伸直。

认真学，常练习，

十四、四十、四十四。

7. 颠倒歌

颠倒歌又称错了歌、古怪歌、滑稽歌、倒唱歌，将自然和社会中正常的关系和常态的特点有意识地加以趣味性颠倒，使幼儿在体验不合理的事物特性中感受到荒诞的情趣，除具有认识功能之外，还能丰富幼儿的想象力和幽默感，是集益智和逗乐于一体的儿歌形式，如《稀奇歌》：

一稀奇，南瓜肚里唱京戏；

二稀奇，三岁孩子生胡须；

三稀奇，猴子骑小鸡；

四稀奇，小鱼岸上玩把戏；

五稀奇，小猪穿红衣；

六稀奇，黄狗孵小鸡。

儿歌通过反常规的描写，训练幼儿辨别事物的能力，幽默诙谐，轻松愉快，迎合了幼儿好奇快乐的天性。

8. 谜语歌

谜语歌以儿歌的形式构成谜语，包括谜面（喻体）、迷目和谜底（本体）三部分。谜面部分描绘现象和事物本质的特征，包含着巧妙的悬念，使幼儿学会推理、判断和联想，浅显有趣、易诵易记，是对孩子的智力测验。谜语歌一般选取幼儿所熟悉了解的现象或事物，在特点描述上注重概括和形象、显或隐的合理处理，语言既要浅显、生动、准确，又要避免歧义产生，达到知识性、文学性和趣味性的完美统一。如这首谜底为"荷花"的谜语歌：

一个小姑娘，

生在水中央，

身穿粉红衫，

坐在绿船上。（打一植物）

9. 字头歌

这种儿歌每句的最后一个字都相同，常见的有"子"、"头"、"儿"、"了"等。结尾用"子"字就称为子字歌，用"头"字就称为头字歌。这种形式语言亲切有趣，一韵到底，容易记忆，便于流传，深受幼儿喜爱，如《小兔子开铺子》：

小兔子，开铺子，

一张小桌子，两把小椅子，

三根小绳子，四只小匣子，

五管小笛子，六条小棍子，

七个小盘子，八颗小豆子，

九本小册子，十双小筷子。

（四）儿歌的经典作品推介

1. 刘饶民的《摇篮》

天蓝蓝，

海蓝蓝，

小小船儿当摇篮。

海是家，

浪做伴，

白帆带我到处玩。

刘饶民（1922—1987），山东省莱阳人，是20世纪50年代出现的儿童诗歌作家。作品集有《英雄的朝鲜孩子们》《天上星连星》《海边孩子爱唱歌》《儿歌一百首》等，其中《大海的歌》获第二次全国少儿文艺创评作奖二等奖。在其诗作中，他对海滨风情的描绘令人难以忘怀。

这首儿歌以朴实精练的文字、有趣生动的形象和富有诗意的想象，为孩子精心编织了一个美丽新奇的摇篮。蓝蓝的天、蓝蓝的海、小小的船儿、飘动的白帆，令孩子在如诗如画般的境界中感受生活的美好与惬意。凭借寥寥数语，作者已将无边无际、奔腾不息的大海幻化为温馨静谧的家园，呈现于孩子眼前的是一个充溢着幼儿情趣的令他们无限向往的快乐天地。

匀称的句式、悦耳的旋律、优美的意境、令人生发无限遐想的空间……这一切都被作者有机统一在了和谐的儿歌世界中。

2. 莱蒙托夫的《摇篮曲》

睡吧，

我可爱的小宝宝，

睡吧，

睡吧，

月儿静悄悄,

把你摇篮儿照。

我给你讲故事,

我给你唱歌谣,

你闭上眼睛快睡觉。

睡吧,

睡吧!

米哈依尔·尤利耶维奇·莱蒙托夫(1814—1841)是俄罗斯的伟大诗人。他上中学时开始写诗,留给世人的作品包括约400首诗歌和30首长诗,其中绝大多数是在诗人死后发表,代表作品有《帆》、《剑》、《祖国》等。

这首诗音韵和谐优美,场景描绘细腻。在一个温馨的夜晚,月光静静地照着小小的摇篮,妈妈有节奏地轻轻地晃动着摇篮,用低低地语调给宝宝讲故事唱歌谣,哄宝宝睡觉。小宝宝在这种称作"母歌"的哼唱中,从其优美的音调和旋律中感受到一种温馨的母爱,加深了亲子关系,潜移默化地培养了一种信任、关爱的性格情操。

3. 任溶溶的《一首唱不完的歌》

吃了大西瓜,

瓜子种地下。

瓜子长出芽,

瓜藤满地爬,

藤上开出花,

结出大西瓜。

吃了大西瓜,

种子种地下。

……

任溶溶(1923—),广东省高鹤县人,著名儿童文学作家、文学翻译家,主要作品有《没头脑和不高兴》、《一个天才的杂技演员》、《你们说我爸爸是干什么的》、《丁丁探险记》等。《你们说我爸爸是干什么的》在全国第二次少年儿童文艺创作评奖中获一等奖。

这是一首趣味性很强的游戏儿歌。它撷取了现实生活中吃完西瓜、留下瓜子、种到地下、瓜子发芽抽藤开花、花儿谢掉后又结出大西瓜的司空见惯的现象,辅之以简洁形象的语言、悦耳和谐的节奏，让孩子在瓜儿不断、歌永远也唱不完中体会到游戏的乐趣和儿歌回环往复的音韵美的同时，亦让孩子初步感悟到生活中某些事物的生而又死、死而又生、方生方死、方死方生的道理。

4. 谢武彰的《矮矮的鸭子》

　　一排鸭子，个子矮矮，
　　走起路来，屁股歪歪。
　　翅膀拍拍，太阳晒晒。
　　伸长脖子，吃吃青菜。
　　一排鸭子，个子矮矮。
　　走起路来，屁股歪歪。

谢武彰是台湾的著名儿童文学作家，创作了许多优秀的幼儿诗歌作品。他的儿歌集获得过台湾文学的最高奖，《矮矮的鸭子》就是其中的代表作品。

这首儿歌用简洁的语言描绘了一群小鸭子的形象：矮矮的个子，歪着屁股走路，喜欢群体活动，爱晒太阳，爱吃青菜。小鸭子是孩子们都很熟悉的，容易理解和模仿，儿歌的音韵非常和谐，节奏感很强，读起来朗朗上口，声音的回环反复给我们的听觉带来了愉悦。另外它的动作性很强，捕捉到了童心童趣。

5. 张继楼的《翻跟斗》

　　小妞妞，
　　围兜兜。
　　兜兜里头装豆豆，
　　吃了豆豆翻跟斗。
　　左边翻个六，
　　漏了九颗豆；
　　右边翻个九，
　　漏了六颗豆。
　　问你翻了几个大跟斗？

再问漏了几颗小豆豆?

张继楼（1927— ），江苏省宜兴县人，著名儿歌与童诗创作者。他先后出版了《夏天到来虫虫飞》(1964年)、《写给孩子们的诗》(1979年)、《种子坐飞机》(1983年)等20部作品。编选了《晚安故事365》、《中国当代儿童诗歌选》等23种单行本。其中，儿歌《一张图画占垛墙》在1980年获得全国少年儿童文艺创作评奖三等奖。

这是一首集游戏性、趣味性、知识性于一体的儿歌。从小妞妞围兜兜开始到小妞妞装豆豆、翻跟斗再连滚带爬地去拾豆豆……浓郁的生活气息、自然真切的情意荡漾在整首儿歌中。作者以诙谐活泼的文笔、平实浅显的语言精心刻画了一个稚气顽皮、憨态可掬的幼儿形象，让孩子们在感受现实生活的童真乐趣与盎然的游戏兴味的同时，又学习辨识了容易混淆的两个数字，作者的精心营造可谓独具匠心。

6. 张秋生的《半半歌》

有个小孩叫半半，
起床已经七点半，
鞋子穿一半，
脸儿洗一半，
早饭吃一半，
课本拿一半，
上学路上半半跑，
光着一只小脚板。

张秋生（1939年— ），天津市静海县人，著名儿童文学家，1958年开始发表儿歌、儿童诗。曾任《儿童时代》杂志编辑，后调上海少年报社，任该报副总编辑、总编辑，并兼任《童话报》主编。出版有儿童诗集《"啄木鸟"小队》、《校园里的蔷薇花》、《燃烧吧，篝火》、《三个胡大刚的故事》、《爱美的孩子》，童话诗集《小猴学本领》、《小粗心奇遇》、《天上来的百兽王》，童话集《小松鼠和他的伙伴们》、《小巴掌童话百篇》、《丫形树上的初级女巫》、《鸡蛋·鸭蛋·老鼠蛋》、《来自桦树林的蒙面盗》、《狮子和老做不醒的梦》、《强盗、精灵和巫婆的故事》等。先后获陈伯吹儿童文学奖、中国作家协会全国优秀儿童文学奖、宋庆龄儿童文学奖等。

这首儿歌构思非常精巧，描绘了一个丢三落四的小朋友——半半的形象，孩子们读后会觉得这个"半半"非常的好笑，做事总是做一半。转念一想，他们心里可能就会打鼓：

咦，这个小孩子怎么那么熟悉，是我吗？儿歌语言明白如话而又充满韵律和节奏，让孩子从笑声中明白早上起床要抓紧时间，行动要快，不要家长催促，要学会收拾检查自己的书包，自己的事情自己做。

7. 金波的《蝴蝶花》

追、追，

蝴蝶飞。

飞远啦，

不见啦，

飞过竹篱笆，

变成一朵花。

金波（1935— ），河北蓟县人，我国儿童文学诗坛成就卓越且独具艺术个性的诗人，1992年曾被提名为国际安徒生儿童文学奖候选人。他的作品集有《月亮姐姐》、《云在天上走》等。

追蝴蝶，是幼儿最喜欢的游戏之一，可追着、追着，蝴蝶却不见了，见到的是一朵由蝴蝶变成的花。儿歌丰富的想象、新奇的构思，为我们勾勒出一幅孩子追蝴蝶、蝴蝶变成花的美丽画图，在哪是蝴蝶、哪是花的画面中，迎面而来的分明是一个荡漾着灿烂笑靥的充满童真稚气的孩子。透过诗意的文字叙述，让读者充分领略到作者那一双善于发现美的眼睛是如何敏锐地捕捉到生活的美好瞬间的。质朴流畅的语言、明快自然的节奏、生动鲜明的形象，昭示出的是作者那颗深怀幼儿情结的心灵。

8. 圣野的《好孩子》

张家有个小胖子，

自己穿衣穿袜子，

还给妹妹梳辫子。

李家有个小柱子，

天天起来叠被子，

打水扫地擦桌子。
王家有个小妮子，
找了钉子找锤子，
修好课桌修椅子。
周家有个小豆子，
拾到一个皮夹子，
还给后院大婶子。
小胖子，小柱子，
小妮子，小豆子，
他们都是好孩子。

圣野（1922— ），浙江省东阳县人，著名儿童文学作家，主要作品集有《春娃娃》《爱唱歌的鸟》、《啄木鸟》、《竹林的奇遇》、《圣野诗选》、《奶奶故事多》等。其中《春娃娃》获第二次全国少年儿童文艺创作评奖二等奖。

这是一首以"子"字为句尾的一韵到底的字头歌。其以朴实平凡的生活场景、趣味盎然的形式、铿锵悦耳的韵律、整齐对称的句式展示了孩子纯真善良的心灵，给幼儿以美好的情感陶冶，使他们在反复吟诵儿歌时，要做像"小胖子"、"小柱子"、"小妮子"、"小豆子"样的好孩子的心思油然而生。

9. 郑春华的《吃饼干》

饼干圆圆，
圆圆饼干，
用手掰开，
变成小船。
你吃一半，
我吃一半，
啊呜一口，
小船真甜。

郑春华（1959— ），浙江省淳安人，回族，中国作协会员，曾去过农场，当过保育员。她1980年开始儿童文学创作，1981年调上海少年儿童出版社《幼儿文学报》当编辑，后在北京鲁迅文学院、南京大学中文系学习，出版有儿童诗集《甜甜的托儿所》、《小豆芽芽》《圆圆和圈圈》，中篇小说《紫罗兰幼儿园》，童话集《郑春华童话》等。其代表作《大头儿子和小头爸爸》已成为中国优秀原创儿童文学最典型的代表作品之一，由它改编的同名动画片风靡全国，深受孩子们喜爱。

郑春华认为，儿童文学不能是单纯的说教，而要回归儿童，童心是最宝贵的，应当精心呵护。儿童文学的作者首先是进入儿童思维，以平等、平和的心态为孩子们写作，让他们感到快乐。在这首儿歌中，作者抓住幼儿喜欢游戏的特点，把半块饼干比作小小的船，把幼儿吃饼干的过程变成游戏的过程。"啊呜一口，小船真甜"写得生动传神。原来饼干是一只好吃的小船，趣味十足，可谓浸透了浓浓的童真稚趣。这是一首甜甜的儿歌，融形象、动作、声音、味道、趣味于一体，成年人听了也会神往那甜甜的童年生活。

10. 陈家华的《大皮鞋》

小弟弟，
真好笑，
爸爸的大皮鞋脚上套。
皮鞋大，
脚板小，
走起路来像姥姥。

这首儿歌没有艺术夸张，完全采用的是白描手法，但作者十分讲究诗歌形象的动态设计，游戏性很强，使小弟弟充满滑稽和憨态的形象跃然纸上，很有幼儿情趣。

11. 北京童谣《一个毽儿踢两半儿》

一个毽儿踢两半儿，
打花鼓儿，绕花线儿，
里踢，外拐，八仙，过海，
九十九，一百。

毽儿是北京民间娱乐的用具，又称鸡毛毽儿。打花鼓是一种由男女二人表演的民间杂耍，男的打锣，女的打鼓，相互配合，边打边舞，春节期间在小胡同中表演很吸引人。绕花线儿是儿童的一种娱乐方式，用一根彩色线绳，绕在两个小孩的手指上，变幻出各种花样。这首儿歌充满了北京的地域特色，节奏鲜明，动作感强，读来朗朗上口，有助于培养幼儿对母语的语感。唱着这样的童谣长大的孩子，对故乡的情感一定会和他们的童年回忆交织在一起，伴随他们的一生。

12. 柯岩的《坐火车》

小板凳，摆一排，
小朋友们坐上来，
这是火车跑得快，
我当司机把车开。
（轰隆隆隆，轰隆隆隆，呜！呜！）

抱洋娃娃的靠窗坐，
牵小熊的往后挪，
皮球积木都摆好，
大家坐稳就开车。
（轰隆隆隆，轰隆隆隆，呜！呜！）

穿大山，过大河，
火车跑遍全中国，
大站小站我都停，
注意车站可别下错。
（轰隆隆隆，轰隆隆隆，呜！呜！）

唉呀呀，怎么啦，
你们一个也不下？
收票啦，下去吧，
让别人上车坐会儿吧。
（轰隆隆隆，轰隆隆隆，呜！呜！）

这是一首活泼新颖的游戏儿歌，歌戏互补，富于情趣，幼儿至今仍爱伴着游戏诵唱。

诗人借用传统儿歌"排排坐,吃果果"的形式,赋以全新的内容。全歌四小节,表现了孩子们把小板凳摆成排做开火车游戏的全过程,其中既有"抱娃娃的靠窗坐,／牵小熊的往后挪,／皮球积木都摆好,／大家坐稳就开车"的饱含童趣的真情实景描绘,又有"穿大山,过大河,／火车跑遍全中国"的开阔想象境界的渲染,而最后"收票啦,下去吧,／让别人上车坐会吧",则是引导孩子游戏时要友爱、谦让。这首歌节奏感极强,仿佛伴和着车轮的轰鸣,而且每节结束之时都有"轰隆隆隆,轰隆隆隆,呜!呜!"的摹声句,更增添游戏的兴味。全歌韵脚整齐,音节铿锵,真是有声有色,可谓游戏儿歌的典范之作。

13. 河南童谣《小槐树》

小槐树,

结樱桃,

杨柳树上结辣椒,

吹着鼓,

打着号,

抬着大车拉着轿。

苍子踢死驴,

蚂蚁踩塌桥。

木头沉了底,

石头水中漂。

小鸡叼个饿老雕,

小老鼠拉个大狸猫。

你说好笑不好笑?

这是一首非常具有代表性的颠倒歌,以新奇的构思、大胆的夸张、幽默的风格吸引了一代又一代孩子。儿歌中所描写的均是我们生活中极其熟悉的事物,这些事物以颠倒的形式出现,非常有趣,适合儿童好奇的天性。

14. 樊发稼的《答算题》

一二三四五六七，

七个孩子答算题。

七张白纸桌上摆，

七只小手握铅笔。

七双眼睛闪闪亮，

七颗心儿一样细。

七份答卷交老师，

七张小脸笑眯眯。

几个小孩答对了？

一二三四五六七。

樊发稼（1937年—　），诗人、文学评论家，上海人，1957年毕业于上海外国语大学。中国社会科学院文学研究所研究员、研究生院文学系教授，中国作家协会第五、第六届全国委员会委员、原儿童文学委员会副主任。

这首儿歌在提高儿童认识数的能力的同时，也对儿童进行了语言训练，让孩子对物量词与相关事物合理的搭配的用法有了初步认识。作者还为这首数数歌建构了一个小小的情节，有滋有味地描绘了以七个认真细致肯动脑筋的孩子为中心的答算题的活动场面，而在"一二三四五六七"的数数声中，我们似乎可以听出老师对孩子们欣赏喜爱的心情，感觉到十足的美学韵味。

15. 上海童谣《拍手谣》

你拍一，我拍一，天天早起练身体；

你拍二，我拍二，天天要带手绢儿；

你拍三，我拍三，洗澡以后换衬衫；

你拍四，我拍四，消灭苍蝇和蚊子；

你拍五，我拍五，有痰不要随便吐；

你拍六，我拍六，瓜皮果壳别乱丢；

你拍七，我拍七，吃饭细嚼别着急；

你拍八，我拍八，勤剪指甲常刷牙；

你拍九，我拍九，吃饭以前要洗手；

你拍十，我拍十，脏的东西不能吃，

不——能——吃。

《拍手谣》是幼儿做"拍手"游戏时念诵的儿歌。《拍手谣》版本很多，因地域不同，歌谣的内容也略有差异。幼儿的智慧就在他们的手指尖上，手巧则心灵。《拍手谣》朗朗上口，孩子一边念诵儿歌，一边活动手指，手口并用，既活动了大脑，促进了精细动作的发展，又让孩子在说说玩玩中知道了生活中要讲卫生，起到了寓教于乐的作用。这首传统儿歌至今依然传唱不衰，足见其独特的艺术魅力。

二、幼儿诗

（一）幼儿诗概说

1. 幼儿诗的概念

幼儿诗指以幼儿为主体接受对象，适合幼儿听赏诵读的自由体诗。

首先，幼儿诗是为幼儿创作的，要符合幼儿的心理特点和审美特点；其次，幼儿诗要适合幼儿听赏诵读，往往需要运用最富于感情、最凝练、有韵律、分行的语言来表情达意；再次，幼儿诗是自由体诗歌，押韵的要求不是很严格。由于幼儿识字量不多，幼儿诗和儿歌一样具有听觉文学的特点，同样体现出口语化和音乐美。另外，还有一些幼儿诗是幼儿为抒发感情而自己创作的。我国古代也有这样的诗，被称为"神童诗"，如唐代诗人骆宾王七岁时写的《咏鹅》："鹅，鹅，鹅，曲项向天歌。白毛浮绿水，红掌拨清波。"这首小诗描绘了鹅的外形特征、游水时美丽的样子和轻盈的动作，表达了作者对鹅的喜爱之情。

2. 幼儿诗的历史发展

在中国的历史长河中，适于幼儿诵读的诗不多，历代文人有意识地为幼儿写诗更是少有。但在一些文人的诗集中，也偶尔会出现几首适合幼儿诵读的诗，如李白的《静夜思》、孟浩然的《春晓》、白居易的《赋得古原草送别》、李绅的《悯农》等。不过从严格意义上讲，这些只是适合幼儿诵读的诗歌，不是自觉意义上的幼儿诗。

我国诗人最早较有意识地为幼儿创作诗歌，是在辛亥革命前夕。当时，维新派人物黄遵宪、梁启超等人发起了"诗界革命"，曾出现了为儿童创作的诗歌，如梁启超的《新少年歌》、李叔同的《送别》等。黄遵宪的《幼稚园上学歌》发表于梁启超主编的《新小说》第三号，开创了幼儿诗的先河。全诗一共十节，在"上学去，莫迟迟"、"上学去，莫徜徉"、"上学去，莫蹉跎"、"上学去，莫贪懒"、"上学去，莫游惰"、"上学去，莫停留"的旋律中，描绘出一幅幅情真意切、求真求善、进取向上的幼儿生活图景。现摘录其中的第一节：

春风来，花满枝，儿手牵娘衣。今儿断乳，儿不啼，娘去买枣梨，待儿读书归。上学去，莫迟迟！

"五四新文化运动"迎来了我国第一个幼儿诗歌创作的繁荣期。这个时期赋予了诗歌新的内容和形式，"诗无定句，句无定言"，用通俗白话文写作的自由体新诗的出现把中国诗歌带入了一个新的时代，也为我国儿童诗歌（包括幼儿诗歌）的新生和发展开拓了广阔的前景。胡适、刘半农、冰心、刘大白、朱自清、鲁迅、叶圣陶、俞平伯、李大钊、郭沫若、周作人、郑振铎等众多名家都执笔写过儿童诗歌和幼儿诗歌。20 世纪 30 年代，教育家陶行知坚持"为大众写！为小孩写！"的主张，写了一些幼儿诗。现代幼儿诗是现代作家专门为幼儿创作的诗歌，语言浅白，韵律自由，在当时正蓬勃兴起的儿童文学中独树一帜，如刘大白的《两个老鼠抬了一个梦》：

那老鼠刚抬了梦跑，蓦地来了一头猫，
那老鼠吓了一跳，这梦就跌得粉碎没处找。
哦，我知道了，我做过的梦，都上哪儿去了！
原来都被猫儿吓跑了，跌碎得没处找了！

20 世纪 40 年代中期，郭风先生的《木偶戏》共收集了 11 首童话诗，这些幼儿诗是郭风形成自己独特风格的一个新起点，也标志着中国幼儿诗走向成熟。郭风是一位出身于小学教师的作家，他善于在平凡的生活中，用儿童的眼光去观察自然界那些有生命的小生物。例如《豌豆三姐妹》中对豌豆的描写，豌豆那么普通，但在他的笔下，呈现出奇异的美：

小小的豌豆，睡在绿水晶般的豆荚里。
那豆荚里面，铺着很柔软的天鹅绒。
它的四周围饰着许多绿叶。

我们的小豌豆，不知道睡在那里多久了。

诗人以自己敏锐的感受力，并融合进自己的感情色彩，把常见的豌豆描写得那么美，那么有童趣，又那么富有诗情画意，好似一幅水彩画，也似一个童话，闪耀着一抹迷人的光彩。

中华人民共和国成立以后，50年代是幼儿诗的第二个繁荣期，涌现出以柯岩、袁鹰、圣野、鲁兵、田地、刘饶民、张继楼、任溶溶、金波为代表的一大批在幼儿诗创作中卓有成就的诗人。

20世纪80年代，儿童诗创作的势头相当喜人，幼儿诗也不例外，不仅在创作上硕果累累，评论和理论研究也空前活跃。这一时期，出现了鲁兵、圣野、柯岩、刘饶民、樊发稼、金波、张继楼、蒲华清、高洪波、郑春华、傅天琳等老、中、青三代儿童诗诗人，他们以各自不同的生活经验和人生思考，以及对幼儿世界的观察，表达出了幼儿诗的丰富多彩的精神内涵，使我国幼儿诗进入又一个繁荣的时期。

圣野创作出版了《竹林奇遇》、《神奇的窗子》、《春娃娃》等诗集。柯岩创作了许多别具一格的儿童题画诗。金波的儿童诗集《会飞的花朵》，善于用孩子们无懈可击的眼睛去观察周围的世界，以他们纯真的心灵去感受多彩的生活。樊发稼也创作了飞扬着时代和生活的动人情韵的优秀儿童诗集《苗苗的故事》等。高洪波以劲健的姿态进入儿童诗坛，他的《鹅鹅鹅》用清新的语言喊出了新一代的心声，表现了新时期儿童心理的嬗变。

这一时期，台湾的林焕彰、谢武彰、薛林等诗人的儿童诗也开始传入大陆并引起关注。

这一时期，编辑出版界也为儿童诗歌的蓬勃发展提供了强大的助推力。上海的《小朋友》、《儿童时代》、《巨人》和北京的《儿童文学》、《东方少年》都发表了许多优秀的幼儿诗歌。

20世纪80年代中后期，儿童诗的创作形成了"三足鼎立"和八方合唱的局面，"三足鼎立"的三足是：北京的金波、高洪波、樊发稼为主的诗人群；上海的圣野、鲁兵、任溶溶领头的诗人群；巴蜀的张继楼、蒲华清、钟代华等为主的诗人群。

20世纪90年代至今，儿童诗经历了一个重要的发展期，在这个时期中国步入了经济转型期，文化的转型也随之而来，儿童诗也受到一些冲击。著名儿童诗人金波曾感叹，进入新时期以来，儿童诗创作曾经呈现过一派繁荣景象。儿童诗歌成为那一段时间最为活跃的文学样式，几乎是儿童文学复苏的标志。涌现了一批年轻的诗人，每年都有新的诗集出版。后来，儿童诗创作渐趋式微。在幼儿文学的体裁中，幼儿诗也渐渐地处于边缘的位置。

但是幼儿诗的总体发展态势还是令人鼓舞的。这其中，谭旭东是我国儿童诗新生代实力派诗人的代表，他的幼儿诗创作成绩卓著，有低幼诗集《母亲与孩子的歌》。

幼儿诗歌是"听觉"的文学，孩子通过倾听去体会这个世界的丰富多彩。金波曾说"诗是儿童感情的营养品"。让幼儿从小亲近诗歌，对幼儿的"精神成长"很有意义。作为幼儿文学的一种重要体裁，幼儿诗歌可以让孩子熟悉并亲近母语，感受情感的诗意表达，丰富他们的想象力。别林斯基曾这样说过，让诗歌像音乐一样不经过头脑，而直接通过孩子的心灵来打动他们。幼儿对于诗歌不但敏感，而且善感。当他们长大后，那些优秀的作品会留存在记忆的深处，影响他们的一生。

3. 幼儿诗与儿歌的区别

幼儿诗和儿歌都属于诗歌艺术，但在我国儿童文学中，它们是两种不同的文体。韦苇说过："幼儿诗有着与儿歌不同的艺术空间。诗讲究意境和韵味，它在文学品类中是最能直接作用于人的心灵和情感的一个文种；诗是要'品'方能心领神会的，品而所得的情韵和意蕴在读者心头萦绕……唱儿歌可以有口无心，吟诗则必须全身心积极投入……它的不可替代决定了：缺了它，人的审美修养中就缺了一种必要的元素。而一个精神健全的人是不可以不拥有这种元素的。"（韦苇《世界金典儿童诗集·序》）著名幼儿文学评论家樊发稼也表达过这样的观点。他认为儿歌是"闪光的语言的珍珠"，而幼儿诗"能在更深的一个层次上，以诗的感情、诗的形象、诗的意境、诗的语言来启迪孩子的心智，开阔他们情感的领域，拓展他们的思维空间"。

总的说来，幼儿诗与儿歌的区别主要体现在以下几个方面。

在读者接受上，幼儿诗以幼儿园中班和大班的幼儿为主要对象，重在陶冶幼儿性情、气质和感情；儿歌则以婴儿和幼儿园小班、中班的幼儿为主要对象，主要体现为情趣和听觉效果。

在题材篇幅上，幼儿诗的题材广阔，内容丰富深厚，篇幅有长有短，不受限制，部分叙事诗的篇幅较长，结构也较复杂；儿歌则多取材于日常生活，内容单纯浅近，具有口头文学的特质，篇幅短小、结构简单。

在艺术表现上，幼儿诗可以自由地运用多种多样的艺术手法，注重情感的抒发、思想内涵的锤炼、意境的营造和表达的含蓄，重艺术性；儿歌则常以叙述、白描、说明等方式表述事物现象，偏重于展示，单纯而浅易，追求生动幽默机智的谐趣，重实用性。

在韵律上，幼儿诗是自由体诗，"诗无定句，句无定言"，节奏、韵律比较灵活自由，句式长短不一，其音乐性体现于诗意中，适合听赏诵读；儿歌又称"半格律诗"，句式工整，特别讲求节奏韵律，注重表现形式上的音乐性，适宜于歌唱游戏。

在语言运用上，幼儿诗的语言具有一定的书面语色彩；儿歌的语言则十分口语化。

不过，儿歌和幼儿诗的区别是相对的。同为适合幼儿接受的诗歌文体，二者之间的界线并不鲜明，文体间的渗透和融合不可避免，诗化的儿歌和歌化的幼儿诗都屡见不鲜，特别是幼儿诗中有一部分歌谣体作品，它们与儿歌的界限并非泾渭分明。下面就以儿歌《雨点》和幼儿诗《小雨点》来作一个比较，看看儿歌和幼儿诗的不同表现。这两首诗都适合年纪比较小的幼儿，也都运用拟人化的手法塑造了小雨点的形象。先来看看儿歌《雨点》：

小雨点，
爱干净，
马路洗得亮晶晶。

儿歌《雨点》用口语化的语言，节奏鲜明又押韵，音乐感强，读来朗朗上口，顺口易记，"听觉文学"的特质很鲜明，但内容比较简单，像"爱干净"这些用语把主题表现得清楚直接，无须幼儿进行过多思考，一听就明白。

再来看看幼儿诗《小雨点》：

小雨点，
你真勇敢！
从那么高的天上跳下来，
一点儿也不疼吗？

诗歌采用自由诗的形式，重视情感的表现，用浅近直白而又规范的语言表达了孩子对雨点的关怀之情，引起读者思考和联想，就像小孩子在对着雨点发问，稚嫩的童心跃然纸上，读来令人动容。

（二）幼儿诗的特征

严羽在《沧浪诗话》中说过这样的话："诗者，吟咏性情者也。"这句话说明诗是抒情的艺术，是创作主体着重展示自我的内心世界和对自然、社会以及人生的心灵感受，抒情述志是诗的突出特征。幼儿诗是"诗"，必须具有所有诗歌类作品的共同特点，即诗的情韵情致，诗的意象和诗的韵味。同时，幼儿诗又是"幼儿的"，要考虑到其接受对象的特点，站在幼儿的立场，抒写幼儿的情感，彰显幼儿的情趣，为幼儿所认可、欢迎和喜爱。具体说来，幼儿诗的特征如下。

1. 情感抒发率真自然

幼儿诗抒发的是年幼稚童率真自然的情思，正如台湾诗人河白说的"童诗是儿童心灵自然流露的结晶"。刚步入人世的幼儿，其情感质朴而不浮华、真挚而不造作，自然而无虚饰。幼儿诗的创作者多为成人，为了更好地拨动接受主体的心弦，为他们乐于接受并迅速引发共鸣，作者往往从幼儿视角去表现幼儿对世界的直觉认识，如谢武彰的《乖楼梯》：

我牵着弟弟
　　到百货公司买东西
　　　　弟弟第一次上电扶梯
　　　　　　他悄悄地跟我说：

这里的楼梯都好乖呀
　　肯自己走路
　　　　不像我们家的
　　　　　　动都不动，太懒了！

成人作者只有以童心去观察、思考生活，细致探索，体味幼儿的内心世界，捕捉他们心灵的火花，才可能真实地揭示幼儿的心境。

当然，这并非说在幼儿诗创作中，成人作者的自我意识和主观感受必须全然隐退，不留些许痕迹。事实上，一些名篇佳作都透露出创作者独特的情感体验，具有创作主体鲜明的个性。这是因为作者在创作时，或调动自己孩提时代的经历体验，或深入体察幼儿的思绪情感而达到与幼儿的心灵沟通。看众多以第一人称"我"入诗的作品，其抒发的感情，

是成人作者的感受与幼儿情思的糅合,它们水乳相融、浑然一体,如林焕彰的《拖地板》:

> 帮妈妈洗地板,是我们最高兴的时候;
> 姐姐洒水,我在洒过水的地板上玩儿,
> 像在沙滩上走过来走过去,留下很多脚印,
> 像留下很多鱼。
> 然后,我很起劲的拖地板;
> 从头到尾,像捕鱼一样,
> 一网打尽。

拖地板本来是件很平凡很普通的事情,但在幼儿的眼中却是如此有趣!顽皮的孩子在姐姐洒过水的地板上玩,地板上留下的脚印就像鱼一样,这是个很有意思的比喻,但更有意思的是诗歌的结尾,林焕彰把这个比喻蔓延开去,加以丰富,使其成为具有幻想性的情节,收到了奇特的效果。这首诗的语言平白浅显,但内容却不简单,其中孕育着对生活的热爱与思考。这样的诗幼儿怎么会不喜欢呢?这才是有生命力的诗。

2. 形象鲜明充满动感

基于幼儿的心理特征和审美趣味,幼儿诗的形象要求鲜明生动,富有动感。这是因为孩子天性好动,对活动、行动着的事物最感兴趣,他们自身的情感也是流动起伏的。俄罗斯著名儿童诗人马尔夏克曾说:"孩子们要求动,他们喜欢那些积极行动的诗。"所以,优秀的诗人总是从幼儿感到亲近的生活中去捕捉那些可以入诗的形象作动态的描写,使之成为是有强烈动感的形象。从这个意义上,可以说,幼儿诗就是"动"的诗。例如鲁兵的幼儿诗《春天》:

> 春雷给柳树说话了
> 说着说着
> 小柳树呀,醒了
>
> 春雨给柳树洗澡了

洗着洗着

小柳枝哟，软了

春风给柳树梳头了

梳着梳着

小柳梢啊，绿了

春燕给柳树捉迷藏了

藏着藏着

小柳絮儿，飞了

春天陪柳树旅行去了

走着走着

泥土里的种子，动了……

诗人巧妙地运用拟人手法，将春雷、春雨、春风、春燕、春天人格化，"说、洗、梳、藏、走、醒了、软了、绿了、飞了、动了"等一系列动词的使用生动妥帖。诗中表现柳树在春天的变化，描绘出一幅幅富有动感的画面，展示出春回大地、万物复苏、生机勃勃的真切景象，给人以一种流动的美感。

再来看看谢武彰的《春天》：

风跑得直喘气

向大家报告好消息

春天来了，春天来了

花朵站在枝头上

看不见春天

就踮起脚尖，急着找

春天在哪里

花，不知道自己就是

春天

谢武彰给我们描绘了一个别样的春天。这里有个急性子的风哥哥，说完"春天来了"的消息后就喘着粗气跑了，急得花妹妹踮着脚尖到处找。傻乎乎的花妹妹不知道自己的绽放就是春天到来的讯息。谢武彰用侧面表现的方式，表现出稚拙的童心，欢快、有趣，颇具幽默风格。

两位诗人都用拟人的手法、动态的描绘展开想象，表达春天来了的主题。面对同一个对象——春天，两首诗用了不同的视角去观察，不同的语言去表现，呈现出不同的效果。读这样的好诗，可以让孩子从小学会用诗意的眼光观察自然，看待生活。

3. 诗歌想象天真奇妙

想象是诗歌的显著特征，诗人最重要的才能是运用想象。雪莱说："诗可以理解为想象的表现。"在诗中，别林斯基认为，想象是主要的活动力量，创造过程只有通过想象才能够得到完成。想象对幼儿诗则更为重要，幼儿处于想象力旺盛发展的时期，诗歌的想象能激发幼儿的思考，启迪幼儿的潜在思维能力，让童心插上想象的翅膀自由翱翔。

幼儿的想象以再造想象为主，其内容虽较为简单，却带有鲜明的夸张性和幻想性，表现手法上多采用夸张、比喻、拟人等。例如任溶溶的《强强穿衣裳》，其中前后两节是：

早晨七点多钟，
强强起了床，
看了半天的书，
他才穿衣裳。
……
他再拿只袜子，
刚刚要穿上，
可是妈妈说道：
"脱掉衣裳，快上床！"

诗中强强做事拖拖拉拉，一身衣服竟然从早穿到晚也没穿好。极度夸张的想象，给诗抹上了浓浓的喜剧色彩，产生极强的感染力，并启发幼儿思考。

再来看看英国诗人斯蒂文森的《冬天》中的几个句子：

冬天的太阳，赖着不起床，

冰冷冷的红脸蛋，一副困倦的模样。
只闪耀一两个小时，然后，
像一只血红的橘子，沉入西方。
……
冷风火辣辣刺我的脸儿，
撒我一鼻子冰冻胡椒粉。
……
树木、房屋、山岗和湖泊
全冻成生日蛋糕一整块。

在一个体弱多病的小孩儿眼中，冬天究竟是什么样的呢？诗人用比喻和拟人的手法表现出孩子对冬天的感受：冬天的太阳很懒，喜欢赖床，不喜欢工作，才闪耀一两个小时就像"血红的橘子"下山了，红红的却不耀眼；冬风吹在脸上可难受了，火辣辣的，像被撒了一鼻子冰冻胡椒粉；冬天，户外的一切都变了，成了一块生日蛋糕，还是奶油的！这是多么奇妙的想象呀！怪不得人们把斯蒂文森的童诗集喻为幻想家的诗园。

幼儿生活面不广，接触最多的是亲人，因此亲情就成了幼儿诗反映的重要内容。给情感插上想象的翅膀会给幼儿带来别样的审美体验。林焕彰的《妹妹的红雨鞋》取材于幼儿的日常生活，充满生活气息，很有童趣：

妹妹的红雨鞋，
是新买的。
下雨天，
她最喜欢穿着
到屋外去游戏，
我喜欢躲在屋子里，
隔着玻璃窗看它们
游来游去，
像鱼缸里的一对
红金鱼。

躲在屋子里的小哥哥，傻傻地趴在窗台上看着稚气可爱的小妹妹穿着红雨鞋在雨中快活地嬉戏。透过玻璃窗，在蒙蒙雨丝中，红雨鞋来回游动，就像红金鱼在鱼缸中快乐地游来游去。末尾诗人用一个别出心裁的比喻，不但写出了"妹妹"的活泼，更使整首诗充溢着动感。诗意的表达离不开想象，神奇的想象，能在最平凡的生活现象中创造出童话的境界！林焕彰先生说希望小朋友用想象来读他的诗，假如每个小朋友都能拥有一对想象的翅膀，那么他们就会进入一个充满魅力的诗意的境界，那些原本平淡无奇的生活场景便会变得神奇、美丽！

4. 诗歌构思巧妙有趣

幼儿诗的构思与一般的诗一样要巧妙、别致，同时，还要充满幼儿的情趣。具体体现在以下几方面。

（1）以机巧别致的构思取胜

如鲁兵的《下巴上的洞洞》：

从前，有个奇怪的娃娃，
娃娃，有个奇怪的下巴，
下巴，有个奇怪的洞洞，
洞洞，谁知道它有多大。
瞧他，一边饭往嘴里划，
一边饭从那洞洞往下撒。
如果，饭桌是土地，
如果，饭粒会发芽，
那么，一天三餐饭，
他呀，餐餐种庄稼。
可惜，啥也没有种出来，
只是，粮食白白被糟蹋。
你们，听了这笑话，
都要，摸一摸下巴。
要是，也有个洞洞，
那就，赶快塞住它。

这首诗将自然口语的新诗句与传统连珠体儿歌的句式糅合为一体，诗意一步步开拓，主题渐次显现，诗人用夸张的手法寓批评于善意的讥刺与揶揄之中，孩子们读来妙趣横生，在笑声中受到教育。

再如林焕彰的《童话（二）》：

爸爸，天黑黑
要下雨了，
雨的脚很长，
它会踩到我们的，
我们赶快跑！

诗歌借一个天真无邪的幼儿的口吻来写，想象是儿童的，语言是儿童的，生活也是儿童的，但奇妙的是经过诗人的这样组合，真切的表现，显示出一种无法言说的童真的有趣与美好。

（2）注重营造富于幼儿情趣的优美意境

如郭风的《蝴蝶·豌豆花》，全诗只有三句话，就把诗人自己内心的"意"融合与情"境"中，活泼泼地传达给了读者：

一只蝴蝶从竹篱处飞进来，
豌豆花问蝴蝶道：
"你是一朵飞起来的花吗？"

诗人化身为儿童，用儿童的眼光来观察事物，照亮了灵魂的火花，达到了一种主客观世界的融合，自然而然地用儿童的口吻来表达了孩子的天真和稚气，创造了一种独特的审美情趣。

又如林焕彰的《蜻蜓》：

蜻蜓轻轻，蜻蜓点水，
蜻蜓轻轻地，轻轻地点着池塘的水。

池塘的水清清，池塘的水静静，
池塘的水呆呆地，呆呆地看着蜻蜓。

蜻蜓轻轻，蜻蜓点水，
蜻蜓轻轻地，轻轻地点着池塘的水。

清清的池塘，静静的池塘，
呆呆的池塘，笑了笑了，

池塘里的水，一圈又一圈，

一圈又一圈，吓着了蜻蜓，

吓着了的蜻蜓，它的脸儿，只有两颗

凸凸的大眼睛。

诗人运用了回环往复的诗行设计，由静写到动，营造了一个清幽宁静的氛围，把蜻蜓点出的水波比作池塘的笑靥，又以"受惊"来解释蜻蜓的一对大眼睛，比喻和拟人都用得十分新鲜。这首诗没有严格的格律，却有着漂亮的形式美感，使音乐形象和视觉形象相统一，产生了视觉和听觉两方面的审美效果，特别适合朗读。

（3）在幼儿诗中设置情节

有情节的诗歌能增添诗的具体性和可感性，使幼儿易于把握，从而轻捷地进入诗中。

诗通常不擅长写故事，因为诗的特质是抒情。但幼儿诗却要照顾到读者的欣赏趣味，在情节的展开中，让读者体会到故事背后的"情"。因此，"情由事显"就成了童诗的特点之一。如南斯拉夫女诗人布兰科·乔皮奇特（Branko Copic）的《病人在几层》，诗中亚娜医生接到求诊电话，却弄不清病人在哪层楼住，原来病人是从非洲来的长颈鹿，它站在动物园的大楼旁，嗓子痛处可能在二层或三层。幼儿跟随生动有趣的情节，自然而然进入诗中，并自然而然地受到作品的感染。以下是这首《病人在几层》：

著名的亚娜医生，/家里的电话响个不停。

"喂！喂！亚娜大夫，/有个客人，嗓子得了急病。"

"客人，什么客人？/是外国人吗？"

"对对，一点不错，/是刚从非洲来的！"

"我马上就去，/快告诉我：什么地方？在几层？"

"几层？嗯嗯……/他病得很厉害，可能是二层或三层。"/亚娜大夫觉得奇怪，/"什么什么，到底是几层？"

"对不起，大夫，/我实在说不清。/我们这儿是动物园，/一个长颈鹿突然嗓子疼，/他站在大楼旁边，/疼处可能在二层或三层。"

再来看看台湾幼儿文学作家方素珍的《不说话》：

他们吵完架
好像变成了哑巴
空气很静
5、4、3、2、开麦拉！
全家人开始表演
不说话的剧情片

镜头首先对着爸爸：
他找不到袜子
抓一抓头
皱一皱眉
向我丢来
一个问号
我摇摇头
指指妈妈

镜头转向妈妈：
一张结冰的脸
用嘴指指卧室
爸爸又抓抓头
我还是摇摇头

镜头又转向妈妈：
她走进卧室
她走出卧室
提着一双
没有温暖的袜子

爸爸对着镜头傻笑：
谢谢谢谢谢谢

又是抓一抓头

妈妈忍不住了
我也忍不住了
哈哈哈哈哈哈
剧情结束了

哇！不说话的电影
真是憋死人了

这首《不说话》，没有写吵架的原因，也没写吵架的经过，只写了吵完架的气氛和人们的表情。"变成了哑巴／空气很静"，把这气氛比喻成"不说话的剧情片"，这都是诗的写法：凝练、精微。在描绘人物的表情上，几次写到"镜头"的移动，几次写到爸爸的"抓一抓头"，用反复的手法把爸爸的窘态活灵活现地表现了出来。诗的结尾写道：爸爸"又是抓一抓头／妈妈忍不住了／我也忍不住了／哈哈哈哈哈哈"，"默片"变成"有声片"了。这首诗借助于"不说话的电影"，表现的却是大家内心世界的情感的涌动。

5. 诗歌语言浅而有味儿

台湾著名诗人林良在《浅语的艺术》一书中提出，给孩子写作要用浅浅的文字，再加上文学技巧的处理。诗是什么呢？诗就是用语言把"我们所感觉到的东西"写出来或说出来。因此，给孩子写的诗就是用经过文学技巧处理过的浅浅的文字把感受到的东西写出来。概括地说，这经过文学技巧处理过的浅浅的文字就是"浅而有味儿"的文字，即表面看起来语言浅近平白，却"话中有诗"，蕴涵丰富的意味。就以林良的代表诗作《沙发》为例：

人家都说，
我的模样好像表示
"请坐请坐"。
其实不是，

这是一种
"让我抱抱你"的
姿势。

　　这首诗选取了一个普普通通的对象——家家都有的沙发，用了浅近平白的语言，让沙发说话。字面用语极浅，幼儿都能听懂，但内涵却很丰富。诗人采用了一个很独特的视角，人们都觉得沙发发出的是客套的邀请"请坐请坐"，可沙发自己却说：不是这样的，我是在敞开怀抱，想要热情地拥抱你。短短的二十几个字，不但让孩子感受到了语言表达的神奇，还让他们感受到了人性世界的真诚和热情。这首诗语言干净简洁，却拥有直抵心灵深处的温度和力度。举重若轻，这就是浅语的艺术魅力。

　　被方卫平称为"珍贵的童诗作家"的林焕彰就是一个"浅语的艺术"的践行者，他自称是"语言的贫户"。他解释说："我所谓的'语言的贫户'，意指我写诗所使用的文字不多，字字都是'浅白的'口语化的日常用语，没有繁复、艰深的语汇；不过，我有自觉地在努力透过自我对创作理念的坚持，让浅白的文字也能做到丰富现代诗学以及现代的儿童文学。"读他的儿童诗作品，我们对此会有真切的感受，如《小猫走路没有声音》：

小猫走路没有声音，
小猫穿的鞋子是
妈妈用最好的皮做的。

小猫走路没有声音，
小猫知道它的鞋子是
妈妈用最好的皮做的。

小猫走路没有声音，
小猫知道它的鞋子是
妈妈用最好的皮做的，
小猫爱惜它的鞋子。

小猫走路没有声音，
小猫知道它的鞋子是
妈妈用最好的皮做的，
小猫爱惜它的鞋子，

小猫走路就轻轻地轻轻地。

小猫走路没有声音，
小猫知道它的鞋子是
妈妈用最好的皮子做的，
小猫爱惜它的鞋子，
小猫走路就轻轻地轻轻地，
没有声音。

小猫的妈妈用最好的皮为小猫做了一双鞋子，小猫爱惜它的鞋子，走路轻轻地轻轻地，不发出声音。诗歌把小猫和妈妈之间的那份真切的爱渲染得淋漓尽致，这首诗就像小猫在走路时的"自言自语"，是啊，小猫走路没有声音，是因为太爱惜鞋子，太珍惜妈妈的爱了。诗人有意采用了重叠语式，借鉴了音乐上变奏曲式的艺术手法，反复咏唱"小猫走路没有声音"的原因，随着诗歌每一小节内容的复述和增添，小猫对妈妈的爱也越来越鲜明。也就是说，每一次诗行的增加，也是诗歌情感浓度的增加，而这渐次增强的情感又始终被规束在小猫"轻轻的"脚步声里。阅读全诗，我们也会忍不住为了小猫和妈妈之间这份"爱惜"的深情而屏息凝神。在这形式、语言都十分素朴的诗歌里，有一种令人震颤的情感的力量，在一下一下，撞击着我们的心灵。它是从诗人心中流出来的，对于自然、对于世界、对于生命的真挚深情。

6.诗歌节奏明朗和谐

诗歌讲究节奏韵律之美。美学家朱光潜认为："情感的最直接的表现是声音节奏，而文学意义反在其次，文学意义所不能表现的情调常可以用声音节奏表现出来。"（朱光潜《诗论》）幼儿诗主要念给幼儿听赏，供他们诵读，更要注重节奏的明朗、音韵的和谐，追求声情相应，表现出"语言的音乐"。金波曾说："幼儿诗歌是一种听觉艺术，它虽然也和其他文学作品一样印在纸面上，但这些书的服务对象常常并非'读者'而是'听众'，他们对于声音不但敏感，而且要求悦耳，这就是诗的音乐性。"（金波《幼儿诗歌的音乐性》）

如鲁兵的《小猪奴尼》，在这首童话诗中我们能感受到诗人所创造的旋律美，简洁有力的短句造成了一种明快的乐感，而明快的节奏也有助于生动表现小猪奴尼的顽皮和可爱。这是鲁兵在歌唱《小猪奴尼》时的语调，因为童话中的主人公奴尼自始至终被赶来赶去，处于不停的运动中。以下是其中的几句：

妈妈挺生气，
来追奴尼。
奴尼真顽皮，
逃东逃西，
扑通——
掉进泥坑里。
泥坑里面，
尽是烂泥，
奴尼又翻跟头又打滚，
玩了半天才爬起。
一摇一摆回家去，
吓得妈妈打了个大喷嚏。

再看看张国南的诗歌《春天是这样来的》：

叮咚叮咚，
小溪试了试清脆的嗓子，
啊，春天是唱着歌来的！

忽啦忽啦，
树枝弯弯柔软的腰，
啊，春天是跳着舞来的！

哔剥哔剥，
春笋在泥土里快乐地拔节，
啊，春天是放着鞭炮来的！

几个象声词的运用把我们带到了欢乐而活泼的春天里，张国南的春天是唱着歌、跳着舞、放着鞭炮自己向我们跑来的。诗人抓住春天有代表性的景物——小溪、树枝、春笋的特点，让春意扑面而来：叮咚作响的小溪是在为春天唱歌试嗓子；忽啦摆动的树枝是春天在跳舞呢；春笋成长的声音哗剥哗剥的，就像放鞭炮一样，春天的到来是很高调的。整首诗歌洋溢着欢快的气氛。

再来看一首诗歌，王宜振的《两个呼噜噜》：

小猫睡得香，

小猫睡得熟，

小猫喜欢打呼噜，

呼噜噜，呼噜噜……

爸爸睡得香，

爸爸睡得熟，

爸爸喜欢打呼噜，

呼噜噜，呼噜噜……

两个呼噜噜，

穿成一串糖葫芦，

两个呼噜噜，

吓跑两只小老鼠。

这首诗描绘了爸爸和小猫一起打呼噜的有趣的生活场景。爸爸睡觉打呼噜是再平常不过的事情了，可在王宜振先生的笔下却充满了情趣和诗意。这呼噜声好响呀，整个空气中都充满了呼噜声，还可以穿成一串糖葫芦，把老鼠给吓跑了。诗人准确地捕捉到了幼儿的情绪和感觉，用口语化而又优美的诗句精确地捕捉童心、把握童心、表现童心，象声词的运用和句末的押韵增强了音乐感，给我们带来了独特的朗读体验，让我们体会到诗歌语言的精妙，感受到诗歌传递出的轻松活泼的家庭氛围，喜悦而又温馨。

（三）幼儿诗分类

幼儿诗可以用不同的标准分类。以文学创作的手法为标准，有抒情诗和叙事诗之分，童话诗则是叙事诗再分类的结果；以语言形式为标准，有自由诗和格律诗之分亦称韵诗和无韵诗，散文诗则是以语言形式为标准再分类的结果；题画诗是以文本形式为标准划分出来的类别。综合来看，幼儿诗一般有以下几种分类：幼儿叙事诗、幼儿抒情诗、幼儿童话诗、幼儿题画诗、幼儿讽刺诗、幼儿寓言诗、幼儿散文诗等。

下面重点介绍幼儿诗的几种主要形态：幼儿叙事诗、幼儿抒情诗和幼儿题画诗。

1. 幼儿叙事诗

这是一种通过写人记事以抒发情感的诗歌样式。叙事诗大多依靠情节或人物串缀展开诗序，但不一定要求故事情节的完整，情节结构允许较大的跳动。著名诗人郭小川曾经说过，"奇、美、情"三个要素，"都是好的叙事诗所需要的"，"奇"是指叙事诗中要有巧妙的情节安排；"美"是指诗歌要用精粹的语言、生动的形象构成优美的意境；"情"是指诗歌抒发饱满的情感，具有盎然的情趣。因为幼儿喜欢读那些有人物和有情节的小叙事诗。幼儿叙事诗一般分为写实类叙事诗和非写实类叙事诗。

（1）写实类叙事诗

写实类叙事诗大多以幼儿的日常生活或游戏场景为题材内容，通过具体的叙事和描摹突出要表达的情感。任溶溶的《爸爸的老师》，柯岩的《帽子的秘密》、《眼睛惹出了什么事》、《姐姐的本子》、《妈妈下班回到家》、《"小兵"的故事》等和金近的《天目山上好猎手》等都是叙事诗中的代表作。如柯岩的《小弟和小猫》：

> 我家有个小弟弟，
> 聪明又淘气，
> 每天爬高又爬低，
> 满头满脸都是泥。
> 妈妈叫他来洗脸，
> 装没听见他就跑；
> 爸爸拿镜子把他照，
> 他闭上眼睛格格地笑。
> 姐姐抱来个小花猫，
> 拍拍爪子舔舔毛，
> 两眼一眯"妙，妙，妙，
> 谁跟我玩，谁把我抱？"
> 弟弟伸出小黑手，

小猫连忙往后跳，

胡子一撅头一摇，

"不妙不妙！太脏太脏我不要！"

姐姐听见哈哈笑，

爸爸妈妈皱眉毛，

小弟听了真害臊：

"妈！妈！快给我洗个澡！"

这首诗通过对小弟弟不讲卫生，不仅大人不喜欢，甚至连小猫都不和他玩的情节的描述，形象生动地表现了要讲卫生的主题。诗歌里的小弟弟和小猫的形象生动活泼、顽皮可爱。尤其是最后两节，生活中寻常的场景，经过柯岩充满童心的想象加工，变得富有趣味！人格化的小猫不爱和脏孩子玩耍。这奇妙的一笔，使要孩子讲卫生的规劝显出幽默、温婉，让幼小的心灵乐于接受，无怪那"满头满脸都是泥"的顽皮小弟立刻呼唤："妈！妈！快给我洗个澡！"

（2）非写实类叙事诗

非写实类叙事诗幻想性强，具有童话特质，也称为童话诗。童话诗是以诗的形式叙说富于幻想夸张色彩的童话（或传说）故事的作品，是童话艺术与诗歌形式的巧妙结合，既有诗歌语言的凝练与音乐美，又有童话中拟人化的角色形象和有趣、完善的幻想情节。童话诗故事情节相对完整，有的取材于民间童话和民间传说，有的在现实生活基础上展开情节的幻想，其中的人物多为拟人形象，是颇受学幼儿欢迎的文学样式。张秋生主张，诗中应该充满童话的奇幻色彩，也应该让奇幻的童话世界具有诗的意蕴。郭风的《童话》、马尔夏克的《笨耗子的故事》以及鲁兵的《小山羊和小老虎》、《老虎外婆》、《小老鼠变大老虎》、《雪狮子》、《聪明的乌龟》等许多诗作都是优秀的幼儿童话诗。例如鲁兵的《小猪奴尼》：

有只小猪，/叫作奴尼。/妈妈说："奴尼，奴尼，/你多脏呀！快来洗一洗。"/奴尼说："妈妈，妈妈，/我不洗，我不要洗。"/

妈妈挺生气，／来追奴尼。／奴尼真顽皮，／逃东逃西，／扑通——／掉进泥坑里。／泥坑里面，／尽是烂泥，／奴尼又翻跟头又打滚，／玩了半天才爬起。／一摇一摆回家去，／吓得妈妈打了个大喷嚏。／"啊——欠，你是谁，／我不认得你。"／"妈妈，妈妈，／我是奴尼，我是奴尼。"／"不是，不是，／你不是奴尼。"／"是的，是的。／我真的是奴尼。"／"出去，出去！"／妈妈发了脾气。"你再不出去，／我可不饶你。／扫把扫你，畚箕畚你，／当作垃圾倒了你。"／奴尼逃呀，逃呀，／逃出两里地。路上碰见羊姐姐，／织的毛衣真美丽。／"走开，走开！／别碰脏我的新毛衣。"／路上碰见猫阿姨，／带着孩子在游戏。／"走开，走开！／别吓坏我的小猫咪。"／最后碰见牛婶婶，／在吊井水洗大衣。／"哎呀，哎呀！／哪来这么个脏东西？／快来，快来！给你冲一冲，洗一洗。"／冲呀冲，洗呀洗……／井水用了一百桶。／肥皂泡泡满天飞。／洗掉烂泥，／是个奴尼。／奴尼回家去，／妈妈真欢喜。／"奴尼，奴尼，／你几时学会了自己洗？"／奴尼，奴尼，／鼻子翘翘，眼睛挤挤。／"妈妈，妈妈，／明天我要学会自己洗。"

奴尼在烂泥中打滚后回家去，竟"吓得妈妈打了个大喷嚏"，用打喷嚏形容猪妈妈的惊讶，恐怕很难找出比这更能使幼儿乐于接受的比喻了。作者还用夸张的手法描写猪妈妈追打奴尼，十分富有喜剧效果："你再不出去，／我可不饶你。／扫把扫你，畚箕畚你，／当作垃圾倒了你。"在鲁兵的另一首童话诗《过生日》中，奴尼请小象、小猴、小羊、小牛来参加生日宴会，当大家正要吃分好的蛋糕时，闯进来一位不速之客——无亲无友，孤苦伶仃、"一年没洗澡"、"三天没吃饱"的小黑猫。奴尼慷慨地把自己的蛋糕送给小黑猫吃，可是：

大家笑着吃蛋糕，
奴尼瞪着眼睛瞧，
瞧着，瞧着，
"哇"的哭起来，
他没蛋糕吃，
他没吃蛋糕。

只有对幼儿进行过细心观察和研究的人，才能如此传神地描画出幼儿这种发生在瞬间的心理转换过程。这一段极为成功的心理描写由于用艺术的手段惟妙惟肖地再现了幼儿感情外露、控制力差、易冲动、易变化的情感特点，因而具有了浓郁的幼儿情趣。

幼儿叙事诗往往回避"叙"情节复杂、人物众多之"事"，常常是把若干故事片断连缀成篇。诗中较少直抒胸臆，而是于具体的摹状叙写中流露诗人的感情。

2. 幼儿抒情诗

抒情诗是作者以主人公的口吻，直接抒发浓烈感情的诗歌样式。相对于叙事诗，它不注重情节的完整，而侧重于直抒对某种生活现象的感受或由某一自然景物引起的情思联想，或者直接吐露自身的某种情绪、愿望和希冀。鲁兵《春天》，高洪波《我喜欢你，狐狸》、《鹅鹅鹅》和杨唤的《家》等都是幼儿喜爱的抒情诗。幼儿抒情诗一般表现为以下三种形式。

（1）叙事抒情类

即借事抒情。这类抒情诗以抒情为主，叙事为辅，叙事情节不够完整，如《妹妹的红雨鞋》、《妈妈，请您给我》、《妈妈的话》、《妈妈的心》等。看看林焕彰《妈妈的心》：

妈妈的心，像我的影子
总是跟着我。
早晨，我去上学
在教室里念书的时候，
她就躲在我的耳朵里，
悄悄地说：要认真读书哦。
我在外面游戏的时候，
她就跑出来，有时，在我面前
有时，在我背后
有时，在我左右
总是悄悄地说：
小心，小心，不要跌倒哦！

妈妈的心，妈妈的爱，无处不在，这首诗巧妙地用"妈妈的心"像"我的影子"，把妈妈的关爱具象化，读来令人动容。妈妈的心，妈妈的爱，点点的关怀，孩子们会永记在心。

（2）以景抒情类

即借景抒情。这类抒情诗一般抒发由自然景物引发的情感或联想。如赵天仪的《风》、林焕彰的《日出》等。看看林焕彰的《日出》：

> 早晨，
> 太阳是一个娃娃，
> 一睡醒就不停地
> 踢着蓝被子，
> 很久很久，才慢慢慢慢地
> 露出一个
> 圆圆胖胖的
> 脸儿。

这首诗以幼儿的视角来观察日出，感受这一自然现象，抒发了幼儿对这一自然现象的独特感受。它把太阳拟人化，赋予太阳以自己的个性和行径。那个慢慢出山的太阳竟然是个醒来后不肯起床，踢着蓝被子，久久才把脸儿露出来的懒孩子！让读者一下子就感受到了太阳娃娃的调皮。科学的现象被林先生这么一写，显得新鲜别致、清新优美，无比有趣起来。童诗的魅力就在于此吧！

（3）直接抒情类

即诗人在作品中直接吐露自己的某种情绪、愿望和希冀。高洪波的《我喜欢你，狐狸》、林焕彰《飞，只是想飞而已》就属这一类。来看看《飞，只是想飞而已》：

> 飞，只是想飞而已
> 想飞，就感觉是
> 飞了起来
>
> 我们，冉冉上升
> 我们，不要翅膀
> 我们想飞
> 就飞了起来，而且是
> 高高兴兴地
> 飞了起来

这里的飞翔确实只是意念的飞翔，但我们仿佛看到了一群欢呼雀跃的孩子在摇摆着手臂，如同一群无忧无虑的鸟儿在天际飞翔一样。它传达了孩子们心中无尽地幻想，表现了儿童自得其乐的心性：只要是源自内心的快乐，那么到处都可以成为天堂。

3. 幼儿题画诗

题画诗是一种为适合幼儿欣赏的图画或照片而题写的诗，其特点是诗情与画意的有机融合，内容源于画面，但又不囿于画面。幼儿题画诗继承了我国古代题画诗的传统，又具有自身的特点。儿童画本身就是富于幼儿情趣的诉诸视觉的有形意象，诗人往往将画面的内容作为诗情的引发点，抒写幼儿的意绪或自己经过童心映照的情思与感受。至于是采用叙事还是抒情的方法，这类诗则是根据其具体内容来决定的。如果以抒情为主，则采用抒情类的方法；如果以叙事为主，则采用叙事类的方法。与古代的题画诗不同，幼儿题画诗离开画面也具有独立的欣赏价值。

题画诗对幼儿有特殊的作用。题画诗是视觉与听觉的结合，能够激发幼儿更丰富的想象，使他们得到更充分的审美享受。1981年出版的《童话诗情集》是新中国成立以来的第一本幼儿诗画集专集，是柯岩为小朋友卜镝的画题写的。另外，柯岩的《初雪》、《小长颈鹿和妈妈》等，黎焕颐的《蒲公英》、金波的《小星星》等都是优秀的幼儿题画诗。

著名诗人柯岩的题画诗堪称题画诗中的典范。他的题画诗是画意与诗情的有机融合，他能敏锐地把握住画面富于个性的特征或细节，从中拓展开一扇儿童心灵之窗，袒露出孩子对生活的理解和感受、愿望与追求，艺术地创造出奇妙的境界，展现儿童纯净美好的气质和天真无邪的心灵。这些诗作源于画面，又不囿于画面，诗人似乎从儿童活泼泼的心态中重新发现了自己，将画面上的内容作为诗情的引发点，抒写自身经过童心映照的思想和感受。这种从儿童出发又超越儿童主体个性的心灵表现，既对画意作了进一步的概括与升华，又创造出新的优美意境。

在柯岩的题画诗中，不乏幼儿可以听赏诵读的作品，例如《月亮，月亮，你告诉我》，诗人写孩子因为听到"电视里说：／日本小朋友／和我们长得差不多"，而向月亮发出诘问："每天你升起来的时候，／是先照他，是先照我，／还是同时照着我们两个？／你每天这样照来照去，／会不会把我们搞错？／月亮，月亮，你告诉我！"表达的是只有天真烂漫的幼童才有的奇想。又如《鱼儿的妈妈》：

天黑啦，

天黑啦！

钓鱼的，

回家吧！

你的妈妈

在等你；

鱼儿的妈妈

在等它……

诗人在简洁、浅近的诗句中蕴蓄了深切的感情，两个"等"字，道出钓鱼者的妈妈和鱼儿妈妈对孩儿平安归来的盼望。诗歌写的是幼儿眼中的大千世界，是他们心灵中对小动物的怜惜，更是诗人这位长者对生活、对幼者的挚爱与真情。

柯岩的题画诗语言朴素、简练，舒畅有如行云流水，富于音乐的旋律感，同时又渗融着动人的儿童情趣。它们的出现，意味着儿童诗的创作又开拓了另一新的艺术境界，如《海的女儿》：

我原来以为大海

全是碧蓝碧蓝的颜色，

可安徒生爷爷告诉我：

海的女儿那灰色的寂寞……

几千年了，海的女儿，

你还在岩石上哭么？

让我把人间的颜色都倒进海里，

带给你我们的歌和欢乐……

又如《春天的消息》：

不要，不要跑得那么急，

你，多心的小狐狸！

没有狮子，也没有老虎，

有的只是我,是我呀——
轻轻的雪,细细的雨,
给你送来了,送来了
春天的消息……

还有一种特殊类型的题画诗,同时具有题画诗、绘本或插图的一些特点,但又不完全相同。如《谷利和古拉的12个月之歌》,诗歌是中川李枝子创作的,图画由她的妹妹山胁百合子描绘。它与一般的题画诗不同,一般的题画诗都是先有画,后有诗,而这部作品是先有诗,后有画。中川李枝子先创作了诗歌,每个月一节,共12小节,山胁百合子再根据诗歌内容,每一小节画一幅画,诗画结合得很好。有些人把它当绘本,其实它与绘本也有区别。离开了文字,读者对画面的理解会有较大的差异,画面的连续性是绘本很重要的特征,而这个作品的画面相对独立,主要是为了配合诗节内容而创作的。相对于插图,这部作品中图画反映的内容则要丰富得多。所以,我们把这类作品归入特殊类型的范畴。

幼儿讽刺诗是用比喻和夸张等手法对幼儿生活中某些不良现象进行提示和批评、引导儿童对照自省的幽默诙谐的幼儿诗。这种诗,或直写儿童的错误行为及后果,或巧指他们的一两种毛病缺点,或有意夸张叙写他们某种不良习惯及可笑的结局,使幼儿在微笑中看到自己,受到启发,引起警觉。如任溶溶的《强强穿衣服》就是一首讽刺诗,它以极度的夸张,描绘了强强穿衣服动作之慢:从早上一起床就开始穿衣服,一直穿到了晚上,讽刺嘲笑了某些幼儿边做事边玩耍的习惯。

幼儿讽刺诗和一般讽刺诗有明显的区别。幼儿诗中讽刺对象是幼儿,所以大都是善意的、委婉温和的讽刺。而一般讽刺诗大都辛辣尖刻、针砭入木三分,有的甚至没有回旋的余地。

幼儿寓言诗又称诗体寓言,它以蕴涵发人深省的鲜明寓意(哲理或教训)为主要特征,是以寓言的形式来叙事的诗。如高洪波的《列车上的苍蝇》、张秋生的《会拉关系的蜗牛》等。

幼儿散文诗是一种介于诗歌和散文之间,兼具诗与散文两种艺术之美的文学样式。它具有诗的意境和散文的形式。它偏重于抒情，但较之抒情诗更灵活自由；它分段不分行，不要求有严格的韵律，但比一般散文注重节奏。优美的散文诗会有悠远的意境，像一首悠扬的歌，如郭风的《我们来唱白云、银河……》就是一组精美的散文诗。印度大诗人泰戈尔也写过不少优秀的适合幼儿听赏的散文诗，像《金色花》《纸船》《花的学校》《当我送你彩色玩具的时候》等。

幼儿科学诗是指用诗歌样式所写的科学文艺作品，以表现科学精神、科学现象、科学规律等为主要特征。如高士其的《太阳的工作》、李松波的《为黄鼠狼辩》、范建国的《人阳光的妹妹》等都是其中的佳作。

随着时代的发展，技术的进步，新的创作形式也会不断涌现，而这又会推动幼儿文学理论的发展，因此我们不能用一成不变的眼光来看待幼儿诗歌的分类理论。

（四）幼儿诗经典作品推介

1. 林武宪的《阳光》、《鞋》

阳光，在窗上爬着，
阳光，在花上笑着，
阳光，在溪上流着，
阳光，在妈妈的眼里亮着。

林武宪（1944— ），出生于台湾彰化新港，原名林秀雄，后改名林武宪。长期从事教师工作并致力于童诗创作，其作品在台湾多次获奖，部分作品被选入台湾中小学教材及美洲华语教材。

这首诗编织了一组精心组织又浑然天成的意象，可感、可思、可咀嚼，尤其是最后一句，"阳光，在妈妈的眼里亮着"，流动着的阳光和洋溢着的母爱互相辉映，使抽象的情感可触可感。这种能让天真的儿童心领神会的深意，是由一组简洁明快的词汇与一个重复四次的句式构成的。

我回家，把鞋脱下，
姐姐回家，把鞋脱下，
哥哥、爸爸回家，
也都把鞋脱下。

大大小小的鞋，
是一家人，

依偎在一起,
说着一天的见闻。

大大小小的鞋,
就像大大小小的船,
回到安静的港湾,
享受家的温暖。

这首小诗以普通得不能再普通的鞋为写作对象,描述的也是一种平常得不能再平常的生活现象——家里的每个人回到家都要脱鞋,可是,诗人却借助新奇的构思让这首小诗显得形象鲜明、韵味无穷。小小的鞋是家里的一个个成员,摆放在一起的鞋就好像依偎在一起的一家人;小小的鞋是一艘艘船,经历了风雨,回到了港湾。那一双双紧紧相依偎的鞋,代表的是亲密,诉说的是亲情。整首诗的字里行间里流泻出温暖与幸福,让每一个读者都能感受到家的美好。

2. 汤锐的《等我也长了胡子》

等我也长了胡子,
我就是一个爸爸,
我会有一个小小的儿子,
他就像我现在这么大。

我要跟他一起去探险,
看小蜘蛛怎样织网,
看小蚂蚁怎样搬家。
我一定不打着他的屁股喊:
"喂,别往地上爬!"

我要给他讲最有趣的故事,
告诉他大公鸡为什么不会下蛋,
告诉他小蝌蚪为什么不像妈妈。
我一定不对他吹胡子瞪眼:

"去去！我忙着哪！"

我要带他去动物园，
先教大狗熊敬个礼，
再教小八哥说句话。
我一定不老是骗他说：
"等等，下次再去吧！"

哎呀，我真想真想
快点长出胡子，
到时候，不骗你，
一定做个这样的爸爸。

汤锐（1958— ），四川巴县人。先后毕业于北京师范大学、浙江师范大学中文系。1980年开始发表作品，历任中国少年儿童出版社编辑、北京师范大学中文系副教授、朝花少儿出版社副总编辑、连环画出版社总编辑。

诗歌中的爸爸真是让人喜欢。他能陪着孩子一起去探险，他还喜欢给孩子讲故事和带孩子出去玩儿。这个爸爸呀，不爱打孩子，对孩子很体贴，还说话算话，从不哄骗孩子。诗歌通过一个孩子的口说出了孩子心中的世界，而且大人们肯定不会反对。幼儿文学内容是本性纯真的，真正的幼儿文学首先是幼儿能理解接受的文学。

3. 陈尚信的《鼻子吃蛋糕》

这块蛋糕，
我舍不得吃它，
要等爸爸妈妈一起尝。
我让鼻子先尝一点儿，
反正小鼻子只会闻闻，
不会吃下。

这首诗所表现的稚拙更令人叫绝，作者深谙幼儿心理，把"我"写得异常可爱，"我"的一切行为，完全符合幼儿的年龄特点，读之，令人忍俊不禁。由此可见，幼儿诗的作者总是俯下身来观察幼儿的行为，并将其融化在作品中，使作品充满了稚拙美。

4. 林焕彰的《鸽子学飞》

鸽子学飞，
鸽子鸽子喜欢飞。
鸽子学飞，
鸽子鸽子喜欢绕着圈圈飞

鸽子鸽子喜欢飞，
鸽子的家住在屋顶上，
鸽子鸽子喜欢绕着自己的家，
飞飞飞，飞飞飞……

林焕彰（1939— ），台湾省宜兰县人。20世纪60年代初开始发表作品，曾任《布谷鸟儿童诗学季刊》总编辑，亚洲儿童文学学会台北分会会长，创办了《儿童文学家》季刊。出版有《牧云初集》、《斑鸠与陷阱》、《童年的梦》、《小河有一首诗》、《妹妹的红雨鞋》等40多种新诗集、儿童诗集和诗论集。曾获台湾中山文艺创作奖、中兴文艺奖和大陆陈伯吹儿童文学奖、冰心儿童图书新作奖等。《林焕彰儿童诗选》1991年由安徽少年儿童出版社出版。

在诗人的笔下，组成一首诗的文字可以变得如此服帖，又如此不同寻常、韵味十足。词语、句型的不断重复非但没有减损诗的情味，反而生动地传达出了鸽子盘旋学飞的动作感觉，其间还夹着一份家的安详和温暖。

5. 圣野的《放船》

你在
小河的上游
放了一只
让蚂蚁公主乘坐的小船
我准备在
小河的下游
开个盛大的欢迎会

圣野原名周大鹿，现名周大康。1922年生，浙江省东阳人，1945年就读于浙江大学，1947年参加《中国儿童时报》的编辑工作。20世纪40年代末出版过诗集《啄木鸟》《列车》和《小灯笼》。1957年起主编《小朋友》杂志，此后长期从事编辑工作，业余创作了大量儿童诗和其他样式的儿童文学作品。出版有《欢迎小雨点》、《和太阳比一比》、《奶奶故事多》、《春娃娃》、《神奇的窗子》、《竹林奇遇》等40多本儿童诗集。一些诗作曾多次译成外文介绍至国外。

这样一首小诗恍若随口造就，却包含了无数的想象和热爱。圣野是一个童心无限的诗人，他的诗作中始终洋溢着不谢的童心童趣，就是如此简单的只言片语，却把一个只有儿童才能深入的世界展现在我们眼前，那随水流而下的小船里载着蚂蚁公主，而"我"在下游正在为她准备一个盛大的欢迎会，这是怎样的天真梦境啊！

6. 蒲华清的《我和爸爸》

爸爸下班回家，
我抱着他的腿往上爬。
爸爸像棵大树，
我像一株牵牛花。

蒲华清（1938— ），重庆人，做过小学教师、编辑等工作。著有儿童诗集《校园朗诵诗》《注音童诗一百首》，童话诗集《美丽的小仙女》，儿歌集《红雨伞》，幼儿短诗集《天上的洒水车》、《春天的朗诵诗》，幼儿故事集《可怜的小花狗》等。

就只是一个"爬"的动作，却把一个顽童的形象尽显无遗，可见就是这样几个简单的动作，在儿童的眼中却是乐趣无穷的。这首诗是"微言显趣"的典型。

7. 常福生的《猫头鹰》

睁一只眼
——放哨，
闭一只眼，
——睡觉。
我要是猫头鹰
——该有多妙！
一只眼睛睁着
——看电视，

一只眼闭着

——睡觉。

常福生（1938—　），笔名符笙，祖籍武汉新洲，生于上海。1958年毕业于上海第二师范，任小学教师数十年。1959年开始发表作品，1990年至2008年在上海少年儿童出版社《娃娃画报》、《儿童诗》编辑部工作。2006年加入中国作家协会。著有儿童诗集《会走路的蘑菇》、《飞过大上海的龙》、《春天的礼花》、《有孩子的地方》，童话集《好斗的小公鸡》等，主编《新编经典儿歌大全》等。童话《机器妈妈》获《北京日报》1986年全国童话征文三等奖，儿童诗《牙齿亮晶晶》获2004年全国儿童诗征文三等奖，《有孩子的地方》获第22届陈伯吹儿童文学奖优秀奖。

这个想象自己如果是猫头鹰的想法唯有儿童才想得出吧，这么奇妙的联想，这么可爱的念头，把一个孩子既想看电视，又想睡觉的"贪心"表现得恰如其分。诗人如此巧妙的意象链接不知道出了多少孩子的心声呢！

8. 杨唤的《家》

树叶是小毛虫的摇篮，
花朵是蝴蝶的眠床，
歌唱的鸟儿都有一个舒适的巢。
辛勤的蚂蚁和蜜蜂都住着漂亮的大宿舍，
螃蟹和小鱼的家在蓝色的小河里，
绿色无际的原野是蚱蜢和蜻蜓的家园。
可怜的风儿没有家，
跑东跑西也找不到一个休息的地方。
漂流的云没有家，
天一阴就急得不住地流眼泪。
小弟弟和小妹妹最幸福哪！
生下来就有爸爸妈妈给准备好了家，
在家里安安稳稳地长大。

杨唤（1930—1954），原名杨森，台湾现代派诗人之一，1950年开始写儿童诗，成为台湾现代儿童诗的先驱。1954年3月7日因车祸逝世于台北。出版有诗集《风景》、《杨唤诗集》、《水果们的晚会》等。1988年，台湾一些著名儿童文学家发起成立"杨唤儿童文学奖"，奖励海峡两岸卓有成就的儿童文学作家，每年颁奖一次。

家是人们成长的摇篮，家是世上最美的港湾。有家的感觉是幸福的、温馨的！杨唤的这一首《家》就是颂扬"家"的重要性的优美诗歌。诗歌开篇运用了比喻、拟人的写作手法，先依次展现了小毛虫、蝴蝶、鸟、蚂蚁、蜜蜂、螃蟹、小鱼、蚱蜢和蜻蜓这一些自然界中的小生命，它们都有自己温暖、和美的家。接下来又说风儿和云儿没有家，它们找不到休息的地方。相比之下，真是可怜之至！它们只能"急得不住地流眼泪"。通过对比手法的运用，诗作在结尾部分指出了最幸福的是小弟弟和小妹妹们，因为他们"生下来就有爸爸妈妈给准备好的家，在家里安安稳稳地长大"。既然如此，小弟弟和小妹妹们就应该懂得知恩图报，由此也寄寓了诗人对家的无比挚爱之情。

9. 斯蒂文森的《我的影子》

我有一个小小的影子，进进出出跟着我，
我可不大知道他到底有什么用场，
他呀，从头到脚都非常非常的像我，
我跳上床去，倒看见他比我先蹦上床。
他怎样长成的呢？嗨，那才叫好玩——
全不像真正的孩子那样，慢慢地长大；
有时候他长得那么高，像皮球，一蹦蹿上天，
有时候他缩小得那么小，我完全看不到他。

孩子应该怎样游戏，他可是完全不知道，
他呀，只知道捉弄我，跟我开玩笑，
他老是紧紧地跟着我，真像个胆小鬼，你瞧；
我像他跟牢我那样去跟牢保姆可多害臊！
一天早上，非常早，太阳还没有起身，
我起来看到露珠在金凤花儿上闪耀；
可是我那懒惰的小影子，真贪睡，还不醒，
他在我身后，在家里的床上，呼呼地睡觉。

罗伯特·路易斯·斯蒂文森（Robert Louis Stevenson，1850—1894），英国作家，生于爱丁堡建筑工程师家庭，当过律师，大学时期就开始写作。著名的作品有小说《金银岛》等，是19世纪末新浪漫主义文学的代表。

这首诗节选自斯蒂文森的《一个孩子的诗园》，这本儿童诗歌集被誉为儿童学习语言的"最优美的启蒙教材"。英国《不列颠百科全书》对斯蒂文森这本儿童诗歌集作出了高度评价："在英国文学中，这些儿童诗是无与伦比的。"时至今日，这本诗集已经成为世界儿童文学经典名作。

影子，在孩子心中是有趣而神秘的，是孩子喜欢的伙伴。在阳光下追逐同伴和自己的影子一直都是孩子乐此不疲的游戏。但是，孩子是不是认真观察自己的影子？是否思考过影子和自己的关系呢？这首诗就是通过对影子的描绘来描述人物行为，生动地讲述了影子和人的关系，从静态和动态，启发幼儿观察日常中司空见惯的现象。作者在捕捉童年的情绪和感觉时，既表现出了异乎寻常的准确性，又带有浓郁的儿童情趣。

10. 鲁兵的《小山羊和小老虎》（作品略）

鲁兵（1924—2006），浙江省金华人，原名严光化，笔名鲁兵、严冰儿。1946年在浙江大学学习期间开始儿童文学创作，曾发表过诗歌、童话、散文、小说、剧本等多种体裁的作品。20世纪50年代开始，鲁兵在从事儿童文学编辑工作的同时，继续为孩子们写作，此时，他创作的重点转移到幼儿文学方面来，"打入娃娃阵，长做黑头公"成为他从此献身幼儿文学事业的追求与写照。20世纪五六十年代，他写的作品有儿歌《太阳公公起得早》（八首）、《唱的是山歌》、《大力士》、《我有一个好妈妈》，童话诗《王小小》、《两只小鸭捉鱼去》、《老虎外婆》等。"文化大革命"中，鲁兵被迫搁笔。"文化大革命"后，他的创作激情迸发，出版了儿歌集《好乖乖》、幼儿童话诗集《鲁兵童话诗选》、幼儿童话集《顶顶小人》、幼儿文学作品选集《老虎的弟弟》和作品选集《鲁兵作品选》等。他还主编了受到全国幼儿欢迎的"365夜"系列书籍，出版了儿童文学理论著作《教育儿童的文学》。

几十年来，鲁兵不但大力倡导为幼儿写作，而且身体力行，他说："幼儿文学不可能产生什么皇皇巨著，可是它担负着滋养上亿孩子的任务。我是把它当作一件了不起的事业来做的，诚恐诚惶的是未能做好，愧对孩子们。"

儿歌和童话诗是鲁兵最得心应手的体裁，童话诗则全面地显示了鲁兵的文学功底和美学追求。鲁兵对童话诗的掌握到了纯熟圆润的程度，他借鉴外国童话诗、我国古代叙事诗，美听悦耳，深浅适度，使诗的美质借助于童话的美丽幻想扎根于幼儿心田，于潜移默化中提高幼儿的文学素质，锻炼着幼儿的语言能力。

《小山羊和小老虎》是鲁兵的精致之作，从这篇作品中可以看出他的童话诗幼儿化的追求。在这首诗中，鲁兵采用儿歌、自由诗之所长，根据故事情节进展的需要和抒发感情的需要，不断调整布局，变换句式，更动韵脚，使诗始终处于流动变化之中，呈现出五彩斑斓之色，给人以曲径回廊、移步换景、美不胜收之感。《小山羊和小老虎》采用一节一韵或几节一韵，作者通过变换韵脚来显示情节发展变化的段落层次和感情的变化，在听觉上给人一种活泼跳跃的感觉，显示出多种声音交替的回环美。作者的押韵技巧十分熟练，在他的童话诗中，一韵到底的占多数，就是像《小老鼠变大老虎》这样一百多行的长诗也一韵到底，且押得十分自然，没有因韵害意。"当我们通过听觉来感受他的童话诗的时候，那直接的、迅捷的，强烈的艺术效果就像音乐一样直抵我们的心灵，似乎用不着更多的思辨就能感受到情节的变化和感情的起伏。"（金波《论鲁兵的童话诗》）悦耳的声音之流使鲁兵童话诗的魅力倍增。

11. 柯岩的《"小兵"的故事》系列（作品略）

柯岩（1929—2011）原名冯恺，广东省南海人，1929年生于郑州。孩提时代，她即从母亲口述的故事中接触了民间文学。稍长，又读到了众多的中外儿童文学名著。其中鲜明的是非善恶观念、孩子的纯真而温馨的情谊、神奇美丽的境界都使她神往。青年时代，她曾就读于苏州社会教育学院戏剧系，1949年后在中国儿童艺术剧院从事专业创作数年，曾长时间深入于孩子生活之中，积累了丰富的创作素材。

柯岩在20世纪50年代的创作，大多是幼儿叙事诗，这些诗作的主要特色，是荡漾着动人心弦的幼儿情趣。她极善于从幼儿生活和游戏中采撷那些富有戏剧性的片断，融以慧巧的诗心、活泼的想象，织成兴味盎然的故事。在她的诗行中，不见静态的摹状，也少场面的铺陈，而多着笔于人物富有特征性的行动，从中透视其美好的意绪与情思，并传递着诗人对于孩子的循循善诱。发表于1956年的《"小兵"的故事》充分体现了这些特色。它由《帽子的秘密》、《两个"将军"》、《"军医"和"护士"》组成。《帽子的秘密》写的是低龄儿童玩打仗当海军的故事。它开篇即设下悬念，妈妈送给哥哥一顶帽子的帽檐老是掉下来，弟弟奉命去侦察，结果被捉去当了"俘虏"，可也因此参加了哥哥他们的"海军部队"，反过来对妈妈保守秘密了。《两个"将军"》写两个模仿解放军、作风却截然不同的"将军"，一个勇敢威风、不时下令"向妹妹进攻"或"向弟弟冲锋"，一个虽然打仗"打得勇敢漂亮"却懂得保护弟弟妹妹这些"老百姓"。《"军医"和"护士"》，描写了孩子们渴望"当兵"的故事。这三首主题相同题材近似的诗篇，之所以受到小读者的热爱，是因为其中贴近儿童生活的情节、典型而又逼真的行动和对话、稚气十足的冲突以及那种对于军队生活、战斗的热盼和向往，都是孩子们熟悉甚至体验过的，自然极易引起他们的共鸣，激发他们欢乐的情绪并使他们获得审美的满足。

12. 樊发稼的《小妹妹的诗》（组诗）

樊发稼（1937—　），出生于上海崇明县，1957年6月毕业于上海外国语学院俄语系，中学时代就酷爱文学并开始向报刊投稿。从1955年他发表处女诗，至今，他已在诗歌园地尤其是儿童诗园地工作了50多年，出版儿童文学著作达40部之多，其中评论集10部，诗集约18部。他的《夏爷爷的故事》、《雪花姐姐》、《夏雨的悄悄话》、《苗苗的故事》、《春天的小诗》、《花，一簇簇开了》、《小娃娃的歌》、《布谷鸟》、《腊梅花》、《大树和蘑菇》、《花儿的诗》、《蒲公英》等幼儿诗集在当代儿童诗坛都引起过相当好的反响，特别是《小娃娃的歌》获得了"中国作家协会首届（1980—1985）全国优秀儿童文学奖"，《春雨的悄悄话》获得了首届"全国优秀少儿读物奖"和中国"新时期优秀少年儿童文艺读物奖"。

《小妹妹的诗》是20世纪80年代后期创作的较为成功的幼儿小诗。诗人对浓烈的抒情色彩的追求似乎淡化，但对儿童诗语言的童稚化，对儿童诗的儿童视角、儿童思维更加重视：

树木里的小鸟，／都是些用功的孩子。／每天清早，／就起来念书。／满树的树叶子，／是他们绿色的书页。

可爱的"小鸟"的想象，反映着诗人对儿童诗本质的更准确的把握：

谁的力气最大？／我说是海。／你瞧，这么大的轮船。／他轻轻松松驮走了。

将"大海"比作"大力士"，只有孩子才会有这种奇异的想象：

春天来了，蓝天上／飘飞着一只只风筝。／苗苗对妈妈说：／"我要是风筝，／那就好了！爸爸要打我的时候，／你就把我放到天上去，他就打不着我了！"

这是《风筝》，其中"苗苗"的话是发自幼儿内心的一种言语，它无遮无拦，没有任何矫饰。

樊发稼的儿童诗创作基本上遵循他自己一贯坚持的"儿童文学是爱的文学"的主张。他在儿童诗中，充分地调动起自己的创作手段，发挥自己的创作才能，教会孩子们"懂得爱、学会爱"。当然也教他们学会辨识真伪、美丑，从而不断充实完善自己，使自己的人格与心灵走向完美。可以说，"爱"——诗人对孩子的爱，对祖国未来的爱，是他开启孩子心灵世界的一把金钥匙。

13. 高洪波的幼儿诗

高洪波（1951—　）在中国当代儿童诗坛是一位创作数量与质量都很高的诗人。20世纪80年代以来，他先后出版过《鹅鹅鹅》、《鸽子树的传说》、《懒的辩护》等几部儿童诗集，在中国作家协会第一届、第三届"全国优秀儿童文学奖"评选中获奖，其诗集《鸽子树的传说》还获得了中宣部"五个一工程奖"。

高洪波的幼儿诗的最大特点是善于触摸现代孩子的心灵，并用本真的孩子话语和孩子思维去表现现代儿童对自我、生活和社会乃至世界与人类的独特关注与反应。他的幼儿诗的语言是诗美、童心的反映，也是幼儿生活和现代观念的表现。

评论家何志云在给高洪波的书信中，很精辟地阐述了他对儿童诗的看法："准确地触摸和把握这一代儿童的思想、心理特点，加以真切地表达，不仅是儿童诗反映和表现当代儿童的要旨，而且也是儿童诗从心灵上真正走进广大儿童的途径。我以为，这正是儿童诗走向现代的基本涵义。"纵观高洪波的儿童诗创作，他一直在不断尝试着去"探索"。儿童诗，作为一门语言艺术，对它的探索，并不只是如何去开拓新题材、新角度，更重要的是去实现新观念的转变。

《鹅鹅鹅》是高洪波较早的一首儿童诗。从这首诗中可以看出诗人对于传统儿童话语的反拨和对于儿童本真心态的披露：

真的，我不愿当什么'神童'，/更不想靠'白鹅'啄来糖果。/如果妈妈带我去趟动物园，/那才是我最大的快乐！

《笑》也可看出诗人对于儿童诗语言的自觉探索：

可是我知道，/你们怕变小，/变小了，/要考试，做作业，背课文/有那么多的烦恼/所以，你们不愿笑！//我想不笑/可又做不到。/有烦恼，也要笑/因此，我总长不高。

这样的儿童诗，语言平易、朴实、口语化，非常贴近当代社会独生子女的心态。而在《懒的辩护》、《我喜欢你，狐狸》等诗中，高洪波儿童诗的语言的思想含蕴和信息容量更是让人惊奇：

可是他们不明白，/懒，是一切发明之源。/为了当上发明家，/我才故意这般懒！

在传统的儿童诗话语里，"懒"是一个贬义词，是大人们对孩子们指责甚至痛骂的最好理由。可高洪波却在"懒"字上发掘出了儿童心灵深处的最闪光之点，也发掘出了儿童诗的真正含义：

我崇拜你，狐狸，/你的狡猾是机智。/你的欺骗是才气。/不管大人怎么说，/我，喜欢你。

对狐狸的"狡猾"和"欺骗"的赞美与认同，看似完全违背了常理，但这种与大人们心中的道德与审美原则完全相悖的儿童思维，都让人发现了现代儿童的心理嬗变。当代儿童再也不是传统的教鞭下斥责成长的一代人了，当代儿童对于独立意识的护卫是前所未有的坚定。如果儿童诗的创作，还采用"说教式"、"训诫式"的语腔语调的话，必然会沦为儿童所唾弃的语言垃圾。

高洪波的儿童诗还有一种令人捧腹的"趣"——快乐、幽默、风趣的语言将当代儿童的喜怒哀乐和他们全新的精神世界行云流水般表现出来。高洪波说过："从某种意义上说，我的诗也是

第三章 幼儿文学文体篇

一种宣泄，为孩子的苦恼，也为自己的困惑。"在他眼中，儿童文学应是快乐文学，并将这主张贯穿到他的创作之中，用自己的诗句向孩子心灵中输送快乐。他认为每一个人、每一个儿童文学工作者如果忘记和忽略了这一点，简直就是极大的失职！不难发现，高洪波的儿童诗创作之所以极力追求一种"快乐"的语言艺术，源于他强烈的责任心，他为人真诚，他深深地理解当代儿童，真正地尊重当代儿童的人格精神，才不遗余力地将儿童的天真无邪、喜怒哀乐、孤独寂寞，甚至是他们的蛮不讲理都写进了诗行：

我觉得／我是一朵云／一朵会流泪的云／当然，谁也不知道／我哭的时候，心里却在暗暗发笑。——《种眼泪的孩子》

都江堰的二郎神，／你是凡人，也是英雄。／像齐天大圣一样，／屹立在我的心中。——《都江堰的二郎神》

只有尊重儿童，发现他们的内心，才能将儿童诗的"快乐"基因，培养成真正的诗美品格。从高洪波以上这些诗行里，我们不难找到这种真正源于儿童"快乐"的语言信息。

从《自夸的老鼠》《小老虎的问路》《公鸡的本领》《小兔子穿钉鞋》《乌龟和刺猬》等童话诗中，我们可以找到高洪波儿童诗语言的另一种质地，即"启智语言"对教化语言的完全取代，信息知识语言对传统音韵语言的取代。诗人几乎完全摒弃了儿童诗中那种狭义的甚至带着某种"自私"与"霸道"的成人对于孩子的关爱话语，而采取了一种全新的儿童构想和儿童独白的话语。正是因为他对语言张力与含蕴的极度重视，才使得他的儿童诗卓然独立于新时期的儿童诗坛。

14. 钟代华的幼儿诗

钟代华（1963—　），自20世纪80年代起就开始在儿童诗园地里摸索，他相信自己有能力在儿童诗这个园地里栽出一片绿荫。初始时，尽管身处乡村，生活环境不尽如人意，但他以韧性默默地耕耘，以自己独特的艺术感悟和诗歌追求引起读者和诗评家的关注。

20世纪90年代，三十而立的他终于捧出了自己收获的可喜成果。他的抒情诗集《微笑》、儿童诗集《纸船》和《让我们远行》等出版了。他还陆续获得了重庆市文学奖、陈伯吹儿童文学奖、"小天使"铜像奖以及上海《少年文艺》的四届好作品奖。他的创作成绩真正受到了诗坛的关注，一些著名儿童文学理论家也开始将他纳入自己研究的对象之中。应该说，钟代华之所以在儿童诗坛脱颖而出，是有一些外在的环境因素的。大西南儿童文学特别是川渝儿童文学在当代中国，一向是与上海、北京"三足鼎立"的，在这一地区中，一生致力于儿童诗创作的有张继楼这位德高望重的老诗人。他善于发现年轻人并引导他们走向成熟，川渝地区在20世纪八九十年代涌现出一大批儿童诗坛实力作家，都得益于他的精心栽培，钟代华也不例外。

《纸船》是钟代华的儿童诗处女诗集，这部诗集首先引起了张继楼的关注，他热情作序并予以很高的评价，西南儿童文学研究所的教授彭斯远先生也热情撰序，誉其为"全方位表现孩提"的文本。这部诗集共分四辑，前两辑"纸船"和"小蛐蛐儿的故事"多是幼儿诗、儿歌和适合小学低年级学生阅读的童诗。这些诗大多是诗人初涉儿童诗园的"稚嫩"之作，但对于儿童生活的多方面折射，对于儿童想象世界的感悟却是相当准确的，可以说，正是这小小的"纸船"将钟代华渡向了儿童诗歌的码头。《童年》是打头的一首诗，其中乡村儿童对于山外世界的眺望与渴盼让人难以忘怀：

站着 坐着 趴着 躺着
看小鸟飞向太阳下的云朵
再眺望远方远方哟
远方到底有些什么

诗中的几个动词对于形象突出的作用让人叹服，而末尾的一个疑问又让人深思。《荡秋千》一诗与《童年》一诗在立意与构思上颇有异曲同工之妙。儿童的幻想空间在"飞呀，飞呀／真想长上翅膀飞上蓝天"的诗句中日渐扩大。《纸船》一诗的意象新奇，意境清美。月儿、沙滩、小船、帆构筑了一个朦胧的夜境，但也让人看到了朦胧的色调里闪烁出的一份烂漫、天真与向往。这种立体的儿童诗，像棱镜片一样能将童年生活体验五彩缤纷地折射出来。在《帆》《水手之歌》《海的故事》这三首诗中，当我们的思绪在帆、水手、海、海风、礁石、港湾、浪花、美人鱼、暴风等童象群中穿越时，更加惊讶诗人对儿童内心世界的开拓，儿童的内心就是一个大海！诗人善于用最能展现大海风姿的物象来表现大海的丰富的内涵。

"小蛐蛐儿的故事"一辑中的小诗没有上述的诗那么抒情，但这些聚焦于云朵、雪花、落叶、小石人、森林里的鸟儿、小动物、风等大自然之物的诗作把孩子亲近大自然的形象勾画得淋漓尽致。儿童的天性就是喜欢大自然，也许未经人们污染的大自然的品质与童心的品质是同质同构的吧，每当儿童一走进山野，听到鸟儿的歌唱和溪流的叮咚，看到蝴蝶在飞舞，孩子们的好奇心就会充分调动起来。孩子的快乐在大自然里是无边的，钟代华的儿童诗就极力地表现了这一点。但诗人也没有忽视大自然作为孩子们心中最美好的部分，已逐渐被人类人为的破坏与"污染"所毁灭。诗人敏感地注意到了孩子们心中过早地经受了一种磨难——那就是孩子们已品尝到了大自然被污染的苦果，当被猎杀而受伤的鸟儿哀鸣地飞过孩子的眼前时，或当大森林被砍伐而导致天空"生气"时，孩子们"伤心地哭了"，他们开始谴责那些无知的短视的行为。

钟代华作为儿童诗诗人，在表现儿童的生活与心灵时不忘为儿童的生活指路，不忘培养儿童的美好健康的心灵，因为这是儿童诗诗人的责任。

理论与实践操作

1. 任意选择一些儿歌，试着把这些儿歌改编成手指谣。
2. 幼儿诗的解析与朗诵。

要求：以小组为单位，集体对作品进行分析理解，在此基础上演绎作品。

方式：

（1）每组陈述对于作品的分析和演绎设计；

（2）集体朗诵幼儿诗。

拓展学习书目

[1] 雪野. 中国最美的童诗系列 [M]. 重庆：重庆出版社，2012.
[2] 〔英〕米尔恩等. 童诗精选 [G]. 武汉：湖北少年儿童出版社，2012.
[3] 〔美〕谢尔·希尔弗斯坦. 阁楼上的光 [M]. 海口：南海出版公司，2009.
[4] 〔美〕谢尔·希尔弗斯坦. 向上跌了一跤 [M]. 海口：南海出版公司，2010.

关于这一节，请留下你的建议吧，谢谢！

第二节 幼儿故事

本节导读

本节从故事的广义概念出发，分别从神话传说故事、童话故事以及生活故事这三种故事类型的概念、分类、特点及名家作品推介的角度来对幼儿故事作一个较为全面的介绍。

小组探讨

1. 你认为把童话放在幼儿故事中探讨是否合适？为什么？
2. 中西方幼儿神话传说故事的差异说明了什么？这种差异又决定了什么？
3. 童话故事的未来发展方向在哪里？
4. 传统经典的童话故事需要改编吗？
5. 衡量一篇幼儿生活故事是否优秀的最关键因素是什么？

一、幼儿神话传说故事

（一）幼儿神话传说故事概说

神话几乎是各民族原始先民所共同经历过的最早的文学创作形式。原始社会生产力水平十分低下，面对难以捉摸和控制的自然界，人们不由自主地会产生出一种神秘和敬畏的感情，并由此幻想出世界上存在着种种自然的神灵和魔力，自然在一定程度上被神化了。神话一词在古希腊语的意思是传说、故事、叙述，是人类在生产力极其低下的情况下，用幻想对自然和社会形式的一种加工和改造。它是人类借助想象来征服自然、支配自然并把握自然的工具，伴随着人类对自然的逐步认识，神话也就逐渐消失了。因此，神话故事也就是人类对自然的形象化的解释和想象，其内容大多涉及创造世界的神话、自然现象演变而成的神话，或者是用初民自身所形成的各种社会关系和习俗来想象未知的神灵故事。神话故事的人物大多是虚构出来的,具有超现实性。

传说相对于神话来说产生较晚。很多的民间传说是从神话中演变而成的,因此两者关系密切,有着许多相同的特征,如都以幻想为主、故事性强,都反映了早期人类的价值观念,等等。不过传说的内容范围广泛,所涉及的形式也多样,大多是人物传奇、奇闻异事等,在民间以口头形式流传,通常有一定的事实根据和来源。

神话传说是一个民族文化的象征,不同的民族拥有不同的神话传说体系,它是一个民族的集体记忆,凝聚着各个民族基本的世界观和价值观。

西方的神话传说故事大约起源于公元前12世纪至公元前8世纪,以古希腊文化和罗马文化为代表。其故事内容主要包括神的产生、神的谱系、神的活动和神的创造。代表作品是希腊神话。这些神话故事情节完整曲折,起伏跌宕,扣人心弦,让孩子们十分着迷。如宙斯和伊俄的故事、普罗米修斯的故事、俄狄浦斯王的故事、三个金苹果的故事等等。而由传说中的奴隶荷马写成的《荷马史诗》则是一部对希腊各城邦国和特洛伊之间发生的战争的一次神话想象。故事中的人物分为三种:第一种是神,他们和凡人在外形和性格上毫无差异,但他们拥有无上的神力和不死之身;第二种是人神结合所产生的半人半神,他们也和凡人在外形和性格上毫无差异,但他们拥有超越凡人的能力,如史诗的主人公阿克琉斯就是一位战无不胜攻无不克的人间"战神",而海伦因是宙斯和人间一女子所生,所以拥有了世界绝无仅有的美貌,但他们无法像真正的神一样拥有不死之身,和凡人一样必须经历生老病死的痛苦;第三种是凡人。

中国古代的神话传说散见于《山海经》、《诗经》、《庄子》、《楚辞》、《淮南子》、《吕氏春秋》、《穆天子传》、《孟子》、《墨子》、《韩非子》、《列女传》等书中。有盘古开天地和女娲造人补天的创世神话,有关于大禹治水、后羿射日、夸父逐日、精卫填海、仓颉造字、燧人氏钻木取火、后稷尝百草等英雄人物神话,也有八仙过海、嫦娥奔月、牛郎织女、柳毅传书、鲁班学艺、老鼠嫁女等民间传说故事。这些神话传说故事一方面反映了人类与自然作斗争的情况,如大禹治水、精卫填海等,同时也反映了早期人类的人生价值体系,如鲁班学艺、老鼠嫁女等。在内容上以己观物,以己感物,通过具体形象生动的故事情节为孩子们所津津乐道。

(二)幼儿神话传说故事的特征

首先,神话传说最根本的特征是幻想。

与童话故事一样,神话传说故事在人物、情节、环境上大多也是虚构想象出来的。如

《西游记》这个故事的原型是唐三藏到印度取经,《封神演义》的故事原型则是周王朝取代商朝。这些在历史上都有文献记载,但经过多年的民间流传后,故事的内容发生了很大的变化,演变成了神魔妖道的神话传说故事。故事中的大部分角色是幻想出来的,如《西游记》中孙悟空、猪八戒、沙僧以及路途中所遇到的妖魔鬼怪等都是虚构出来的,而《封神演义》中善良能干的女娲娘娘、神机妙算的姜子牙、助纣为虐的申公豹、善使乾坤圈和风火轮的哪吒等都是虚构出来的。这些角色形象大多属于扁平人物,性格单一,符合幼儿的接受心理和特点。

其次,神话传说故事一般还追求情节的曲折离奇。

神话传说故事大多不追求语言的华丽,但讲究故事情节的建构,而故事情节也正是它吸引人的关键所在。所以怎样营造一个动人的、扣人心弦的情节成为了神话传说故事内在必然的追求,如大家熟知的民间故事《牛郎织女》、《长发妹》等无不以曲折离奇的故事情节取胜。尽管神话传说故事追求情节性,但情节的模式化痕迹较重,如常有的模式有继母虐待型、三兄弟或者三姐妹比较型、战胜困难型等。情节的结构设置常以遇到危险或者遭遇不幸——战胜看似不可战胜的困难——获得幸福或解决危险这一结构来安排,且故事的结局以大圆满而告终,这也反映了民间老百姓的美好愿望。

再次,常采用的叙述方式为对比式。

为了更好地突显"恶有恶报,善有善报。不是不报,时候未到"这种民间道德观念,神话传说常采用对比式来展开故事的叙述,即设置完全相同的人物遭遇,而通过不同角色的不同做法来实现不同的结局,从而传递民间所认可的善良温和、勤劳能干、勇敢坚毅、安贫乐道等美好品质和道德要求。如《会说话的鸡蛋》中,善良美丽的女主人公布兰契和好吃懒做的姐姐先后都遇到了一个神奇的老婆婆,从老婆婆那里都得到了一个神奇的蛋,但由于两姐妹的性格完全相反,所以结局也完全相反。妹妹布兰契打开鸡蛋获得了许多黄金和钻石,而姐姐打开鸡蛋则里面出现了许多毒蛇。

最后，神话传说故事的题材广泛。

神话传说故事的题材非常广泛，通过许多神魔妖怪、各种自然现象、形色各异的人等，把早期人们外在的耳目官能所感受的，内在的心理悸动所激发的情感和愿望用故事的形式展现出来，全方位地反映了早期人类对万事万物的理解以及早期社会所形成的道德伦理观念。

（三）幼儿神话传说故事的分类

幼儿神话传说故事根据不同的标准有不同的分类方式。从篇幅上来划分，则有长篇神话传说故事、中篇神话传说故事及短篇神话传说故事。从角色的特点和形式来划分，则有以人为主的神话传说故事，以物或自然现象为主的神话传说故事。从题材上来分，有创世神话传说故事、自然神话传说故事以及社会神话传说故事等。

创世神话传说故事主要从世界的来源的角度来虚构故事，如中国的《盘古开天地》《女娲补天》以及西方的上帝造人等故事都从不同民族对人类来源作了自己的想象。自然神话传说故事则对各种自然现象作了各种各样的想象。如在西方神话谱系中，掌管雷电的是整个神谱中最高的神——宙斯，而太阳则是由宙斯的儿子太阳神阿波罗每天早上拉着马车送出来的，晚上又送回去。中国神话中月亮上面住着嫦娥，雷电分别由雷公和电母掌控，而下雨则是由龙王掌管，这些都反映出了人类早期对自然现象的敬畏和理解。至于社会神话故事则是人类早期生活和社会关系的写照，真实地反映出了人类早期所形成的伦理道德观念以及所具有的人生观和价值观，包括各部落之间的争斗、英雄人物故事等，如希腊神话中的《普罗米修斯》、中国神话里的《精卫填海》。

（四）幼儿神话传说故事经典作品推介

1. 盘古开天辟地

传说在很久很久以前，整个宇宙像一只封闭的不透气的大鸡蛋，浑浊黑暗。有一个叫盘古的人就出生在这只大鸡蛋中。他在蛋壳中酣睡了一万八千年后突然醒来，却发觉四周是一团漆黑，非常气闷，于是就挥动巨大的铁臂猛力将大蛋壳打破。于是那些轻盈清澈的东西徐徐上升变成了天空，而凝重浑浊的东西下沉变成了大地。从此天地分开，浑浊的世界被廓清了。

盘古担心天与地会再次合拢，于是就用手撑住天，脚踏着大地。他的身体每天长高一丈，天地的距离也就每天拉大一丈。又经过了一万八千年，天升得很高很高，地也变得越来越厚了，而盘古的身子据说一直长到了九万里那么长。黑暗浑浊的世界再也不复存在。然而盘古终于耗尽了精力最后劳累而死去了。

盘古死了，可是从他口中呼出的气变成了春风和云雾；他的声音变成了震耳的雷霆；他的左眼变成了光芒四射的太阳；右眼变成了皎洁的月亮；他的头发胡须变成了天空中密布的星辰；他的四肢身体变成了高耸入云的五岳；他的血液变成了江河；他的筋脉变成了大地上的道路；他的肌肉变成了田地；他的牙齿、骨骼和骨髓变成了矿藏；他的汗毛变成了草木；他的汗水变成了甘甜的雨露。

人们世代传颂着这位开天辟地的巨人。

（选自《世界神话故事精选》，上海人民美术出版社）

点评：天地是怎样形成的？人是怎样来的？这些问题直到今天仍然被无数人追问。而在人类早期，对于天地产生的追问则通过优美的神话故事得以展现，既表现出了人类奇特丰富的想象，又为我们提供了一份可口生动的精神大餐。

2. 羿射九日

从前，东方天帝帝俊手下有一位射箭本领非常高的大将叫后羿。一天，帝俊交给后羿两个任务：一是为民诛除那些毒蛇猛兽，二是吓吓帝俊那十个调皮的孩子。原来那十个调皮的孩子就是十个太阳。本来帝俊规定每天只能有一个出现在天空，等第一个回来后第二个才能出去。可是他们却违反规定，十个兄弟一起来到天空。这样一来，地上的人们就遭殃了，纷纷向尧告状诉苦。于是帝俊就把后羿召去，下达了他的旨意。

后羿带着妻子嫦娥来到人间。人们最为痛恨的就是这十个太阳，于是后羿便用箭来吓唬吓唬他们，可是这十个太阳不以为然，继续嬉笑个不停。后羿决定为民除害，举起了弓箭向太阳射去。只见一团火球爆裂从天上掉落下来，原来是一只好大的三脚乌鸦。后羿一箭箭地射，天上不断掉下巨大的三脚乌鸦。可尧认为太阳对人类还是有用处的，所以要他留下一个。眼看着兄弟们一个个被射落，仅留的那个太阳也吓破了胆，只能黑夜躲起来，白天才敢高挂在天上呢！

（选自《世界神话故事精选》，上海人民美术出版社）

点评：英雄总是在人们需要的时候出现，他们的强大、他们的气概总是被人们津津乐道。神话中的英雄则是早期人类在面对无法解决的自然灾难的时候幻化出的人物，这就与幼儿天马行空的想象不谋而合，所以神话中的英雄故事总是让孩子百听不厌。

3. 爱金子的国王

从前有一个国王，住的是金碧辉煌的宫殿，穿的是金丝编织的袍子，吃的嘛，当然是山珍海味了。可是他仍不满足，千方百计地搜罗金子，甚至把心爱的女儿也取名叫"金玛莉"。

一天，酒神西伦努斯来到这个国家，国王就恳求他："呵，至高无上的神，请赐给我财富吧。"

西伦努斯问道："你希望得到什么？"

国王不假思索地回答："我要让眼前的一切都变成闪光的金子，只要我用手碰一下"。

"点金术！真是个超凡的主意。好吧，我满足你。"

西伦努斯走了。国王用手摸一下靠椅。呵，靠椅马上变成了金椅子！他坐上去，椅子虽然没有平时那么舒服，但他觉得付出这点代价是值得的。

多神奇的法术啊！国王高兴得简直像发了疯，他在王宫里，走到哪里，摸到哪里，一口气把宫殿里所有的一切都变成金的。最后没啥好摸，把一个个大臣也点成呆呆的金人。

"哈哈哈！金子，都是金子！世界上再没有谁比我更幸运了！"

也许是忙得肚子饿了，他来到餐桌旁准备用餐。谁知刚端起饭碗，碗变成了金的；想喝汤，汤凝成了金块；抓起面包，面包也变成了金疙瘩，什么都吃不成。

梦寐以求的"点金术"居然成了灾难，难道要遭受饿死的命运？国王感到了恐慌。

这时他的女儿金玛莉走进宫来。国王想上前安慰几句，可是他的手刚刚碰到女儿，女儿立刻也变成金人，不能言语，不能动弹，像一尊没有生命的铸像。

多可怕呀！国王恐惧地大喊："把我锁起来！把我关起来！免得再碰到别的东西！"

不知什么时候，西伦努斯出现了。国王说："神啊，请收回点金术吧，我再不想什么金子了，哪怕不当国王也行。"

西伦努斯答应了他的请求，并告诉他："你现在到后花园去，亲自舀些水回来，洒在你摸过的东西上，它们就会恢复原样。"

国王听了直奔河边，他不敢骑马，也不敢要人抬，早已忘记自己是一个国王。他在清澈的河里洗净手，然后提满一桶回宫去。他先把水洒在金玛莉身上，不一会儿，女儿便恢复生命。他又用同样的方法，使王宫里的一切都恢复原样，虽然累得满头大汗，但一点都不在乎。

食物发出诱人的香味，国王坐在餐桌旁狼吞虎咽地吃起来。他觉得这是一生中从没吃过的最可口的饭菜。

因贪婪而招来灾难，从此国王不再喜欢金子了。他的"点金术"被河水洗掉，却溶进河沙里，因此后来人们就沙里淘金。

（选自《世界神话故事精选》，上海人民美术出版社）

点评：民间故事总是包含着老百姓的智慧，爱财是很多人的通病，但民间的智慧则告诉我们：一块金子其实抵不过一口饭菜。而这种智慧不是用直接说教的方式来传递，而是通过优美动人、想象奇特的故事内容得以呈现，让孩子们在潜移默化中建构正确的早期价值观和人生观。

4. 老鼠嫁女

"叽里啦，叽里啦"，老鼠家有个女儿要出嫁。

有人问，女儿嫁给谁。鼠爸爸说了一句糊涂话："谁神气就嫁给他！"

鼠妈妈觉得太阳最神气，于是鼠爸爸去问太阳，太阳说："乌云遮我我害怕。"鼠爸爸去问乌云，乌云说："风吹我我害怕。"去问大风，大风说："围墙堵我我害怕。"又去找围墙，围墙说："老鼠打洞我害怕。"

太阳怕乌云，乌云怕大风，大风怕围墙，围墙怕老鼠，老鼠怕谁呀？鼠爸爸笑哈哈："原来猫咪最神气，女儿应当嫁给他。"

"叽哩啦，叽哩啦！"老鼠女儿坐花轿，一抬抬到猫咪家。

第二天，鼠爸爸和鼠妈妈去看亲家，咦！女儿怎么不见啦？东找找，西找找，女儿在哪里呀？猫咪一旁说了话："别找了，别喊啦，我怕别人欺负她，啊呜一口吞下啦！"鼠爸爸呀鼠妈妈，他们顿时发了傻。

（选自《世界神话故事精选》，上海人民美术出版社）

点评：俗话说无巧不成书，这则故事最大的特点就是情节的巧妙设置。异想天开的鼠爸爸最终把女儿嫁给了死对头猫咪。看似荒诞离奇，匪夷所思，实则合情合理而又让人意味深长。这就是民间故事的一种智慧，一种用诙谐幽默写就的智慧。

5. 长发妹

很久以前，高山附近有个姑娘，她的头发乌黑油亮，一直拖到脚后跟，大家都叫她长发妹。长发妹有个病瘫的妈妈，家里全靠她养猪来维持生活。她每天到七里外的小河里挑水，又到高山上扯猪草，从早忙到晚。

一天，她在山上扯猪草时，发现有一只萝卜长在石壁上。她拔出萝卜后，石壁上出现一个圆圆的洞，洞里流出一股清清的泉水。她喝一口，呀，真清凉甜蜜！要是这水能流到村里该多好呀！那儿的水像油一样宝贵！

正当长发妹想入非非时，她手中的萝卜突然又飞回到洞眼堵住了水流。等再要去拔时，一个恶神对她说："我是山神，这泉水的秘密不准告诉任何人，否则就杀死你！"

长发妹无精打采地回到家，不敢把秘密告诉妈妈。但她看到乡亲们因为缺水种不出粮食，男女老少要到七里外的地方挑水吃，感到很难受。一天天过去，她吃不下饭，睡不着觉，乌黑的头发也变成雪白雪白。

终于她忍不住了，把泉水的秘密讲给乡亲们听。

大家拿着菜刀、钢凿跟着长发妹来到了山上。有的砍了萝卜，有的凿开了洞眼，一下子泉水哗啦哗啦朝山下奔流。正当人们兴高采烈时，长发妹却不见了。原来她被山神抓走，要杀死她。长发妹想到自己为大家而死并不害怕，但要求回家一次托人照顾妈妈。山神答应了。

回家后，她拜托了隔壁婶婶照顾病瘫的妈妈，说自己要出远门了，然后含着泪朝悬崖走去。

路上，一位老人拦住了她。原来老人已经知道真相，凿了一个和长发妹一模一样的石头人，用它去代替。从此，悬崖上躺着一个石头长发妹。好心善良的长发妹高高兴兴地回家了。

（选自《世界民间故事精选》，上海人民美术出版社）

点评：善良一直是民间文化最为看重的品德之一。长发妹的善举成就了她的美名，也让我们对这个小姑娘肃然起敬。而老人的智慧最终解救了长发妹，也突显了民间对是非善恶这种朴素而又简单的伦理道德观念的认识，即好人有好报，恶人有恶报。

6. 会说话的鸡蛋

布兰契是个善良又勤劳的姑娘，可她的妈妈和姐姐却是坏心肠的女人，家务活全由布兰契一个人做，她俩自己整天游手好闲。

一天，布兰契在井边打水，一个老婆婆来到她面前，要讨碗水喝。善良的布兰契说："老婆婆，你喝吧！"

老婆婆喝完水，高兴地走了。

过了几天，可怜的布兰契被两个坏心眼的女人赶出了家门。她不知往哪儿去才好，就在树林里哭了起来。这时，那位喝水的老婆婆来了。

老婆婆说："跟我走吧，孩子，不过你得记住，不论看见什么都别笑。"

老婆婆拉着布兰契，朝树林深处走去。不一会儿，布兰契看见两只胳膊在打架，接着，又看见两条腿、两只脑袋在争吵，她觉得很惊奇，但没有笑。

到了老婆婆的家，老婆婆摘下自己的脑袋坐了下来，开始梳理那头白发，布兰契又惊又怕，但她没说什么。

第二天，老婆婆要布兰契到鸡窝里去拿蛋，鸡蛋竟开口说："拿我吧。"原来会说话的蛋是神奇的蛋，布兰契带回家去，从鸡蛋里变出来许多钻石、金子，还有漂亮的衣服。有了那么多宝贝，母亲看到布兰契再也不嫌讨厌了。

坏心眼的姐姐也学着布兰契的样子，上树林里找到了老婆婆。一路上，她看见大腿、脑袋在打架，便咯咯地笑。

回家的路上，她打碎鸡蛋，里面尽是蛇呀、蜥蜴。母亲一生气，把姐姐赶出了家门。

（选自《世界神话故事精选》，上海人民美术出版社）

点评：对比法是民间故事常常采用的叙述方式，通过设置在完全相同的情景下不同的人的不同结局来构造情节，把是非判断，孰对孰错彰显出来，让人一目了然。

二、幼儿童话故事

（一）幼儿童话故事概说

1. 童话是儿童文学独有的一种文学样式

童话是植根于现实生活的，具有浓厚幻想色彩的洋溢着浓郁的游戏精神的非写实性的故事。童话中比较浅显、简短，适合幼儿听赏的作品，就是幼儿童话。幼儿童话是幼儿文学中数量最多、最受幼儿欢迎的文学样式，它渗透着作家的审美理想，又顺应了幼儿的审美心理，在幼儿文学中举足轻重。幼儿童话与一般童话没有质的区别，是童话的重要组成部分，一部童话史同时也是一部幼儿童话史。

2. 神话、传说和民间童话

早期童话和神话、传说都属于民间文学，都带有幻想色彩，起源于民间的口头创作。

神话产生得最早。鲁迅在《中国小说史略》里说："昔者初民，见天地万物，变异不常，其诸现象，又出于人力所能以上，则自造众说以解释之；凡所解释，今谓之神话。"神话是虚构的故事，重在对宇宙、生命的产生以及种种自然现象的解释和说明，主人公大抵是神、魔、仙、妖之类，这些神是"人民幻想用一种不自觉的艺术方式加工过的自然和社会形态本身"。（马克思）"盘古开天辟地"、"女娲补天"、"后羿射日"等是我国古代的著名神话。

神话愈传愈人化，就进入了传说阶段。传说与神话之间有时并无明显的界限。欧洲就曾称传说为"英雄的神话"，如荷马著名的史诗《伊利亚特》和《奥德赛》。传说中的人物多为有奇才异能的英雄或有名的人物，内容也偏重于歌颂这些英雄和人物的智慧和力量，以及他们对人类的功绩，如有关神农尝百草、大禹治水、神医扁鹊、华佗的传说等。传说往往有一定的历史事实根据。

神话、传说是民间童话的主要来源，它们为童话提供了原始材料，但童话更有人情味。欧洲有三部民间故事成了幼儿最早的文学读物：法国的《列那狐故事》，德国的《敏豪生奇游记》和法国夏尔·贝洛采集、整理加工的《鹅妈妈故事集》。在东方，伊拉克作家穆格发根据印度最古老的童话故事集《五卷书》创作而成《卡里来和笛木乃》，使他成了开世界童话文学先河的第一人。《十兄弟》、《蛇郎》、《田螺姑娘》、《狼外婆》等是中国民间童话的代表。

3. 从民间童话到文学童话

随着社会的发展，一些作家为民间童话所影响和吸引，加以搜集、整理，进行艺术加工，这样作为文学样式的童话就产生了。又经过不断发展，作家由加工改写进而独立创作童话。这时，童话终于成为一种独具特色的文学体裁。

较早对民间童话进行改写的是法国的贝洛。他根据当时流传于欧洲的传说故事改写了《小红帽》、《睡美人》、《灰姑娘》等八篇童话和三篇童话诗。这些经过艺术加工的童话受到了孩子们的欢迎。19世纪，德国著名的语言学者格林兄弟（雅各·格林1785—1863和威廉·格林1786—1859）致力于民间童话的采集整理工作，于1812—1822年出版了有200多篇童话在内的三卷本的《儿童与家庭童话集》，对以后童话的研究和发展有着深刻而广泛的影响。

世界童话大师安徒生最初的童话创作也是取材于民间童话，如《打火匣》、《豌豆上的公主》等。他后来的"新童话"，如《丑小鸭》、《卖火柴的小女孩》、《海的女儿》、《母亲的故事》等则完全是作家的独立创作，与民间童话显然不同。安徒生为文学童话创作奠定了基础，他的创作道路正表现了民间童话发展到文学童话这一过程。

4. 世界童话的发展

（1）19世纪的童话

19世纪以来，伴随着浪漫主义思潮的兴起，童话逐渐成熟并迅速普及。不少作家从事童话创作，出现了许多优秀的童话作品。如英国有查理·金斯莱（Charles Kingsley，1819—1875）的《水孩子》、刘易斯·卡洛尔（1832—1898）的《爱丽丝漫游奇境记》、王尔德（1854—1900）的《快乐王子》；德国有威廉·豪夫（Wilhelm Hauff，1802—1827）的《豪夫童话》、《格林童话》；丹麦有安徒生的安徒生童话；意大利有科洛迪的《木偶奇遇记》；美国有鲍姆的《绿野仙踪》；比利时有梅特林克的《青鸟》等。它们中的大多数都是以低幼儿童为读者对象的，是优秀的幼儿童话作品。

（2）20世纪的童话

20世纪初到第二次世界大战前，现代童话走向了成熟，出现了大批童话作家，并营造出了大批成功的童话形象。如巴里（1860—1937）的《彼得·潘》的小飞侠形象；洛夫廷（1886—1947）的《杜立德医生》中的"好心大夫"杜立德；米尔恩

（1882—1956）的《小熊维尼·普》中的玩具熊维尼普调皮可爱的形象；沃特·埃利亚斯·迪斯尼（Walt Elias Disney，1901—1966）中的米老鼠甚至改变了人们对老鼠的普遍看法；特拉弗斯（1899—1996）的《玛丽·波平丝》中精灵古怪的玛丽阿姨形象；怀特的《夏洛的网》、《吹小号的天鹅》、《精灵鼠小弟》所传递的温情爱意让人感动；充满奇思妙想而又哲理意味浓厚的达尔童话；美国洛贝尔的《青蛙和蛤蟆》；法国圣·埃克絮佩里（1900—1944）的《小王子》；意大利罗大里（1920—1980）的《洋葱头历险记》；瑞典拉格勒芙（1858—1940）的《尼尔斯骑鹅旅行记》；林格伦的《长袜子皮皮》；挪威埃格纳（1912— ）的《豆蔻镇的居民和强盗》（1955）；日本中川李枝子（1935— ）的《不不园》等。尤其是林格伦，她将童话的艺术空间大大地扩展了，制造出童话的陌生化效果。

5. 中国现代童话的发展

"童话"一语，清代末年流行于我国，据说是从日本引进的，原指家庭、幼儿园和学校里对儿童所讲的故事。1909年商务印书馆曾出版孙毓修主编的白话《童话》丛书，标志着中国儿童文学的觉醒。

（1）中国现代童话的出现

中国的创作童话始于"五四运动"前后，叶圣陶的《稻草人》是最早的现代创作童话集，是中国文学童话创造性的开端。但由于其"为人生"的创作目的，缺乏游戏性，不是很适合幼儿阅读。标志着中国现代童话的成熟的是张天翼的童话。张天翼创作于1932年的童话《大林和小林》，第一次大规模地、成功地在童话中运用了游戏性原则，颇具娱乐意味。它和1933年创作出版的《秃秃大王》一起，取得了中国童话自主创作的巨大进步，可以说，张天翼的创作是继叶圣陶童话创作后我国童话创作的又一个里程碑。

（2）20世纪30年代的童话

20世纪30年代的童话的代表有：陈伯吹的《阿丽思小姐》、钟望阳的《草儿的梦》、巴金的《长生塔》、董纯才的《狐狸夫妇历险记》等。

（3）20世纪40年代的童话

20世纪40年代出现了一批新人，以贺宜、严文井、金近、方轶群等为代表。其中影响较大的作品有包蕾的《雪夜梦》、严文井的《丁丁的一次奇怪的旅行》等。

（4）新中国成立初期的童话创作

1949年后，童话创作进入了一个新的时期。代表作有：洪汛涛的《神笔马良》、葛翠琳的《野葡萄》、张天翼的《宝葫芦的秘密》、严文井的《"下次开船"港》、金近的《狐狸打猎人》、任溶溶的《"没头脑"和"不高兴"》、包蕾的《小熊请客》、方轶群的《萝卜回来了》、彭文席的《小马过河》、孙幼军的《小布头奇遇记》、何公超的《想走遍全世界的驴子》等。这一时期的童话创作因特定时代的原因，思想教育的倾向较鲜明。

（5）新时期以后的童话创作

进入新时期以后，游戏精神开始受到童话作家的关注，低幼童话得到了很大的发展，除了鲁兵（《写童话的爷爷和看童话的耗子》）、孙幼军（《怪老头儿》）等老作家外，大批年轻作家以崭新的姿态进入文坛，有了热闹派童话和抒情派童话之分。郑渊洁、赵冰波、周锐、彭懿、王一梅、汤素兰等，给幼儿童话带来了勃勃生机，他们试图把儿童文学从教育的功利性剥离出来，追求儿童文学的本质——文学的审美内涵。在这样观念的带动下，追求幽默生动、个性张扬的童话作品成为了这个时期创作的主流。

20世纪90年代以来，在部分作家转向其他体裁创作的情况下，周锐、汤素兰、张秋生、杨红缨等成了幼儿童话创作的领军人物。在进一步张扬游戏精神的同时，奇幻文学为幼儿文学的幻想开拓了新的空间，有的人甚至认为这是童话继民间童话、创作童话后又出现的一个发展新阶段，有的人称为大幻想文学阶段，也被称为大融合阶段。这一时期，幼儿童话已不再是一种孤立的文体，而是在充分吸收了诗歌、散文、生活故事等文体内容的基础上进行融合，在亦真亦幻中为我们打开了幻想大门。从写作的内容来看，童话也已跳出了古典童话的王子与公主的模式，加强了对生命和自然的关注，使童话具有了深刻的人文内涵。随着时代的发展，幼儿童话将会得到更加迅速的发展，在幼儿教育中发挥越来越重要的作用。

（二）幼儿童话故事的特点

童话是幼儿文学里面一种最为重要的体裁，也是最能切合和反映幼儿心理特点以及培养幼儿审美情趣的一种文学体裁。它是一种真正属于儿童的文学样式。与其他文学体裁相比，幼儿童话拥有这样一些特点。

1. 瑰丽奇幻的想象

想象几乎是童话的另一个代名词。童话离不开想象。想象是童话的生命，是童话的最为基本的特征。离开了想象，童话将不再存在。在童话里，想象几乎无处不在。具体来说，表现在以下几个方面。

文学理论一般认为，叙述文类包括背景、人物和情节。从这三个方面来看，童话都离不开想象。

第一方面，从背景这个角度来谈，叙述的背景即环境，主要包括时间和地点。童话的时间总是模糊的。很多童话的开头总是"在很久很久以前"、"有一天"、"从前"等等。这些词的运用实际上就为后面童话故事的虚构提供了一个更为广阔的叙述开展空间。它没有提供一个任何具体的年代，这就意味着它可以不受任何具体年代人们生活水平、社会风俗等的影响，从而实现对任何具体时间段的超越。当然也就为后面天马行空的想象提供了前提。童话的地点也是模糊的，大部分地点使用的是类概念。如瑞典著名的儿童文学作家林格伦在她的名作《长袜子皮皮》的开头这样写道："在一座小镇的郊外有一座东倒西歪的院子，院子里有一幢破旧的房子，房子里住着长袜子皮皮。"什么样的小镇？小镇在哪个地方？童话里没有交代。小镇就成为了一个虚指的地点。这就使童话的想象不会受到很大的限制。

第二方面，从人物形象这个角度来谈。一部优秀的童话作品必将塑造一群鲜明的童话人物形象。童话里的人物大多是非人类的形象，但它们可以像人一样的思考、说话和行动。可以说除了外形，它们拥有人的所有特点，如中国童话大家孙幼军在他的代表作品《小布头奇遇记》里就讲述了一个玩具娃娃的故事。小布头胆小、小布头调皮、小布头可爱，这都是孩子身上的特点，但却在一个玩具身上体现出来。根据不同的内容，童话人物形象还可以分成以下三个类别。其一，超人体形象。这一类指童话里的人物拥有常人无法拥有的特异能力。究竟拥有什么样的能力？跟常人有什么不同呢？这就是作家充分发挥自己想象能力的地方了。故此，这类形象包含了很多想象的成分。如安徒生童话名篇《海的女儿》中，巫婆能把美人鱼的鳍变成人腿，也能把人腿变成鳍，只要美人鱼答应把尖刀刺进王子的心窝，而这种能力是常人无法拥有的。事实上，这种能力本身就代表了作者丰富的想象。其二，拟人体形象，即非人类的事物拥有人类的能力。这是童话最常见的现象。在童话里，那些花花草草，猫狗兔猴等可以自如地、像人一样说话、行动。正如别林斯基说的那样："假如在作品中，花草猫狗等不会说话，那么孩子是不会感兴趣的。"比如广为流传的龟兔赛跑的故事、西方文学经典《列那狐的故事》，还有最近几年广为传颂的法国作家圣·埃克絮佩里的名作《小王子》里那只可爱的狐狸。这些动物在作家笔下超越了物种的差别，拥有了人的言行和思维（当然主要是对孩子的模仿）。显然，这种类型的形象也饱含着作家丰富的想象力。其三、常人体形象，即作品人物不管在外形还是能力方面，与现实生活中的一般人没有区别。最明显的例子是安徒生《皇帝的新装》中的那个酷爱漂亮衣服的皇帝以及《卖火柴的小女孩》中那个在圣诞节的晚上冻死了的小女孩，尽管这些形象与现实生活很贴近，但他们仍然是作家经过提炼和想象创造出来的，因此同样也充满了幻想的色彩。

　　第三方面，从情节的安排的角度来谈。童话事实上是一种讲故事的艺术，而情节是构成故事的主体。所以，从某种程度上来说，情节构造得好与否，是决定一个童话故事成功与否的关键。溯源童话的发展历程可以看出，从古典童话到现代童话，从现代童话发展到今天的大幻想文学，童话的情节也在不停地改变。古典童话的基本情节模式是王子和公主的故事框架。这种情节构造重点在主人公的遭遇上，即他们需要经历千难万险才会获得最终的幸福。这些千难万阻在童话里往往表现为巫婆的咒语毒害、怪物的劫持和争斗等等。这些都与现实生活相去甚远。离现实生活越遥远，当然也就离幻想世界越近，所以古典童话的情节无处不体现出想象的魅力。至于现代童话，其情节模式不再是远离孩子生活的王子和公主浪漫的爱情故事，而是在孩子们的真实生活之上的创作。它更加遵循孩子作为未成年人所特有的心理和思维特征。这些作品主要从奇遇这个角度来构建情节。主人公是现实生活中最普通的一个孩子，但却遭遇了现实中无法遭遇的经历。比如孙幼军的《怪老头》，一个叫赵新新的男孩子，在汽车上遇到了一个能看懂他心思的怪老头，这个怪老头可以让鸟儿飞到赵新新的肚子里去吃虫子，可以把房子像折叠纸块一样的折叠起来……赵新新是我们生活中一个常见的小孩形象，贪玩天真善良纯洁，喜欢逃点课和撒点小谎，但他却遇到了这样一个具有童心和特异能力的老头，从而演绎出了一系列令人啼笑皆非的故事。这些故事正是作者发挥他奇妙的想象力创造出来的，与现实生活有很大的差距。

　　从以上的分析可以看出，童话是一种以幻想为基础的文学体裁，离开了幻想，童话就不存在了。但在认识童话的幻想本质的时候，我们还得处理以下两对矛盾。

（1）现实和幻想的矛盾关系

我们说童话需要幻想，但并不意味着童话的幻想就是天马行空，毫无规则可循。世上没有无本之木，也没有无源之水，想象也需要根基。童话的想象来源于现实。事实上，童话是对现实生活的折射，只不过非常的曲折委婉而已，是童话的幻想代表作家对现实生活的一种理解。但这种理解不是直接地反映到作品中来，而是通过对现实生活的变形、夸张、扭曲等方式来营造一个虚拟幻想的世界。在大家熟悉的《皇帝的新装》中，安徒生这样形容一个酷爱新衣的昏君"每当有人问起皇帝的时候，人们总是回答：他在更衣室呢"。历史上肯定有不理朝政、不爱子民、喜欢享乐的皇帝，但是不是每时每刻都在换衣服呢？显然不可能。由此可见，这是作者安徒生根据现实生活中"昏君"这一事实进行的创造性夸张，当然这一夸张就把童话的幻想特征表现出来了。同样的，在孙幼军的《没有风的扇子》里，那把扇子很漂亮，但却没有风。扇子很伤心。于是它的主人就拿着它到厂家去咨询，结果是厂家有意识这样设计的。原来这是一个非常荒谬的工厂。他们就是要生产一些没有用的东西。孙幼军这个故事写于"文革"以后，其实他是借用"扇子寻风"这样的荒诞故事来表现"文革"的荒诞。总而言之，童话的幻想在表面上不管离现实有多么遥远，但其精神实质始终是根植于现实生活的。

（2）物性原则与艺术原则的矛盾关系

物性原则即作为一种事物，必须有这种事物本身的特点。比如兔子的特点是善于奔跑和凿洞，狼的特点就是它是一种食肉动物，鱼的特点是离不开水，鸟的特点是能飞……物性原则要求作者在创作的时候遵循它们之所以为此物而非彼物的基本特点。但在童话创作中，作家往往把动植物当作人来写，即拟人化，使它们拥有某些人类的能力和特点。这种艺术性的创作极有可能与物性原则发生矛盾。怎样来调和这种矛盾呢？这就需要结合这两种原则的特点，即在不违背物性的大原则下进行艺术性的创作。比如，鱼只能在水里游，就不能说鱼在陆地上跑得飞快；兔子喜欢吃草，就不能说它改吃肉了；狼喜欢吃肉，就不能说狼吃草了；鸟用翅膀飞，就不能说鸟用翅膀游泳了……但可以说它们都能像人一样对话，一样需要温情和关爱，一样有小性子、小缺点。

2. 运用多种艺术表现手法

（1）拟人

作为一种修辞格，拟人就是把非人类的事物当作人来写，这是童话里最常采用的一种表现方式。童话采用这样的修辞方式，是跟幼儿的思维发展相关联的。瑞士心理学家皮亚杰在他的理论著作《儿童的语言与思维》中提到：儿童的思维分为四个阶段，其中2—7岁的孩子处于前运算阶段，也就是说这个时期他们的思维以直觉为主，对外界的认识呈现

"自我中心主义",即用自己的感觉和思维来辐射和观照外界的任何事物,当然也包括那些非人类的一切存在物。也就是一种泛灵论思想,所以在孩子的眼中万事万物与人一样没有区别。儿童的这一思维也就为童话大幅度采用拟人手法提供了一个潜在的接受基础和存在的理由。举个例子,美国著名的童话作家 E.B. 怀特的名篇《夏洛的网》讲述的是关于动物们的感人故事。夏洛为了挽救朋友威尔伯的生命,一次次给它在网上用丝织字,直到最后衰竭而死。威尔伯为了报答夏洛的情谊,照顾夏洛临死前产的卵蛋,最后夏洛的孩子们健康出生了。威尔伯的可爱憨厚、夏洛的坚韧勤劳都给我们留下了很深的印象。它们跟人一样思维和说话,跟人一样友爱互助。但拟人的运用得遵循物性原则。夏洛作为蜘蛛会结网,所以能在网上织字,威尔伯是一头小猪,所以贪吃贪睡,害怕被主人宰掉。

(2)夸张

夸张是想象力的一种表现,是对事物的形象、特征、作用、程度等进行有意识的、艺术的夸大和缩小,其目的是凸显事物的本质,从而增强作品的艺术效果。夸张是文学体裁里经常采用的一种方式。童话作为一种特殊的文学题材,其对夸张的运用更加大胆和奇特。众所周知,童话本就善于营造一个亦真亦幻的想象世界。自然,在这个世界里出现的一切都可以顺理成章地与真实存在差距。所以与其他文体相比,童话就可以更为大胆地在超越常理和成规的基础上使用夸张。夸张分为两种,一种是夸大。比如意大利童话作家科洛迪的代表作品《木偶奇遇记》。木偶匹诺曹因为说假话,鼻子越来越长,最后鼻子长出了屋外,长到了森林,还引起森林的一场讨论。另外一种是缩小。瑞典作家拉格勒芙的曾获得诺贝尔文学奖的长篇童话《骑鹅旅行记》里主人公尼尔斯,正因为变成小指姆那么小了才能骑到鹅上游历了整个欧洲。运用夸张手法,可以使童话情节更为离奇有趣,同时也增加了童话的幽默性。

(3)对比

对比是把相反的两个事物或者情节拿来作比较的方式,也是童话里常用的修辞。童话与民间文学一衣带水，而民间文学最常用的方式就是对比，故此对比也成了童话常用的一种方式。童话的对比，一般用在情节的对比上。这种对比可分为横向对比和纵向对比。横向对比即与自己同一时间段的其他事物相比较，这样的例子很多。比如张天翼的《大林和小林》，就是把大林和小林失散后的遭遇作为对比的内容，大林被一个富商收养，整天好吃懒做，最后守着一堆金子活活饿死。小林却和同伴们一起和专吃小孩的四四格作斗争，最后越来越勇敢，获得了大家的尊敬。通过这样的情节对比，作者想告诉我们孩子应该养成的品格。纵向对比则是非同一时间段的比较，通常是集中一种事物在不同时间链上的对比，从而表现其的变化发展。王尔德的童话集《快乐王子》里有一篇童话《自私的巨人》就以这样的纵向对比来构建情节。巨人的花园里开满了花，许多孩子跑到巨人的花园里玩耍，巨人很自私，撵走了孩子们，从此巨人的花园里不再有花开。孤单的巨人守着只有冬天那样凋零衰败的花园寂寞地生活着，直到有一天一些孩子从巨人花园的围墙里偷偷爬进来玩耍，树木才开始发芽开花。巨人打开了花园的大门，孩子们蜂拥而进，花园里从此又开满了鲜花。巨人的花园经历了由开花——不开花——再开花这样的比较，这就是一种纵向对比。

（4）象征

象征是借助具体可感的形象和情节把一些抽象的思想和感情等表现出来的方式。童话的主人公多是一些阿猫阿狗，但童话并不是为写阿猫阿狗才写阿猫阿狗，一般情况下，作者只是借用这些形象来阐发一个道理和隐射其他的东西。比方孙幼军的《没有风的扇子》事实上借扇子无风批判"文革"的荒诞和离奇，叶圣陶的《稻草人》也是借稻草人的眼睛来痛斥社会的黑暗和不公。象征手法的运用可以增加童话的内涵和深度。在美国著名作家雅诺什的名篇《美丽的巴拿马》中，小老虎和小熊本来在自己的家乡过得很快乐，但有一天听别的动物说起了巴拿马的美丽后，两人决定去寻找美丽的巴拿马。走了很久很久，终于有一天它们听到树上的小鸟说已经到了巴拿马了，这才发现巴拿马就是自己的家乡。这个童话很简单，但却有极为浓烈的象征意味，即表现自己拥有的往往就是最好的这一哲理。童话故事采用了象征的手法往往能提高童话的诗意和深度。

（5）变形

变形是对事物本身的特点和外形进行改变。变形体现的是一种更大胆自由的想象。例如安徒生童话《野天鹅》中的十一个王子由于中了魔法，全部变成了天鹅；《格林童话》中的《美女与野兽》，其中野兽其实是一个英俊善良的王子，这样的例子不胜枚举。童话可以借助童话的逻辑，在某种程度上打破常规的限制，运用变形的方式，游走于风马牛不相及的事物之间，从而制造离奇的故事情节。

当然，除了以上的修辞手法以外，童话还会运用反复、回环、荒诞等方式来实现对童话故事的创造。

3. 情节结构模式多样

俄国理论家普洛普在《民间故事形态学》一书中，对童话故事的情节安排进行了情节功能性分析，并得出童话一般具有以下几个结构模式。

（1）三段式

这种类型是童话中最为常见的类型，即把几个情节性质相同而具体内容相异的三个或者三个以上的事件连贯起来。这在古典童话中有着较为普遍的运用，《白雪公主》多次被王后毒害就是明证。这样的同中有异、异中有同、情节结构模式反复出现非但不显得单调，反而增加了一咏三叹、回环重沓的韵味。当然这也与童话的起源相关，与幼儿用"听"这样的方式来接受童话相关。童话起源于民间，是最早的以围炉夜话的方式进行的家庭式的文学启蒙。在这样温情和甜蜜的气氛中，家长（常常是以女性角色居多）就开始了最初的童话创作。为了便于童话故事的创作和讲授，也为在讲述中能加深孩子对童话的理解和记忆，则特别强调情节的集中和反复。于是，三段式就成为了最好的选择。

（2）反复式

反复式也称为循环式，是以一个情节或者形象为起点，创造一连串基本相同的情节的方式。这种模式往往能产生一种情理之中而又意料之外的结局，令人回味无穷。最明显的代表作品是方轶群的《萝卜回来了》。故事中，兔子把萝卜送给了朋友小猴，小猴又把萝卜送给了朋友小鹿……最后萝卜转了一圈，仍然回到了兔子的手上，而每个动物把萝卜送给朋友时的想法都是一模一样。这种有意识的重复，增添了童话的韵味，使得作品圆融丰润而又趣味盎然。

（3）对比式

对比式即设置相反的遭遇来编织情节，这种方式一般都含有较为浓厚和鲜明的道德判断。比如《阿里巴巴》阿里巴巴和他的哥哥都到过强盗的山洞，都窃取过强盗的财宝，但阿里巴巴不贪财所以侥幸逃脱，而他的哥哥因贪婪最终被强盗害死。这样的情节设置，其实意在告诉我们做人不要贪财。

（三）幼儿童话故事的分类

根据不同的分类标准，可以把幼儿童话分成不同的类型。

从童话的形成和发展过程来看，可以分为民间童话、创作童话（这两种童话可以合称为古典童话），以及现在的大幻想童话（也可称为现代童话）。民间童话是脱胎于民间文学，由集体大众共同创作，经过大家口口相传的方式流传下来的故事，具有集体性、口头性、变异性和传承性等特点。其中人物塑造、情节构造等等都有类型化的倾向。这一类型中最为重要的代表是《格林童话》。创作童话也称为文学童话或艺术童话，是由作家个人独创，具有较为强烈的文学审美性的作品。一般而言，它是以书面语作为表达载体，以凸显作家个人写作特色和审美理想为主要目的的童话。这一类型中最为主要的代表是安徒生的童话。大幻想童话是童话发展的不可扭转的趋势，也是现代新童话的主流。这种童话方式紧密结合现实生活，让自己的想象游走于现实和幻想之间，使自己既具有生活故事的特点，又具有童话的特点。比如中川李枝子的《不不园》、J.K.罗琳的《哈利波特》系列都是融合了多种体裁，大大拓展了童话的写作空间。

以上是幼儿童话的主要分类方式。如果从体裁的角度分，幼儿童话还可以分为幼儿童话故事、幼儿童话诗、幼儿童话戏剧等。

从篇幅长短的角度分，也可以分为长篇幼儿童话、中篇幼儿童话、短篇幼儿童话。

从主题表达角度分，有严肃型，轻松型等。

（四）幼儿童话故事经典作品推介

1. 美国洛贝尔的《青蛙和蟾蜍的故事》系列

阿诺德·洛贝尔是美国当代最尊重儿童智慧的作家，他1933年5月29日生，1987年12月4日离开这个世界。他离开这个世界时，在《纽约时报》登了一则启事，大意是说："如果你想念我，请不要设立什么基金会、奖学金、纪念碑之类的，请您看我的书，因为我就在里面。"他的作品除了温馨、充满童趣之外，对于传统被认为是高层次思考才能接触的哲学论题，如勇气、意志力、友谊的本质、恐惧、智慧等，用幼儿能理解的方式传达出来。在他的《那天他们去游泳》、《工作表》、《春天到了》、《花园》中。故事总是围绕着青蛙和蟾蜍两个好朋友来展开。《那天他们去游泳》中，蟾蜍认为自己穿泳衣的样子很滑稽，所以让动物们都躲开。但没想到的是动物们因为很久没看滑稽的东西反而聚拢来观看。蟾蜍为了不让大家看它滑稽的样子只好躲在水里不起来，而动物们也铁了心等在岸边。僵持了很久，蟾蜍又冷又饿只好从水中出来，在大家的哈哈大笑中回家了。《工作表》中，蟾蜍把一天的安排都写在一张纸上，完成一项就划掉一项，而当写着日程表的那张纸被风吹跑时，蟾蜍却因"计划表上没写着要追计划表"而不去追，这种单纯有趣的思维逻辑让人忍俊不禁，在大笑过后回味蟾蜍的单线思维逻辑会让人感受到幼儿的奇思妙想是多么简单透明，其幽默已达到一种浑然天成的境界。

游　泳

阿诺德·洛贝尔

蟾蜍和青蛙走到小河边。青蛙说："好一个游泳天！"

"是啊！"蟾蜍说，"我要到这堆石头后面换游泳衣去。"

青蛙说："我是不穿游泳衣的。""你不穿，我可要穿。"

蟾蜍说，"待会儿我穿上游泳衣，可不许你看哟，等到我下水以后才能看。"

"为什么不许我看呢？"青蛙问。

"因为我穿上游泳衣的样子很滑稽，就为这个啦。"蟾蜍说。

蟾蜍从石头后面走出来的时候，青蛙还闭着眼睛，蟾蜍已经换上游泳衣了。"别偷看我哦。"他说。

青蛙和蟾蜍跳进水里，他们游了整整一个下午。青蛙游得快，水花溅得高；蟾蜍游得慢，水花溅得小。

一只乌龟来到河边。蟾蜍说："青蛙，你去叫那只乌龟走开。等一会儿，我上岸的时候，不想让他看到我穿游泳衣的样子。"

青蛙游到乌龟那儿去，他说："乌龟，你得走开。"

"我为什么要走开？"乌龟问。

"因为蟾蜍认为他穿游泳衣的样子很滑稽，不想让你看见他。"青蛙说。

几只蜥蜴坐在附近，他们齐声问："蟾蜍穿游泳衣的样子真的很滑稽吗？"

一条蛇从草丛里爬出来，他说："要是蟾蜍穿游泳衣的样子真的很滑稽，我倒想看看。"

"我们也想看看。"两只蜻蜓说。

"我也要看，"一只田鼠说，"我好久都没有看见什么滑稽可笑的东西了。"

青蛙游回蟾蜍那儿，说："对不起，蟾蜍，每个人都要看你穿游泳衣的样子呢。"

蟾蜍说："既然这样，我只好一直待在水里，等他们走开了再说。"

乌龟、蜥蜴、蛇、蜻蜓和田鼠都坐在河边。他们等着蟾蜍从水里出来。

"拜托啦！"青蛙大声地喊，"拜托各位走开啦！"

可是没有一个走开的。

蟾蜍在水里越待越冷，他开始浑身发抖又打喷嚏。

"我得出去了。"蟾蜍说，"这样下去我会感冒的。"

蟾蜍从河里爬上岸，游泳衣上的水滴滴答答地落在他的脚上。

乌龟看了哈哈大笑。

蜥蜴看了哈哈大笑。

蛇看了哈哈大笑。

田鼠看了哈哈大笑。

青蛙看了也哈哈大笑。

蟾蜍说："青蛙，你笑什么？"

"我在笑你呀，蟾蜍，"青蛙说，"因为你穿游泳衣的样子确实很滑稽。"

"本来就是嘛！"蟾蜍说。

然后他捡起自己的衣服回家了。

点评：游泳本来是一件很简单的事情，然而在作者笔下却妙趣横生。原因在于作者善于讲故事。该故事以蟾蜍穿泳衣很滑稽为核心内容，围绕着该内容，实现了情节的逆转，即蟾蜍和青蛙原本想让动物们回避而看不到蟾蜍滑稽的样子，倒因为滑稽反而引起了动物们的好奇而留下来等着看蟾蜍滑稽的样子，这一反向叙述，向我们塑造出了一群生动可爱的动物角色，幽默诙谐也在情节的逆转中得以自然而然的实现。

2. 日本新美南吉的童话《去年的树》、《小狐狸买手套》、《小狐狸阿权》等

新美南吉（1913—1943），日本著名儿童文学作家。他创作了很多儿童文学作品，但大多是在他逝世后出版的。主要作品有《毛毯和钵之子》(1941)、《爷爷和玻璃罩煤油灯》(1942)、《新美南吉全集》(1965，八卷本)、《校定新美南吉全集》(1980—1981，十二卷本)等。新美南吉的儿童文学作品，非常强调故事性，起承转合，曲折

有致。他说:"应该想到童话的读者是谁。既然读者是小孩而不是文学青年,那么今日的童话就应努力回归到故事性来。"第二次世界大战后出现的日本儿童文学新派作家,大都把新美南吉看作是最值得推崇的前辈作家之一。他的童话大多带有淡淡的伤感情绪,但故事仍然以温馨动人为主。《去年的树》讲述了一只小鸟和一棵树的故事。小鸟每天在这棵大树上唱歌,冬天要来临了,小鸟在飞走之前答应来年再为大树歌唱,然而当春天来了,小鸟飞回来的时候却发现大树已被伐木工人砍掉。为了兑现诺言,小鸟四处寻找大树。不管大树是被运到工厂变成火柴,还是被运到集市上卖掉在小山村被一个小姑娘点燃,小鸟一直没有放弃,最后在由大树制成的火柴点燃的油灯旁唱起了动听的歌曲,完成了大树的心愿,也兑现了小鸟的承诺。这种对诺言和爱的坚守成为了打动人心的巨大力量。狐狸系列中的代表作《小狐狸阿权》同样也是个悲剧,淘气调皮的狐狸阿权喜欢恶作剧,故意把男孩兵十为母亲打的鱼全部丢掉,后来才得知这是兵十送给重病的妈妈,然而妈妈因为阿权的捣乱没有吃到鱼就死了,愧疚万分的阿权决定补偿兵十,所以每天都悄悄地给兵十送上野果和蘑菇,当阿权又叼着东西来到兵十的家门口的时候,误认为阿权又是来捣乱的兵十向阿权开了一枪,阿权死了,而兵十也发现误会了阿权。错误就这样接二连三地发生了,而阿权的善良在兵十枪响起的那一刻得到了升华。《小狐狸买手套》则通过简单透明的故事尽情演绎了小狐狸的单纯和人性的善良。

小狐狸阿权

新美南吉

大森林里有一个舒适的地洞,里面住着一只小狐狸,它的名字叫阿权。阿权很淘气,它常常跑到附近的村子里,有时将地里的山芋刨得乱七八糟,有时在晒着的油菜杆上放把火,有时又将农民家后门口挂的辣椒揪下来……

这年秋天,有一次接连下了两三天雨,阿权没法出去玩儿,只好无聊地在洞里待着。

天一晴，阿权就沿着泥泞的小路朝小河的下游走去。

突然，阿权看见兵十在河里捕鱼，便悄悄地钻进草丛，一动不动地躲在那里偷看。

过了一会儿，兵十将渔网从水中提了起来，把里面的大鳗鱼和大鲫鱼扔进了鱼篓，然后提着鱼篓淌着河水上了岸。兵十将鱼篓放在河堤上，自己像是要找什么似的朝小河上游跑去。

兵十一走，阿权就嗖地一下从草丛中跳了出来，跑到鱼篓跟前，把篓中的鱼一条条地扔进了小河里。

最后剩下一条大鳗鱼，阿权伸爪子去抓，可是这鱼滑溜溜的，怎么也抓不住，阿权急了，将脑袋伸进鱼篓里，一口叼住鳗鱼的头。

正在这时候，迎面传来了兵十的叫骂声："哼！你这贼狐狸！"

阿权吓得跳了起来，但那条鳗鱼却紧紧地缠着它的脖子不放。阿权只好带着鳗鱼没命地往自己的洞穴跑去。

它跑到洞穴附近的大树下，回头一看，兵十并没有追上来。

阿权松了口气，将鳗鱼的头咬碎，它的脖子才总算解脱出来。

过了十来天，阿权路过兵十家，看见许多人聚在他那又小又破的屋子里，啊，是葬礼呀！阿权想：兵十家谁死了呢？

阿权跑进村边的墓地，躲在一块墓碑后，不一会儿，它看到身穿白衣的送葬队伍过来了。

阿权踮起脚来，看到兵十穿着一身白色的孝服，手捧灵牌，那张平时好似山芋一样红彤彤的脸庞今天也变得无精打采了。

啊，死的是兵十的妈妈呀！阿权边想边把头缩了回来。

这天夜里，阿权在洞里想：兵十的妈妈病倒在床上的时候，一定很想吃鳗鱼，可我却恶作剧地把鳗鱼拿了来，兵十的妈妈临死时肯定还一心想着吃鳗鱼、吃鳗鱼，唉，我真不该开那种玩笑的！

第二天，阿权从仓房后面看到兵十正在井台上淘小麦，不禁想到，兵十以前一直和母亲两个人相依为命，现在妈妈一死，兵十也和我一样孤苦伶仃了！

这时，阿权听到了叫卖沙丁鱼的吆喝声："沙丁鱼便宜卖喽！"阿权转念一想，朝传来吆喝声的方向奔去。

这时，弥助的妻子正在房门口招呼道："拿点儿沙丁鱼来！"卖沙丁鱼的将载有沙丁鱼筐的车子停在了路旁，两手抓着白花花的沙丁鱼走进了弥助家。

阿权趁着这个空当，从鱼篓中抓出了五六条沙丁鱼，将鱼从兵十家的后门口扔了进去，然后便奔回自己的洞穴去了。

第三天，阿权在山上采了很多栗子，捧着来到兵十家。

它从后门往里一看，兵十正在吃中饭。奇怪的是兵十的腮帮子上还带着伤。正在阿权猜想他受伤的原因时，只听兵十嘀咕道："到底是谁把沙丁鱼扔进我家来的呢？害得我被鱼贩子当贼好揍一顿。"

阿权一听，心想：这下可糟了，可怜的兵十准是被鱼贩子打伤的。它边想边悄悄绕到仓房那边，将栗子放在门口，便回去了。

后来，阿权又接连两天采了栗子送到兵十家。再后来，它不但送栗子，每天还送两三个大蘑菇去。

这天晚上，明月当空，阿权又出去闲逛了，看到有人顺着小路迎面走来了，阿权躲到路旁，屏气凝神地听着两个人说话。

"自从妈妈死后，不知是谁，每天都把栗子和蘑菇送到我家来。"这是兵十的声音。

"噢？那是谁干的呢？"这是加助的声音。

有一天，阿权又带着栗子来到兵十家。兵十正在屋里搓草绳，于是阿权便从后门偷偷地溜进了他家。兵十一抬头正好看到阿权，他不禁怒火中烧：呀，上次偷我鳗鱼的狐狸又来捣蛋了！

"好啊！"兵十站起身，拿下挂在库房的火绳枪，装上火药，然后蹑手蹑脚地靠上前去，一枪打中了正要跑出门的阿权。

兵十跑了过来，一下看到进门处放着一堆栗子，不禁吃惊地将目光落在阿权身上。

"一直给我送栗子的就是你吧？"

阿权闭着眼睛，无力地点点头。兵十手中的火绳枪哐当一声掉到地上，枪口中还冒着缕缕青烟。

点评：这是一个读后温暖得让人想掉泪的故事。善良淘气的小狐狸阿权因为恶作剧无意中让小男孩兵十的母亲在临死前想吃鱼的愿望落空，得知真相后它后悔万分，为了赎罪，每天坚持给可怜的兵十送栗子和蘑菇，然而不知真相的兵十以为阿权又来捣乱，于是枪响了，而阿权也倒在了血泊中。故事在几次三番的误会中开展，也使得情节跌宕起伏，错落有致，让人为善良的兵十和阿权唏嘘不已和扼腕长叹。

3. 中国王一梅的《王一梅经典童话集》

作为我国新生代童话创作的主力军，王一梅以她细腻的笔触，充满童趣的奇思妙想赢得了广大小读者的喜爱，她的名篇《胡萝卜先生的胡子》、《书本里的蚂蚁》、《蔷薇小姐的别墅》等获得了大家的好评。

在《胡萝卜先生的胡子》中，借用胡萝卜先生早上漏刮了一根胡子，而这跟胡子帮助了放风筝的小孩，也帮助了正在发愁的鸟妈妈晾好了小鸟的尿片，还帮助了胡萝卜先生自己完好无损地捡起了眼镜。故事妙趣横生，在充分结合幼儿自身的生活经验的基础上开展想象，既便于幼儿理解，又符合幼儿此时所呈现的身心发展特点和思维发展原则。

《书本里的蚂蚁》以一个小女孩随手掐了一朵野花夹在书本里为开头，引出了故事的主角即躲在花朵里的一只蚂蚁，当然它也被夹在了书里。想象就从这里开始生发出来。夹在书里的蚂蚁开始在书里散步，它一下子从第1页跑到了第10页，又从第10页跑到了25页。蚂蚁的四处走动引起了书本里的字们的好奇，因为小女孩已经很久没翻阅这本书了，它们很寂寞。当然作为一个一个的字它们从来也没想过寂寞的时候可以出来散散步。于是在这只蚂蚁的启发下，书里的字们开始随意串门。所以当小女孩无意间又拿起这本书的时候，她发现这是一个她从来没读过的故事。第二天又忍不住翻开这本书，发现故事又发生了变化。这是一本永远都读不完、永远都在变化的神奇的书。因为这本书里的汉字们学会了串门。按照我们一般人的常理，蚂蚁夹在书本里肯定死了，当然像这样想象，故事就没有出彩的地方了。恰恰是在这里，作者展开了奇妙的想象。蚂蚁反而在书本里找到了乐趣——每天可以到不同的页码上居住和散步。而蚂蚁和字又有相同的地方，都是小小的、黑黑的，蚂蚁的随意走动也打破了汉字们的拘束和寂寞，他们用互相串门走动的方式消解着单调的生活。而这跟幼儿自身好动的天性不谋而合，因此这种想象也符合了幼儿了特点，当然会受到幼儿的喜爱。

王一梅的童话也不仅仅是欢快的，她也写了很多悲伤但很感人的故事，如《蔷薇小姐的别墅》。故事讲述了一直单身的老小姐蔷薇有一栋很大的别墅，她在别墅里曾经收养过许多许多的流浪的或受伤的人和动物。有一只老鼠叫作班米——因为喜欢搬别人的米而得名，它托着一口破烂的行李箱来投靠蔷薇小姐，蔷薇小姐答应了让它留下来。留下来的班米每天躲在地窖里喝酒。在一次醉得人事不省的时候它看到蔷薇小姐正在为它哭泣——原来蔷薇小姐以为它已经醉死了。从来没得到过关爱的班米心灵受到了震动，它不再喝酒，而是每天陪伴着孤独的蔷薇小姐。有一天有只黑猫来到了蔷薇小姐的家，请求蔷薇小姐留下它。但蔷薇小姐已经留下了一只老鼠，谁都知道老鼠和猫是天敌，怎么可能再留下一只猫呢？后来黑猫受伤了，善良的蔷薇小姐为它细心地包扎着伤口，为了不让蔷薇小姐为难，班米拿起了行李箱决心离开。流浪了很久的班米决心回到蔷薇小姐那里去看看，却只看到黑猫在一棵蔷薇树下哭泣，尽管蔷薇花开得分外娇艳，但蔷薇小姐却永远地离去了。整个故事都充满了淡淡的哀伤。蔷薇小姐的孤单和善良让人感动，而流浪的班米和黑猫原本都有着那么多缺陷却被蔷薇小姐一点一点地感化并改变，这让人感受到爱的力量是多么的伟大。

大狼托克打电话
王一梅

大狼托克有了一部漂亮的红色电话，这是很得意的事情，但问题是托克家的电话号码：13749，没有一个数字是连着的，也没有一个数字是重复的。所以，朋友们都记不住，他的电话也就一直没有响过。

不过，这并不妨碍托克使用这个电话："别人不给我打，我就给别人打。"

托克查查电话号码本，这是多么有趣的电话号码本呀。上面这样写着：

熊：77888　鸟：22822　小雪：56665　榕树：23232……

哦，原来植物也有电话呀，他们把电话安装在哪里？树洞里？挂在叶子上？贴在树干上？还是在高高的树顶？

不管怎样，大狼托克决定先给熊打电话，大家都是动物，说话总是方便一些。他按了熊的电话号码：77888。

"喂，找我吗？"传来熊粗重的声音，"冬天里，我从来没有接到过电话。"

是啊，外面的雪已经盖住了树林里所有的树，所有的房屋。

"我是大狼托克，我想和你说说话。"

"好，可是我很困，你要原谅我，一会儿我就会睡着的。"熊已经开始打哈欠了。

他们开始聊天，当然是说"什么东西最好吃"等等，因为熊说他现在饿极了，饥饿把他从美梦中叫醒了。

托克答应明天给他送汉堡。"我家在树林中最大的树洞里。"说完，熊就睡着了。电话里传来呼噜呼噜的声音。

接着的电话是打给鸟的：22822。

拿起电话，托克就听到："喂，如果你能快些送条被子来，我会在明年春天到你们商店去谢谢你。没有大被子就送小被子；没有厚被子就送薄被子；没有花被子就送白被子；没有棉花被就送稻草被。总之，我的孩子太冷了，你要快些送来。"

啊，说话这么啰唆，一定是鸟妈妈了。

"我很理解你，鸟妈妈。可我不是商店的伙计。"托克说。

"哦，这个时候我就希望是商店的电话，对了，你是谁？"鸟妈妈声音有些不高兴。

"我是谁不重要，关键是我可以在明天上午给您送来被子。"托克想起家里有一条柔软的被子，自己都舍不得盖的。"那是一条蒲公英被子，是用蒲公英种子的绒毛做的，我愿意出租给您。"

"蒲公英被子？"鸟妈妈觉得很珍贵，她怕租不起，"那你准备怎样出租呢？"

"只要您记得有时间就给我打电话。我的号码难记极了！是13749。"托克说。

"我已经记住了，保证不会忘记。"鸟妈妈赶紧告诉他自己的地址，在树林里最高的树枝上。

放下鸟妈妈的电话，大狼高兴极了。他想和树打电话，听听树是怎样说话的，他拨了23232，那是榕树的电话。

"喂，你是谁啊？"榕树的声音好像是从地底下传来的。

"我是大狼托克。"听起来声音有些激动。

"天气好冷啊，四周好安静。"榕树说，"你能到我身边来，陪我说说话吗？"

"好的，我明天来。"大狼答应了，"怎么找你呢？"

"我是树林里唯一的榕树。"榕树回答说。

最后，托克决定给小雪打电话：56665。

"喂，我不认识你，可是还要给你打电话，你不会怪我吧。"大狼猜小雪是个女孩，和女孩儿说话要温柔一些。

"不会，我只是一个有着胡萝卜鼻子的雪人，能够认识你真的很高兴。"

"哎呀，雪人也有电话呀？"托克吃惊地说。

"是的，我有一部雪电话。可是，我最想要的是滑板，这样我可以在雪地上滑动了，到处走走真是太好了！"

托克决定明天给小雪送滑板。

"我住在冰冻的河面上。"小雪说。

哦，托克想起来了，树林里只有一条小河会结冰。

第二天，托克抱着烤得很香的汉堡，背着被子，手里拎着滑板，像一个长途旅行的狼，他觉得自己帅极了，走路的时候，把雪地踩得"吱嘎吱嘎"响。他要去寻找树林里最大的树，最高的树，还有唯一的榕树，最后去看小雪。

当他走进树林的时候，他惊奇地发现，最大的树也就是最高的树，也就是树林里唯一的榕树。啊，他在最大的树洞外看见了野藤一样的电话线，听见了大熊睡梦里肚子还在咕咕叫，就把汉堡放在了树洞口；他还把被子送给了树顶上的鸟妈妈，鸟妈妈的电话就挂在鸟窝旁的树叶上；至于树的电话，就贴在树干上。

因为有了滑板，小雪从河面上一直滑到了树底下。

小雪最后一个电话是打给托克的，那是在太阳出来的早晨，小雪声音软软的："喂，托克，别忘了小雪，小雪的电话号码是：56665，记得明年冬天再打哦。"

说完，小雪和她的雪电话一块儿消失在泥土里了。

托克有些伤心地说："别忘了托克的号码：13749。"

点评：托克是一只善良热心而又耐不住寂寞的狼。在孤单的冬天它拨响了大熊、鸟妈妈、榕树以及雪人的电话，并一一满足了它们的需求。故事温情脉脉，但也生动幽默。如有趣的电话号码数字、冬眠的大熊、啰唆的鸟妈妈等无不形象贴切、诙谐鲜明地刻画出了人物的特色，使这些人物既具有现实性，又具有独特的个性。

4. 中国汤素兰的《笨狼系列》

《笨狼系列》是我国当代著名的童话作家汤素兰的代表作。故事以笨狼的遭遇为线索，向我们塑造了一只看似笨笨的，实则善良单纯、稚拙可爱的狼的形象。尽管是一个长篇童话故事，但每一章的内容都可以作为一个独立的故事来看，也就是说它其实是一部由很多个独立但又有内在联系的小故事组成，如把家弄丢了、晾尾巴、半小时爸爸等等。

晾尾巴
汤素兰

雨后的森林很美丽。草丛中，枯叶下，藏着一汪汪积水，不小心踩上去，"嗞"，溅得一身是泥点水点。哈，弄脏了吧？不要紧，溪涧里的水"哗哗"流淌，跳进去，你就可以洗得干干净净。

笨狼来到森林中。他小心地寻找着水凼，然后，一不小心踩上去，猛踩一脚水凼里的积水四散飞溅，像是下起一阵泥星雨。

笨狼在泥星雨中蹦蹦跳跳，大喊大叫："哈，一个不小心，踩着一个水凼，两个不小心，踩着两个水凼……"

几个不小心之后，笨狼把自己弄成了一只小泥狼。笨狼对自己说："笨狼呀，你这个样子太脏了，到小溪里去洗洗吧！洗得干干净净，才准回家。"

"好吧。"笨狼朝小溪走去，边走边对自己说，"要是我把全身都弄湿了，你可别怪我。"

小溪里的水哗哗响着，急急忙忙往笨狼身上扑。笨狼说："这些水好喜欢我啊！"他和溪水玩起来。"我也好喜欢你们啊！"他捧起一捧水从头上往下浇。

在溪水里玩够了，笨狼抖掉身上的水珠，爬上岸来。

笨狼有一条毛茸茸的大尾巴。大尾巴拖在屁股后面，弄湿了就很不容易干。

太阳很大，风儿很轻。家家户户在门前的树杈上牵根绳子，晾晒床单和衣物。

笨狼想：要是把尾巴也摘下来，搭在树枝上晾着，只要一会儿，尾巴就晒干了，多好。没有了湿漉漉的尾巴拖着翻起跟头来多方便呀。

笨狼翻了一个跟头，正要翻第二个，看到草地上有一对小蚂蚁在做体操。一只蚂蚁分不清左和右，别的蚂蚁伸左腿时，他伸右腿，结果绊倒了别人，自己也摔了跤，真好笑。

笨狼不翻跟头了，他趴在草地上，看小蚂蚁们做体操。

小蚂蚁们做完体操，排着队回家去了。一会儿，又来了五只蟋蟀，带着小提琴，在草地上开音乐会。金铃子站在中间独唱，十只穿超短裙的萤火虫伴舞。

笨狼看得入迷，一点也不知道太阳早就回家去了。现在，月亮姐姐正划着小船，在天上钉银钉子。

等金铃子唱完最后一首歌，跟笨狼说了再见，笨狼才想起该回家去了。

笨狼到小树上去取尾巴，尾巴不见了，树上树下全没有。

尾巴不见了，这可怎么办啊？你要知道，笨狼是多么喜欢他的大尾巴啊！

"我的毛茸茸的尾巴啊!"笨狼坐在草地上,大声地哭。他的哭声那么大,仅仅哭了一声,草地上和森林里的所有居民,一下子就都知道:笨狼的尾巴不见了。

大家都想帮助笨狼。

聪明兔从爷爷留下的旧皮箱里找到了一根兔尾巴。"送给你吧!"聪明兔大方地说。

笨狼摇摇头,兔尾巴太短了,笨狼不要。

小蜥蜴跑来了,手里拎着一条蜥蜴尾巴。这是去年被一块石头砸断的,今年他已经长出新尾巴了。

笨狼摇摇头,蜥蜴尾巴太小了,笨狼不要。

"别哭了,也许,你也像蜥蜴一样,明年就会长出一条新尾巴呢!"小松鼠安慰笨狼。

听了这话,笨狼马上不哭了。但是,明年太远了笨狼现在就要长出一条新尾巴。

为了使尾巴快快长,笨狼想出了好主意:"挖一个坑,把屁股埋进去,浇上水,施上肥,最好呀,还洒上一点快速生长剂。"

大家都觉得笨狼说得有道理,聪明兔种胡萝卜的时候就是这么做的,地里长出的胡萝卜又大又肥。

坑挖好了,肥备好了,快速生长剂也买来了。现在笨狼该站起身,坐到坑里去了。

笨狼一边往坑里坐,一边说:"可别放多了肥料,我不愿意我的尾巴长得比我的肚子还大。"

就在这时候,小蜥蜴发现,笨狼的屁股上拖着一条毛茸茸的长尾巴。

"看,你的尾巴不是好端端的吗?"小蜥蜴说。

笨狼摇摇尾巴,哦,一点不错,这尾巴正是自己的。

笨狼抓抓耳朵,想呀想:"我在小溪里把尾巴弄湿了,我觉得不舒服,我就想,要是能把尾巴晾起来就好了,我要把尾巴晾在小树上,让太阳晒干……"

"你只是那么想,并没有真的把尾巴晾起来,对吧?"聪明兔说。

"对呀!"笨狼想明白了,好高兴。

点评:由于大部分作品把狼塑造为凶狠狡诈贪婪虚伪的形象,因此狼在一般人心目中是邪恶的象征和代表。然而作家汤素兰却用她的笨狼故事颠覆了人们对狼的认识。故事中这只狼憨笨而又不失创造力,调皮而又不乏单纯善良,这个角色身上汇集了成人对幼儿性格的种种想象:憨态可掬、傻气十足而又调皮可爱、惹祸不断,但同时又善良仗义、乐于助人、笑料不断。孩子们在哈哈大笑的同时似乎也看到了自己的身影。

三、幼儿生活故事

(一)幼儿生活故事概说

1. 幼儿生活故事的概念

幼儿生活故事是以现实中的幼儿为主要角色,以他们的日常生活和活动为题材的故事。它是幼儿故事中最常见的体裁,数量最多,所占比重也最大,是幼儿故事的主体。由于幼儿文学有单列的幼儿童话和幼儿图画故事,现在通常所说的幼儿故事,主要是指幼儿生活故事。

对幼儿的生活和时代作审美反映与艺术概括的幼儿文学,主要采取生活本身的、抒情的和假定的三种形式。幼儿生活故事采取的主要是"生活本身"的形式:它直接表现幼儿的现实生活,是幼儿日常生活的艺术再现。它与主要采取抒情形式的幼儿诗歌和主要采取假定形式的幼儿童话一起,形成了幼儿文学的三角,是幼儿文学的三大基石之一。

2. 幼儿生活故事的发展

(1)"源头活水"——民间生活故事

幼儿生活故事在文体上的故事性、内容上的现实性和语言上的讲述性,本质上和人民口头创作和流传的现实生活色彩较浓的民间生活故事相通。

民间生活故事的幻想成分很少或根本没有,所以又称为"写实故事"或"世俗故事",但其形态比幻想故事复杂。这类故事的主人公在他的日常生活空间中大多要遇到几个难题,却总是通过意外的转折和结局达到一个理想的彼岸,或吟诗作对,或智设关卡,或以其人之道还治其人之身。它以千姿百态的情节和鲜明单一的形象引人入胜,引人击节称快。如长工斗财主的故事、巧媳妇的故事、大力士的故事、聪明人的故事、朋友的故事,等等。故事中人物从容不迫的即景生智,不露声色的指桑骂槐,故作庄严的调侃嘲弄和信手拈来的想象才能等，因为都来自于实际生活，既令人惊奇又让人信服。

例如民间生活故事《聪明的法弟玛》。故事讲述美丽聪明的小姑娘法弟玛智斗老巫婆，不仅把自己和五个小朋友从巫婆设置的重重圈套中逃了出来，还利用巫婆咒语念出来吃她们的大鳄鱼帮助她们逃命和吃掉巫婆。鳄鱼吃了巫婆，嫌老巫婆尽是骨头，后悔五个本来到口的美味被自己给放过了。故事轻松、幽默和滑稽，体现了民间生活故事的喜剧风格。

现实性较强的生活故事，与幻想因素较多的传奇故事和动物故事等其他民间故事密不可分，人物和动物都有传奇性。

幼儿的生活，是天然的民间生活。因此，和各种民间故事水乳交融的民间生活故事，是幼儿生活故事的"源头活水"。

（2）发展幼儿生活故事的推力——作家创作的幼儿生活故事

随着社会的发展和人类的进步，民间文学已经不能满足人民日益增长的精神需要。作家创作文学，应运而生。

作家创作儿童文学的原因，除却对儿童和人类未来社会的使命感，与对当下儿童的切实关注外，最根本的还在于作家与儿童生活和儿童文学之间那种神奇的"互引力"。（黄云生《琐事、灵魂及童话品格——呆向真儿童小说散论》）

在生活中实现文化的价值，是每个社会的人们都力求达到的目标。追寻日常生活模式的形态和意义，是社会发展的必然，也是作家创作幼儿生活故事的题中之意。

幼儿的日常生活，是幼儿最基本的生存方式。而在幼儿的日常生活中，存在着一种稳固的、不同时代都相通的人性。这种永恒的"生活之美"，是社会和人类发展的根基。所以，作家把表现幼儿生活作为幼儿生活故事的根本。

在作家们的努力下，大俗而大雅的幼儿生活故事，也"化俗为文"，从民间文学走向了作家创作文学。历史地看，幼儿生活故事和诗歌、童话成为幼儿文学"三套车"的过程，就是幼儿文学繁荣发展的过程。

在 20 世纪 80 年代以前，儿童文学是幼年、童年和少年三个层次的集合体时，幼儿生活故事也在儿童小说和儿童故事中。例如当代著名儿童文学作家吴向真 1953 年创作的《小胖和小松》,写假日里七岁的姐姐小胖领着四岁的弟弟小松逛公园走丢了的故事,是篇表现幼儿生活的力作,蒋风主编的《中国当代儿童文学史》将其称为"小说"。又如俄罗斯儿童文学作家尼·诺索夫的《幻想家》,韦苇在《世界儿童文学史概述》里也将其视为"小说"。

80 年代以后,幼儿文学得到独立发展,幼儿生活故事也从"寄身"走出。如鲁兵主编的《中国幼儿文学集成》认为《小胖和小松》是"故事";华东七省市、四川省幼儿园教师进修教材协作编写的《幼儿文学》、《幻想家》是"幼儿生活故事"。又如俄罗斯儿童文学作家瓦·奥谢叶娃的《蓝色的树叶》,先前都叫儿童生活故事,之后都叫幼儿生活故事了。

回顾幼儿生活故事的"民间文学——民间故事——民间生活故事;儿童文学——童话——儿童小说——儿童故事——儿童生活故事;幼儿文学——幼儿故事——幼儿生活故事"的发展路径,放眼幼儿生活故事和其他文体的关系,有利于幼儿生活故事的繁荣和发展。

由华东七省市及四川省幼儿园教师进修教材协编委员会编著的教材《幼儿文学》早在 20 多年前就指出:"幼儿生活故事来自幼儿的生活,而幼儿又常常生活在自己的想象世界中。因此,目前已出现一种幼儿生活故事向童话靠拢的发展趋势,例如《新雨衣》。"

现状表明,幼儿生活故事真实反映幼儿生活还有很多的路要走。著名的儿童文学教授黄云生(1939—2005)在《走向新世纪的中国幼儿文学》中指出:"传统的幼儿生活故事,总是用写实的手法来表现现实的幼儿生活,并以此作为与童话故事的区别。这一文体规范,使得幼儿生活故事的创作画地为牢、作茧自缚。"(王泉根《新时期儿童文学研究》)

幼儿对一般的幼儿生活故事缺乏热情。调查表明,幼儿园各年龄班幼儿最喜爱的故事体裁依次是:童话、神话、动物故事和科学故事。而对于生活故事、人物故事和纯知识说教型的故事,往往反映相对较为冷淡。(刘剑眉《"幼儿对语言故事的爱好倾向"的调查分析》)

"由于生活故事受生活真实性的局限,有的作者不敢大胆构思,加以对教育作用的片面理解,所以造成有的生活故事缺乏艺术魅力,情节不够曲折生动,有的说教多于趣味,这是应当注意的。"(于虹《儿童文学》)

发展幼儿生活故事的确还任重道远。只有坚持不断地进行艺术创新,才能发扬光大其个性,发挥幼儿童话不可替代的作用,体现其独特的价值,从"画地为牢、作茧自缚"中走出,满足幼儿多方面的精神需求。

事物的复杂性决定了幼儿文学文体的丰富性。新时代新观念催生了幼儿生活故事,幼儿生活故事也一定能在创作者的努力下得到幼儿的认可,受到幼儿的喜爱。

（二）幼儿生活故事的特征

各类幼儿生活故事除了在体式上具有故事性和讲述性，在内容上主要具有三方面的特征。

1. 现实性——幼儿生活故事的本质

幼儿生活故事和以幻想为根本特征的非写实的童话的不同，不仅表现在它既没有拟人化的人物，也不出现超人的幻想的魔法，而且与常人体童话中人物的生活可以不受客观限制也不同：幼儿生活故事中的人物都是现实生活中客观存在着的。

优秀的幼儿生活故事作者，善于依据幼儿的生理和心理特点，从幼儿的现实生活中取材，并根据幼儿对幼儿文学的欣赏特点，把幼儿现实的生活升华为有趣的生活故事。由于这些故事是从幼儿的现实生活中来的，它们对幼儿的成长，极具现实性。例如儿童文学作家胡木仁的幼儿生活故事《怕难为情的贝贝》，就直接取材于幼儿的现实生活。故事讲一个害羞的小朋友，在幼儿园活动中，怕难为情，不好意思举手，接连错过了唱歌和跳舞的机会。在又一次活动时，勇敢地举起了小手，参加了活动，受到了鼓励，有了自信，在以后的活动中，都勇敢地先举手了。

在幼儿的现实生活中，总是发生着诸如此类的事情。幼儿听赏这样的故事，会自然地反观自己的生活，马上对号入座。幼儿生活故事，就这样对幼儿的现实生活发挥作用了。因此，幼儿生活故事的现实主义精神是它独特的个性和生命所在。

2. 幼儿——幼儿生活故事的主体

幼儿生活故事是通过直接表现幼儿生活而对幼儿发生作用的，所以它以现实中的幼儿为故事的主要角色与被描写的主要对象。而拟人体的幼儿童话却可以描写除幼儿外的对象；其他幼儿故事，如动物故事、人物故事、历史故事等，也都可以不以现实中的幼儿为故事的主体。

幼儿生活故事以幼儿为主体，是幼儿自己的故事，因此幼儿是幼儿故事的主体和代表。例如儿童文学作家梅子涵为幼儿写的《东东西西打电话》，就是表现幼儿童稚和童趣，也给幼儿带来了游戏般轻松快乐的故事。故事中的两个小朋友，家里安装了电话，迫不及待地跑出来，相约马上打电话。跑回家拿起电话，发现忘记问电话号码了。他们奔出来，在路上碰到，问了电话号码，奔回家就打电话。东东和西西听见的都是"嘟—嘟—嘟"。这样打了好久，全是"嘟—嘟—嘟"。他们想"怎么一直是嘟嘟嘟的"。忽然，他们明白了，这是忙音。于是，谁也不打了。想着让对方"先打过来吧"，"就这样趴在桌上等着"对方的电话。

故事在这样的等待中结束了。但听故事的幼儿，对自己的"反刍"也许才刚刚开始。他们也许会马上甚至伴随终生地陶醉在小伙伴间这样有趣的故事中，也许会像故事里的小主人公那样，急切地去感受、憧憬和期待美好幸福的新生活。

在这样的故事中，幼儿看到的仿佛就是自己。这样的故事，使他们倍感亲切，也就把它真正地当作自己的故事。幼儿在自己的故事大海中徜徉,咀嚼体味自己的生活,其乐无穷。

所以，幼儿生活故事的又一个性是它在描写对象上不同于其他幼儿故事的特征：写幼儿，直接写幼儿，并且把现实中的幼儿作为故事的主角和主体来写。

3. 日常生活——幼儿生活故事的题材

幼儿生活故事与幼儿童话故事及其他故事的不同，还表现在它的题材上。

幼儿童话和其他幼儿故事，都不会像幼儿生活故事这样，把幼儿的日常生活作为题材内容，表现他们平时的各种活动和衣食住行等各方面的生活。

例如儿童文学作家望安写的幼儿生活故事《今天我很忙》，采用第一人称，让孩子讲述星期天在家的日常生活。早上，自己叠被。叠好被，陪奶奶去遛弯儿。中午，和家人一起包饺子。午睡起来，帮爸爸砸核桃。晚上，给奶奶铺好被。小主人公的确很忙，而且忙的都是生活琐事。但这些寻常的家务活，却是幼儿生活中最基本的大事情：学习自我生活服务，培养独立生活能力，树立独立生活信念；积极参与家务劳动，主动分担家务，为以后投身社会性劳动奠下基础；爱老敬老，更是幼儿由享受亲情、反哺感恩走向爱祖国、爱人民、承担社会责任、推动人类进步的良好开端。

幼儿世界狭小而有限，日常生活就是他们生活的基本内容。在幼儿的日常生活中，有他们无穷的乐趣和无限的好奇。幼儿日常生活的桩桩小事，都蕴涵着他们成长的要义。所以，幼儿生活故事以幼儿熟悉的日常生活为题材，被誉为幼儿自我教育的最直接的"生活教科书"。

总而言之，幼儿日常生活的"重大"意义，决定了幼儿生活故事别具一格的题材内容，形成了幼儿生活故事鲜明的与众不同的题材特征。

（三）幼儿生活故事的分类

幼儿因智力发展水平和生活环境的差异，形成理解力和欣赏水平、性格气质等的差别，存在着不同的审美志趣和审美感受力。为适应他们的不同需要，幼儿生活故事有多种类型。

从表现形式上看，有文学故事和图画故事；从作者看，有民间生活故事和创作生活故事；从内容看，则有家庭生活故事、幼儿园生活故事、游戏生活故事和旅游生活故事，等等。

1. 家庭生活故事

选取幼儿在家庭日常生活中发生的事件，表现他们在最基本的生存空间里的生活。如肖定丽的《大脚丫爸爸》讲述的儿子和父亲的故事。

2. 幼儿园生活故事

以幼儿在幼儿园的事件为描写对象，表现他们的学前生活。如宋雪蕾的《愚人节的化装舞会》讲述愚人节那天，小朋友们在幼儿园开化装舞会的快乐故事。

3. 游戏生活故事

以幼儿的游戏活动为描写对象，表现他们所特有的日常活动。如卢颖的幼儿生活故事《开火车喽！》讲述小孩子兴致勃勃地排凳子玩开火车游戏的故事。

4. 旅游生活故事

以幼儿旅行游览中的事件为题材，表现他们和家人旅游的特别生活。如郑春华的《大头儿子在大海边》系列讲述的大头儿子和家人旅行生活的趣事。

除上述几种主要类型外，常见的还有反映幼儿和动物亲密关系的和发生在他们与邻居、小伙伴、老师之间的事件的。前者如刘丙钧的《妞妞和她的朋友》、《妞妞和小鸟》，讲述幼儿与小狗、小乌龟和小鸟的故事；后者如李想的《比毛衣》表现小伙伴在一起玩的生趣，保冬妮的《甜甜的豆包儿》讲述的幼儿和邻居老奶奶的故事，以及金建华的《外国老师》等。

（四）幼儿生活故事经典作品推介

1. 郑春华和她的系列幼儿故事《大头儿子和小头爸爸》

郑春华，1959年出生于上海，1977年中学毕业去农场务农，1979年返城，在工厂托儿所当保育员。

她说："小时候我就希望隔壁能来个小朋友，直到现在，我特别喜欢小孩子。"当托儿所保育员，她觉得这是很适合自己的工作。"孩子们太可爱了，每天都能碰到许多有趣的事。"晚饭桌上，她总会不停地跟父母讲孩子们的故事。她的父亲郑成义是一位工人作家，他建议女儿把这些故事写下来。郑春华由此开始了创作之路。

郑春华自1980年开始幼儿文学创作，发表了以幼儿生活为题材的中篇《小红点》及其续篇的幼儿长篇故事《紫罗兰幼儿园》（这两部作品后来改编为电视剧《跑跑》）、系列幼儿故事《大头儿子和小头爸爸》（后来改编为系列动画片）、儿童系列故事《一年级的马鸣加》、幼儿长篇故事《贝加的樱桃班》、幼儿系列故事《幼儿园的男老师》等。其中最有代表性的是《大头儿子和小头爸爸》。

《大头儿子和小头爸爸》这部幼儿生活系列故事，讲述一个由大头儿子、小头爸爸和围裙妈妈组成的普通三口之家的事情。在他们普通的生活里，孩子居首（大头），妈妈居中（身体圆胖），爸爸最末（小头）。他们总是花最多的时间相处在一起，小屋是他们最温暖的家，最温暖的家充满着他们每个人的爱。大头儿子正是在这样的环境中健康快乐地成长着。故事展现了幼儿在家庭、公共场所以及幼儿园的生活情况，为我们全方位了解幼儿提供了借鉴。如有发生在公共场所的故事《花伞植物园》，讲述了大头儿子和小头爸爸要去植物园，围裙妈妈让他们带上了自己的小花伞。下雨时，大头儿子用这朵"雨中花"，给在一片光秃秃的泥土上长出的春天里开放的第一朵"真正的雨中花"遮挡。大头儿子想大地上有更多的像花伞一样的美丽的花儿，又与大头爸爸和围裙妈妈一起，用家里的纸盒子，做了许许多多的鸟窝，挂到树上。小鸟住在他们替自己做的家园里，撒下了种子。原来那片只有一朵小花的泥地上开出了各种颜色的花，大头儿子实现了自己办植物园的愿望。

《一条香路》中，围裙妈妈去买菜也买了香香的白兰花戴着回了家。大头儿子让围裙妈妈与小头爸爸和自己一块玩捉迷藏，大头儿子闻着花香捉住了妈妈。大头儿子和小头爸爸外出，看见上盲校的盲童走路需要帮助，去买了能四季开花，长大会散发出香味的树种，种植在了盲校门前。半年以后，树上的花开出来了。看见盲童用鼻子顺着香味认路成功了，大头儿子又和小头爸爸又去买来各种水果味的香料，做了头饰，教盲童用鼻子做游戏。

有以家庭生活为主的故事。如《两座小房子》，讲述了家里新买了电冰箱和洗衣机，大头儿子和小头爸爸就把装电冰箱和洗衣机的纸箱子做成了两个房间分别取名101和

102，而他们住在里面发生了各种妙趣横生的事情。

此外，该书以幼儿园为载体的故事也很多。《第一天上幼儿园》讲大头儿子上幼儿园了，小头爸爸特别不放心，他给大头儿子准备了手机，告诉大头儿子如果不想待在幼儿园了就赶紧给他打电话，大头儿子回来后却把手机还给了小头爸爸，原来幼儿园里好玩的东西多着呢。

《奇怪的园丁》讲有一天，大头儿子看见幼儿园的园丁在向他招手，大头儿子有点害怕，就告诉了幼儿园的老师，后来他发现，那个园丁竟是自己的小头爸爸。《神奇的小镜子》讲大头儿子在幼儿园里发生的事情小头爸爸都知道，原来他有一架望远镜，还谎称自己有一个神奇的"小镜子"，"小镜子"被大头儿子发现后带到了幼儿园，用这个"小镜子"，大头儿子也能看到大头爸爸在家里发生的事情啦。

大头儿子就这样在小头爸爸和围裙妈妈的精心呵护与温馨关照下，愉快地生活、快乐地成长着。

这部颇具影响力的幼儿生活故事大作，以幼儿现实生活为素材，经过作家的提炼和精心构思，一个个充满童趣和想象的故事就此诞生。

两座小房子

郑春华

小头爸爸和商店服务员一起抬回来两只很大很大的纸板箱，纸板箱里装着洗衣机和电冰箱。

大头儿子看着纸板箱上面的图画说："噢，大的是电冰箱，小的是洗衣机。"

等洗衣机和电冰箱从纸板箱里拿出来以后，两只空空的纸板箱看起来就更大了。

"这么大的纸板箱把我也可以装进去了！"大头儿子说着就往纸板箱里爬，果然"装"进去了。

小头爸爸看着笑起来："要不要我替你把它们改造成两座小房子？"

"要的！要的！"大头儿子赶紧爬出来。

小头爸爸找来一把大剪刀，咔嚓……就给两只纸板箱各开了一扇门、一扇窗。大头儿子高兴地拿来红笔，在装冰箱的"大房子"上写：101，在装洗衣机的"小房子"上写：102。

小头爸爸钻进了"101"，大头儿子钻进了"102"。他们把门关上，再从窗户里伸出脑袋，你看看我，我看看你，然后顶一下头，逗得围裙妈妈"咯咯"直笑。

傍晚，围裙妈妈烧好了饭菜，喊："吃晚饭啦！你们快出来吧！"

小头爸爸推开窗说："如果你是好太太，就请你将晚饭给我送进来。"

大头儿子也推开窗说："如果你是好妈妈，你就会同意我在小房子里吃晚饭。"

围裙妈妈耸耸双肩，只好拿出两只大盘子，给他俩盛了饭和菜，然后送过去。

小头爸爸从窗口接过一盘，说："谢谢好太太！"

大头儿子从窗口接过一盘，说："谢谢好妈妈！"

围裙妈妈只好一个人坐在餐桌旁边吃，她吃也吃不下去，好像一点也不饿。可一会儿，她却看见101的门打开了，从里面送出一只空盘子；102的门也打开了，也从里面送出一只空盘子。

围裙妈妈叹口气说："他俩的胃口倒是挺好的！"

天黑了，他们仍然不出来。围裙妈妈拉上窗帘，打开灯，然后去敲101和102的门："天黑了，快点出来吧！"

小头爸爸从门里伸出小头说："如果你是好太太，你会给我送来光明的。"说完，给她一个飞吻。

大头儿子从门里伸出大头说："如果你是好妈妈，你一定会想出好办法的。"说完，用两只手给她两个飞吻。

围裙妈妈皱皱眉头，想了想，笑了。她打开冰箱，从里面拿出两只灯笼辣椒，红颜色的，再把点燃的蜡烛放进去。啊，辣椒亮起来了，真像两只小红灯笼！

围裙妈妈得意地把小红灯笼分别送进101和102，顿时，两座小房子就成了两只大灯笼。

围裙妈妈铺好了大床，又铺好了小床，再去喊他们，可他们还是不出来，围裙妈妈只好一个人睡。可一会儿，传来了"我们冷！我们冷"的喊叫声，围裙妈妈急忙拿了两条厚厚的毛巾毯送给他们。

第二天晚上他们把房子建在屋外。晚上刮大风了。小头爸爸说："大头儿子，刮大风了，我们回家吧！""不嘛，不嘛！"小头儿子却不愿意。又过了一会儿下大雨了。外面下大雨，纸箱子里面就下小雨，大头儿子和小头爸爸冷得直打哆嗦。一阵风吹来，这两个用纸箱子做的房子被风刮跑了。大头儿子和小头爸爸在雨中跑回了家。

点评：用两个小纸箱造两座房子这种奇妙的想象既符合幼儿的特点，充满幼儿情趣，让人感受到了童心可掬的魅力，又引发了一连串幽默诙谐的小冲突，着实让人佩服作者极富童心的想象力和创造力。读后，让人耳目一新而又仿佛感同身受。

2. 俄罗斯儿童文学作家奥谢耶娃和她的幼儿生活故事《三个小伙伴》

华莲丁娜·亚历山大罗芙娜·奥谢耶娃（1902—1969），1937年开始发表作品。她的诗、童话、幼儿小故事都收在这样一些作品集中：《红猫》（1940）、《魔语》（1944）、《我的朋友》（1950）、《简单的事》（1956）、《蓝色的树叶》（1965）。

奥谢耶娃的幼儿生活故事很受我国幼儿教育工作者和儿童文学家的重视，她的作品在中国流传最广的是幼儿生活故事《魔语》、《三个小伙伴》、《蓝色的树叶》等。

奥谢耶娃的幼儿生活故事素材都来自孩子的日常生活。她的故事作品讲究结构艺术，一般篇幅短小，情节简单，具有很强的动作感。例如《三个小伙伴》写三个孩子对丢失点心的朋友的不同表现：郭良关切地询问后，表示了同情；米沙关心丢失的原因，提出了以后避免类似问题的办法；沃洛佳"什么也没有问"，把自己的分了一半给小伙伴吃。故事通过一句话或一个动作就表现对朋友的一种态度，作者对三种态度不加褒贬。这个小故事，一共170字，基本上全是对话，写得十分朴实、简洁，充分体现了奥谢耶娃的创作特色。

奥谢耶娃很善于在幼儿生活中捕捉幼儿成长中存在的问题，并通过故事来诱导他们去认识问题的所在。《蓝色的树叶》就是这样一个启发幼儿自我教育的佳作。故事写卡佳有两支绿颜色的铅笔，莲娜一支也没有。她对卡佳说："给我一支绿铅笔吧。"卡佳不乐意，莲娜画出了蓝色的树叶。故事中的卡佳，知道珍惜自己的东西，可还不会设身处地体会求助者的心情，还不能热情地帮助别人。而莲娜的宽容、自尊与老师的提示，使她对自己的舍不得害羞了。故事对儿童很有现实意义，在我国改写后又作了小学语文教材（人教版第三册）。

又如《好事情》。故事中的尤拉小朋友，一心想做惊天动地的大好事，不知道发生在身边的需要他做的就是好事情。故事运用对比的方法，和诗行般灵动的语句，诗意地表现幼儿在生活中耽于幻想的天真幼稚。结尾的母子对话，画龙点睛，给孩子以深刻的启迪。

《魔语》通过生动的故事，对孩子进行礼貌用语的教育。由于"请"是故事的关键词，又名《一个有魔力的字》。故事饶有兴味地讲述一个叫巴甫立克的小男孩，不懂礼貌，还抱怨姐姐不肯给他颜料、奶奶不给他胡萝卜、哥哥不带他去划船。学会了讲礼貌后，一切如愿以偿。这个故事影响深远。我国后来出现的以《神奇的字》为题的儿童诗歌和故事，与它有异曲同工之妙。

三个小伙伴
奥谢耶娃

魏佳把点心丢了。上午休息的时候，小朋友们都去吃早点了，只有魏佳站在一旁。

郭良问她："你怎么不吃呢？"

"我把点心丢了……"

"真糟糕！"郭良一边吃一大块白面包，一边说："到吃午饭还有好长时间呢！"

米沙问："你把点心丢在哪儿了？"

"我不知道。"魏佳小声地说，把脸转了过去。

米沙说："你大概放在口袋里，不小心丢的。往后得放在书包里。"

可是沃罗佳什么也没有问，他走到魏佳跟前，把一块抹着奶油的面包掰成两半，拉着这个伙伴说："你拿着吃吧！"

点评：作者截取了生活中的一个小片段，把三个小孩在面对伙伴的点心丢失的情况下的不同表现作了一个对比，既真实地还原了幼儿日常生活原貌，又通过对比不动声色地表达了是非判断观念，让幼儿在故事这一"镜子"中反观自己的行为，从而实现了文学的启蒙和教化功能。

3. 列夫·托尔斯泰和他的幼儿生活故事《李子核》

列夫·托尔斯泰（1828—1910）是俄罗斯最伟大的批判现实主义作家，他的创作是欧洲批判现实主义文学高峰的标志。作为举世闻名的文豪，托尔斯泰为后人留下了极丰硕的创作成果。《战争与和平》、《安娜·卡列尼娜》和《复活》是他最重要的三部长篇小说。

这些作品，气势磅礴，场面广阔，人物众多，心理描写逼真、细腻，语言质朴洗练，在世界文学史上有巨大影响。托尔斯泰对儿童教育和儿童文学一贯十分重视。他曾在自己家乡为农民子弟办学校，亲自为孩子们编写课本，出版了《启蒙课本》《新启蒙课本》和《俄罗斯儿童读物》（1—4册）。他写下的629篇儿童文学作品，语言规范、浅近，篇幅大多短小，故事生动有趣，寓意明显而富有教育意义。

对给孩子的东西，托尔斯泰力求"优美、简洁和质朴，主要是明白易懂"。托尔斯泰曾明确表示："要写一部纯净、优美的作品，要像整个古希腊文学和古希腊艺术那样，没有一点多余的东西。"

他为孩子们创作的《李子核》，就是这样的优秀代表作。故事讲一个叫万尼亚的孩子，从没吃过李子，非常爱它，很想吃它，忍不住偷吃了它。先不敢承认，后来被吓得"不打自招"了。

故事在令人忍俊不禁的同时，生动地展示了一个对事物充满好奇，自控力不强做了错事，内疚却矢口否认错误的天真幼稚、顽皮可爱的幼儿形象。故事采用幼儿视角，围绕幼儿生活中的一个小事件，通过幼儿曲折的心路历程来唤醒幼儿的人格心灵，寓意明显而富有教育意义。故事以神情、动作和人物语言刻画小主人公，符合幼儿的心理特征，对他们极有感染力。

故事尤为可贵的还在于作家为幼儿勇于承认错误营造的良好教育方式和宽松人文环境。偷吃事小，关乎孩子心灵纯洁事大。细心的母亲发现问题后，见微知著，和父亲"强强联合"。机智的父亲在孩子不承认错误时，正面批评后，用调侃的话诱导孩子"轻易"地道出了事情的"真相"。天真的孩子在家人的笑声里，却哭了起来。故事到此戛然而止。受教育者知道了错误的严重，教育者对如何塑造孩子人格也得到了启示。苏霍姆林斯基曾说："真正的教育智慧在于教师从不伤害学生的自尊心，而是经常激发他做一个好学生的愿望。"故事丰富的人文内涵，不仅给听故事的幼儿以教益，也给讲故事的成年人以帮助。

托尔斯泰的幼儿生活故事，取材于农家孩子的日常生活，散发着浓郁的生活气息，对幼儿有自然的亲近感。故事结构单纯，情节进展快，篇幅短小，适于幼儿听赏。故事的主题融进生动的艺术形象和简洁明快的口语化语言之中，不愧为幼儿生活故事的经典。

李子核

列夫·托尔斯泰

有一天，妈妈买回了许多李子，她想吃过午饭后再分给孩子们吃。这些李子都放在盘子里。

万尼亚从来还没有吃过李子哩，所以他老把这些李子拿起来闻闻。他非常喜爱李子，很想吃。他老是围着李子转来转去。当房间里没有人的时候，他实在有些忍耐不住了，就抓上一个吃了。吃饭前，妈妈点了一下李子的数目，发现少了一个。她把这件事告诉了爸爸。

吃饭时，爸爸说："喂，孩子们，你们哪一个吃了李子吗？"大伙儿答道："没有。"

万尼亚的脸红得像龙虾，他也说："没有，我没有吃。"

爸爸说道："你们要是谁吃了李子，这可很不好，不是怕你们吃，怕的是李子里面有核，要是哪一个不会吃，把核也吞下去了，那他过一天就会死的。我怕的是这个。"

万尼亚一听，吓得脸色发白，说道："不，我把核吐到窗子外面去啦。"

大家一听，哈哈大笑，而万尼亚却哭起来了。

点评：贪吃、好奇是很多孩子的通病，万尼亚也不例外。在偷吃了李子后，他的父亲不是立即采取责骂和殴打的方式，而是以引导的方式巧妙地让万尼亚自己说出来。被人识破了偷吃东西后，万尼亚哭了起来。全文生动形象而又惟妙惟肖地刻画了幼儿的心理活动。

4. 梅子涵和他生活故事《东东西西打电话》

梅子涵，1949年生于安徽旌德。现为上海师范大学教授，儿童文学博士生导师、中国作家协会会员、中国当代著名的儿童文学作家。他在儿童文学创作和理论上均有较高的造诣，为儿童创作了几十部作品，如《女儿的故事》、《戴小桥和他的哥们儿》等；他也写作、主编了多部理论著作，如《儿童小说叙事式论》等。生活故事虽然不是他主要的创作作品，但他以幽默的语体风格和敏锐的观察视角发现了现实生活中幼儿有趣的内容，这是值得大家去探讨和学习的。

东东西西打电话
梅子涵

东东和西西同时从家里跑出来。东东是去找西西的，西西是去找东东的，他们在路上碰见了。

东东说："西西，我告诉你，我家装电话了。"

西西说："东东，我也告诉你，我家也装电话了。"

"我现在就给你打电话。"

"好！我也给你打电话。"

东东和西西跑回家，同时拿起了电话。咳！忘记问电话号码了！他们就奔出来，又在路上碰到了，你问我，我问你，"你家电话号码是多少？"然后又记着号码往家里奔去。

东东念叨着西西的号码，按着电话键，听见的是"嘟——嘟——嘟"的声音，没有听见西西问："你是东东吗？"

西西也一样，听见的只是"嘟——嘟——嘟"的声音，没有听见东东问："喂，你是西西吗？"他们打了好久，全是"嘟——嘟——嘟"。东东想：她家的电话怎么一直是嘟嘟嘟的？西西想：他家的电话怎么一直是嘟嘟嘟的？忽然，他们都明白了，这是忙音。

"西西在打给我，所以，我打过去要嘟嘟嘟了。"东东心里说。

"东东在打给我，所以，我打过去要嘟嘟嘟了。"西西心里说。

于是，他们又都聪明起来，谁也不先打了。东东想：让西西先打过来吧。西西想，让东东先打过来吧。他们就这样趴在桌上等着……

点评：东东和西西两个小朋友家都安装了电话，于是都想第一时间告诉对方，也都想第一时间给对方打电话，当听到占线的声音后，都等着对方打过来。作者故意设置完全相同的语言和心理想法，运用了"巧合法"和"误会法"巧妙地安排了故事情节，读后让人忍俊不禁，回味无穷。

5. 安伟邦和他的幼儿故事《圈儿圈儿圈儿》

安伟邦（1930—1991），山东烟台人。1947年开始发表作品，

1984年加入中国作家协会。历任北京西单职工业余学校、北京按院胡同小学教师，北京教育局《教育通讯》编辑，北京槐树岭中学教师，中国少年儿童出版社《中国儿童》编辑，河北少年儿童出版社社长、顾问。著有低幼故事《书包》、《谁棒？》、《4比0》、《芳芳的手帕》，译有童话集《大盗贼》、《动物岛冒险记》、《椋鸠十动物故事》丛书、《谁也看不见的阳台》、小说《鼹鼠原野的小伙伴》等。《圈儿圈儿圈儿》获全国第二届少年儿童文艺创作三等奖。

圈儿圈儿圈儿

安伟邦

大成爱看书，可是不爱写字，老师教他写字，他心里说："我只要能看书就行了。"

一天，上语文课，老师要大家听写，大成一听着慌了，他拿着铅笔，手有点儿发抖，只听老师念道：

"啄木鸟，嘴儿硬，笃笃笃，捉害虫，大家叫它树医生。"

大成有好几个字写不出来，只好在纸上写道：

"O木鸟，O儿O，OOO，O害虫，大家叫它O医生。"

大成写完，就交给老师。

第二天，老师让他把自己写的念一念，他念道：

"圈儿木鸟，圈儿圈儿，圈儿圈儿圈儿，圈儿害虫大家叫它圈儿医生。"

念着念着，同学哗的一声笑了。大成很难为情。

老师说："大成，你自己写的东西自己都看不懂，别人怎么看得懂呢？"

大成想："老师说得对呀！我应该好好学习。要是别人把字也画成圈儿，我到哪里去找书看呢？"

点评：这是一则幽默风趣、充满儿童情趣的故事，非常适合幼儿追求快乐的天性。故事中，大成念自己写的字，引出了同学的哈哈大笑，也会逗得听这个故事的幼儿哈哈大笑。

理论与实践操作

1. 你认为中国的神话故事和古希腊神话故事有哪些不一样的地方？试举例说明。

2. 为什么说幻想是童话的根本特征？童话是如何实现幻想和现实的关系的？

3. 选择以下作业中的一个，以小组的形式共同讨论完成，并以小组的形式进行答辩。

（1）选择一则童话并写一篇评论文章。

（2）结合生活故事的特点分析《大头儿子与小头爸爸》为什么能获得孩子们的喜爱？

拓展学习书目

[1] 杨振文. 迷人的笑声 [M]. 长沙：湖南少年儿童出版社，1983.

[2] 张晶. 中国名人成长故事 [M]. 合肥：黄山书社，2011.

[3] 黄蓓佳. 我要做好孩子 [M]. 武汉：湖北少年儿童出版社，2006.

[4] 孙幼军. 小布头奇遇记 [M]. 武汉：湖北少年儿童出版社，2006.

[5] 杨红樱. 杨红樱优美童话卷 [M]. 北京：北京少年儿童出版社，2005.

[6] 韦苇. 世界童话史 [M]. 福州：福建教育出版社，2002.

[7] 彭斯远. 叶君健评传 [M]. 太原：希望出版社，2004.

[8]〔德〕米切尔·恩德. 永远讲不完的童话 [M]. 南昌：二十一世纪出版社，2010.

[9] 梅子涵. 相信童话 [M]. 上海：少年儿童出版社，2007.

[10] 张秋生. 小巴掌童话 [M]. 上海：中国福利会出版社，2004.

[11] 博文. 古希腊神话故事大全集 [M]. 北京：中国华侨出版社，2011.

[12] 刘里远. 一千零一夜 [M]. 北京：中国少年儿童出版社，2006.

[13] 蔡林兴. 世界神话故事精选 [M]. 上海：上海人民美术出版社，1996.

[14] 蔡静雯. 世界民间故事精选 [M]. 上海：上海人民美术出版社，1996.

关于这一节，请留下你的建议吧，谢谢！

第三节 幼儿散文

本节导读

本节主要从幼儿散文概说、特征、分类,以及经典作品推介几方面来展开论述,帮助大家了解幼儿散文独特的审美品格,并从中掌握幼儿散文欣赏的策略,帮助幼儿感受幼儿散文带来的美的意趣。

小组探讨

1. 幼儿对于幼儿散文的喜爱程度如何?
2. 如何把握幼儿散文的特点与幼儿接受特点之间的关系?

一、幼儿散文概说

幼儿散文是写给幼儿,适合幼儿阅读欣赏的,包括记人、叙事、写景、状物、抒情、议论等篇幅短小、文情并茂的一类文章。幼儿散文是幼儿文学园地里一朵独具特色的小花,它以语言简练、意境优美等特殊的艺术魅力,给幼儿以强烈的美的享受、艺术的熏陶和思想的启迪。

幼儿散文是传达幼儿生活情趣,适合幼儿审美需求和欣赏水平的文学样式。我国虽然是具有悠久散文历史传统的国家,但幼儿散文在我国起步较晚,直到"五四运动"爆发,适合幼儿听赏的散文才初露端倪。"五四新文化运动"时期,冰心从1923年至1926年间为《晨报副刊》撰写的系列散文《寄小读者》开风气之先,从此幼儿散文渐渐枝繁叶茂。20世纪20年代末,幼儿散文以冰心的《再寄小读者》系列散文为代表。冰心的《再寄小读者》由14篇通讯组成,在幼儿散文史上具有非常重要的地位。其他还有刘半农的《雨》、郑振铎的《纸船》等。其后的20年里,幼儿散文因为诸多原因发展仍然缓慢。直到新中国成立之后,幼儿散文才出现了几次创作高潮。20世纪50年代，幼儿散文界又出现了一批作家，如郭风、圣野、袁鹰、徐青山、方轶群、黄衣青、碧野、张继楼等。20世纪80年代伴随着改革开放的春风，幼儿散文迅速成长，成为儿童文学园地里的一枝独秀奇葩。幼儿散文作家队伍日益扩大，除了老一辈作家徐青山、葛翠琳外，更多的作家加入了这一行列，如金波、望安、嵇鸿、胡木仁、吴然、夏辇生、张秋生、郑春华、张朝东等。随着社会的进步，发表园地的增加，学前教育越来越得到社会和家庭的重视等原因，表现形式灵活、自由的幼儿散文如雨后春笋般出现。新时期幼儿散文不仅在数量上超过以往的总和，而且题材广泛，形式多样，表现手法和语言表达灵活多样，更多地顾及了幼儿心理、幼儿情趣以及欣赏水平。全国陆续出版了一大批幼儿散文专集，如《中国新时期幼儿文学大系》（散文卷）、《中国幼儿文学集成》（《诗·散文》编）、《中国当代幼儿散文精品》、《中国幼儿散文作家散文丛书》等。

幼儿散文具有散文的特质，不仅可以丰富幼儿的知识，发展幼儿的想象力和思维能力，而且可以使幼儿的心灵和情感受到良好的熏陶。幼儿散文能带给幼儿欢愉和美感，可以调动幼儿情绪，保持他们心理上的平衡与和谐，对幼儿产生潜移默化的感染力。

二、幼儿散文的特征

散文的一般特点是题材广阔、内容丰富、形式灵活、构思巧妙，有诗的语言与优美的意境。幼儿散文是散文的一种，自然具有散文的一般特点。幼儿散文以语言凝练、意境优美、抒情味浓、想象境界丰富、修辞手法多样等特点给幼儿以强烈的美的享受、艺术的熏陶和思想的启迪。幼儿散文是专门为幼儿创作的，由于读者对象的不同，所以在内容选择、意境营造、语言表达上都与成人散文有很大的区别。就其特征来说，幼儿散文有自己的特征，表现出自己独特的审美品格。

（一）"幼儿化"与"散文化"

幼儿散文兼有"幼儿化"与"散文化"的特性。"幼儿化"是幼儿散文区别其他年龄段散文的非常重要的一个特征。幼儿处在特殊的年龄阶段，生活经验相对缺乏，知识面窄，所以要求幼儿散文要富于幼儿情趣，符合幼儿的年龄特征。"散文化"则是幼儿散文区别于其他体裁的幼儿文学的另一个重要特征。它既可以像诗歌那样抒情写意，而不必讲究音律节奏；又可以像童话、故事那样记人叙事，而不必拘泥于情节结构的完整。

来看《微笑》这篇散文：

大象说:"我愿意为朋友们干活,让他们高兴。"小兔说:"我愿意为朋友们送信,让他们高兴。"小蜗牛好着急,他能为朋友们做什么呢?一天,小蚂蚁正在忙着搬东西,他们从小蜗牛身边走过时,小蜗牛向他们友好地微笑。小蜗牛想:对呀,我可以把微笑送给朋友们,让他们高兴呀!

这篇童话散文兼具童话和散文的特点,每读一遍都会感人至深。作者抓住孩子们感兴趣的大象、小兔、蜗牛、蚂蚁等动物,把它们快乐的生活描摹得生动活泼,使抽象的生活场景具体化,引起孩子无限的遐想,拉近了动物与孩子的距离,让孩子懂得微笑的意义。文章短小却很具体、明净,散文化的笔墨让这篇幼儿散文充满幼儿情趣,很能打动小读者。幼儿散文用幼儿喜欢的事物来选题、构思,用散文化的语言来写作,二者结合起来,可以说是"幼儿化"与"散文化"的完美融合。

(二)"童心"与"童趣"

"童心"和"童趣"是幼儿散文的最大特征。幼儿散文不能像幼儿小说那样以人物形象来吸引人,也不能像幼儿故事那样以故事情节取胜。它靠传达一种情绪和意境来叩开幼儿读者的心扉。幼儿散文字里行间要有一颗跃动的"童心"和贯串全篇的"童趣",只有具备了这童心、童趣,才能与小读者进行情感交流。"童心"和"童趣"在幼儿散文中的体现,一般有两种情形。一是作者有意识地从孩子的视角来写,作品表现的是幼儿独有的心理、情绪、思维方式和情感指向,如张朝东的幼儿散文《上学去》、《您好》都是以幼儿的视角来观察世界,散文文笔细腻、感情丰富,启发小读者观察生活的兴趣。另一种情形是成人作者对儿童生活(或童年生活)进行客观的描写,将儿童所固有的童心与童趣表现出来,反映儿童的好奇与思考、情感与追求,如张朝东的幼儿散文《下雨啦》、《放风筝》等。

(三)"灵活性"与"单纯性"

幼儿散文的"灵活性"是指它在形式上自由活泼,在结构上灵活多变,在表现手法和语言运用上自由洒脱,具有散文"形散神聚"的特点,没有受诗歌的音韵节奏束缚和故事情节结构限制。

幼儿散文的"单纯性"是指它的语言清纯明丽、意境优美,处处渗透着幼儿的情趣,处处带着稚拙的童心、童趣。幼儿散文语言清新明丽,浅显易懂,这是幼儿的理解力所决定的。所以幼儿散文作家往往极力追求一种如山间溪水般清澈、纯净、跳脱的语言风格,使散文的语言显得十分流畅。如幼儿散文《树真好》:

树真好。小鸟可以在树上筑巢,每天天一亮,小鸟就会唧唧喳喳地叫。

树真好。能挡住大风,不许风沙吵吵闹闹,到处乱跑。

树真好。我家屋子里清清爽爽,阵阵风儿吹,满树花香往屋里飘。

树真好。我们全家在树阴下野餐,大家吃得很香,说说笑笑,热热闹闹。

树真好。天热了,树下铺着阴凉儿,我和我的小猫咪,躺在树下睡午觉。

树真好。如果有一只大狗来追我的小猫,小猫就爬到树上躲起来,气得大狗"汪汪"叫。

树真好。我做个秋千挂在树上,让我的布娃娃坐上去,摇呀摇。

树真好。夏天的夜晚静悄悄,只有树叶在一起唱歌谣。

树真好。树叶在秋风里飘呀飘,树下铺着树叶地毯,我们可以在上面滚来滚去,跑跑跳跳。

《树真好》是一篇富有童趣的幼儿散文。作者从儿童的视角来观察树、感知树、赞美树。只有孩子才会想到,树可以让猫躲藏,风起的时候,树叶会唱歌谣。树的种种好处,在孩子们看来都是那么的接近生活,真实生动,而不是空洞的成人式的理解——对我们环境起到很好的作用。这篇散文语言上可谓清新明丽、童心童趣,在结构上自由无拘,始终没有离开过"树真好"这一主题,文中清新明丽的语言和灵活多变的结构谐调起来,二者紧密相扣,相得益彰。

(四)"知识性"和"形象性"

幼儿知识散文是幼儿散文中重要的一类,有丰富知识的幼儿散文才能吸引孩子。因此"知识性"存在于幼儿散文广泛的题材、内容中。幼儿知识散文能让幼儿逐步扩大知识面,增强求知兴趣,提高认识能力。

幼儿获得知识的最佳方式是生动的艺术形象。优美、生动的艺术形象能给孩子留下深刻的印象,激发其阅读热情。所以幼儿散文必须做到"知识性"和"形象性"的很好融合,尽可能生动形象地把五彩缤纷的大千世界展现出来,以扩大幼儿的眼界,激发他们认识世界的兴趣和热情。如幼儿散文《春天的色彩》:

春雨，像春姑娘纺出的线，没完没了地下到地上，沙沙沙，沙沙沙……

一群小鸟在屋檐下躲雨，它们在争论一个有趣的问题：春雨到底是什么颜色的？

小白鸽说："春雨是无色的。你们伸手接几滴瞧瞧吧。"

小燕子说："不对，春雨是绿色的。你们瞧！春雨落在草地上，草地绿了！春雨淋在柳树上，柳枝儿绿了……"

麻雀说："不不不！春雨是红色的。你们瞧！春雨洒在桃树上，桃花红了！春雨滴在杏树上，杏花红了……"

小黄莺说："不对，不对，春雨是黄色的。不是吗？春雨落在油菜地里，油菜花黄了；春雨落在蒲公英上，蒲公英的花也黄了。……"

春雨听了大家的争论，下得更欢了，沙沙沙，沙沙沙……它好像在说：

亲爱的小鸟们，你们的话都对，但都没说全面。我本身是无色的，但能给春天的大地带来万紫千红。

散文中绵绵的春雨，屋檐下唧唧喳喳的小鸟，万紫千红的大地，形象直观，主题突出，给幼儿以美的陶冶与享受，让幼儿了解春雨与植物生长的密切关系，获得知识的同时也给孩子留下深刻的印象。

（五）"诗情"与"画意"

幼儿散文必须具有强烈的"诗情"和"画意"，这样才能吸引幼儿。一篇优美的幼儿散文，应该具有诗的品格，用"诗情"来展现情感。这样的散文意境优美、感情真挚、语言凝练，贴近幼儿生活，富于幼儿情趣，易于为幼儿接受。

幼儿散文中常用多种手法，或浓墨重彩，或淡笔轻彩，着力表现事物的"画意"，再现美好的形象。作者可以浮想联翩，随意点染，任情穿插，时而叙，时而议，时而抒情，或将它们水乳交融起来。如《夏夜音乐会》就是"诗情"和"画意"完美结合的典范，文中不仅描绘了美妙的夏夜，而且把小动物快乐的生活描绘得有声有色。作者运用排比句，对热闹情景展开描写，将昆虫音乐会所显示的音韵节奏和内在旋律描绘得淋漓尽致。作家有意识地化常语为奇语，很好地表现了散文的"诗情"和"画意"。

（六）"叙事性"与"写意性"

散文具有叙事和写意的双重特点，虽然在不同的具体作品中各有侧重，但两者缺一不可。即使是以介绍知识为主要目的幼儿散文，也不能没有抒情写意；同样，即使是那些以童心自述式的幼儿散文，也不能没有细节的穿插或故事片断的叙写。幼儿散文以记叙真人真事、真情实景为内容，题材广博丰富，构思立意新颖独特，结构形式形散神聚、灵活多样、情感真挚、意境优美，叙事和写意的双重性质可以在幼儿散文中能和谐地统一。看看郭风的散文《初次的拜访》：

> 我们和土蜂们，
> 一起来拜访野菊的小屋。
> 我们的小主人，穿了绿色的便服，
> 站在门口欢迎，他们鞠躬多么稚气啊。
> 大家寒暄几句，马上脸红了，
> 土蜂便开始唱歌；
> 我们开始把袋子里的小书拿出来，
> 坐在地上，各人轮流朗读了一节。

这篇幼儿散文用较多篇幅叙述了花和昆虫，叙事的同时没有展开故事情节的叙写，只是描写一个生动美妙的生活镜头，把幼儿的生活情趣描写出来，体现了叙事和写意的完美结合。

三、幼儿散文的分类

根据内容、表达方式、表现手法的不同，幼儿散文一般可分为五种类型：叙事散文、抒情散文、写景散文、知识散文、童话散文。由于研究视角和分析的侧重点不同，有学者还将抒情性特别强的幼儿散文称为"幼儿散文诗"，将幻想性特别强的幼儿散文称为"幼儿幻想散文"。

（一）幼儿叙事散文

幼儿叙事散文是用散文笔调向幼儿描述生活中的一些人物、事件等，它侧重记录的是幼儿的生活，可以有完整的情节，也可以只写事件的片断，不一定要有事件的全过程。幼儿叙事散文题材十分广泛，凡适合幼儿接受的生活情景皆可入题。来看望安的幼儿散文《小太阳》：

  姥姥病刚好，我陪姥姥晒太阳，太阳暖洋洋。我给姥姥变魔术，一变变出个小橘子，圆圆的橘子红彤彤，就像一个小太阳。
  我对姥姥说："来，姥姥、姥姥，我剥橘子咱俩吃，你一瓣，我一瓣，你一瓣，我一瓣。"
  姥姥吃得甜蜜蜜，甜到心里暖洋洋。
  橘子吃完了，我说："小太阳没有啦！"
  姥姥搂着我，亲亲我的红脸蛋儿，对我说："你才是我的小太阳！"

  这篇幼儿散文叙述的是一个小孩子陪伴刚刚病愈的姥姥晒太阳并分吃一个橘子的故事，虽然描写的只是生活中的一个小片断，但却把祖孙二人浓浓的亲情描写得淋漓尽致。

（二）幼儿抒情散文

  幼儿抒情散文重在抒发孩子们对生活中人、事、景、物的纯真美好的感情，既可以写景抒情，又可以融情于景，凡是适合幼儿接受的生活情景皆可入题。幼儿散文的篇幅往往短小精致，也有学者还将抒情性特别强的幼儿散文，称为"幼儿散文诗"。
  幼儿抒情散文多用第一人称即幼儿的眼光来创作，以实现抒发幼儿的生命体验和心灵感受的目的。幼儿散文在抒情时可以直接抒情，也可以间接抒情，前者通常是融情于景，后者通常是写景抒情，无论是哪一种抒情方式，都力图让孩子们感受到美感的熏陶，以引起他们对生活的热爱。来看张蓓宁的幼儿散文《我的洗脸盆》：

  我的洗脸盆里，有鱼、有虾，还有一条条船哩……
  我知道，他们可不是脸盆上的画，全是真的呢！
  我天天拿一条毛巾，在盆里洗脸洗手，里面的水怎么也不会浑浊，总是碧清碧清的。

奇怪吗？我的洗脸盆，就是老大老大的太湖呀。我的家，就住在太湖的渔船上。

文中把盛产鱼虾的美丽太湖比喻成洗脸盆。文中"我"与"洗脸盆"亲密接触，字里行间透露出对家乡——太湖的喜爱之情，以及对大自然的赞美之情。这篇幼儿抒情散文语言生动、比喻形象、意境优美，不仅让孩子了解到关于湖的知识，更重要的是带给孩子美的享受。

（三）幼儿写景散文

幼儿写景散文是以少量的、深浅适度的景物描写为内容的散文，它侧重描绘优美的自然风景、四季变化及季节特征等，最常见的样式是风光游记。风光游记通过旅游过程中的所见所闻来介绍知识，多以地理风光、乡土民俗等为内容，让幼儿从中受到潜移默化的美感熏陶。幼儿写景散文一般会注重"知识性和形象性的融合"，既让幼儿从美景中学到了知识，又让其读懂了散文中的形象。如郭风的低幼散文《初次的拜访》："那小主人——小野菊，穿着一件绿色的短衫和围着一条绿色的小短裙，站在门口，和大家握手；便邀请大家走到屋内来。"散文中，作者怀着美妙的童心走进花朵、昆虫的世界，走进孩子的世界，给孩子带来清幽的芬芳和喜悦，作者对美丽景色的描摹，对小野菊、蒲公英、紫罗兰的比喻贴切形象，很容易被孩子理解，可以说是幼儿写景散文的典范。望安的《夏天》也是一篇描写夏天景色的幼儿散文：

夏天的雨是金色的。不信，你看：
场院里，脱粒机扬洒着麦粒，千颗，万颗，连成金色的雨。
夏天的风是喷香的。不信，你闻：
村子里，家家户户磨了面，在蒸甜糕，飘出一阵阵香味。
夏天的路爱唱歌。不信，你听：
小路"吐吐吐"，大路"嘀嘀嘀"，拖拉机、大卡车，一辆接一辆，忙着去卖粮。

（四）幼儿知识散文

幼儿知识散文以向幼儿介绍知识为主要目的，是一种寓知识于形象描写之中的幼儿散文。一般幼儿知识散文篇幅短小、语言简洁明快、笔法灵活、行文自由多变。幼儿知识散文往往向幼儿讲述世界的奥秘，令他们眼界大开而又乐趣无穷。幼儿知识散文写法灵活，不论是知识内容还是艺术传达，都能对幼儿产生巨大的吸引力。

我们知道幼儿对复杂多变的世界充满好奇，还很难从理性上去把握其本质规律，只能感受一些生活现象和实例。而幼儿知识散文能让幼儿逐步扩大知识面,增强其求知兴趣,提高认识能力。来看郭风的幼儿知识散文《蒲公英》:

青草地上开着许多野花,
我最喜欢蒲公英。
蒲公英开着黄色的小花朵,
多么有趣的蒲公英。
花朵凋谢后,花托上能结出雪白的绒球。
田野的风吹着,
那雪白的绒毛在天空中飞扬起来,
比柳絮还要轻。
飞着飞着,
又像一朵朵雪花轻盈地降落下来。

作者在文中介绍了蒲公英的知识。质朴、清新、自然的语言给人以强烈的触动,文中处处充满儿童的情趣和生活气息。

(五)幼儿童话散文

幼儿童话散文是童话与散文的结合,它是借助童话的意境,童话的想象与幻想,用散文的形式来描写拟人化了的童话形象。童话散文给人的感觉是语言新鲜活泼,形象亲切可爱,很适合幼儿阅读。这类散文也抒情,也渗透着各种知识,但它一般是有情节的,比一般的童话故事的情节简单、平淡。幼儿童话散文也是有矛盾冲突的,但其矛盾冲突相对于童话中的人物关系要简单得多。如《蒲公英的吻》是用第一人称写的幼儿童话散文,文中把小鹅拟人化为没有伙伴而感到孤单的小朋友,把鹅妈妈拟人化为一个有知识的妈妈,她了解蒲公英的秘密。而蒲公英则能听懂小鹅许的愿——"蒲公英,蒲公英,请你带给我小伙伴……"当蒲公英听到小鹅的愿望,"噗——"地一下,蒲公英的绒毛变成了许多飞翔的小伞。孩子们欣赏这篇幼儿童话散文,他们会为小鹅找到了头顶都带着'蒲公英'的伙伴而高兴,会为一群头顶"花冠"的小鹅组成的美丽画面而感到愉悦。《蒲公英的吻》除了具备幼儿散文语言优美、意境清新、富于幼儿情趣的一般特点外,还渗透着浓郁的情感——它含蓄地赞美鹈鹕鸟兄弟的高尚行为,抒发了小鹅渴望友谊的美好心愿。同时,散文还巧妙地告诉孩子有关"雨的形成"和"蒲公英"特点的知识,可以说是一篇精美的幼儿童话散文。

幼儿童话散文中的拟人化形象往往是孩童式的,容易激发幼儿的想象,符合幼儿启蒙时期的审美心理,在当代幼儿散文创作中较常被采用,也受到幼儿的欢迎。看看安武林的《太阳公公生病了》:

太阳公公生病了。瞧,他原来红彤彤的脸,变得灰乎乎的,多难看。

小喜鹊把消息传给大家,啄木鸟医生连忙赶来了。

啄木鸟医生看了看说:"太阳公公你感冒了,要盖上被子捂一捂。"

到哪儿找一床能盖住太阳公公的大被子呢?

风姑姑吹呀,吹呀,吹来好多好多云彩,厚厚的云彩盖住了太阳公公。

太阳公公在云彩里捂呀,捂呀,捂得汗水哗哗地流下来。

云散了,天晴了,太阳公公病好了,他的脸红彤彤的,放着明亮的光芒。

(六)幼儿幻想散文

由于研究视角的不同或分析的侧重点不同,有学者把幻想性特别强的幼儿散文称为"幼儿幻想散文"。幼儿幻想散文充满幻想色彩和抒情色彩,能激发孩子无限的遐想,提高他们对大自然和世界的好奇心,如幼儿散文《我多想》:

我多想,躺在桃树上,做一个粉色的梦,送给刚出壳的鸟宝宝,让他们一睁眼就能看到世界上最美的色彩……

我多想,串起花仙子阵阵优美的音乐,送给衔虫回家的鸟妈妈,让辛劳一天的她有片刻的安闲……

我多想,勾起小熊串串欢乐的笑声,送给进入梦乡的小妹妹,让她笑得更甜……

我多想,把你带进美丽一刻,让温馨永远永远留在你的心上……

四、幼儿散文鉴赏与经典作品推介

(一)幼儿散文鉴赏

鉴赏一篇幼儿散文的重点是把握其"形"与"神"的关系。幼儿散文鉴赏应注意以下几点。一是读散文要识得"文眼"。凡是构思精巧、富有意境或写得含蓄的诗文，往往都有"文眼"的安置。鉴赏幼儿散文时，要找出能揭示全篇旨趣和有画龙点睛妙用的"文眼"，以便领会作者为文的缘由与目的。"文眼"的设置因文而异，可以是一个字、一句话、一个细节、一缕情丝，乃至一景一物。二是读幼儿散文要抓住线索，理清作者思路，准确把握文章的立意。结构是文章的骨架，线索是文章的脉络，二者是紧密联系的。抓住散文中的线索，便可对作品的思路了然于胸，不仅有助于理解作者的写作意图，而且也是对作者谋篇布局本领的鉴赏，从而透过散文的"形散"的表象抓住其传神的精髓，遵循作者的思路，分析文章的立意。三是注意幼儿散文表现手法的特点，深入体会文章的内容。散文常常托物寄意，为了使读者具体感受到所寄寓的丰富内涵，作者常常对所写的事物作细致的描绘和精心的刻画，就是所谓的"形得而神自来焉"。读文章就要抓住"形"的特点，由"形"见"神"，深入体会文章内容。四是注意展开联想，领会文章的神韵。注意丰富的联想，由此及彼，由浅入深，由实到虚，这样才能体会到文章的神韵，领会到更深刻的道理。五是品味幼儿散文的语言。好散文语言凝练、优美，又自由灵活，接近口语。优美的散文，更是富于哲理、诗情、画意。

（二）幼儿散文经典推介

1. 郭风与儿童散文

郭风（1918—2010），回族，原名郭嘉桂，福建莆田人，1944年福建师范专科学校中文系毕业。曾任中学教员、《现代儿童》主编。1949年后，历任福建省文联秘书长、副主席，福建省作家协会主席，中国作家协会第二、三届理事。1938年开始发表作品。主要作品有童话诗集《木偶戏》、《火柴盒的火车》；散文诗集、散文集《蒲公英和虹》、《在植物园里》、《你是普通的花》、《鲜花的早晨》、《早晨的钟声》、《小小的履印》以及《郭风散文选》、《郭风儿童文学文集》等。郭风的文学作品还被译成俄文出版。童话集《红菇们的旅行》获全国第二次少年儿童文艺创作二等奖。《孙悟空在我们村里》获中国作家协会儿童文学奖一等奖。郭风是中国现代和当代文学史上最具个人风格的散文作家之一。半个多世纪以来，他在儿童散文和散文诗的田园里孜孜耕耘，心无旁骛，艺术成就斐然。

郭风一进入文坛，其作品就打上了自己卓异的艺术风格的烙印。他的早期作品《木偶戏》、《小野菊的童话》、《豌豆的三姐妹》等，曾被著名编辑黎烈文称赞为"给中国新诗开拓了一个新境界"。1949年后，他致力于散文诗的创作，迎来了创作生涯的第一个高潮，散文诗《蒲公英和虹》、《叶笛集》等是他此间的代表性作品集。对乡土风俗、地域文化精神的发掘与提炼，对故乡泥土和大自然之美的眷恋与赞美，是他五六十年代创作的主题。他的作品里充满了诸如叶笛、果园、麦笛、小磨坊、山溪、灯火、小桥、干草堆、鸟巢、水文站、骤雨、蒲公英、白霜、村庄等平凡而朴素的乡土意象。他善于从中捕捉到某种情绪和意趣，从而抒发自己最细腻最真实的感受。在文本形式上，他创造性地把自由体新诗、散文和散文诗以及童话札记等糅合起来，形成了一种十分独特，既自由活泼，又具章法的文体。这种文体既有自由体新诗的内在节奏和旋律、又有散文诗的简约形态和散淡韵致，间或也涂抹着童话的幻想色彩。清新、简约、隽永、恬淡、明朗，是郭风五六十年代儿童散文最明显的风格印记。

进入新时期以来，郭风在艺术道路上继续探索和实验，使自己的散文创作再次形成高潮。《鲜花的早晨》、《早晨的钟声》、《孙悟空在我们村里》等集子，可视为他此间的标志性作品，其中包括《雏菊和蒲公英》、《草丛间的童话》、《松坊村记事》等几个著名的"系列作品"。和五六十年代的创作相比，郭风此时的作品更具儿童本位意识和问题自觉性。"我开始从事文学创作（包括为孩子们写作）以来，这数十年间，实际上都是认识自己、发现自己乃至扬弃自己的漫长的过程。或者，简约地说，在整个文学生活历程中，我逐渐明白了自己的文学气质。这所谓气质，一般看来是很复杂的、难以说清的，尽管如此，我逐渐明白自己较于能够从客观世界捕捉世界的善良部分、真纯部分，较能理解儿童；甚至喜欢把世界的默写事物注入儿童趣味和幻想，等等。这使我在文学世界中容易接近散文，以及容易让散文童话化，或把童话这一文体予以散文化。"（郭风《孙悟空在我们村里》）这段话有利于我们从作家个人气质角度去解读和欣赏他此间的作品。如果说，郭风五六十年代尚有不少作品仅仅止于对客观世界的表面描述，给人以一种单纯的美感的话，那么，郭风在第二个创作高潮期所写的作品，则进一步向内心走去，更注重用自己的心灵去感受花朵和土地的世界。这一时期，他的题材更趋向心灵化和意绪化，他的文本更趋向个性化和自由化，他的描述也更趋向意象化和写意化，而语言文字也特别注重情绪化和主观抒情色彩。

出现在他笔下的《鲜花的早晨》《松坊村记事》《雏菊和蒲公英》以及其他花、树、鸟、兽等等，都不再仅仅是一页页明朗和写实的风景画，而是一幅幅带着鲜明的地域色彩和强烈个性特征、偏重于儿童趣味和幻想色彩的"印象画"和"写意画"。他自觉而又自然地以儿童趣味和幻想注入大自然的物象和社会生活的细节之中，或者说是善于从自然物象中提炼和掘取能与自己的思想、情绪、感觉相吻合的东西，努力做到自然物象与"心象"的和谐统一，从而创造出一种特殊、生动而有韵致的艺术美感。

儿童文学评论家孙建江对于郭风的散文作过这样的评价："郭风的作品很少去刻意追求什么重大的'主题'或'思想意义'，明显有别于那些受'文以载道'思想影响的作品。这也是郭风作品最为明显的一个特征。"郭风的儿童散文在中国20世纪儿童史上是一个不容忽视的存在，同时也直接启发和影响了后来的一些散文作家的创作。儿童散文这一独特的文体，也正是由于郭风和郭风的追随者们"独创性的劳动和淋漓尽致的发挥，而绽放了净洁可爱的花朵，青春芬芳，独具魅力"。

花的沐浴

郭　风

草地上有百里香、铺地锦、野菊和蒲公英。

有一天，天下雨了。于是，一群小野花走了出来，百里香、铺地锦、野菊和蒲公英们，一听见雨声，都走出来了。

她们好像在幼儿园里做游戏一样，排成小队，走出树林，到这草地上，站在雨中。

她们要在那里沐浴——

小雨点为他们从头淋下，她们口里轻声地唱着歌。有时抖抖身子，让水点落下去。

小雨点为她们从头淋下，她们口里轻轻地唱着歌。

她们摇摆着身子，用绿色的浴巾擦自己的头发和身子……

接着，雨停止了。她们的沐浴也停止了。

这时，阳光照在草地上，草地上一片光明。那些小野花显得多么美丽!

她们沐浴过了,全身发出香味。

送　行
郭　风

有蜜蜂来送行。有胡蜂来送行。

有画眉鸟来送行。

有两只小鹿跟着它们的母亲来送行。

小鹿和它们的母亲一起,站在林中的石头上送行。

有兰草来送行。有野菊和蒲公英来送行。野菊们站在草丛间,挥着淡黄的手巾,向她们送行。

野菊们一直站在草丛间,目送她们,走出林中的草径了。

百合花
郭　风

春天来了,百合花开放着像喇叭一样的花朵,它的花瓣雪白雪白的。

我看见一只红色的蜻蜓,展开透明的翅膀飞来了,停在这雪白的花瓣上休息。

我看见一只暗红的瓢虫飞来了,它像一颗红豆,停在百合花长长的绿叶上休息。

春天来了,我看见百合花开放着像喇叭一样的花朵,它的花朵像雪一样洁白。

2. 张朝东与《大山的孩子》

张朝东(1947—　),重庆市南川人。重庆师范大学教育科学学院教师,重庆市作协会员。张朝东是坚持儿童散文创作而产生较大影响的一位。长期幼儿教育工作促使他不仅细致观察,而且执笔认真描绘幼儿的生活。他曾发表儿童文学近百篇,代表作有《大山的孩子》、《小萝卜头的故事》等集子。1993年重庆出版社出版其幼儿散文集《大山的孩子》。

幼儿散文集《大山的孩子》由《我爱大自然》、《我爱祖国山和水》、《我爱亲人》、《我长大了》四个部分构成,每一部分都饱含作者的真情实感。分析张朝东的幼儿散文我们会发现,张朝东大多集中在对大自然与祖国人文景观、亲情的描绘上,在表现这一主题时,张朝东笔下的自然景色与人文景观,全是从幼儿视角去加以观察和描摹的,因而显出一片纯真和烂漫。《春天》中绿色一词贯穿全文。在孩子的眼里,春天是绿色的。"春天是绿的。"文章的第一句便指明这一主题。"春风用画笔,把这远远的山坡染绿了,把光秃秃的树枝染绿了,把淙淙的溪水染绿了……大地还像一床绿地毯。"你若"在草地上打滚儿,在树丛里捉迷藏，连衣服也会染上绿颜色哩！"在孩子们眼里，大地不仅是被春风染绿的，而且只要你在大地上打滚儿，你的衣服也定会全被染绿。作者连用五个"绿"字，把幼儿看见这绿色产生的欢快心情活画了出来。同时，在幼儿眼里，春天还是香的，"你闻，那粉的桃花，黄的美人蕉，红的玫瑰，白的玉兰"。春天还是勤劳的，在春天你定能听见各种美妙的声音：拖拉机耕地时响起的"突突突"，蜜蜂飞舞发出的"嗡嗡嗡"，燕子在屋檐下垒窝响起的"唧唧唧"，和溪水流动传来的"哗哗哗"……作者用四个重叠象声词所折射出的喧闹与欢腾，把春天给大地带来的繁忙与勤劳，那么鲜活地予以了表现。张朝东写春天的绿，用不同的色彩，写春天的勤劳，则用美妙的声音，如此绘声绘色，就把作为时令季节的春，一下子在幼儿眼里和心里给予了定格。幼儿散文往往也为幼儿提供操作和表现语言的机会。对于某些词意比较复杂，并且有一定抽象意义的新词，通过动作和活动表现出词意，效果好于使用语言解释语言的教学方式，因而有利于幼儿的理解和记忆。在《大山的孩子》中，作者透过模拟声音的象声词运用，既让幼儿感到真切动听，又让他们学习语言，积累词汇。如此对幼儿进行融知识于一炉的审美熏陶，使张朝东的散文受到孩子、家长的喜欢。

另外，张朝东在写人文景观时，还爱把散漫不羁的散文语体与铿锵悦耳、节奏鲜明的语言结合，从而显出幼儿散文特有的音乐美。如《帆》中："我家在大巴山下，嘉陵江边。屋旁，一座座青山，一层层梯田。顺着梯子一样的田坎，可以爬到山巅。站在山头上瞭望，山山水水逗人爱：红的橘子，黄的广柑，绿的江水，白的船帆。"这里不仅有长短句的结合，而且有排比与散句的结合，低幼儿童用以吟咏与语言学习，都会收到良好效果。我们学习词汇，就是在获得某一个或一组事物概念的基础上，将这些概念与相应的语言形式对应和固定下来。幼儿散文学习还可以扩展幼儿的词汇量，培养他们自觉获取语言材料的能力。学习散文作品，是扩展幼儿词汇，帮助幼儿掌握语言内容的重要途径。诚如张朝东在一篇谈创作体会的文章中说："低幼散文既具有儿歌精练、优美、富有音乐感的优点，又不受韵律和节奏限制，显得自由舒放。"可以说，通过努力，他把自己的审美追求熔铸到创作去了。

3. 江日与《妈妈的眼睛》

我爱天上的星星，更爱妈妈的眼睛。

妈妈的眼睛闪烁在我身边，星星离我太远太远。

每天清晨，当我醒来的时候，最先看到的是妈妈的眼睛。它告诉我："孩子，新的一天开始了，赶快起床吧！"

太阳下山了，窗外的天空渐渐黑下来，屋子里亮起了灯光。妈妈的眼睛比灯光更亮，照耀着我的全身，照亮了我的心。

炎热的夏天，电扇送来的风也是热乎乎的，妈妈的眼睛里，淌出两股清清的泉水，给我送来一阵阵凉意。

冬天，窗外飘着雪花，人们裹着棉衣，戴着绒帽，身上还是感到冷。这时妈妈的目光射到我身上，就像两道阳光，给我送来了温暖。

妈妈的眼睛，给我带来欢乐和幸福，是闪烁在我身边的两颗最亮最美的星星。

点评：江日（1930— ），原名郑鸿模，重庆人。代表作《长胡子的小孩》获"重庆儿童文学奖"，1990年获"建国40周年重庆文学奖"。

幼儿是弱小的，缺乏独立的生活能力，需要得到大人的关怀和爱抚。这篇幼儿散由浅入深的文字，勾起孩子对妈妈生活中点滴爱的回忆，引发情感共鸣，文章有一种温馨、祥和与欢乐的气氛。"妈妈的眼睛"是"母爱"的呈现，浓浓的母爱充盈在这篇幼儿散文中。

4. 柴勇与《月光雨》

月光雨，月光雨，沙啦啦地跳响在树叶上，像快乐的小兔子。

月光下的孩子们咯咯地笑起来，他们高兴地跳呀跳，头上的小草帽也跳呀跳，周围的树林和小河也跳呀跳。月亮姑娘羞红了脸，遮遮掩掩，莞尔一笑，她那颗藏起来的芳心也一定在云彩后面跳呀跳的。

天赐的金色，天赐的月光雨，从头顶到脚跟，从外表到内里，从骨头到灵魂，都是金色的，都是透明的，都是像绿色一样悦目，像冰片一样清凉的。

孩子们偷来几顶荷叶，他们用荷叶把这金色的小精灵接住，小精灵们欢快地打滚。孩子们要把月光雨放起来，等明年春天种在地里让它们发芽、开花、结出满树的月光雨，然后再把这些金色的果实送给小伙伴们，送给幼儿园的老师们……

点评：柴勇（1953—　），山西省夏县城内南街人，儿童文学作家。

这篇散文属于幼儿写景散文。作者用简洁的语言、优美的意境，把美丽的月光雨描写得五彩斑斓。孩子们在月光下欢快的玩耍，开心、欢乐。尤其散文最后，孩子们种下月光雨，希望来年能有所收获，饱含深情、让人动容。

5.夏辇生与《项链》

大海，蓝蓝的，又宽又远。沙滩，黄黄的，又长又软。雪白雪白的浪花，哗哗笑着，涌向沙滩，悄悄撒下小小的海螺和贝壳。

小娃娃嘻嘻笑着，迎上去，捡起小小的海螺和贝壳，串成彩色的项链，挂在自己的胸前。快活的脚印，串成金色的项链，挂在大海的胸前。

点评：夏辇生（1948—　），江苏省南京人，儿童文学作家，中国作协会员。作品曾获陈伯吹儿童文学奖。

《项链》一文中所说的"项链"不仅指孩子用海螺和贝壳串成的项链，还将孩子踩在沙滩上的脚印想象成挂在大海胸前的金色项链，这种新奇的想象生动地传达了孩子海边嬉戏的快乐，以鲜明的意象营造了童趣盎然的世界。

6.马及时与《林中雨》

"扑，扑，扑……"小松鼠最先听见这声音，它像降落伞一样跳下树，边跑边喊："下雨了！大家快躲雨！"

森林里到处都是奔跑声。

雨珠儿一串串跳下来，跳在树叶上，像敲打着千千万万翡翠的小瓶儿，叮叮当当的声音真好听。

遍地的草籽和树种张开了小嘴巴。

蘑菇撑开了小彩伞。

灰蒙蒙的大森林哟！晶晶亮的雨珠儿牵着绿叶的手跳舞、唱歌……大森林一片欢乐。

谁在大笑："下雨啦，大家快洗澡呀！"

连胆小的小灰鼠也伸出了头。

连云里的太阳也听见了，钻出云峰大声问摇曳的柳树："喂，雨呢？"

青青的柳树默默摇着头，望着天空急红了脸的太阳，柳树什么也没说。

风轻轻地吹着。风轻轻地吹着。

点评：马及时（1946— ），四川省都江堰人，1946年生，著有散文诗集《最后一片树叶》，诗集《泥土与爱情》，《小精灵拼音童话故事》丛书（4册），诗集《树杈上的月亮》、《中国孩子》等和歌词《茶山谣》等。

幼儿散文的语言明显难懂或过于沉郁顿挫，就会让幼儿难以接受，所以幼儿散文作家往往极力追求一种如山间溪水般清澈、纯净、跳脱的语言风格，使散文的语言流畅可涌。这篇散文的语言就显得浅显而凝练，可谓"句中无余字，篇中无剩言"，而"一串串"、"叮叮当当"、"灰蒙蒙"、"晶晶亮"、"风轻轻地吹着。风轻轻吹着"等叠音词和叠音句的使用，增加了语言的音乐美。

7. 班马与《蜡笔》

我有一盒十二色的蜡笔。世界突然扩大了。我能画灰色的军舰和军舰上的大炮。看！画上的这个人，有着乱草一样的黄胡子，有一双老地质学家的褐色的眼睛——那就是明天的我！他的脸是黑里透红的。他的帐篷是草绿的。他的狗是银白的。

点评：班马（1951— ）原名班会文，上海人，1982年毕业于上海戏剧学院编剧专业。他的《星球的细语》获全国第二届优秀儿童文学奖，其作品还获全国首届儿童文学理论优秀论文奖、第一届陈伯吹儿童文学奖。

《蜡笔》以一个小男孩的口吻述说着自己的梦想。这一幅色彩斑斓的"意愿画"展现了小男孩的心理世界与追求。他心中的地质学家形象鲜明，冷暖色调的词语交叉使用，展现出雄奇壮丽、令人神往的世界，表现出男孩热爱大自然、向往成熟的心态和愿望，具有豁达果敢的阳刚之美。

理论与实践操作

阅读下面的幼儿散文，分析它的写作角度和内容侧重点，并试着用相同的题目写一篇幼儿散文。

小秘密

"呼——",轻轻,轻轻,秋风来了!她是位辛勤的收藏家,你知道吗?

看,她的家园好大好大:她把绿色的树叶收藏,把金黄的果实收藏,把天空的湛蓝收藏,把小溪的叮咚歌唱收藏……哦?她忘记收藏枫叶的红了吗?不是!嘻嘻,她呀,要在枫叶上写下红色的信,藏进南飞的大雁的翅膀,告诉南方的小朋友:北方的童话多么优美,好听的故事有多长,多长……这是个小秘密,你千万不要和别人讲!

拓展学习书目

[1] 谭旭东. 2008 中国最佳儿童散文、诗歌 [M]. 北京:中国少年儿童出版社,2009.

[2] 〔法〕罗兰等. 世界经典儿童文学精选(散文卷)[M]. 武汉:湖北少年儿童出版社,2011.

[3] 圣野等. 中国儿童散文诗画丛 [M]. 贵阳:贵州人民出版社,2010.

[4] 樊发稼,庄之明. 中国儿童文学名家名作典藏书系散文——雪地格言 [M]. 长春:北方妇女儿童出版社,2010.

[5] 秦裕权. 儿童散文集——看不见的礼物 [M]. 北京:中国少年儿童出版社,1982.

关于这一节，请留下你的建议吧，谢谢！

第四节 幼儿图画书

本节导读

本节将从图画书概说、特征、分类,以及经典作品推介几方面,展现图画书的发展历程,帮助大家了解图画书在幼儿成长中的作用。

小组探讨

1. 怎样理解图画书中的文与图之间的关系?
2. 成人阅读图画书与幼儿阅读图画书的差异是什么?为什么会产生这样的差异?
3. 如何理解"幼儿图画书是幼儿人生的第一本书"这句话的含义?

一、幼儿图画书概说

(一)幼儿图画书的界定

幼儿图画书有广义和狭义之分。广义的幼儿图画书是以幼儿为主要阅读对象,且包含图画与文字两种媒介的幼儿读物的一种表现形式,包括文学类图画书和知识类图画书。狭义的图画书专指文学类图画书。文学类图画书通过塑造人物形象,营造故事情节来传达故事,而知识类图画书是知识与图画的配合。我们这里探讨的是狭义的幼儿图画书,也就是英文中的"Picture Book",在日本称作的绘本。因此,幼儿图画书是以幼儿为主要阅读对象的一种特殊的幼儿文学样式。

英国儿童文学研究者利利安·H.史密斯(Lilian·H·Smith)女士在《儿童文学论》图画书一章中举了这样一个例子:

一个男孩子和弟弟坐在一起看维廉·尼克尔松的《聪明的彼

尔》。哥哥对弟弟说:"托米,你不认识字也没关系,只要挨页儿翻,看画儿就能明白故事。"

这个例子说明了图画书的特殊性:用绘画讲故事。那么,幼儿图画书中的图与文字之间的关系到底是怎样的?这也是理解幼儿图画书概念的关键点。

幼儿图画书是绘画和语言相结合,首先它是一种文学体裁,是幼儿文学的一种体裁。日本儿童图画书研究会编的《儿童书和读书事典》中为图画书下了这样的定义:图画书是以图画为主,文字为辅表现故事的幼儿读物,它必须具备以下条件:

(1)在图画书中,图文的关系不是单纯的一方说明一方,而是互相融汇,互相协调,图文共同创造一个世界;

(2)一册书用一个题目统一,整体围绕主题构成,顺序翻篇看图就可以大体把握故事。这里文字只起到辅助的作用,与文字相比,图画显然处于更高的位置。

日本图画书研究者松居直在说明幼儿图画书图与文的关系时用了这样一个公式:

文 + 图 = 带插图的书

文 × 图 = 图画书

幼儿图画书与带插图的故事书不同。带插图的故事书以文字为主,插画图面是跳跃的,没有连续性,图画作为文字的补充说明。幼儿图画书的图与文相互融汇,互相协调,是透过图画与文字这两种媒介在两个不同的层面上交织、互动来诉说故事的一门艺术。绝大多数的幼儿图画书,图与文缺一不可。"一本图画书至少包含三种故事:文字讲的故事,图画讲的故事,文图结合后所产生的故事。"(培利·诺德曼《阅读儿童文学的乐趣》)从这个角度来说,幼儿图画书的图与文结合在一起,能产生更立体更丰满的故事效果。

(二)世界幼儿图画书的发展

图画书的渊源可以追溯到17世纪。世界上第一本图画书,一般被公认为是夸美纽斯在1658年出版的《世界图解》。这是一本拉丁语教科书,用各种动物的叫声来介绍24个字母。《世界图解》的出版对西方教科书和儿童读物的影响很大,但这是一本知识性的书,以图为主,和我们所说的文学性图画书还有一定的距离。该书编得非常精细,编者也能够体察儿童的心理,图画浅显易懂而且有趣,文字明白简短,用诗体分行排列,文字中提到的事物都用数字在画面上逐一标明,方便儿童对照阅读。它本身虽不是文学,但编者关注儿童的态度,隐藏在知识性画面和文字背后的文学性,以及它虽然属于知识性的教科书,却具有很强可欣赏性,表明它已经具有了儿童文学的诸多因素,引发了西方真正的儿童图画书的产生。在这之后,图画书历经了一个多世纪的发展,出现了许多经典的作品。

18世纪，在以儿童为主体的儿童观的影响下，英国伦敦出版商约翰·纽伯瑞于1745年在伦敦创建了世界上最早的儿童图画书出版社——"圣经与太阳社"，积极出版精美的儿童图书。他自己的代表作有《两只鞋子的故事》和《威廉先生与葡萄糖果的故事》。这两本书的插图和绘制以及印制都给了孩子与众不同的新鲜感，而且纽伯瑞在书的广告中写道："为孩子的教育和游戏！为快乐！"这是成人第一次有意识地把孩子阅读图画书和体味快乐联系起来，其意义巨大。

19世纪，英国出现了三位杰出的图画书作家：瓦尔特·克雷恩（Walter Crane，1845—1915）、鲁道夫·凯迪克、凯特·格林威。

瓦尔特·克雷恩是最早的现代派插图艺术家之一，他的作品线条有力而细腻。他的系列丛书《幼儿伊索寓言》从头到尾极尽其装饰才能，是一本极漂亮的书。

鲁道夫·凯迪克为儿童读物绘制了大量的插图，画风健康、活泼、幽默。他的书每一页图画都是连续的，不同于图解说明书，代表作有《约翰·吉尔宾趣史》、《木头里的婴孩》等。他被后人称为"现代图画书之父"。

凯特·格林威自己写诗配画。《窗下》是她1878年出版的第一本作品，《日历》是她最出名的作品。格林威的作品具有优雅的强烈的个性。

这三位作家的作品显示了不衰的生命力，他们的作品风靡儿童图书界。

随后英国出现了一位很受儿童欢迎的图画书作家——毕翠克丝·波特，她为儿童创作了许多可爱的小动物的形象，其中1902年出版的《彼得兔的故事》最为出名。这本书原是波特女士为一位生病的孩子所写的信，后来她将这些长达8页，绘有小插图的信结集出版。该书图文合一，为图画书的发展树立了一个里程碑，也是世界上最畅销的儿童图画书之一。

这一时期，还有许多优秀的作家和图画书，如法国的蒙维尔（Monville）的《贞德》，英国的克列思（Keliesi）的《花之节日》，瑞典的别斯柯（Biesike）的《小丑—森林的普提》、《蒙斯的故事》，德国的弗赖霍尔德（Freihold）的《复活节的书》等。

在两次世界大战期间，美国的图画书发展十分迅速。特别是第二次世界大战以后，绘画技术的提高和彩色印刷的普及，使美国图画书的创作领先于其他国家。如李欧·李奥尼（Leo Lionni，1910—1999）的《小蓝和小黄》打破了以往追求"形似"的绘画方式，使抽象的绘画方式取得成功。布尔纳（Bernard）创作的"小兔子"系列等作品，把图画故事书的对象下降到两岁左右的儿童，给他们带来了极为单纯的绘画。

20世纪五六十年代，日本引进大量欧美的图画书，形成图画书热。之后随着经济的复苏和近三十年的努力，日本在文字、绘画、印刷等方面后来居上，达到世界一流水平。如赤羽末吉的《苏赫的白马》、松谷美代子的《龙子太郎》、加古里子的《乌鸦面包店》、中川李枝子的《古利和古拉》、高楼方子的《小真的长头发》、宫西达也的《你看起来很好吃》、五味太郎的《鲸鱼》等。

图画书作为一种独立的文学形式，在国际上受到越来越多的重视并设立了多种图画书奖项。

1922年，美国图书馆协会（American Library Association，ALA）分支机构美国图书馆儿童服务会（The Association for Library Service to Children，ALSC）为纪念"儿童文学之父"约翰·纽伯瑞，设立了纽伯瑞儿童文学奖，对优秀的图画书作家进行奖励。

1938年，美国图书馆协会为纪念英国插画家、"现代图画书之父"鲁道夫·凯迪克设立了凯迪克奖，奖授给每年美国所出版的最佳图画书画家。

1955年，英国图书馆协会（The Library Association）为纪念插画家凯特·格林威女士设立格林威大奖。

1956年，国际儿童读物联盟设立国际安徒生奖，奖给对儿童有显著贡献的作家。1966年增设国际安徒生奖图画书奖。

凯迪克奖、格林威奖和国际安徒生图画书奖是全球儿童图画书最重要的三大奖项。

（三）中国幼儿图画书的发展

我国在漫长的封建社会里，几乎没有直接给儿童阅读的图画书，只在明朝出版过一本《日记故事》。20世纪20年代，我国出现过一些为数不多的图画书作家的作品。其中，现代儿童文学先驱郑振铎是我国儿童图画书的倡导者和开拓者。他于1922年1月创办了《儿童世界》周刊，陆续发表了《两个小猴子的冒险》、《河马幼稚园》等46篇长短不一的图画书故事，在当时产生了一定的影响。20世纪30年代，赵景深创作了《哭哭笑笑》、《一粒小豌豆》等 54 种图画故事。

中华人民共和国成立后，我国图画书的发展出现了两次飞跃。20 世纪 50 年代中期是图画故事创作的第一次飞跃，中国少年儿童出版社和上海的少年儿童出版社都出版了大量的图画故事书。如中国少年儿童出版社出版的"学前儿童文艺丛书"，包括《小马过河》、《蜗牛看花》、《毛虫的故事》、《小羊和狼》、《雪花》、《金斧头》、《一只受伤的小鸟》、《听我唱歌难上难》等多本图画故事，采用 12 开本，绘画和印刷都较精美。丰子恺、田世光、黄钧、严个凡、李天心、邢舜田等画家为这套书绘画。另外，少年儿童出版社还出版了《萝卜回来了》、《小鲤鱼跳龙门》、《美丽的牵牛花》等图画故事。20 世纪 80 年代后期是图画故事创作的第二次飞跃，从这以后全国每年出版数以千计的图画故事书，这一时期无论文字还是插画较前都有了很大的提高。如关维兴插画的林海音作品《城南旧事》，两页文字一幅插图，全是水粉，清新、淡雅，就是城南旧事那种淡淡的、忧伤的、充满诗意的美。周翔的《荷花镇的早市》，温馨、和谐，有一种怀旧的情怀，让我们感受到那种似乎已经有点遥远的静静的温情。卢欣的《鼹鼠的土豆》（"小企鹅心灵成长故事"里的一本）、俞理的《星星村的孩子》、侯国兴的《呼兰河传》等都各有特点，推进了原创的发展。图画故事插画较有影响的画家还有杨永青、陈永镇、温泉源、何艳荣、王晓明、胡基明等。

（四）幼儿图画书与幼儿成长

阅读图画书是儿童通向独立的流畅阅读过程中的一个不可逾越的阶段。"图画书是孩子在人生道路上最初见到的书，是人在漫长的读书生涯中所读到的书中最最重要的书。一个孩子从图画书中体会到多少快乐，将决定他一生是否喜欢读书。儿童时代的感受，也将影响他长大成人以后的想象力。"（多罗西·怀特《关于孩子们的书》）图画书是现代印刷技术和现代艺术结合的产物，它的特殊表现形式和接受方式对儿童发展具有独特的价值。

1. 参与式阅读——养成孩子良好的阅读习惯

研究表明,童年时期是培养习惯的重要阶段。图画书的阅读可以帮助孩子逐渐成长为真正的阅读者。所谓参与式阅读,就是不同于单纯地听故事,而是有一个文字图画的媒介,可以让孩子实实在在地掌控,既有参与性,又有主动权。图画书不仅能够让孩子获得对"书"的概念,还能开阔眼界,积累知识,体验到愉快和美好。图画书富有吸引力的画面有助于培养幼儿的阅读兴趣。

2. 听赏式阅读——享受丰富的语言体验

图画书是让孩子眼耳并用的文学样式,可以让孩子进行多感官通道学习。在看和听的同时,孩子逐渐学会把语言和图画符号联系起来,并开始对书中的文字符号感兴趣。这种把语言、图画符号和文字符号联系起来的能力,将为孩子以后的语言学习、文字学习打下基础。

阅读图画书的过程,也是丰富词汇,积累语言素材的过程。"如果您希望孩子拥有较强的学习能力,最好从孩子的婴儿时代就用自己的声音——不是录音机,不是收音机也不是电视,唱歌、说话给他们听。等他们大一点了,再用自己的声音念图书给他们听,这样才能使孩子拥有丰富的词汇,成为内心充实的人。"(松居直《幸福的种子》)

3. 亲子共读式——爱与温暖的美好感受

现代教育非常强调爱和情感的交融,阅读图画书恰好符合这一教育观念。图画书不是只让孩子独自看的书,而是在孩子看的同时需要成人朗读、讲述。当成人把孩子抱在膝盖上,念图画书给他们听,或者与孩子面对面近距离地交流,图画书的阅读就变得非常有意义了。大人与孩子共同阅读,有语言的交流,有心灵的沟通,甚至有肌肤的接触,孩子的内心会变得非常充实,浓浓的爱的情感就在这样的过程中自然流露了。图画书的阅读就是爱的交流,就是情感的交融。

4. 多种绘画风格——丰富幼儿审美感受力

制作精良、画风独特的图画书以其多种风格的绘画艺术,细腻的笔触、丰富的色彩、独特的艺术形象,深深影响着、触动着幼儿的艺术品位和感受力。

二、幼儿图画书的特征

幼儿图画书以其独特的风格成为幼儿童年生活最好的伙伴之一,它的文字特点、画面特点和结构特点构成了其独特的审美特征。

（一）幼儿图画书的图画特点

1. 图画具有直观性和连续性

幼儿图画书的图是会讲故事的，画面能一幅接一幅连贯地展现故事情节是图画书的核心审美特点。对于幼儿来说，因为识字数量的有限，其感知、理解图画书主要靠自身的视觉和成人的讲述来完成。图画不依附文字而存在，其本身具有的叙事功能，能够完整地表达故事的内容、情节、角色，实现形象性和故事性的合二为一。幼儿根据图画内容进行大胆猜测、思考和想象，使得幼儿仅看图就可以明白故事的内容。正因图画可以起到叙事的作用，有些图画书甚至一个字都没有，只以纯粹的图画来演绎一个完整的故事。

2. 画面趣味浓郁，风格多样

幼儿图画书的图除了会讲故事，还很有趣。这种趣味性，不仅体现在情节的有趣上，也体现在画风特点上。好的图画书画面具有鲜明的画风特点，形状、颜色、画面构图与整个基调都能给人以很强的感染力，留下深刻印象。所以画面的风格和特点，也是图画书的审美特点。例如，在李欧·李奥尼的《小蓝和小黄》中，作者把彩色纸片用手撕成小小的碎圆片，贴到白纸上，用这些没有任何表情的色块，很有创意地讲了一个关于友谊的故事。看似简单的画面蕴涵着不简单的构思和一个完整巧妙的故事。

有的图画书用线条表现内容。例如谢尔·希尔弗斯坦（Sheldon Alan Silverstein）的《爱心树》。这是一本没有色彩，只用线条表现的故事书。希尔弗斯坦用钢笔作画，简单的线条、简洁的构图，讲出了深刻的道理，故事非常感人。

有的图画书形象逼真，例如《让路给小鸭子》。这本书虽然采用深褐色的基调，色彩并不丰富，但是图画形象、风景描绘都相当真实。据说画作者为了画好鸭子的各种情态，买了好几只鸭子放在自己公寓，还把鸭子放进浴缸，观察鸭子游泳的姿态。

有的图画书技法多样，如李奥尼的《小黑鱼》。《小黑鱼》中多个画面不是用笔画出的，而是用水彩拓印的技法印出来的，小红鱼是用印章一个一个印上去的,只有故事的主人公——小黑鱼,是用笔画出来的。不同的技巧构成这本书如梦如幻的海底世界,画面成为这本图画书最成功的亮点之一。

还有的图画书,形象夸张,构图丰富,如《生气的亚瑟》。这本书在描写亚瑟生气的场景时,用满满的色彩和构图充分表现出亚瑟内心的狂怒程度。

3. 画面设计独具匠心

图画书的图画讲究韵律、节奏、镜头感和整体构图。图画书在画面设计上会从整体——单页——局部——细节进行完整考虑。如果我们把图画书每一张翻页连在一起看,就能发现整体故事讲述的节奏。如意大利插画家朱里安诺(Giuliano Ferri)的《小石佛》,当我们把书页一张一张连接起来,就会发现他的图画配置,是先用一张跨页全景,然后接小图配单张,再过来是单张配小图,对称安排。接着又是一张全景图,以此类推,形成了一个简单明了的阅读节奏。

有的图画采用电影镜头般的视角,利用特写镜头展现细节,表现情节。例如大卫·威斯纳(David Wiesner)的《疯狂星期二》。全书文字很少,称得上是无字书。画面在展现全景的同时,又用近景画面展现青蛙飞在空中的细节,使读者能透过画面更好地体会"疯狂"的乐趣。

有的图画书中会有一定的留白,这并不是印刷上的失误,而是作者故意为之。图画的留白,可以激发读者强烈的好奇心和探索的欲望,通过对图画中的留白进行思考、猜测、补充,对整个叙述故事进行大胆想象和扩展延伸,进而发展想象力和思维能力。例如莫里斯·桑达克的《我最讨厌你了》,为了表现两个小男孩闹别扭之后产生的隔阂,作者把两个孩子放在一张跨页的左右角,中间留下大片空白。

(二)图画书的文字特点

1. 文字简洁、表达直接

图画书的文字与画面有着密切关系。有的图画书图文一致,不仅图画讲述故事清晰完整,文字也非常详细地讲述了故事内容,两者完美结合讲述故事情节,人物情绪表现得非常到位,如《驴小弟变石头》。有的图画书文字与画面是相互补充的,文字表现了画面不易表现的对白、心理活动等内容,使读者能更好地理解故事内容,如《猜猜我有多爱你》。有的图画书图文分别讲述故事,如约翰·伯宁罕(John Buminghan)的《莎莉,离水远一点》。无论哪一种图文关系,图画书的文字都具有简洁、表达直接的特点,即使相对完整地叙述了整个故事,也更像是一个简单的故事轮廓与概况,更多的时候,每一页画面只配有简短的文字,甚至没有文字(无字书)。所以图画书的文字只是一种暗示和引导,引导我们了解故事的大致内容。

2. 内容丰富、极富想象

图画书的文字尽管简单明了，却包含着丰富的内容，描绘的故事也极具想象力，例如玛格丽特·怀兹·布朗（Margaret Wise Brown）的《逃家小兔》，讲述从前有一只小兔子，他很想要离家出走：

> 小兔子说："我要跑走啦！""如果你跑走了，"妈妈说，"我就去追你，因为你是我的小宝贝呀！"
>
> "如果你来追我，"小兔子说，"我就变成溪里的小鳟鱼，游得远远的。"
>
> "如果你变成溪里的小鳟鱼，"妈妈说，"我就变成捕鱼的人去抓你。""如果你变成捕鱼的人，"小兔说，"我就要变成高山上的大石头，让你抓不到我。"
>
> "如果你变成高山上的大石头，"妈妈说，"我就变成爬山的人，爬到高山上去找你。"……

不管小兔变成什么逃得远远的，妈妈总能想办法找到小兔。图画书中的文字丰富，给读者丰富的想象空间。在阅读时，插上想象的翅膀，能更好地体会文字的魅力和乐趣，感受到"母爱"的伟大。

3. 文字善用修辞

图画书的文字有时会使用夸张、比喻、重复、拟人、排比等修辞手法。运用这些修辞手法，增加了文字的文学艺术美，也增加了阅读画面的美感。有时文字甚至还能为画面配音，以有趣的拟声词配合画面，立体展现画面内容。

（三）图画书的结构特点

图画书通常都有精心设计的版式，其封面、环衬、扉页、正文以及封底共同构成了一个完整的故事。拿着一本图画书，首先映入眼帘的就是封面。环衬是封面与书之间的一张衬纸，分为前环衬和后环衬，前后环衬互相呼应。扉页是环衬之后，正文之前的一页，扉页上一般写着图画书的书名、作者、译者以及出版社的名称等信息。扉页之后即是正文部分。最后是封底。每一部分都有其特定的作用和价值。

三、幼儿图画书的分类

（一）无字图画书

无字书是完全用画面来表现内容的一种形式。在这里文字全部隐去，全部故事情节、人物形象都用图画来展示、刻画和推进。无字书需要高超的画面语言表达技巧，能让幼儿在看图画的过程中理解故事内容。

（二）图文并茂的图画书

图文并茂的图画书是最常见的一种形式。这种形式的图画书，既有图画，也有文字，图文互相配合，同时又具有相对的独立性。图画用线条、色块和形状描绘世界，表达感情，能显示文字所不容易表现的意境、韵味和美感；而文字用清晰的语意表达，弥补了图画难以直观显现的思想、情感以及时空变化等，图文的巧妙结合，能使儿童更好地理解作品内容。

图文并茂的图画书包括两种情况：一种是少量文字的图画书，文字具有一定跳跃性；另一种是文字丰富的图画书，文字能形成一篇完整的文学作品。

四、幼儿图画书经典作品推介

（一）〔美〕谢尔·希尔弗斯坦的《爱心树》

本书的英文书名是：The Giving Tree，直译过来就是"一棵不断给予的树"。

故事梗概：从前有一棵树，他喜欢上一个男孩。这个男孩每天会跑到树下捡树叶，编王冠，他还会和大树一起玩耍。后来男孩长大，他需要钱，树就把它所有的果子给了男孩，换成钱。男孩变成了青年，要结婚盖房子，树把它所有的丫枝都给了男孩，拿去盖房子。男孩成了中年人，他要远行，需要船。树把自己的树干给了男孩做成了船。树成了光秃秃的树墩，男孩也渐渐老去。最后变成佝偻老人的男孩子坐在树墩上，树很快乐……

作品解读：这是一个温馨又略带伤感的故事。谢尔·希尔弗斯坦为读者创造了一个令人动容的寓言：在索取与给予之间，在爱与被爱之间。有人把这个故事解读成父母对孩子无怨无悔的爱。是啊，如果不是最伟大的父爱、母爱，又怎能让树奉献了一切还无怨无悔，还一直快乐呢？有人想从故事中解读：大树的付出对自己意味着什么？对这个男孩子意味着什么？这是真爱的表现吗？这样的付出真的值得赞美吗？

该书蕴涵着深刻的含义，但是对年幼的孩子来说，读出对"爱"的理解是最本真的感受。有一个5岁的孩子在听完老师讲述后说："我好想哭啊。"老师问为什么，他说："因为那棵树变成了树墩，什么都没有了。"

每个人都在故事里寻找着答案，每个人又都被这个伤感的故事深深感动。是的，大树付出了一切，但他是快乐的。孩子索取了太多，但是风烛残年时，他回到了一无所有的大树身边。故事在老人坐在树墩的画面中定格结尾，引人无限的感叹和深深的思索。谢尔·希尔弗斯坦用钢笔作画，简单的线条、简洁的构图和画面，向人们讲述了这样一个富有哲理的故事。

该书2001年被美国《出版者周刊》评为"所有时代最畅销书"第14名，入选美国全国教育协会推荐的100本最佳童书，入选日本儿童文学协会编的《世界图画书100选》。

谢尔·希尔弗斯坦其他代表作：《拉夫卡迪欧：一只朝后开枪的狮子》、《失落的一角》、《阁楼上的光》。

（二）〔美〕李欧·李奥尼的《小黑鱼》

故事梗概：一群快乐的小红鱼住在大海里，其中有一条小黑鱼，他比兄弟姐妹们都游得快。有一天，一条饥饿的金枪鱼把所有的小红鱼吃掉了，只有小黑鱼逃出了鱼口。他在深海里孤独地游啊、游啊，见到了许多奇妙的海底生物，看到了神秘的海底世界。最后，小黑鱼遇到了另一群躲在角落的小红鱼。为了避免再一次遇到可怕的悲剧，小黑鱼想出了绝妙的办法：所有的小红鱼围聚在一起，像一条巨大的鱼，小黑鱼就是这条"大鱼"的眼睛。现在，海里没有比这只"红鱼"更大的鱼了，他们可以自由地游来游去了。

作品解读：有人说李欧·李奥尼是一位色彩魔术大师，这本《小黑鱼》就是一场美不胜收的"视觉飨宴"。这个故事的主题是齐心协力。看似非常浅显，但是李欧·李奥尼却通过他精妙的绘画技巧，向我们展示了另外一层含义：本书一共有 14 个场景，小黑鱼孑然一身在海底徘徊的场景就有 7 个——深海、水母、龙虾、怪鱼、海草、鳗鱼以及海葵，李欧·李奥尼通过这 7 个画面，向人们讲述了小黑鱼在这个过程中的成长。在原版书里，当小黑鱼对那群躲在角落里的红鱼说："你们不能老待在这里啊，我们一定要想个办法。"这个"想"是英文的大写"THINK"。积极地思考解决问题的办法，这是小黑鱼经过磨砺以后的长大、成熟、自我发现。小黑鱼就是李欧·李奥尼自己形象的写照。

该书获得 1964 年凯迪克银奖、1967 年布拉迪斯国际插画双年展金苹果奖。

李欧·李奥尼的其他代表作：《田鼠阿佛》、《亚历山大和发条老鼠》、《小蓝和小黄》。

（三）〔美〕莫里斯·桑达克的《野兽出没的地方》

故事梗概：一天晚上，麦克斯穿上他的狼服在家里撒野、淘气，妈妈就罚他不准吃晚饭，关进房子里。那天晚上，房子长出森林，麦克斯走出森林来到海边，坐上停靠在海边的"麦克斯"号小船，走了很久，来到了野兽出没的地方。麦克斯一点不怕这些看上去可怕又奇怪还要吃人的野兽，他威风地做了他们的国王。但是当麦克斯带领野兽们闹腾够了以后，他想待在有人最爱自己的地方，又闻到了饭菜的香味，于是坐上小船回到了出发前的那个晚上，回到了自己的房间。床头还摆放着妈妈准备的晚餐，还热着呢。

作品解读：1963 年，这本书一经出版就受到了成人的猛烈抨击。大人们很不安，他们怕书中那些青面獠牙的野兽吓着孩子，怕叛逆的小主人和野兽成为孩子潜在暴力的示范。然而，50 年过去了，这本图画书不仅没有吓坏孩子，反而畅销不衰，大人们也喜欢起它来了。2002 年国际安徒生奖作者艾登·钱伯斯说："因为这本书，图画书成年了。"现在，这本书被形容为美国第一本承认孩子有强烈情感的图画书。莫里斯·桑达克在这本书里用"野兽"——"Wild Things"即野东西作为意向，表达了麦克斯内心世界的强烈情绪，是愤怒的升华。麦克斯因为受到妈妈的惩罚，便开始用自己的幻想来进行反抗和发泄，在野兽出没的地方，他不再是一个弱者，而变成了一个发号施令的野兽之王，成了征服者、支配者。他命令野兽对月狂舞，还以牙还牙，不让野兽吃饭就去睡觉。正是通过这种幻想的权利，使麦克斯负面的情绪得到了缓解和安抚。当麦克斯愤怒的情绪释放之后，他又强烈地思念起妈妈的爱，于是心平气和地回到现实，而妈妈准备好的、放在床头热热的饭菜，正是妈妈爱的表现。全书在画面韵律设计上颇具匠心。一开始是四周留白的画面，随着故事的发展，中心画面越来越大，进入高潮部分，即麦克斯带领众野兽狂欢时，画面占满了整个跨页，没有文字。而当麦克斯狂野骚动结束后，画面又慢慢缩小，直至最后一页只有文字，没有图画。这是从现实——幻想——现实的逐渐铺陈故事的过程，阅读时可不能忽略它。

该书获 1964 年凯迪克金奖，2001 年美国《出版者周刊》将其评为所有时代最畅销童书第 63 名。入选纽约公共图书馆"每个人都应知道的 100 种图书"。

莫里斯·桑达克的其他代表作：《厨房之夜狂想曲》、《在那遥远的地方》。

（四）〔英〕毕翠克丝·波特的《彼得兔的故事》

故事梗概：从前有四只小兔，他们分别是弗洛普西、默普西、棉球尾和彼得，他们和妈妈住在沙窝里。有一天，兔妈妈让孩子们到田野玩，但是强调不要去麦克格莱高先生的菜园，因为他们的爸爸就是在那里出的事，他被做成了馅饼。但是彼得偏偏跑去了麦克格莱高的菜园。在菜园里彼得找到了很多好吃的东西，可是他被麦克格莱高先生发现。彼得拼命地逃啊逃啊，跑掉了鞋子、弄丢了新的蓝上衣，在麻雀的帮助下终于逃了出来，回到家就生病了。

作品解读：这只淘气的彼得兔的迷人故事，历经百年后，不仅没有褪色，反而更加鲜艳夺目，成为了一代又一代年轻父母给孩子的首选书。彼得兔的故事情节简单，没有魔法，甚至算不上童话，出版的又是小型本，是什么如此吸引孩子呢？这个穿蓝衣的小兔子，隐含着孩子不肯听话，喜欢冒险，好奇的天性。当彼得不听妈妈的话，独自钻进麦克格莱高先生的菜园时，孩子对后来会发生什么总是期待的。在紧张的追捕中，小孩也一样会感受到危险的味道。最后成功逃出，却因为没有听妈妈的话，生了病。这个结尾虽然暗含波特对孩子的劝诫，却也让孩子长长松了一口气。

如果说在《彼得兔的故事》以前的图画书，图画还是可有可无的"装饰"的话，那么从波特开始，图画也在讲故事了，图与文已经不可分割，这奠定了图画书用图画讲故事的风格，也开创了现代图画书的原型。从这层意义上讲，有人把《彼得兔的故事》誉为"童书中的圣经",把波特称为"图画书之母"就不难理解了。

该书1995年被纽约公共图书馆评为20世纪最具影响力的175种"世纪之书"之一,2001年被美国《出版者周刊》评为"所有时代最畅销童书"第2名。

毕翠克丝·波特的其他代表作:《松鼠那特金的故事》、《两只坏老鼠的故事》。

(五)〔美〕大卫·威斯纳的《疯狂星期二》

故事梗概:星期二晚上8:00左右,一个寂静的池塘里,一群青蛙坐着荷叶飞上了天。荷叶像魔毯一样,载着青蛙飞向小镇。天空中一大群黑压压的青蛙,吓坏了小鸟。从房子旁边经过时,一个在厨房吃三明治的男人瞥见了窗外的青蛙,简直不敢相信自己的眼睛。青蛙们穿过院子,撞上晾在院子里的床单,青蛙把床单当披风,非常神气。青蛙们还飞进一个老奶奶的房间,老奶奶开着电视睡着了,青蛙们就看起了电视。凌晨4:38,一只在路上低飞的青蛙撞上了一只大狗,可是大狗马上就被铺天盖地的青蛙吓得调头就跑。天亮了,魔法消失了,青蛙掉到地上跳回池塘,留下一地的荷叶叫小镇的人们议论纷纷、百思不解。下一个星期二晚上7:58,神奇的事情再一次发生了,哦,看哪,满天的大肥猪……

作品解读:《疯狂星期二》是大卫·威斯纳根据一次坐飞机途中突发的灵感创作的。这是一个轻松愉快、想象缜密、没有说教的有趣故事,它展现了威斯纳超凡的想象力和高超的用图画讲故事的能力——全书几乎没有文字。因为这种想象,孩子迷上了这个故事。青蛙飞上天,它们会飞去哪里?会遇到什么?有人看见吗?会吓坏还是会兴奋异常?图画中作者巧妙的镜头感画面设计、细节安排,惟妙惟肖的形象刻画,都是使该书成为畅销书的重要因素。平时很不起眼的青蛙,在威斯纳的笔下多么有个性:端坐荷叶,神气活现;撞上床单,惊慌失措;观看电视,津津有味;魔法消失,满心不甘。完全可以看出青蛙有多想再一次飞起来。值得一提的是威斯纳运用的电影镜头感的画面效果,巧妙地渲染了故事情节发展。故事的第一个画面就是三个小画面,同一个角度,从远到近的镜头拉动,让我们从池塘的环境看到了惊愕的乌龟和鱼,也看到了时间变化,叫人遐想连篇——什么事发生了?再来看看第三跨页,作者在大画面上分割出三个小画面,先让我们看到月圆之夜,大群青蛙从电线上飞过的影子;三个小画面就像近景一样,我们看到了青蛙兴奋、得意的表情,吓坏了的小鸟,以及跟随青蛙视角看到身下大片田野,远远的村庄……

这是一本非常成功的无字书。作者本人谈到对无字书的看法时说道:"无字书的文本对作者和读者来说都是一种奇特的经验,因为作者无法说故事,读者必须自己看,所以读者才是主要说故事的人。至于读者对于故事的结局判断已经不是我所在乎的，因为我想说的全部都在那本书中了。"（威斯纳，1992年凯迪克获奖感言）

该书获得1992年凯迪克金奖，入选纽约公共图书馆"每个人都应该知道的100种图书"，被评为美国《出版者周刊》年度最佳图书、日本第十五届绘本日本特别奖。

大卫·威斯纳的其他代表作：《梦幻大飞行》、《飓风》、《7号梦工厂》、《三只猪》。

（六）〔英〕安东尼·布朗（Anthony Browne，1946— ）的《我爸爸》

故事梗概：这是我爸爸，他真的很棒！我爸爸什么都不怕，连坏蛋大野狼都不怕。他可以从月亮上头跳过去，还会走高空绳索（不会掉下去），他敢跟大力士比赛摔跤，在运动会中他轻轻松松就跑了第一名。我爸爸真的很棒！我爸爸吃得像马一样多，游得像鱼一样快……我爱他，而且你知道吗，他也爱我！（永远爱我）

作品解读：这是一部没有故事情节的故事图画书。文字就像是一个刚刚开始学习写作文的学生所写，由一个一个的句子组合而成。但是当我们配着图画来读，我们就被这位亲切、可爱、勇敢、能干的父亲深深感动了。打开第一页："这是我爸爸，他真的很棒。"看他，穿着睡衣，满眼惺忪，头发乱糟糟的，哪里能看出"很棒"？文字和画面的错位让读者哑然失笑。可是且慢，爸爸背后的墙上，贴着一张孩子画的太阳：是在暗示什么吗？爸爸就是孩子心目中的太阳。当我们一幅一幅看下去，我们就看到了孩子心目中的父亲形象：时而高大威猛，时而可爱调皮，时而聪明绝顶，时而也会犯犯糊涂。最最重要的是，我爱爸爸，而且爸爸也爱我，永远爱我。儿童阅读专家王林说过："伟大的儿童文学作品总是具有一种非凡的气质，它能最大限度地调动起读者的童年灵验，让孩子在熟悉中亲近，让大人在回忆中微笑。"读完这本《我爸爸》，你有没有忆起很小很小的时候，我们的爸爸也是高大威猛，无所不能的？

无可否认这是一本充满温馨的书，但是它竟然有一种催泪的功效。很多人读到最后都忍不住热泪盈眶。这就是对"父爱"的感动和感激。年幼的孩子读来趣味盎然，因为他们能从图画里找到自己爸爸的形象。他们会自豪地说：我爸爸像……一样。一个 2 岁的女孩听妈妈讲完整个故事后，在接下来很长一段时间里常常念叨："我爸爸真的很棒！"

安东尼的爸爸在他 17 岁时突然去世，这给了安东尼巨大的打击。有读者问过安东尼，书中爸爸为什么一直穿睡衣出场？安东尼说："我爸爸在我年少的时候去世，那件黄色的睡衣是我们保留的爸爸的唯一遗物。"

安东尼·布朗其他代表作品：《大猩猩》、《动物园的一天》、《我妈妈》。

（七）〔日〕中川李枝子、山胁百合子的《古利和古拉》

故事梗概：田鼠古利和古拉在林子里发现一个大鸡蛋，可是鸡蛋太大没法搬走。这可难不倒古利和古拉。拉着大锅，背着大碗，带上牛奶、面粉……古利和古拉在林子里烤起了蛋糕。动物们闻着香味都跑来了，大家一起分享金黄色的蛋糕。吃完蛋糕，古利和古拉把蛋壳做成一辆小汽车，装上锅碗回家去了。

作品解读：在童话故事里，现实中不招人待见的老鼠常常成为可爱、机灵的化身。在中川李枝子笔下，古利和古拉两只田鼠，是那么聪明、能干、喜欢与人分享，又擅长做好吃的。两只小田鼠常常唱的一首歌是："我们的名字叫古利，叫古拉。在这世界上，最最喜欢啥。做好吃的，吃好吃的，古利、古拉，古利、古拉！"这本图画书最巧妙的情节是，捡到鸡蛋带不走，于是就在林子里烤蛋糕。这分明就是一次野餐嘛，野餐没有朋友伙伴怎么行呢？于是森林里所有的动物都来了，都来期待这次盛大的聚餐。大方的古利和古拉没有让人失望，不仅烤出了美味的蛋糕，还高兴地与大家分享。

该书的图作者是中川李枝子的妹妹山胁百合子。百合子创作的古利古拉的形象可谓灵动可爱。一个穿着蓝背带裤，戴一顶蓝小帽，露出两只可爱的圆耳朵，另一个穿着红背带裤，戴一顶红小帽，也露出两只可爱的圆耳朵。两只长得一模一样的田鼠，你可以把他们看作是朋友，是姐妹，是兄弟，或是伴侣。在他们身上发生好多好多有趣的故事（古利和古拉是系列故事），他们的善良、纯真、友好的性格，使故事充满了快乐和温馨。年幼的孩子非常喜欢这个故事，不仅读起来文字风趣幽默，画面也极其丰富耐读。例如一大群动物围坐在烤锅前，急切期盼蛋糕出炉，最后每个动物捧着一块蛋糕津津有味地品尝，孩子会一个动物一个动物看过来："大象、野猪、白鹤、野狼……啊，狼还给白鹤喂蛋糕呢……这只小螃蟹怎么拿了两块蛋糕啊……"这就是画面带给孩子的乐趣。

中川李枝子的其他代表作：《天空的颜色》、《第一场雪》、《六只小狐狸》

山胁百合子的其他代表作：《天空的颜色》《熊先生，熊先生》《狮子小绿的星期天》。

（八）〔日〕五味太郎的《鲸鱼》

故事梗概：一只候鸟飞到村子里湖的上空时吓了一跳，然后它就站在村子里最高的屋顶上尖声大叫："鲸鱼。"靠湖而生的渔民不知道鲸鱼，只有一位老者急急忙忙回去拿来一本书，告诉大家鲸鱼是什么。老者话没说完，渔民们就赶紧到湖里捕捞鲸鱼去了。可惜他们找遍了大湖，甚至来到湖底，都没有发现鲸鱼，还把湖中的小鱼误以为是鲸鱼。最后大家泄气了。候鸟还在大叫："鲸鱼、鲸鱼。"人们生气地朝他掷酒瓶。只有一个始终跟在大人后面的小女孩，请求候鸟带她去看看鲸鱼。候鸟带着女孩飞上天，哦，天哪，真的是鲸鱼——那一面湖水，就是鲸鱼的形状，一只巨大的鲸鱼！

作品解读："啊，原来是这样！"几乎所有的人看到最后都会发出这样的感叹，然后又会返回来看看渔民们寻找鲸鱼时经过的每一个鲸鱼的局部，然后会说，哦，这是鲸鱼的眼睛，这是鲸鱼的尾巴，这是鲸鱼的嘴，这是鲸鱼喷水。这像不像中国古代的寓言——盲人摸象？

这本书以鲸鱼的形状、轮廓和颜色来发展故事的构架，强调了图画的元素，如果读者不看图画只看文字，是体会不到故事的精妙所在的。故事里的大人、小女孩和背书包的候鸟都是有象征意义的。那群看似快乐的大人，是无知的代表。因为有了一点点"知识"，就争先恐后地作出贪婪、愚蠢甚至粗鲁的事，直到最后也没有看到真正的答案。天真的小女孩被排挤在找鲸鱼的队伍之外，但她始终跟在大人后面观察，到最后，只有她看到了真相。背书包的候鸟是关键的人物，事情因他而起，也因他而真相大白。那个始终背在他身上的书包，在最后是载着小女孩飞上天空的工具。只有跳出有局限的框框，只有这样飞跃着、冒险着看问题，才能看到真实。这是故事的核心主题。年幼的孩子也许体会不到这样的哲理，但是故事情节本身就已经激发起孩子的好奇心的了。大人们找了那么久，看了那么多地方，鲸鱼在哪里呢？究竟有鲸鱼吗？是不是本不该出现在湖里的鲸鱼躲到湖底了呢？直到最后一刻才恍然大悟，孩子们会非常开心地说："哦，真的，好像一条大鲸鱼啊！"《鲸鱼》的画风以纯净的湖蓝色为主，朴拙夸张的线条和造型更显童趣盎然。

五味太郎是日本儿童图画书界一颗耀眼的大师，他的作品创意独特、主题鲜明，画风个性十足，设计感强。读五味太郎的书，常常会有"啊，这样的故事真妙"的感觉。

五味太郎的其他代表作：《鳄鱼怕怕，牙医怕怕》、《谁吃掉的》、《谁藏起来的》。

（九）〔中国台湾〕李瑾伦的《子儿，吐吐》

故事梗概：小猪胖脸儿是一个安静、可爱的孩子，因为脸特别大，所以无论走到哪里都很容易被人认出来。胖脸儿吃东西又快又多，这不，就因为这样，有一次在学校吃木瓜，他把所有的木瓜子都吃到肚子里了。故事就从这里开始了。大家议论纷纷，认为木瓜子吃到肚子里，头上会长出树来，长出树来多不方便啊，别人还会嘲笑胖脸儿。胖脸儿急得哇哇大哭。可是哭着哭着又想到，长出树也有好处啊，比如鸟儿会来唱歌，有树荫可以乘凉，还能吃到好吃的木瓜。啊，这真好，大家都可以吃不同的子儿，结不同的果子了。胖脸儿想到这里，就回家静静期待头上长出木瓜。结果呢，当然，木瓜是长不出来了，胖脸儿拉出了许多小黑子儿。这样也很好啊。胖脸儿快乐地跑开了。

作品解读：看完这个作品，相信成年人都会会心一笑："小时候我也吞下过水果的子儿，也有过这样的担心呢！"这是台湾女插画家李瑾伦创作的一个充满童趣、幽默，一波三折又令人忍俊不禁的故事。年幼的孩子几乎都有过这样的经历——不小心吞下水果的子儿，他们因为知识有限，总会担心这些子儿会怎么样，会不会发芽呢？李瑾伦把自己七岁时的经历、感受放在了小猪胖脸儿身上。那些可爱的猪同学们充满创意的你一言我一语，吓得胖脸哇哇大哭。"子儿埋到土里会发芽，那么把子儿吞进肚子里也一样啰。"看，多么符合孩子的逻辑。"世界上的树那么多，但有哪棵树比得上我这棵会走路的树？"乐观的胖脸儿找到了快乐的理由，不仅使自己开心起来了，连刚刚还在嘲笑胖脸儿的同学都想吞一点子儿，好结点果子了。于是大家都在商量要吃点什么子儿好呢？苹果？龙眼？哈哈，可爱吧！

绘画技巧上，李瑾伦采用了若干小图结合的构图方式，体现出事情发生后乱哄哄、闹腾腾的场景。人物形象可爱，特别是胖脸儿的设计，大脑袋，肥嘟嘟，让人印象深刻。

李瑾伦的其他代表作品：《惊喜》、《一位温柔、善良、有钱的太太和她的100只狗》。

(十)〔美〕茉莉·卞(Molly Bang,1943—　)的《菲菲生气了》

故事梗概：菲菲在玩时，姐姐抢走了她的玩具。这下，菲菲生气了！她尖叫、踢打，发出火红火红的咆哮，跑出家，直到跑不动为止。她看看石头，看看大树，然后爬上大树，感到微风轻吹头发。广大的世界安慰了她。菲菲感觉好多了，她自己回到了家。看见菲菲回来，大家都很高兴。

故事解读：这是一本将情绪状态用直观画面形式呈现的图画书故事。作为主角的孩子是整个情绪处理的主控者。情绪是很感性的，用文字表达起来远不如作者笔下的色彩变化来得丰富形象。当菲菲火气腾地上来时，整个画面是鲜艳的红色和菲菲巨大的头像：紧皱的眉头、瞪圆的眼睛、上翘的头发和向下的嘴角，一看就知道生气极了。接着这种红色变为紫色，火气升级，从菲菲嘴巴里喷出巨大的火焰。这样形象化的生气情绪，叫人不禁联想到另一位作家海华恩·奥拉姆（Hiawyn Oram）及他的作品——图画书《生气的亚瑟》：亚瑟狂怒时，整个地球被台风、暴雨包围，最后居然宇宙大爆炸。两部作品都是在描述孩子对情绪的发泄。不同的是，菲菲在气到极点跑出家门后，情绪慢慢控制下来了。画面的色调还在变化，满页的火红开始出现红色加深蓝和咖啡色的调子，逐渐又变化到蓝、绿、白的画面色彩。读者看到这里，已经从画面感到了一种宁静和安慰。菲菲发泄了自己的情绪，回到了温暖的家中，色彩又变成柔和的暖色调了。《菲菲生气了》最为成功的地方就是作者对整个情绪过程细腻的描绘，加上对孩子心理感受贴切地了解，使小读者自然而然认同了菲菲，也毫不设防地进入情节与情绪中，获得了阅读的乐趣，加深了对情绪历程的了解。

理 论 与 实 践 操 作

阅读一本优秀的图画书故事，并在小组中进行鉴赏、分析和讲述。

拓展学习书目

［1］彭毅.图画书阅读与经典［M］.南昌：21世纪出版社，2006.

［2］郝广.好绘本，如何好［M］.南昌：21世纪出版社，2009.

［3］康长运.幼儿图画故事书阅读过程研究［M］.北京：教育科学出版社，2007.

［4］〔日〕松居直.我的图画书论［M］.长沙：湖南少年儿童出版社，1997.

第五节 幼儿戏剧

本节导读

本节主要从广义和狭义的幼儿戏剧概念出发，对比幼儿戏剧的特征，目的为了帮助成年人更好地利用幼儿戏剧的方式与幼儿互动，并且更大限度地发挥幼儿戏剧在幼儿成长过程中的作用。

小组探讨

比较成人与戏剧的关系、幼儿与戏剧的关系之间的差异，并思考产生差异的原因。

一、幼儿戏剧概说

戏剧是介于文学和艺术之间的一种类型，戏剧的文本属于文学，即剧本；戏剧演出则属于艺术，即表演。戏剧是一门综合性的艺术，包含了文学、音乐、舞蹈、绘画造型等多种艺术形式。

幼儿戏剧，从狭义的角度，是指适合幼儿接受内容和欣赏趣味的综合性舞台艺术形式。狭义的幼儿戏剧可以由成人表演给幼儿观看，也可以是由幼儿表演给幼儿观看。其文学形式的剧本不被幼儿所关注，这是幼儿年龄特点所决定的。

广义的幼儿戏剧，是指在保持戏剧元素的前提下，幼儿和成年人在幼儿园和家庭中开展的戏剧活动。

幼儿与戏剧之间有一种天然的联系，一是源于幼儿对于大千世界感到好奇的探索欲望，希望能够参与到成人的生活中，但在现实生活中无法实现，戏剧为幼儿提供了机会；二是幼儿接受幼儿文学的特点，是"听"与"动"相互联系、相互促进的特点。"动"是"听"的深化，是对于对文学形象的联想与再现的过程。"游戏是构成幼儿文学'动'的审美特性的重要部分"（叶碧《听与动：幼儿文学的审美个性》），幼儿时期的全部工作和生活就是游戏。幼儿戏剧给幼儿提供了游戏的空间，在这个空间里，幼儿不仅体味到成人社会化的生活，而且自身对于模仿、表演、创造的需要得到满足。我们可以看到幼儿进入角色是何等的投入，所以幼儿与戏剧是天生的好朋友！

二、幼儿戏剧的特征

幼儿戏剧从狭义和广义两个角度来定义，有其现实的必要性。狭义的幼儿戏剧主要是从戏剧作为文艺形式的一种，与成人的戏剧共同具有戏剧的艺术特点角度，并且以舞台表演为最终目的来进行概念的界定。广义的幼儿戏剧则是狭义幼儿戏剧的延伸，在现实生活中，被广泛地运用在幼儿园和家庭之中，对幼儿成长起到了助力的作用。

狭义的幼儿戏剧与广义的幼儿戏剧比较，具有以下区别。

（一）目的不同

狭义的幼儿戏剧虽然也具有游戏性，但是它是将幼儿游戏"经过一番去粗取精，丰富、改造、加工、提炼的艺术品……是一种经过组织训练，具有戏剧艺术特征的高级游戏"，其主要目的是舞台表演。广义的幼儿戏剧具有更为浓重的游戏性，其主要目的是满足幼儿参与成人社会化生活的需要，以及幼儿的好奇心和探索欲望。

（二）参与度不同

狭义的幼儿戏剧主要是少许表演能力较强的幼儿可以参加。广义的幼儿戏剧是所有幼儿都可以参加。

（三）时空不同

狭义的幼儿戏剧则需要较为正规演出场地。广义的幼儿戏剧不受场地、时间的限制。在幼儿园的教室里、操场上，在家里的客厅、卧室，在午休以后、离园之前的任何时间空间都可以开展。

（四）演绎空间不同

所谓演绎空间不同，是指在幼儿戏剧的表演过程中，幼儿对文本创造性再现程度不同，具体表现在情节的改编和台词的表达。在狭义的幼儿戏剧创造性的再现，程度有限。广义的幼儿戏剧中，只要在保证主题不变的前提下，情节的改编、角色的变化和台词表达具有较大随意性。比如，用戏剧方式演绎《三只蝴蝶》的故事，在幼儿园因为幼儿数量很多，所以我们可能会在一次表演中，同时出现三只黄蝴蝶、四只白蝴蝶、五只红蝴蝶，而如果是狭义的幼儿戏剧的演绎，我们可能要考虑：舞台上能否站得下这么多幼儿？舞台构图是否美观？以及角色人数太多是否会妨碍舞台上的台词表达？所以，广义的幼儿戏剧比狭义的幼儿戏剧的演绎空间大得多。

无论狭义还是广义的幼儿戏剧，它们又具有共同特点。首先是都具有游戏性，无论是幼儿观赏还是亲自参与，他们都享受到游戏的快乐，得到了艺术创造的精神满足。其次，都有单纯且富于趣味的戏剧冲突。由于幼儿戏剧取材于幼儿文学作品，往往在幼儿的生活经验的范畴内且符合幼儿审美期待。最后，语言形象化、动作化。戏剧主要通过台词来塑造形象、推动剧情发展和表达主题。幼儿戏剧语言要求形象化、动作化以便与幼儿年龄特征相符合，并且常常以大幅度的、夸张的动作表现人物的思想感情和性格。使幼儿一听就懂，并留下深刻印象。

三、幼儿戏剧的分类

幼儿戏剧类型从不同的角度分类，有不同的类型。我们从狭义和广义的角度对幼儿戏剧进行分类。狭义的幼儿戏剧从外在表现形式分为幼儿歌舞剧、幼儿话剧、偶剧。

（一）幼儿歌舞剧

幼儿歌舞剧是以歌唱和舞蹈为主要表现手段的小型歌舞剧。演员主要运用舞蹈语言和舞台音乐表现情节，塑造形象。著名儿童歌舞剧作家黎锦晖创作的《麻雀和小孩》《三只蝴蝶》被认为是中国现代儿童戏剧兴旺发达的一个重要标志。

（二）幼儿话剧

幼儿话剧是以人物或角色形象的对话、表情、动作等为主要表现手段的一种幼儿戏剧。在表演过程中，也会辅之以歌舞手段，但仍以台词、动作为主，如方圆的《"妙乎"回春》、柯岩的《小熊拔牙》等。

（三）偶剧

偶剧是由演员操纵偶以表演故事的一种戏剧形式，它是玩具、游戏与戏剧的综合体现，因此特别受到幼儿的喜爱。偶剧的种类很多，有指偶、布袋偶、提线木偶等，其中布袋偶制作简便、操作容易，在幼儿园活动中，不仅老师可以使用，幼儿也可以参与操作。

广义的幼儿戏剧从外在表现形式看就是故事表演。这种形式主要在幼儿园和家庭中开展，由教师和家长组织、指导，并共同参与的一种表演游戏活动。

四、幼儿戏剧经典作品推介

（一）柯岩的《小熊拔牙》

角色：熊妈妈、小熊、兔医生、小狗、小猫、小鸟、松鼠）

妈妈：我是狗熊妈妈。

小熊：我是狗熊娃娃。

妈妈：我长得又胖又大。

小熊：我就像我妈妈。

妈妈：妈妈要去上班。

小熊：小熊在家玩耍。

妈妈：不对，你要先洗洗脸……

小熊：嗯、嗯……好吧，洗一下，

妈妈：不对，你还要刷牙……

小熊：嗯、嗯……好吧，刷一下

妈妈：不对，要好好地刷，还有……

小熊：还有，还有……什么也没有啦！

妈妈：不对，想想吧！……不自己拿饼干，……不自己拿……

小熊：好啦,好啦,都知道啦！不许拿饼干、不许吃甜瓜、不许抓糖果、还不许打架……（小熊用脑袋把妈妈往门口顶，妈妈疼爱地戳一下他的额头，出去了）

小熊：（唱）妈妈走了啦啦啦啦啦，现在我当家啦啦啦啦啦。先唱个小熊歌，1234啦啦啦啦，再跳个小熊舞，5432蹦蹦跳跳。

小熊：哎呀，答应过妈妈洗脸呀，先洗洗小熊眼，再擦擦小熊嘴巴，熊鼻子抹一抹，熊耳朵拉两拉，熊头发梳三下，嗯，就不爱刷牙。

（唱）饼干拿几块，咳，答应过不吃它。糖球抓一把，咳，答应过不吃它。这罐糖蜂蜜，哈哈，没说过不吃它。这桶果子酱，哈哈，妈妈也忘了提它。

小熊：先吃一勺蜜，再吃一勺酱，真鲜！勺儿舀一点点。不如盛上一小盘，越吃越想吃，干脆添一碗。一勺、一盘、一大碗，吃完挨个舔三舔……

（唱）小熊吃得真高兴，小熊吃得肚子圆，啦啦啦甜到舌头底，啦啦啦甜到牙齿尖，唉呀呀嗾嗾嗾，怎么甜变了酸？酸到舌头底、酸到牙齿尖，哎呀呀，嘶嘶嘶，怎么变成了疼？疼得没法儿办。

小熊：哎哟，哎哟，疼得小熊直打转，哎哟，哎哟，疼得小熊直叫唤。

兔医生：（唱）身穿白衣裳，手提医药箱，每天给人去看病，小兔大夫直叫忙。

小熊：大夫，大夫，快来呀！牙齿疼得像针扎……

兔医生：你先别哎哟，别直着嗓子叫，嘴巴张开来，让我瞧一瞧。唉，你的牙齿真不好。唔，这一颗要补一补，唔，这一颗嘛，要拔掉。你坐好，哎，我够不着，你怎么长得这么高？搬个板凳当梯子，爬上去给你打麻药。哎，你坐好，别害怕，钳子夹牢才能拔，……拔呀、拔，拔不动它，你这颗牙齿怎么这么大？

小熊：哎哟哟，快拔掉，你怎么长得这样——小？

小兔：小狗小狗快快来。

小狗：汪汪汪，我来了。

兔狗：帮助快把牙拔掉，拔呀，拔呀，拔不动，你这颗牙齿怎么这么重？

小熊：哎哟哟，快拔掉，疼得小熊眼泪冒。

狗兔：小猫小猫快快来。

小猫：喵、喵、喵，我来了。

众：帮助快把牙拔掉，拔呀，拔呀，拔不动。

小兔：夹碎了，你这颗牙齿都烂了，

小熊唱：哎哟哟，快拔掉，疼得小熊双脚跳。

众：松鼠松鼠快快来。

松鼠：吱吱吱，我来了。

众：帮助快把牙拔掉，拔呀，拔呀，还是拔不动，你这颗牙齿可真要命。

小熊：哎哟哟，快拔掉，我实在疼得不得了。

众：小鸟小鸟快快来。

小鸟：唧唧唧，我来了。

众唱：帮助快把牙拔掉，拔呀，拔呀，拔不动，一二一二二哎哟哎哟哎哟总算拔掉了。

小兔：现在还疼吗？

小熊：一点也不疼了。

小兔：好，现在涂一点药，以后牙齿要保护好，要不一颗一颗都要烂，一颗一颗都要这样来拔掉。

小熊：嗯，嗯，我不来。嗯，嗯，我不干。为什么光叫我牙疼，你们牙齿都不烂？

小兔：我们从来不挑食。

小狗：汪汪汪，从来不多吃甜饼干。

小猫：喵喵喵，也不偷把蜂蜜吃。

松鼠：吱吱吱，也从不偷把果酱舔。

小鸟：也吃菜，也吃饭。

小猫：也吃鱼。

小狗：也吃肉。

松鼠：也吃胡萝卜。

小鸟：也吃棒子面。

众：阿姨给什么，就吃什么，牙齿每天刷几遍。

小熊：那……以后，我也不挑食，每天也把牙齿刷几遍。

众：说到一定要做到，省得把牙齿全拔完。

小熊：说到一定要做到。

众：千万别把牙齿全拔完。

点评：柯岩（1929—2011）原名冯恺。20岁就开始了自己的文学创作，之后60余载，她笔耕不辍，佳作频出。20世纪五六十年代，她曾以儿童文学和戏剧文学作品闻名于世，50年代中期，她的《小弟和小猫》、《我的小竹竿》、《坐火车》和《"小兵"的故事》等作品一发表，立刻赢得广大幼儿的喜爱。这些诗作鲜灵活泼，寓教于乐，是儿童诗的精品，吸引了无数小读者，叩动了几代人的心弦。

柯岩的童话剧《小熊拔牙》是我国经典的幼儿戏剧作品，创作于20世纪60年代初。剧中小熊就像一个顽皮淘气不讲卫生的小孩，他不爱刷牙，结果牙齿出了毛病，小兔子给小熊拔牙的场面表现得非常生动活泼，富有生活气息。该剧将游戏、知识和教育艺术融为一体。戏剧语言的个性化，在《小熊拔牙》中也表现得十分出色。例如：

妈妈：我是狗熊妈妈。

小熊：我是小熊娃娃。

妈妈：我长得又胖又大。

小熊：我就像我妈妈。

短短四句，没有一句舞台提示和说明就清楚地交代了角色的身份，表现了熊妈妈和小熊的外形特征，小熊活泼、滑稽的模样，以及它们的亲密关系。韵文化的语言也是幼儿戏剧突出的特点。例如，写熊妈妈上班一走，小熊唱着："先洗洗小熊眼，再擦擦小熊嘴巴，熊鼻子抹一抹，熊耳朵拉两拉，熊头发梳三下，嗯，就不爱刷牙。"这些台词也非常个性化和动作化，既符合小熊的特点，又把一个顽皮、任性，但活泼可爱的孩子的形象活脱脱地表现出来了。另外该剧以诗的语句、剧的形式表现了游戏性极强的内容，其强烈的游戏性会很快把幼儿带入戏剧之中。

（二）张继楼的快板剧《母鸡、耗子和黑猫》

人　物：母鸡、黑猫、老鼠甲、老鼠乙
时　间：深夜
场　景：农家厨房

（幕启。舞台右角有个鸡窝，红脸小母鸡在睡觉。老鼠甲、老鼠乙从台左上）

老鼠乙　耗子生来会打洞，
　　　　破坏大王就是我。
　　　　两对门牙尖又长，
　　　　一天不磨不快活。
　　　　吃了东家吃西家，
　　　　无忧无愁好快乐。
　　　　这几天可倒了霉，
　　　　又是饥来又是渴。

老鼠甲　两天没吃一粒米，
　　　　三夜没啃一口馍。
　　　　只因来了猫大哥，

　　　　　　我俩差点被活捉。

老鼠乙　（白）嘻嘻，今晚黑猫不在！

　　　　（白）还是小心些好。

　　　　（白）怕什么！咱们快点找吃的。

　　　　（老鼠乙爬上饭桌，见斗笠下盖着一钵饭，轻轻推开盖子偷吃。老鼠甲发现老鼠乙偷饭吃，也跑来争食，互相咬打。老鼠甲打不过老鼠乙，逃走。老鼠甲发现墙角有一油壶，把头伸进去试了几次，都没吃到，急得在壶周围打转。老鼠乙发现，悄悄靠近老鼠甲，暗笑）

老鼠乙　说你笨，你真笨，

　　　　围着油壶轱辘转。

　　　　不是老弟说大话，

　　　　包你吃得肚子胀。

　　　　（老鼠乙跳上壶沿，把尾巴伸进壶内。老鼠甲疑惑地看着，忽然一滴油正好滴进他的嘴里。是老鼠乙的尾巴沾满了油，老鼠甲满意地舔着老鼠乙的尾巴）

老鼠乙　（白）味道怎么样？快点吃，吃饱了来换我。

　　　　（老鼠甲满意地拍拍肚子，跳上油壶，学老鼠乙的办法，让老鼠乙舔吃）

老鼠乙　这个办法真是妙，

　　　　尾巴成了老油条。

　　　　油条哪有尾巴香，

　　　　咬你一节来嚼嚼。

老鼠甲　（白）哎呀，咬得我好痛！

　　　　（老鼠甲从油壶跳下，互相扭斗，把油壶撞翻，壶在地上滚着。老鼠乙跳上去用四脚滚动油壶。老鼠甲想跳上去，又不敢，一直跟着转）

老鼠乙　我骑油壶像骑马，

　　　　得儿得儿跑得欢！

　　　　（黑猫悄悄上，一下扑向老鼠乙。老鼠乙向后跳开，油壶向猫滚去，猫一躲闪，老鼠乙乘机向右方逃走。猫又向台左追老鼠甲，老鼠甲钻进左角鼠洞）

猫　　　两个坏蛋好狡猾，

　　　　转眼逃得看不见。

　　　　这回算你运气好，

逃了今天没明天。

（猫守着鼠洞。老鼠乙从右方沿着墙根贼头贼脑地上。见鼠洞不能钻，正着急时发现右角的鸡窝）

老鼠乙　可怕可怕真可怕，

吓得我连滚又带爬。

走投无路不得了，

只好去求鸡大妈。

（白）鸡大妈，鸡大妈！

（鸡不应，老鼠乙去拉鸡翅膀）

老鼠乙　大妈大妈帮个忙，

快快让我躲一下。

鸡　　（惊醒）正在做好梦，急听有谁喊。

咦！像是小耗子，喊醒我干啥？

老鼠乙　只因肚子饿，出来买糕饼。

黑猫要抓我，把我紧紧跟。（假哭）呜……

鸡　　黑猫这样凶，硬要难为你。

孩子别着急，快躲在这里。

（白）当心，别碰着我的蛋。

（老鼠乙慌忙地躲进鸡窝，鸡把老鼠乙遮住，老鼠乙在翅膀下探出脑袋张望）

（黑猫见鼠洞一直无动静，站起四处巡视，看见母鸡醒着，过去打招呼）

猫　　叫声鸡大嫂，孵蛋真辛苦。

刚才有小偷，可惜没抓住。

您可曾看见，还请多帮助。

鸡　　（不耐烦地）

我有夜盲症，两眼黑乎乎。

就是有小偷，我也看不出。

（闭上眼睛自顾睡觉，不理猫）

（在鸡、猫对话时，老鼠乙不时地从鸡翅膀下探头，被鸡按回）

猫　　　（白）大嫂别动气，没见过就算了，再见！
　　　　（猫下。老鼠乙得意地钻出）
老鼠乙　（白）谢谢救命恩人，愿你多子多孙。
鸡　　　（白）不算啥，黑大个再来，我马上叫他滚！
　　　　（老鼠乙贼头贼脑望望鸡窝，又悄悄地走在一边）
　　　　看她孵蛋热腾腾，正好让我当点心。
　　　　（走进鸡窝，手伸进去，被发现，忙缩回。
　　　　谢谢大恩人，我要转回程！）
　　　　老鼠乙下。鸡入睡。少顷，老鼠乙领老鼠甲上。
老鼠甲　腿发软，手发抖，
　　　　刚才差点把命丢。
　　　　叫声老弟慢些走，
　　　　我怕黑猫在前头。
　　　　你可真是胆小鬼，
　　　　黑猫刚才出了丑。
　　　　急急行，快快走，
　　　　包你鸡蛋吃个够。
　　　　（老鼠甲、老鼠乙悄悄靠近鸡窝）
老鼠甲　（轻喊）鸡大妈，鸡大妈！
　　　　（鸡不应）
老鼠乙　（白）睡得好香啊！
　　　　呆大妈，大妈呆，
　　　　把蛋偷光也活该！
　　　　（老鼠乙扒开羽毛，滚出一个蛋。老鼠甲忙稳住，老鼠乙又扒出一个。两鼠各推一个蛋滚进。片刻又上，仍照前法）
老鼠甲　大鸡蛋，像雪球，
　　　　一滚滚到洞里头。
　　　　咱们快快偷个够，
　　　　三天不用再发愁。
　　　　（两鼠滚得累了，老鼠乙为了自己省力；抱蛋躺下，示意老鼠甲拖着自己尾巴滑行。老鼠甲拖时不小心碰着东西，鸡惊醒，感觉蛋少了，急数蛋）

鸡　　1 2 3 4 5 6 7

　　　7 6 5 4 3 2 1

　　　哎呀呀呀不得了，

　　　还有 5 个在哪里？

　　　（急得打转，忽然想到了）

　　　定是耗子来偷去，

　　　心里又恨又着急。

　　　（黑猫上）

猫　　两个坏蛋没抓住，

　　　叫我心里很不安。

　　　让我四周再看看，

　　　不让耗子把空钻。

　　　（猫发现鸡惊慌不安，上前询问）

猫　　（白）鸡大嫂，为什么深更半夜不睡觉？

鸡　　（惭愧地）怪我刚才瞎了眼，

　　　错把坏蛋来包庇。

　　　黑猫大哥请原谅，

　　　不该对你发脾气。

猫　　（白）大嫂，别伤心啦，让我们来想个法子。

　　　（猫想了一下，和鸡耳语，鸡转悲为喜。猫躲进旁边的草垛，鸡装睡。）

　　　（老鼠甲、老鼠乙悄悄上。老鼠甲咳嗽）

老鼠乙　别咳嗽，别声张，

　　　　不要吵醒鸡大娘。

　　　　乘黑再去偷几个，

　　　　藏在洞里好度荒。

老鼠甲　小老弟，你别忙，

　　　　哥哥心里有点慌。

　　　　怕的今晚要出事，

　　　　蛋没偷着把命丧。

老鼠乙　胆小鬼，别害怕，

	有你弟弟来保驾。
老鼠甲	莫逞能，别自夸，
	哥也不是豆腐渣。

（两鼠走近鸡窝，刚把脑袋钻进鸡翅膀，被鸡爪按住，猫迅速扑去，一手按住一个）

老鼠甲	猫大哥，鸡大妈，
	偷骗抓拿都是他！
老鼠乙	他是哥，我是弟，
	你们不要听他的。
鸡	哼！什么哥，什么弟，
	两个都是坏东西！
猫	两兄弟，坏东西，
	休想再把我们欺！

（两鼠求饶、挣扎，被猫一口一个咬死）

鸡	（高兴地）坏蛋偷我蛋，现在都完蛋！
猫	没有都完蛋，还得防坏蛋。
鸡	谢谢猫大哥，给我帮助多。
猫	（幽默地）丢了5个蛋，还有16个。
	等到都出壳，要对小鸡说；
	再有耗子来，赶快赶快捉。
	（白）鸡大嫂，你继续孵蛋吧，再见！
鸡	再见！

——闭 幕

点评：张继楼（1926— ），中国作协会员。"写儿童文学作品，就必须用儿童的眼睛去观察，用儿童的心理去体会，用儿童的语言去表达"。这是张继楼老师的创作心得，而快板剧《母鸡、耗子和黑猫》就是他这番创作心得的最好体现。

该剧一共有四个角色，即两只老鼠、黑猫和母鸡。两只老鼠尔虞我诈、贪婪无度，但也有各自的性格特征。鼠哥哥甲胆小怕事，做事谨小慎微，而鼠弟弟乙胆大包天，满脑袋鬼点子。母鸡的性格有一个发展变化的过程，从一味善良、敌我莫辨到接受教训，明辨是非。黑猫虽然性情刚烈，对老鼠疾恶如仇，但也有对母鸡热情、同情的一面，因而他的性格不是单一的。

该剧不仅游戏性强,且有单纯而富于趣味的戏剧冲突。该剧有三组矛盾冲突:黑猫与老鼠、母鸡与老鼠、母鸡与黑猫,情节也就由此展开。另外,该剧语言形象化、动作化和韵文化,与幼儿年龄特征相符合,使幼儿一听就懂,并给他们留下深刻印象。

(三)孙毅的《一只小黑猫》

人物　老爷爷
　　　小黑猫
　　　小老鼠
　　　小朋友若干

(音乐声中,一位头戴面具,身背鱼篓的老爷爷笑呵呵地上。)

老爷爷　哈……小朋友,你们好!(小朋友:"老爷爷好!")今天一大早啊,我抓到了几条大鱼,这些鱼啊,是送给幼儿园小朋友的。(鱼篓里的鱼在跳动着)哎,我再给你们看一条大鱼。(老爷爷放好鱼篓,从中抓出一条大鱼)你呀,出来吧!嗨呦呦呦,你呀进去吧!哎哟,光顾了说话,还没吃早饭呐,我得去吃早饭了!(欲走又回)唷,这鱼篓怎么办?(看看小朋友)哎,小朋友,这鱼篓就请你们帮我看着啊!可别让那猫给偷吃了,要是猫来了,你们就赶快叫我好吗?(小朋友说:"好!")好,谢谢你们,哈……(走下)

(音乐声中,小黑猫上,忽然发现鱼篓,就很快地爬上去,钻了进去)

小朋友　(喊)猫来了!猫来了!

(老爷爷闻声从幕后跑上)

老爷爷　啊,猫来了,哎哟!(欲抓猫)

(小黑猫从鱼篓中探出脑袋,发现了老爷爷,连忙逃跑了)

老爷爷　(扑了个空)嗨,这只馋猫真淘气,(查看鱼篓)唔,还好,只抓掉了几片鱼鳞。要不是你们喊得快,准得让那猫儿偷吃了！哎，小朋友，要是猫再来，可怎么办呢？唔，有了，我呀，假装在这儿睡觉，（想）要是我真的睡着了，怎么办呐？小朋友，那就请你们喊醒我好吗？

  小朋友 好！

  老爷爷 哎，哈……我睡啦！（跑到台角睡下，不一会儿便鼾声大作）

  （小黑猫悄悄地爬到老爷爷头旁边看了看，见老爷爷睡着了，便钻进了鱼篓）

  小朋友 （喊）猫来了！猫来了！

  （老爷爷伸了个懒腰。小朋友继续叫喊。他被叫醒了）

  老爷爷 啊，猫来了，哎哟！（急忙跑过去逮猫，猫闻声，抢了一条鱼，从鱼篓中逃出，慌乱中将鱼丢在地上）

  老爷爷 （看鱼篓）嗨，三条鱼，只剩下两条了！

  小朋友（喊）这儿有一条。

  老爷爷 噢，在这儿哪，谢谢你！（拎起鱼）我大清早起来打鱼啊，实在太累了！眼睛一眯，真的睡着了！要不是小朋友喊醒我，那鱼啊，真的都要给猫吃光了！小朋友啊，谢谢你们！（将鱼放回鱼篓）这一回呀，我非要抓住它！好好教训教训它！这回我一定不能睡着。要是猫来了，你们也不要喊我，你们一出声音，那猫就要溜的！从现在开始，能做到吗？

  小朋友 能做到！

  老爷爷 好！嘘——我睡了！（又走到一边躺下）

  （在音乐声中，小黑猫又偷偷地上，先窥探老爷爷，见无动静，便慢慢地爬到鱼篓旁）

  小黑猫 嘻嘻，老爷爷又睡着了！（说完话又去察看一下老爷爷，一转身便钻进鱼篓）

  （老爷爷见猫钻进鱼篓，连忙过去用手将鱼篓捂住，小黑猫"喵呜，喵呜"挣扎着，被老爷爷拎着耳朵，抓了出来。小黑猫仍然"喵呜，喵呜"地叫着）

  老爷爷 哎，还叫呐，为什么偷鱼吃啊？

  小黑猫 鱼好吃。

  老爷爷 鱼好吃！可这鱼不是给你吃的，是送给幼儿园小朋友的。

  小黑猫 哎，老爷爷，你不是最喜欢我，常常给我吃小鱼吗？

  老爷爷 是啊，那时你还小呀！现在你已经长大了，应该自己劳动找东西吃！

  小黑猫 找什么东西吃呐？

  老爷爷 你妈妈不是教过你捉老鼠吗？

  小黑猫 捉老鼠？

  老爷爷 对，只有捉老鼠的猫才是好猫。

小黑猫　老鼠是什么样子呀？

老爷爷　好，你用心听着，老鼠啊是尖尖的嘴……

小黑猫　尖尖的嘴是小鸡呀！

老爷爷　不，还有细细的尾……

小黑猫　细细的尾是乌龟呀！

老爷爷　不，还有四条腿……

小黑猫　四条腿的是小狗呀！

老爷爷　嗨，我没说完，你就乱插嘴，好没礼貌！你仔细听着：老鼠啊，是尖尖的嘴，细细的尾，小小的眼睛四条腿！

小黑猫　噢，老鼠是尖尖的嘴，细细的尾，小小眼睛十条腿。

老爷爷　（问小朋友）小朋友，小黑猫哪句话错啦？

小朋友　老鼠是四条腿，它说十条腿了……

老爷爷　小黑猫，听见了吗？

小黑猫　听见了……

　　　　（音乐声中，一只小老鼠偷偷摸摸地爬上）

老爷爷　看，老鼠来啦！

小黑猫　好，让我来捉！

老爷爷　好！

　　　　（音乐声中，小黑猫早老爷爷的帮助下捉住老鼠）

小黑猫　（兴高采烈地）我会捉老鼠喽，我会捉老鼠喽！（手舞足蹈，不料爪下的老鼠跑掉了）

老爷爷　（急忙提醒地）嗳！

　　　　（小猫一跃，猛地一扑，又把老鼠捉住）

小黑猫　哈……老爷爷，以后我会自己捉老鼠了！

老爷爷　哎，这就对了嘛，好，我要给幼儿园的小朋友送鱼去了。

小黑猫　老爷爷再见！小朋友再见！

老爷爷　小黑猫再见！小朋友再见！

小朋友　再见……

　　　　（音乐声中，老爷爷小黑猫分别从两边下）

点评：孙毅（1923—　），江苏宿迁人，中国作家协会会员。1946年毕业于现代电影话剧专科学校，1948年开始发表作品，历任中国少年剧团编导，团工委少年部干事，中国福利会儿童剧团指导员、《儿童时代》副社长、主编。他编撰儿童剧《小霸王和皮大王》，中小学课本剧《秘密》和《美猴王》、《娃娃剧场开演啦》等共6本丛书，编创儿童剧100余部。其中儿童剧《钓鱼》获上海儿童时代剧本奖，木偶剧《一只小黑猫》、童话诗《癞蛤蟆不是想吃天鹅肉》、儿童相声集《嘻嘻哈哈》均获陈伯吹儿童文学奖，木偶剧集《五彩小小鸡》获上海作协幼儿文学奖。

木偶剧《一只小黑猫》最大的特点就在于能够让观看戏剧表演的孩子们一直参与到整个戏剧表演的过程之中,真正做到了"台上台下一出戏"。这样的设计符合幼儿的年龄特点，所以这场戏的演出深受孩子的欢迎。

理论与实践操作

分组排演一段成人经典戏剧片段和一段幼儿戏剧片段，然后讨论你们对两者之间的异同点的感受。

拓展学习书目

[1] 黄美序. 戏剧的味道 [M]. 济南：山东画报出版社，2009.

[2] 董健，马俊山. 戏剧艺术十五讲 [M]. 北京：北京大学出版社，2004.

[3] 黄进. 游戏精神与幼儿教育 [M]. 南京：江苏教育出版社，2006.

关于这一节，请留下你的建议吧，谢谢！

第六节　幼儿动画

本节导读

本节将介绍幼儿与动画的关系，以及我国动画的发展历程。并通过经典动画片的推介，帮助成人了解如何利用优秀的经典的动画片，使幼儿在成长过程中，得到更为全面的精神滋养。

小组探讨

1. 幼儿为什么特别喜欢看动画片？你印象最深的一部动画片是什么？为什么？
2. 你认为中国动画的未来发展存在什么问题？

一、幼儿动画概说

动画，是近几年我们听得特别多的词汇，幼儿更是特别喜欢看动画片，只要看动画片，就可以让幼儿立刻安静下来。对于幼儿，动画有着巨大的魔力。

动画大师诺曼·麦克拉伦说过，动画不是"会动的画"的艺术，而是"画出来的运动"的艺术。更确切地说，是一个镜头与下一个镜头相组接所产生的意义。animation 在英文中，本来就有"赋予生命"的意思。动画电影的本质，不是某种具体的拍摄技巧，而应该是利用电影特性来创造生命力的手段——使原本没有生命的（美术范畴的）形象活动起来。动画既有电影形式，也有电视片的形式。

长期以来，中国一直把动画片叫作"美术片"，这是一个非常中国化的名词。我国动画电影的主要生产基地——上海美术电影制片厂，也是以"美术"而不是以"动画"命名的。其实，"美术"只是动画电影的组成因素之一，将它作为动画电影的总称无疑有失偏颇。这种命名方式也折射出中国动画电影潜在的问题，就是中国动画电影普遍存在着电影思维和电影语言相对薄弱的特点,美术思维大于动画电影思维。

从中国的第一部美术片——1926年的《大闹画室》开始,经过几代人几十年的努力和发展,形成了被称为"中国动画学派"的具有精湛的艺术特色和独特民族风格的中国动画片,代表作有《铁扇公主》、《大闹天宫》、《哪吒闹海》、《三个和尚》。在1986年以前,中国动画片有31部获得46次国际奖项。可以说,20世纪80年代中期以前的许多中国动画片在艺术上都达到了相当高的水平。

中国动画片发展至今,经历了开拓成功期、辉煌成就期、激情回归期、面对挑战期。

(一)开拓成功期(1924—1949)

中国动画片始于20世纪20年代的万氏兄弟——万籁鸣、万古蟾、万超尘、万涤寰,他们受到欧美动画片的影响开始了动画片的实验。1924年他们参与了长城画片公司,并于1926年为长城公司制作第一部人画合成的动画片《大闹画室》。这部动画片讲述了一个画家(万籁鸣饰演)在画室作画,从墨水瓶里跳出来一个纸人跟他捣乱,在画室里大闹一通的故事。接着他们又绘制了动画影片《一封书信寄回来》,内容是小纸人把画家寄出去的信的地址改了,信邮寄了回来,弄得画家哭笑不得。1928年这两部最原始的动画片在上海上映后,引起人们很大的兴趣,万氏兄弟开始受到制片商的青睐。

1931年后,由于受当时反对日本帝国主义的怒潮和左翼文化运动的影响,万氏兄弟拍摄了配合抗日宣传的动画片。

1940年,万籁鸣、万古蟾应上海新华联合影业公司邀请,成立卡通部,并创作了中国第一部动画长片《铁扇公主》,1941年完成并发行。这部动画作品不仅在国内引起强烈反响,还在新加坡、马来西亚和日本受到欢迎。这也是继美国迪斯尼的《白雪公主》、《小人国》、《木偶奇遇记》之后拍摄的第四部大型动画片,标志着当时的中国动画片艺术已经接近世界先进水平。

随后,由于票房很好,万氏兄弟有了绘制《大闹天宫》的想法,后因物价飞涨,投资方撤资而未能实施。

(二)辉煌成就期(1949—1965)

1949年,长春东北电影制片厂成立了专门拍摄美术片的美术组。1950年,美术组迁到上海,成为上海电影制片厂的一部分。1957年,上海美术电影制片厂挂牌成立,万籁鸣、万古蟾、万超尘、金近、包蕾、钱家骏、章超群等一批著名艺术家、文学家纷纷加入。

从此，动画电影以上海为基地，迅速繁荣。1950 年至 1953 年之间拍摄了《谢谢小花猫》、《小铁柱》、《小猫钓鱼》、《采蘑菇》等动画片。1955 年拍摄经典动画作品《神笔马良》，这部动画影片于 1956 年获得意大利第八届威尼斯儿童电影节 8—12 岁文娱片一等奖、叙利亚第一届大马士格国际博览会电影节短片银奖、南斯拉夫第一届贝尔格莱德国际优秀儿童片奖。

1958 年的剪纸片《猪八戒吃西瓜》、1958 年的《小鲤鱼跳龙门》、1959 年的《渔童》、1960 年的《小蝌蚪找妈妈》都获得成功。特别是《小蝌蚪找妈妈》，"这部只有 14 分钟的动画短片首创水墨动画样式，将每一种小动物都表现得格外传神"。（张之路《中国少年儿童电影史论》）1961 年该片获得瑞士第十四届洛迦诺国际电影节短片银帆奖，1964 年获得法国第十七届戛纳国际电影节荣誉奖等。

另一部中国动画的巅峰之作——《大闹天宫》（上、下级）分别于 1961 年、1964 年隆重推出。该片由万籁鸣导演，张光宇、张正宇担任美术设计。该片将《西游记》原著前七回进行改编，讲述了孙悟空出世、借金箍棒、大战天兵天将的故事。"该片借助独出心裁的艺术构思和艺术表现手法，使作品的艺术性和思想性得到完美结合。"（张之路《中国少年儿童电影史论》）该片先后获得第十三届卡罗维·发利国际电影节短片特别奖、第二十二届伦敦国际电影节最佳影片奖等。

这一时期还摄制了大型木偶动画片《孔雀公主》、《金色海螺》、《人参娃娃》、《没头脑和不高兴》、《半夜鸡叫》、《草原英雄小姐妹》等系列动画片。同期，为了介绍中国动画影片成就，上海美术电影制片厂于 1960 年举办了"美术电影展览会"，先后在北京、上海等八大城市以及香港等地展出，产生广泛的影响，并在海外也获得极大声誉。

（三）激情回归期（1977—1989）

"文革"结束后，中国动画业从 1977 年开始重振旗鼓。在创作成绩上，绝不亚于五六十年代的创作水平。1979 年，代表中国动画有一个高峰的动画片《哪吒闹海》问世。该片获得菲律宾马尼拉国际电影节特别奖、法国布尔波拉斯青年童话电影节宽银幕电影奖，1980年还作为第一部华语动画电影在戛纳电影节参展。

1980年拍摄的《三个和尚》是中国传统艺术形式与动画表现手法的一次成功融合。这部动画的故事情节很简单，但在表现手法上却是独树一帜，很有实验动画的意味。1980年拍摄的《雪孩子》《老狼请客》都获得极大的成功。

1981年出品的《九色鹿》也是民族艺术和文化传统在动画艺术领域里所取得的又一次成功。作品选取了佛经中的故事，融汇了敦煌壁画及中国古代佛教绘画的风格，在人物形象和用色上形成了一种异域风情的特殊效果，是一部美学风格既民族化又非常时尚的动画片。

这一时期的动画风格特点是民族化、多样化、艺术化相结合。例如木偶动画《阿凡提的故事》、剪纸造型的动画片《猴子捞月亮》、水墨画动画片《河蚌相争》《鹿铃》等。这一时期不仅动画质量上乘，在数量上也不可小视，代表作有《女娲补天》《抢枕头》《海力布》《水鹿》《网》《两只小孔雀》《狐狸打猎人》《好猫咪咪》《愚人买鞋》《黑公鸡》《小鸭呷呷》《人参果》《淘气金丝猴》《假如我是武松》《蝴蝶泉》《兔送信》《三十六个字》等。

由于电视的普及，1984年出品的动画连续剧《黑猫警长》产生了较大的影响。之后拍摄的系列动画连续剧如13集的《葫芦兄弟》、13集的《邋遢大王奇遇记》等都受到欢迎。

（四）面对挑战期（1990年至今）

但是我们不得不承认20世纪90年代至今，我们面临着国外动漫市场的打击，特别是日本动漫的大举入侵，"我们失去了整整一代人，除了市场还有下一代人的文化欣赏取向"。（张之路《中国少年儿童电影史论》）在此期间，我们也有些较成功的作品出现，比如1995年出品的《大头儿子和小头爸爸》，2004年拍摄的《大耳朵图图》，以及最近拍摄的《喜羊羊与灰太郎》。现在，国家在政策上给予倾斜扶持，各地企业也斥资投入，中国动漫的创作热情再次被点燃，虽然路漫漫兮，但相信中国动漫人将上下而求索。

二、动画片与幼儿

为什么动画片会如此吸引幼儿？首先，动画片可以轻松地呈现真人表演实景拍摄所无法呈现的景观，比如上天入地、夸张变形，而这一特点恰恰符合幼儿的幻想特点，以及幼儿"泛灵"的观念。

其次，是"动画片因为其拍摄制作的特殊性，是从无到有的加法，可以控制画面所有元素，摈弃常规电影无法控制的'冗长''芜杂'的信息，逼近所指，即动画片可以'以简单纯化的方式'表现物质世界，简单明了易于理解"。（颜慧，索亚斌《中国动画电影史》）这也符合幼儿的接受特点。

再次，由于幼儿不识字，幼儿欣赏文学艺术都是通过视觉和听觉去获得，而动画片恰恰解决了这个问题，并给予幼儿最为生动形象的图像和声音。再加上幼儿有强烈的好奇心和探索欲望，影视这个窗口也满足了幼儿了解世界的愿望。

最后，随着1919年美国动画片中诞生了一个著名的动画角色菲利猫。这个角色很快成为美国连续10年最受欢迎的动画明星。菲利猫成为首个电影开发商品的动物角色，一种以儿童为主要对象的全新的动画片营销模式由此建立起来。1928年有声影片发明后，首个让动画人物"说话"的沃特·迪斯尼，把动画制作流程设计成一条生产线，在严格科学的管理下，创造出一个庞大的动画王国——"迪斯尼公司"。迪斯尼公司创作了米老鼠、唐老鸭、白雪公主等家喻户晓的动画明星。生动的动画形象吸引着幼儿，再加之与幼儿喜欢的游戏与玩具相结合，动画从此与幼儿密不可分了。

三、幼儿动画经典作品推介

（一）国产经典动画影片

《大闹天宫》（上、下）、《猪八戒吃西瓜》、《小蝌蚪找妈妈》、《哪吒闹海》、《三个和尚》、《九色鹿》、《阿凡提的故事》、《黑猫警长》、《葫芦兄弟》、《邋遢大王奇遇记》。这些动画影片和电视连续剧都是我国动画史上极其经典的作品，也是深受一代又一代的孩子们喜爱和欢迎的作品。这些动画不仅在内容上符合幼儿年龄特点、生活和知识水平，而且在艺术表现形式上也符合幼儿接受特点，同时还具有很高的美学欣赏价值。

（二）迪斯尼动画系列

迪斯尼于1901年出生于美国芝加哥，1966年去世。他的成就不仅仅在创作上，还包括动画产业的经营和行销，其动画除了票房收入之外，还包括周边商品、游乐园等附加的收入。他把他的"动画世界变成一个无与伦比的动画帝国，同时也变成几乎全世界人类共同文化的一部分"。（林文宝、陈正治等《幼儿文学》）

迪斯尼最著名的动画是《米老鼠与唐老鸭》系列，米老鼠和唐老鸭也成了迪斯尼公司的当家明星。《白雪公主》《小鹿斑比》等改编童话片获得惊人的成功，开启了迪斯尼将童话改编为动画的常胜之路。之后陆续推出的《小飞侠》《仙履奇缘》《爱丽丝漫游奇境记》等诸多作品都延续这样的路线。《小熊维尼》是迪斯尼公司于1961年获得版权后改编的动画，其中的角色采用的是动物布偶造型，看起来柔软可爱，深受幼儿们的喜欢。故事讲述了维尼和他的朋友之间所发生的有趣的故事，台词风趣，又充满哲理。

（三）皮克斯系列

皮克斯的风格，被称为"如果约翰·拉赛特导演一部有关皮克斯如何成长的动画长片，那一定是非常'皮克斯式'的——性格有诸多缺陷的主人公在寂寞的冒险道路上，如何最终收获温情与梦想，或许结尾还要加一句：'Adventure is out there'（冒险就在前方）"。

皮克斯的动画色彩鲜艳，人物形象设计独特、性格丰满。皮克斯的核心人物分别是：乔·拉恩夫特、史蒂夫·乔布斯、约翰·拉赛特、埃德·卡特穆尔。

皮克斯产品成为艺术品，似乎有着命中注定的天分。早在约翰·拉赛特为这个工作室起名字时，就把像素（Pixel）和艺术（Art）两个单词融合在一起，成为皮克斯（Pixar）。他试图让人们相信，动画电影除了电脑特技外，艺术的创意与非凡的想象力才是最关键的。

这个拥有绿毛怪、大眼仔、挺着肚腩的超人的皮克斯世界，早已脱离了迪斯尼早年用动画取悦孩童的路线。这里宣扬着成人世界的命题与价值观：关乎寻找自我身份，关乎友情与亲情，关乎冒险与梦想，关乎小人物的命运。而皮克斯本身的成长故事，就与他所塑造的那些深入人心的动画形象一样，也在孤独的寻路之旅中，秉承着对3D梦想的追寻走到今天。

皮克斯大学校长艾力斯·卡尔德曼说："约翰·拉赛特的理念深刻地烙印在每一部皮克斯的动画电影中。从一开始，他就决定要为2岁至92岁的人创造他们喜欢的电影，这一点从未改变。"这一点似乎与幼儿文学作为独立独特的文学样式不谋而合，即幼儿文学也是0—99岁的人都可以阅读的文学样式。

1995年,《玩具总动员1》作为动画史上第一部3D动画片上映,在全球获得了3.6亿美元的票房。此后,几乎每一部皮克斯推出的动画片,都在影院市场获得空前的成功。《海底总动员》、《怪兽电力公司》、《飞屋环游记》、《小锡兵》、《鸟鸟鸟》、《大眼仔的新车》、《跳跳羊》等影片从故事选材、脚本创作直至人物刻画、技术雕刻,都充满了创意。

（四）《樱桃小丸子》

《樱桃小丸子》是改编自日本漫画家樱桃子的同名漫画,于1990年开始于富士电视台播出。故事是以主角小丸子为核心,描写家人与同学之间发生的有趣事情。剧中人物不论造型还是对话都充满趣味性和儿童的纯真,故事大多都是与孩子生活经验相近,风格清新幽默,深受孩子们的喜欢。

（五）《托马斯小火车》

《托马斯小火车》是英国动画片,根据艾区莱的作品《铁路系列》书籍改编。《托马斯小火车》属于模型动画,以实际制作的模型车辆作为主要动画角色。但是除了车辆以外,其余的人与动物都是静态的。每一集的故事都有专人以旁白的方式来担任主要的叙事者,而该集的旁白还要担任其他角色的声音,因此非常类似讲故事,对幼儿而言极具亲和力。

理论与实践操作

看一个系列的动画片,作一个班级影评活动计划并实施。

拓展学习书目

［1］张之路.中国少年儿童电影史论［M］.北京：中国电影出版社，2005.

［2］〔美〕蒂姆·莫里斯.你只年轻两回——儿童文学与电影［M］.上海：少年儿童出版社，2008.

［3］郑荔.儿童文学［M］.南京：江苏教育出版社，2009.

关于这一节,请留下你的建议吧,谢谢!

第四章

幼儿文学实践篇

第一节　幼儿文学各种文体的创编

本节导读

本节针对不同的文体提出了具体可行的创作和改编要求及方法，是对幼儿文学各种文体知识全面学习后的提升。

一、幼儿诗歌的创作

幼儿诗歌的接受主体是幼儿园和刚入学的孩子，他们不识字或识字甚少，基本没有阅读能力，也不具备自我选择的条件，欣赏诗歌的途径主要是听大人（老师或长辈）念诵、吟唱，靠听觉感知，然后自己学着念诵、吟唱。这一时期的儿童天真幼稚、活泼单纯，他们的主要活动是游戏，他们以游戏的心境介入社会，以游戏的心境认识自然，同样以游戏的心境接近文学、参与诗歌。他们爱好的是"快乐"的文学，他们喜欢的是"好玩"的作品。因此，从总体要求说，幼儿诗歌在创作上应通过多种表现手法的运用来吻合幼年儿童"快乐"、"好玩"的游戏精神。

幼儿诗歌的创作应注意以下几点。

（一）好听

好听是针对诗歌语言的特点而言的，它有两层含义。

1. 浅显明白

幼儿诗歌是听觉的艺术，如果孩子连听也听不懂，他们就会对诗歌失去兴趣。诗歌语言是"浅语的艺术"，要浅显明白，一听就懂，如刘饶民的《春雨》：

下雨啦！

种子说：

下吧下吧，我要发芽！

麦苗说：

下吧下吧，我要长大！

梨树说：

下吧下吧，我要开花！

小朋友说：

下吧下吧，我要种瓜！

滴答滴答，

下雨啦！

诗中用的几乎都是儿童口语，朴实无华，孩子一听就懂，但诗人在结构和韵律上很用心，用简单的语言为我们构筑了一幅声音的图画，反复手法的运用让诗歌韵味十足，形象鲜明，非常适合儿童朗诵。

2. 优美动听

优美动听是针对诗歌的音乐性而言的。幼儿诗歌要有鲜明的节奏、和谐的韵律，念起来朗朗上口，不但要让孩子听得懂，而且要让他们能吟唱，如张继楼的《小蚱蜢》：

小蚱蜢，学跳高，

一跳跳上狗尾草。

腿一弹，脚一翘：

"哪个有我跳得高！"

草一摇，摔一跤，

头上跌个大青包。

这首儿歌，都是七字句式（在诗歌中，两个三字句相连于一个七字句），都是四音步，句句押韵，短短几句就勾勒出一只有趣的蚱蜢的样子——这实际上是一个自信又淘气的孩子形象，很合孩子口味。

（二）好玩

一首诗歌要让幼儿觉得"好玩"就应该做到以下两点。

1. 游戏性

幼儿诗歌中有很多是游戏诗，游戏和诗歌一经配合，孩子玩赏的兴致就会更加高涨，如张佩玉的《手指歌》：

两个拇指，
弯弯腰，
点头笑。
两个食指，
变公鸡，
斗一斗。
两个小指，
勾一勾，
做朋友。
两只手掌，
碰一碰，
拍拍手。

这是玩手指游戏时念的儿歌，手指游戏是利用手的特征，做出各种动作，变化出诸多形象，一人或几人一起玩的游戏。孩子们边念边玩，当念到"碰一碰"时，他们就会从心里发出"哈哈哈"的笑声，游戏精神也随之飞扬起来。

2. 动作性

一首好的幼儿诗歌往往能激发孩子参与的欲望，具有让他们活动起来的"煽动"作用，这类诗歌往往动作密集，可以边念边做、边念边演，如张继楼的《共伞》：

刮风了，下雨了，
幼儿园里放学了。
看一看，谁来了，
妈妈撑着伞来了。
走出门，回头瞧，
屋檐下站着张小宝。
招招手，笑一笑，
伞下多了一双脚。
一二一，齐步走，
踏着水花回家了。

又如圣野的《扮老公公》：

老公公,
出来了,
白胡子,
白眉毛。
点点头,
弯弯腰,
脚一滑,
跌一跤。
一摸胡子不见了,
乐得大家哈哈笑。

这两首诗最大的特点是动作性强,趣味性足,虽然找不出传统说法上的"意义",但它们一直以来受到孩子们的欢迎。孩子们一边念,一边演,经常乐得哈哈大笑,并从中得到莫大的快乐。

（三）有趣

幼年诗要有轻松的氛围、幽默的格调。这类诗中,有一些是表现幼儿天真的童趣、鲜活的想象的,如林焕彰的《日出》:

早晨,
太阳是一个娃娃,
一睡醒就不停地
踢着蓝被子,
很久很久,
才慢慢慢慢地
露出一个
圆圆胖胖的
脸儿。

把太阳想象成娃娃,这非常符合幼儿"万物有灵"、"物我同一"的心理特点。在这里,"太阳出来"和"我起床"是如此相像,太阳就是"我"的同伴,它和"我"有一种天然的共鸣。

又如张铁苏的《种子像娃娃》:

地里的种子像娃娃，

看见太阳叫妈妈。

伸出两瓣绿叶儿，

要叫妈妈抱抱它。

又是一个"娃娃"，不过这个"娃娃"是种子，太阳在这里又成了"妈妈"（幼年儿童的想象就是这样离奇）。多么有趣的一个"娃娃"呀，伸出两只小手——"两瓣绿叶儿"（这比喻非常贴切而又富有美感），还"要叫妈妈抱抱它"呢。

还有一些诗用轻松的口吻、活泼的方式表现较严肃的内容，如：

轱辘轱辘圆，

滚铁环，

摔了个跟头，

捡了一分钱，

买块糖，

想解馋，

吃到嘴里也不甜。

这是著名儿童文学家金波写的《轱辘轱辘圆》，是一首教育性很强的儿歌，但取材、表现都富有幽默风趣的特点。作者自己说："写这首儿歌的时候，我考虑到它虽然旨在批评孩子的缺点，但不能板着面孔去批评，还应当写得轻松些。我选择了以游戏作为开头，引起孩子们的听赏兴趣，进而写了一连串的动作（滚、摔、捡、买），结尾结在一个与幼儿生活常识相违背的生活现象上（'吃到嘴里也不甜'），以启发幼儿思考'这是为什么？'从而在行为规范上，让自己明确一个是非观念。"还有一些诗对孩子的缺点作轻度的揶揄和善意的讽刺。张秋生的《半个喷嚏》就是个经典例子：

这座大楼里，

谁有他娇气？

"啊——啊——"

他刚想打个喷嚏，

正巧奶奶走过来，

问了他一个问题。

由于奶奶的打岔，

他再也打不出下半个喷嚏。

小东西又叫又嚷，

要奶奶赔他半个喷嚏。

他和奶奶怄气，

从早晨一直闹到夜里。

无论奶奶说什么话，

他都噘着嘴巴爱搭不理。

窗外刮起了北风，

奶奶叫他快穿上毛衣。

他却罩着脑袋，

偏偏要到阳台上去。

还没等吃晚饭，

他就又是眼泪又是鼻涕。

老天满足了他的要求，

一连赔了他二十个喷嚏。

小东西患了重感冒，

只因为要奶奶赔他半个喷嚏……

低幼儿童知之甚少，又由于长辈的宠爱，往往比较任性。作者根据这一现象，创作了这首讽刺诗。诗虽带刺，但孩子却乐于接受，因为作品不是训斥孩子，而是围绕"半个喷嚏"（这个题目本身就很有意思），用极度夸张的手法，构想了一个诙谐有趣的故事，吸引孩子"欣赏"缺点，让他们在笑声中领悟到：任性怄气是多么不应该，达到了比正面教育更好的效果。

幼儿诗与儿歌是两种样式，这两种样式各有其特点，创作上也有些差别，如儿歌被称为"半格律诗"，更注重音韵美，要"好听"，幼儿诗则偏重情趣，要"易晓"；儿歌更在意动作性，幼儿诗则讲究画面感；儿歌创作注意从民歌中汲取营养，幼儿诗创作则更多地从自由诗中借鉴技巧。

二、幼儿童话的改编

按照改编的原则，童话的改编也可以从横向改编和纵向改编两个方面开展。

（一）幼儿童话的横向改编

即从与幼儿童话并列的其他文体中汲取养分来改编。比如在寓言、幼儿诗、幼儿故事、幼儿散文、幼儿戏剧等基础上进行改编。

1. 幼儿童话横向改编的前提——明确文体之间的区别

每一种文体都有成其为此种文体所特有的规范和要求。正因为它们之间存在差异，才造成了千姿百态的文学景观。

首先来对照一下幼儿童话和幼儿诗歌的区别。一般而言，幼儿诗歌更加注重形式，在音律、节奏、词语的排列等上颇费功夫。内容较为单纯，且用语非常简洁，所以有的理论家认为诗歌是"空白的艺术"。而幼儿童话则相对不注重形式，但在内容上则较为丰富，注重情节的营造和建构，同时语言也相对繁复。鉴于幼儿诗歌和幼儿童话的区别，故此在改编的时候，就得根据幼儿诗歌和幼儿童话自身的特点进行增删。

其次，幼儿童话与寓言。寓言是一种讲究寓意的文体。因此，它较为忽略情节的营造以及语言的锤炼。而童话则是一种以虚构故事为载体的文学样式，故此强调情节的曲折、新奇。同样，寓言的写作重点在于揭示故事下面的寓意，所以，主题成为了这种文体所要表达的唯一核心。相对而言，幼儿童话的主题并不是它最为关键的写作目的，而是更看重人物的塑造和情节的虚构能力。

再次，幼儿童话和幼儿戏剧。幼儿戏剧是以人物对话的方式推动情节的进展，故语言大多以口语为主，且多为叙述性的语言。幼儿童话则以书面语为主，且情节的推进有较多描述性的语言。

2. 幼儿童话横向改编的方法

（1）增添情节

如将中国古代寓言《守株待兔》，改编成一则童话，就需要增添很多情节。因为寓言的写作目的是为了寓意，故事本身并不是寓言的写作重点，而童话则刚好相反。因此，改编的时候需增添具体的故事细节。

（2）删除枝蔓

如将民间故事集《一千零一夜》改编成童话，就需要删除很多枝蔓情节。民间故事里有很多并不适合幼儿接受的内容，那么在创编的时候，必须以幼儿的接受生理、心理以及思维发展状况为基础。

（3）改变语言

比如将鲁兵的叙事诗《小猪奴尼》或者普希金的《渔夫与金鱼的故事》改写成童话，就需要改变语言。诗歌与童话在语言方面有很大的区别。对于童话来说，诗歌的语言过于精炼和凝练，这就意味着在改写的时候，要改变语言的表达方式。

（二）幼儿童话的纵向改编

即从原有童话自身的前后发展中进行改编创造，比如对古典童话、安徒生童话进行重新改写。

1. 童话的纵向改编原则

（1）把握原作与新作的联系

既然是在原作的基础上改编，那么改编时就不能完全脱离原作的痕迹和影响，即原作的基本面不能有大的改动，如主人公的名字，外形特征等。

（2）在原童话的基础上改编新童话

改编的基点在于"改"字上，因此还得与原作保持一定的差别。

2. 童话的纵向改编方法

（1）续写法

不改变原作的内容，而是在原作的基础上进行续写，通常原作的结尾就是续写的起点。经典的例子就是《龟兔赛跑》系列。在第一个故事里，兔子因骄傲自满输给了乌龟，有了第一次比赛，会不会有第二次？第三次？第几次？这就使故事永远有了叙写的可能。

（2）改编四要素法

四要素法即在改编的时候，对原童话可以从环境、人物、情节、主题这四个角度选取一个或者几个，从而改编出新童话。

台湾著名童话作家孙晴峰曾对《格林童话》的名篇《灰姑娘》进行过三种改写：

《阿谢与小春》——新版本的灰姑娘

《陆小与乔大》——灰姑娘放弃了王子

《鞋盒的秘密》——王子放弃了灰姑娘

第一个故事，打破了古典童话王子和公主历经艰险最终在一起的传统构思方式，而是以戏谑的笔调，以调侃的方式，把王子费尽千辛万苦救出的举动变成是妖怪自动放弃，把拥有千般美貌和万般家产的公主变成了仅有一人的国家的公主。第二和第三个故事，灰姑娘已经不是一个生活在古代的人了，而是一位生活在现代的，有主见，有想法，心灵手巧的现代人。如果说《格林童话》里灰姑娘是被动地被王子挑选的话，那么在孙晴峰的笔下，灰姑娘则由被动变成主动，放弃了王子，反而选择了聪明机智的王子的侍从。同样的，王子也不再仅仅凭一双鞋就决定自己的终身，当真正的灰姑娘找到的时候，他却爱上了一个心灵手巧的做鞋姑娘，并打算与这个姑娘合办一个鞋业公司。在孙晴峰的笔下，环境已经从古代转变成了现代，人物的性格和身份已经发生了变化，情节也加入了很多现代元素，主题思想由原来单一的"善有善报，恶有恶报"这样的民间法则变为争取平等、寻求自由等现代观念。

三、幼儿生活故事的创作

由于幼儿最喜欢听故事，幼儿园教育的各种活动都广泛地运用故事。语言活动有特定的故事教学内容，社会、健康、科学和音乐、美术等其他各种同幼儿生活密切相关的活动也大量采用故事。一方面出于工作需要，另一方面幼儿教师与幼儿生活联系紧密，创作有着得天独厚的条件。因此，幼儿教师应当学习幼儿生活故事的创作，也一定能够学好幼儿生活故事的创编。郑春华、李其美、胡莲娟、任霞苓、林玲、余绯、王一梅、苏梅等一批幼儿园教师或曾是幼儿园教师的幼儿文学作家就是榜样。

创作故事，可从故事情节、幼儿情趣和浅语表达三个方面进行。

（一）建构故事框架，编写故事提纲

幼儿是否喜欢听这个故事，关键在于这个故事是否有很强的故事性。所以，创作幼儿生活故事，首先要建构好故事情节。

1. 编写故事提纲

按照故事的开端、发展、高潮和结局等情节的基本结构，编出层次分明而完整，又环环相扣而连贯的故事提纲。

编写故事提纲，还要注意考虑故事情节的起承转合。前有伏笔，后就要有照应。开端、发展、高潮和结局的联结要自然顺畅，不能有疏漏和残缺。

2. 以顺序组织情节

幼儿故事一般不用倒叙和插叙。顺序的具体表现样式一般分为：时间顺序、事件发展

顺序、人对事物认识的发展顺序、叙事者的行踪顺序等四种，前两种最为常用。因为按照时间顺序和事件发展顺序来叙述的情节，容易交代清楚故事的来龙去脉，故事的线索单纯而清晰，符合幼儿认识事物的基本规律。

3. 设置悬念，巧合情节

给故事设置悬念，卖个关子，使情节波澜起伏，曲折生动，可避免平铺直叙，一览无余，易于集中幼儿容易分散的注意力。

采用"巧合"的方法，利用生活中的偶然事件来构造情节，以偶然表现必然，既"巧"——偶然，又"合"——必然，使情节发展既在意料之外，又在情理之中，富于戏剧性，妙趣横生，给幼儿以快感。

例如列夫·托尔斯泰的幼儿生活故事《谢谢你》。全文五句话。开端："一个小男孩玩儿的时候，不小心打碎了一只漂亮的碗。"发展设置悬念："谁也没看见碗是他打碎的。"高潮用了两句："爸爸回来，问道：'谁打碎的？'——'我。'"结局出人意料："爸爸说：'谢谢你，因为你说了真话。'"故事短小，却基本结构分明而完整、环环相扣而连贯，线索单纯而清晰，情节一波三折，生动地树立了一个勇于承认错误的榜样。

（二）采用多种方式，表现幼儿情趣

趣味是故事的基础。对幼儿来说，他们听故事是为了得到快乐。一个好的幼儿生活故事，应当写出幼儿特有的行为、动作、心理、性情、兴趣、喜好、思想和感情，即幼儿的情趣。这是幼儿生活故事的灵魂。它不同于童年情趣和少年情趣，更不同于成人情趣，它是徜徉于现实世界和幻想世界之中、以自我为中心赋予万事万物人格的情趣。幼儿生活故事具有了浓郁的趣味，才会引起小朋友的共鸣，才会让他们改变对幼儿生活故事的冷淡态度，喜欢上幼儿生活故事。

幼儿生活故事的幼儿情趣，是由幼儿的年龄特征和他们的审美兴趣所决定的。因此，创作时既可写幼儿的稚气，也可写所有社会生活中那些吸引他们的东西。总而言之，幼儿生活故事要富有幼儿的情趣。缺少幼儿情趣，就无所谓幼儿生活故事。

1. 运用幻想方法

幻想是孩子的天性，年龄越小的孩子越富有幻想。幼儿幻想的最大特征是童话式的。表现幼儿现实生活的幼儿生活故事，如果没有写出幼儿爱幻想的"现实"，就没有幼儿的趣味。所以，创作幼儿生活故事可以和应当运用童话的幻想方法。

在运用童话的幻想方法表现幼儿心理时，可以运用"闪回"的艺术手法，构成真幻交融的幼儿世界，幼儿情趣也就在其中了。

2. 运用多种修辞

由于孩子认为万事万物都像人那样有生命，而且年龄越小，越信以为真，因而幼儿生活故事可以运用拟人的修辞手法，去写幼儿眼睛所看待的人之外的事物。让拟人化的事物和现实人物共处，使幼儿情趣融在其中。

在幼儿生活故事中，大胆运用夸张，把不起眼的人和事加以放大，凸显其特征，也是使故事更加生动、幼儿情趣更加浓郁的好办法。

同时，运用反复、对比的手法，既可强调突出重点，又可增强故事趣味。

3. 表现游戏精神

游戏是幼儿日常生活的基本内容和主导活动。幼儿喜欢在扮演、模仿、演绎生活中的角色和情景的游戏中生活，他们的生活总是充满着游戏精神。因此，幼儿生活故事专写幼儿的游戏活动和游戏情景，或者表现幼儿在其他日常生活中具有的游戏精神，能够大大地增强故事的幼儿情趣。

例如郑春华的"大头儿子和小头爸爸系列"的《不怕真老虎》，写大头儿子夜晚最害怕大老虎，不敢独自上厕所，更不敢一个人半夜三更出门，他大声说着"我是小头爸爸！我是小头爸爸！""也许大老虎以为这是真的小头爸爸呢，吓得不敢出来了"。他这样说着想着进了厕所门，又勇敢地跑到了外面。听到窗口传出小孩子的哭声，他跑去对着窗户缝说："小弟弟别哭，外面没有大老虎的！"他的声音把野猫吵醒了，野猫跑了，他就喊："野猫别逃！没有真的大老虎！"还赶紧追上去。作者运用童话的幻想方法和拟人、夸张、反复、对比等多种修辞手法，真实地表现幼儿的幻想和游戏精神，使故事具有浓郁的幼儿情趣。

（三）讲究浅语艺术，打磨艺术形象

文学是语言的艺术，幼儿文学是浅语的艺术。幼儿生活故事的浅语艺术，表现在它主要使用日常生活运用的口语和幼儿的语言两个方面。一方面幼儿生活故事的接受者不是读

者，而是听众；另一方面幼儿是幼儿生活故事的主要角色，所以，幼儿生活故事在表现幼儿形象时，十分讲究浅语艺术的运用。

1. 让语言浅近直白，形象生动可感

故事行文以叙述为主要表达方式，少用或不用描写、议论和抒情的方式；多用短句，少用长句；多用实词，少用虚词；主要运用口语，一般不用书面语：与幼儿语言发展水平相适应。

运用摹状、比喻和拟人，使故事形象栩栩如生，鲜活可感，与幼儿的感知和思维特点相统一。

2. 让语言富有童趣，形象诙谐幽默

运用对比，使幼儿生活中的稚拙美、纯真美、荒诞美和社会生活中的陈规陋习、成人世界的病态和丑恶，相互映照。故事中小主人公诙谐幽默亲切的形象，幼儿生活故事的童趣，就会油然而生。

让语言富有动感。如用人物的具体行动构成故事的矛盾冲突，紧凑而快速地推进故事情节发展；用直观的特征如明显的外部动作和表情，表现人物的内心世界；用动漫的手法，变形、比拟、象征等方法，凸显形象诙谐幽默亲切的特征，富有幼儿情趣。

运用第一人称，让故事中的小主人公，直接讲述幼儿自己生活的故事，表现幼儿自己的情趣。

使用儿化音，让儿化音为表现幼儿情趣服务。儿化音在表示喜爱、委婉的语感，温和的态度，形容细、小、轻、微的性质和形状等方面，与幼儿的情趣相通，符合幼儿的审美习惯，幼儿对儿化音会感到特别的亲切。

3. 让浅语悦耳动听，形象亲切优美

运用反复修辞法，可使艺术化的语言，像音乐的旋律，飞进幼儿的心窝，使故事内容在反复构成的回环往复的语言之中，经久地回响，令幼儿余味无穷。

遣词造句，注意韵脚、音节，富有音乐性、节奏感，使讲述性的故事语言，像儿歌、幼儿诗一样娓娓动听，使幼儿像接触最早并且始终喜爱的诗歌那样，对幼儿生活故事也感到亲切美好而恋恋不舍。

童心即诗心。富于幻想的幼儿，对充满诗情画意，趣味盎然，富有浪漫情调，能给他们以愉快的直感和美的享受的故事语言，尤其喜欢。艺术浅语有诗歌的特质，有音乐的旋律和节奏，有美术的画面和色彩，有舞蹈的优美和灵动。它单纯明快，质朴平实，明白浅显，在生活化、口语化的幼儿生活故事中，富有魅力。

创作幼儿生活故事，讲究浅语艺术，在语言上花大功夫，下大力气，才能让幼儿在其中流连忘返，使它成为幼儿的最爱。比如郑春华的《大头儿子和小头爸爸》，十分讲究浅语艺术，因而易于为孩子们接受和喜爱。

幼儿生活故事的创作，与所有称得上是艺术的人类精神创造物一样，没有固定的模式。可供借鉴的经验，都是前人的创造，运用时不能生搬硬套，而应从具体的实际情况出发，加以创新。只有这样，幼儿生活故事才能在幼儿教育中，对幼儿的成长产生现实的和深远的影响。

四、幼儿散文的创作

创作幼儿散文，必须转换立足点，打破用成人眼光来思维的定式，从幼儿的角度出发，用幼儿的眼光去观察事物，特别是要以幼儿的心灵去感受体会。幼儿散文作家的情感、情绪、心灵感受、生命体验必须能让幼儿接受和喜爱。幼儿散文创作应从孩子的特点出发，考虑他们的心理、兴趣、爱好、思想、感情，在内容选择、形象塑造、语言表达等方面尽可能适合幼儿的欣赏水平，这样才能写出幼儿听得懂，喜欢听，听后有益的幼儿散文。下面我们从选材、构思、开篇、语言四方面来谈谈幼儿散文创作。

（一）幼儿角度，确定内容

从幼儿角度去感受生活，就是以幼儿的眼睛和心理来观察、体味客观事物。例如，作家嵇鸿写作游记散文《庐山的云》。刚开始他被庐山变化莫测的云雾吸引，脑海里自然涌出一些感受："云雾弥漫，犹如浪涛奔涌，一时林木尽蔽；风过处，霎时雾消云散，天日顿开……"经过细心思考，发觉这样写孩子不会接受，不只是语言深，更主要的是所写的云雾形象不是孩子眼里和心里的形象。于是，他再游庐山，并从孩子的角度去感受云雾，终于写出了孩子感兴趣的庐山的云：

坐在芦林湖边歇息，看着湛蓝的天空，一朵白云向山上一幢红屋子飘去，红屋子不见了，被白云吞没了，一会儿白云又把红屋吐出来，慢悠悠地飞去。

两相比较，可以发现，同是一处云，前者的感受是成人化的，后者的感受是幼儿化的，

"吞"、"吐"、"飞"几个动词，很自然地体现了孩子们的感觉。

从幼儿角度去感受生活，就会发现可供写作散文的题材很多，如各种花草树木、鸟兽虫鱼，各种游戏活动、人际交往等。关键是一旦确定某一事物为写作内容，就一定要用幼儿心理来反复体味，想想孩子对哪一点感兴趣，哪一点能引发他们的心灵感受。这实际上也就进入了文学构思。

（二）幼儿想象，创造意境

构思幼儿散文除了考虑材料的取舍安排、形象的描写塑造和主题的提炼外，很重要的一点就是创造幼儿能够领会的意境。

创造意境离不开形象。形象越生动，越鲜活，就越能启发幼儿想象和联想的空间，让幼儿获得散文意境提供的优美享受。当然，描写形象本身就离不开想象，而且形象也好，想象也好，都应该是幼儿能感受能体味的，都应该以幼儿的感觉为基础。

同时，显现主题也不能超出幼儿的感悟能力，即在构思写作意图时要考虑幼儿的理解能力和接受水平。要注意内容多少相宜，深浅适当，务使幼儿易于理解，能够读懂。如《圆圆的春天》，作者选取春天池塘富有特征的蜻蜓、青蛙、雨点、游鱼几个具体形象，极凝练地写出它们的动态，并用孩子的眼光，把塘中泛起的大大小小的涟漪比作圆圆的唱片，进而通过联想，把孩子们引到大大小小的圆圈组成的美妙境界里，享受"圆圆的"春天带来的优美和乐趣。《小太阳》也是如此。那"你一瓣，我一瓣"无比亲昵的动人场景，那给姥姥带来"甜蜜"、"温暖"的两个"小太阳"的巧妙构思，很值得我们学习。

（三）幼儿心理，准确切入

写作幼儿散文时，要找准切入点。叙事类散文常采用简略交代的方式切入。有的用一两句话写明事情起因，或交代时间、地点，紧接着叙写过程，如"姥姥病刚好，我陪姥姥晒太阳……"（《小太阳》）；又如"北京有座卧佛寺，寺院里，娑罗树花开了……"（《大卧佛》）。也有的开门见山，如"男孩子，抬轿子，女孩子，坐轿子，一颠一颠出村子……"（《抬轿子》）；抒情散文往往开门见山，很少铺垫，如"夏天的雨是金色的……"(《夏天》)；有的用特写镜头切入，然后拉为全景，如"小蜻蜓，尾巴尖，弯弯尾巴点点水……"(《圆圆的春天》)；有的用全景镜头切入，然后推到近景，如"大海，懒懒的，又宽又远。沙滩，黄黄的，又长又软……"(《项链》)。

（四）幼儿语言，落笔成文

幼儿散文的语言要吸引和感染幼儿，就要符合幼儿的趣味。注意用词浅显、准确、有特色，以及恰当地使用比喻、拟人等修辞手法与词语重叠等。

例如《草原上的联欢会》开头一段。原稿为："一场夏雨过后，林中的草地上，多了一些小花朵，还多了一些蘑菇娃娃们的小花伞。"发表时，经编辑改了三处："一场夏雨过后"改为"下过雨了"，"林中"改为"林子里"，"娃娃们"改为"娃娃"。这一改，有了幼儿味，孩子更容易理解。原稿题目是《草地联欢》，太成人化，改了几个字就比较具体了。又如《蜡笔》，用词很有特色。蓝色的大海，灰色的军舰和大炮，明天的"我"长着乱草样的黄胡子，褐色眼睛，脸黑里透红，住的帐篷是草绿色的，带的狗是银白色的，这些词语色彩感很强，能产生明显的视觉效果，具有很大吸引力。

五、幼儿图画书的创作

一位图画故事作家谈创作时有这样一段话："例如画一条狗，我把狗涂成黑色。这样就没有必要再写上'这是黑色的狗'。这时在旁边写上什么呢？我只写'狗臭'。"

这段话说明，在图画故事中，文字不是图画的说明，图画不是文字的解释。文字与图画的关系应该是相融和互补的。

对于图画故事这样一种特殊的儿童文学样式，不管是文字还是绘画，它们的创作都有特殊的要求。

（一）文字要求

图画故事分为有文字图画和无文字图画。无文字图画，虽然在图画书中不出现文字，但是要求创作者，事先应该有个脚本，以便于绘图。

有文图画故事的文字要求如下。

1. 精练准确

图画书的文字往往要转化成画面，所以文字不可能太长，需要准确，有色彩感和动感。

2. 图画书的语言要有动感

图画书是用连续的图画来表现故事，那么在写脚本的时候就要考虑到，画面的设计应该有动感，人物、情节、场景都应该有变化。如果故事单一，缺乏变化发展，那么画家就很难创造出生动的形象，画面就容易雷同。每幅画的文字也应有动感。例如《阿木的裤子》（洪祖年设计，詹同画）中，"吃得嘴巴油光光，一抹抹在裤子上，小狗闻到油味香，咬片裤子尝一尝"。虽然只有四个句子，但文字有韵律、充满了动感、幽默、风趣，可供画家作为绘画依据，因此绘画中人物的表情、动作设计不断变化，使作品充满了趣味性和幽默感。

3. 要有节奏感

图画故事的文字应该是优美的、有节奏感的语言，这种语言能让孩子在阅读图画书时，受到审美熏陶的同时，体会到语言优美的韵律，教给幼儿正确的语言，又同时用语言的美吸引他们进入图画故事这个这个美的世界。

例如美国图画故事《快乐的一天》，语言充满了节奏感，可让孩子在阅读中唤起心中的韵律：

下雪了，田鼠睡觉了，熊睡觉了，小蜗牛在壳里睡觉了，松鼠在树洞里睡觉了，土拨鼠在地洞里睡着了。

哎呀，它们全醒了。田鼠闻闻，熊闻闻，小蜗牛钻出壳里来闻闻，松鼠钻出树洞闻闻，土拨鼠钻出地洞闻闻。田鼠跑了起来，熊跑了起来，小蜗牛背着壳跑了起来，松鼠跑了起来，土拨鼠跑了起来。

它们闻呀闻，她们跑呀跑。

它们停了下来，围成了一个大圈，又笑又跳。

它们发现了什么呢？

该故事语句通俗生动，节奏流畅，读起来朗朗上口，优美动听。

4. 文字的排列

在绝大多数的图画书里，文字是一个叙述者，恪守职责，默默地承担着和图画一起讲故事的任务，在排列设计上并没有什么特别的地方。

比如，1983年凯迪克奖的银奖之作《山中旧事》（辛西亚·劳伦特文，黛安·库德），在文字的排列上非常的循规蹈矩。"我小时候住在山上，浑身黑煤灰、当矿工的爷爷每天晚上回家时都会亲我的头顶，奶奶会给我们做小麦面包、煮豆子和炸秋葵荚……"一行行回忆的文字，静静地排列在那里，与书上那些朴实无华、温润如细雨般的缅怀童年山中岁月的画面十分吻合。《三只小狼和大坏猪》（尤金·特里维查文，海伦·奥克森伯里），非常大胆地篡改了人们早就熟知了的英国民间故事"三只小猪"——三只小猪变成了三只小狼，穷凶极恶的狼变成了猪。虽然故事很叛逆，但它的文字并没有像故事一样，而是非常安分守己地穿插在让人匪夷所思的画面之间。

不过也有的图画书里，字的排列非常独特，一行行排列得好好的文字，会变得歪歪扭扭，或者又大、又粗、又黑，甚至横七竖八地扭曲起来——这时的文字就不仅仅是文字了，是图画，是情绪，给我们带来一种视觉上的冲击。如美国作家弗吉利亚·李·伯顿的《小房子》里面的文字的排列和画面密切相联系，其中小房子的秋天，左页文字排列的方式，也如同红色的秋叶般轻灵地飘动起来了。

英国女画家海伦·库柏的《南瓜汤》说的是一个关于友情的故事：只有猫把南瓜切成片、松鼠搅汤、鸭子加盐熬出来的南瓜汤，才是世界上最好喝的南瓜汤。可有一天早上，鸭子却起了一个绝早，去够那把挂在墙上、本不该属于他的汤匙。于是，伴随着"咣啷"一声巨响，汤匙掉了下来，不但画面里的猫和松鼠被震醒了，连我们也被吓了一跳。因为，"咣啷！汤匙劈里啪啦掉下来"几个字，字体突然被醒目地放大了，变形了，好像和汤匙一起掉了下来。这种排列方式，显然是突破了一般图画书文字排列的方式。

V.L.伯顿是一个设计感极强的人，在她的眼中，文字不仅仅是一行行字符，也是图画，"文字图形化"可以说是她的文字特点之一。在《淘气的火车头》中的两幅对开的画面，左面一页文字的排列方式与右面一页的画面对称，产生一种强烈的形式美。那呈"S"形走向的文字，像那条蜿蜒在山丘之间的小路一样，又像那条翻山越岭的铁道线。为了达到最好的视觉效果，她甚至还会削减文字来配合画面。所以图画书中文字的排列也展现了作者自我的风格。

（二）绘画要求

1. 构图（版面设计）

通常创作图画书的第一个步骤，就是进行版面设计，就像电影剧本一样，先要把故事的情节，分解成若干的分镜头，然后再一段一段地画出来。同时要考虑每一个画面该怎么样去表达，每幅画面之间应该如何的连贯，什么地方转折，什么地方制造高潮，整个图画书应该有一定的韵律和节奏。总之要从各个方面仔细推敲，不只是考虑画面本身，还要考虑与文字的关系，每一幅图在整本图画书布局中的位置。另外还要考虑细节、气氛、戏剧性的起伏、画面的呼应、文字与图画的和谐等。图画书的韵律（布局、连贯、韵律、呼应）也就是阅读的韵律，因为图画故事是用一组图画来讲故事，一幅幅的画面就像一颗颗珍珠，必须要有一根线把它们连缀起来，图画连贯不起来，就缺少了故事性，可读性就不强了，那么这根线就是应该是图画书的韵律。如何找出一本图画书画面的韵律呢？我们可以把书的每一张翻页连在一起看，即把书拆开，两页两页一张，连起来就一目了然了。例如《逃家小兔》分别是两张黑白钢笔画，而后是合二为一、一张全景似的横跨两页的彩色跨页，没有文字只有色彩浓烈的想象画面（小兔子变成了兔形鱼、变成了兔形石头、变成了兔形花、变成了兔形鸟、变成了兔形小帆船、变成了兔形小飞人、变成了兔形小男孩）。当我们把画页摊开，一张一张地连接起来，就会发现他的图画配置，是先用两张黑白单页，然后是跨页彩色全景，然后再接两张黑白单页，再是彩色跨页全景……以此类推，形成一个简单明了的阅读韵律。

2. 画法

（1）直接而理性地把文字内容画出来

有些图画书，常常直接而且理性地把文字的内容画出来。但是也有图画书，画的是作品内在的涵义。

（2）写形于外，写意于内

选取一个角度，表达图画故事内在深层的涵义，震撼人心。例如意大利作家英诺桑提的《灰姑娘》一书中，把故事的高潮安排在"水晶鞋"套上灰姑娘脚的一刹那。为了表现灰姑娘的美丽，作者选取了与众不同的角度，进行了很有创意的突破。他把灰姑娘的腿，放在整个画面的中央，浑圆修长，膝盖微弯，裙摆轻拉，优雅又贵气的美丽的腿，再配合大家惊讶的脸。这个镜头让人想起《陌上桑》中描写秦罗敷的美丽，没有直接加以表现，而是通过描写人们见了罗敷以后的种种失态来间接表现，这和古希腊史诗《伊利亚特》通过描写那些特洛伊长老们见了海伦以后的惊奇与低语来表现海伦的绝世之美的手法有异曲同工之妙。另外作者在画面的安排上，采取从下往上的镜头角度，配合众人惊讶的脸孔，灰姑娘的脚顺势下踩，把套上水晶鞋的刹那，诠释得美轮美奂。

桑达克曾说："你绝对不能完完全全如实照文本作画，而是必须在文本之中寻找图画可以发挥的空间。然后在文字表达的优势之处，让文字作为主宰。这是一种幽默风趣的魔术表演，需要很多技巧和经验，才能巧妙的让韵律延续……"

台湾图画作家郝广才说："一张插图是文本的一种放大，一种诠释，让孩子更容易理解文字的意思。"

3.造型可爱

图画书绝大部分都是为孩子画的，就算有成人愿意成为图画书的读者，那也一定是心中还有童心的大人。孩子喜欢一切可爱的东西，尤其是可爱的人物，可爱就成为了给角色造型时，尤其应该注意的问题。在儿童文学作品中，即使是故事中的坏蛋，也要坏得让孩子想笑，要坏得有趣，坏得可爱，不要坏得可怕、恐怖。

孩子喜欢可爱的造型，那么什么样的造型才能给孩子可爱的感觉呢？

（1）孩子的造型——头大

一般来说，年龄幼小的孩子，常常头部比较大，加上满脸纯真的稚气，想不可爱都难。在图画故事中，为了营造人物形象的可爱，我们常常给孩子的造型基本上就是头大，当然和身体的比例比生活中夸张，在1：2到1：3之间。例如安嘉拉芙的《丑小鸭》中小鸭的造型是头与身体成1：1的比例，显得无邪而惹人心疼。

（2）圆圆的造型：圆圆的造型往往让人觉得可爱

很多动物，尤其是小动物，本身的造型基本上就比较圆，符合孩子的审美，如熊、象、鼠、狗等都是常常被拿来拟人化的图画书角色。

（3）图画故事中的角色要有孩童般的天真形象

① 动作要像

动作像孩子，往往就给人一种可爱感，例如朱里安诺画的小象——小象的鼻子泡在水里，一脸无辜的样子，动作如小孩一般。

② 利用和小孩有关联的东西，给我们角色是小孩的印象

例如朱里安诺画的犀牛，身体加上"大纽扣"像童装；另外在犀牛角上画上"蛋糕"像小孩爱吃的东西。这些创意虽然是在小地方下功夫，却大大加深了可爱度，有画龙点睛的效果。

（4）方的造型：圆形的可爱也不是一成不变

有时可以用厚重的方块，制造一种呆呆的拙趣，也能有另一种可爱。比如艾蜜莉的《爸爸不能去度假》，里面的动物，乳牛就是大方块配上小方块，利用方块的厚重感，来创造拙趣的可爱感。

4. 造型塑造要根据故事需要

《野兽国》出版时，引起很多人的争论，许多老师、家长感觉野兽的造型不可爱。一般给孩子看的图画书，都会采用柔和的线条，温馨的色彩，而桑达克的野兽造型，用的是锐利的钢爪，尖牙利爪头长角。因此成人比较担心这样的造型会让孩子害怕，不被孩子认同，不适合小朋友阅读。

这是一本孩子发脾气的故事书，表现孩子恐怖、愤怒、痛恨和受挫折时感受到的无助，通过幻想宣泄消解愤怒。因此桑达克使用锐利的线条，而不是柔和圆润的色彩，是要表现出一种力量。但是野兽的造型，整体上还是肥肥圆圆，这种圆冲淡了钢牙利爪的锋利，而且，桑达克的野兽造型比例大概1：2，脚画得特别大，除了创造出一种力量和厚实感，也让野兽们也显露出憨直的趣味。

所以造型的创造，要看故事的需要，不是用固定的格式，不是一味可爱就一定会有效果。桑达克的野兽打破了人们传统的审美，一样被孩子接受，并被他们喜爱。

5. 画出孩子有认同感的东西

人们在阅读的过程中，常常对书中的角色产生认同感，容易把情感投射在书中的角色身上，情感往往会随着情节而起伏。一旦我们对角色产生认同，原有的价值判断、道德标准，也会在故事中跟着角色转移。所以在创作图画书时，我们首先要了解孩子通常会认同什么？孩子最容易认同的就是和他一样的孩子，或者是小动物。这类角色跟他们很接近，他们容易产生亲切感，容易认同。

在《野兽出没的地方》里，从书名页开始，我们看到故事的主角是马克斯这个小孩，他自信满满，把巨大的野兽指挥得团团转，他可以任意地惩罚着野兽们，而总是受成人惩罚，无法为生活做主的孩子，自然从马克斯身上也产生自信、勇敢，从而产生对角色的认同感。

如果孩子在故事中找不到认同感，他们就会很快丢下了这本书，无法读下去。所以要了解阅读的对象，要明白阅读的本质，才能抓着图画书的要旨，画出孩子有认同感的东西。

6. 画面与画面的连贯

画面与画面之间应该是连贯的，必须要有一些线索，让读者可以循线索，一幅画一幅画地读下去，进入故事。如果画中没有线索，或者线索不明，或漏了安排，故事就很难流畅地发展下去，就会让读者感到脱节。

图画书的创作要从书的第一句、第一个画面就开始构思，将故事流畅地发展下去，扩张为一连串图画，在画中感到画面的"流动"，再向下继续发展，这样一直到余味无穷的终点，整个画面就像一串流淌的音符。或者说就像"音乐"。

图画书是用图画说故事的艺术，书中的画最重要的功能，就是要把故事的情节、内在涵义表现出来。好的图画书，即使孩子看不懂文字，光看图画也能明白故事大概在说什么。所以，图画书的故事并不只是靠文字来叙述，而是由图画和文字的有机结合来共同表达。如无文字图画书，虽然一个字都没有，孩子仍然可以从中阅读出完整的故事，因为创作者已经把文字融进图画里。

7. 主题单纯

大多数成功的图画书，都有一个明显的特征，就是"主题单纯"——故事有一个中心，有一个主要的问题要解决，所有的发展都和这个中心有关。

图画书有长度的限制，不像小说，小说爱写多长就写多长，主题可以非常复杂。一本32页的绘本，大概有14场戏左右，必须每幅画面都围绕中心展开。例如汉斯比尔的《小象欧利找弟弟》，这本书的主题很单纯，就是小象欧利想要一个"弟弟"做生日礼物。象妈妈满足不了欧利的要求，欧利就自己去"找弟弟"。欧利找了鹳鸟、鹿、青蛙、猫、鹩、孔雀、蝙蝠、袋鼠、啄木鸟等九种动物，想和他们做兄弟，欧利努力要变成其他动物一样，比如他想和袋鼠做兄弟，就用桌布给自己身上绑个袋子，想和鹿做兄弟，就用椅子绑在自己头上当鹿角，结果他还是自己，变不成其他动物。但是欧利每一次努力变成别的动物的过程，都加强找弟弟的主题，孩子在笑声中，期待着欧利制造的下一次笑料，而欧利每一次变身的过程都进一步强调了他无邪傻气的可爱模样，也一步一步地强调主题。

8. 呼应手法

画面里的人物可能很多，但每一个人物的动作都对应着另一个人物的姿态，没有一个角色的眼神是乱飘的，都是互相回应而有一定的涵义。

9. 气氛

布景上要精心设计，制造每一个画面的共同气氛，就像一首主题曲贯穿整本书。

10. 趣味

一本书不管意义有多好，如果不生动有趣，也不能吸引孩子的注意力，不能被孩子所接受，《疯狂星期二》就是一个很好的例子。过去儿童文学作品都比较强调教育性，给孩子看的故事，往往有一个道理或一个教训，像《龟兔赛跑》、《三只小猪》都是告诉孩子不能懒惰，像《七只小羊》、《小红帽》就是教育孩子不能相信陌生人。而在《疯狂星期二》里，没有告诉我们什么道理。故事是在讲"一群青蛙飞上天"的奇妙故事，没有教育，更没有教训，它充满了幻想的乐趣，让趣味性深入孩子的心里。

总之，阅读是一种游戏，一种娱乐，它最大的目的是要让孩子快乐、感动，不一定要有什么道理。

（三）图文关系

图画与文字的关系应该是相互融合，相互依存的。

美国作家芭芭拉·库尼说："图画书像是一串珍珠项链，图画是珍珠，文字是串起珍珠的细线，细线没有珍珠不能美丽，项链没有细线也不存在。"

1. 文字和画面一起配合讲故事

例如埃兹拉·杰克·济慈（Ezra Jack Keats）在《下雪天》中描绘了一个下雪天给黑人小男孩彼得带来的喜悦。其中有这样一个画面，文字上写道："他用内八字走路,就像那样："怎样呢？作者没有继续往下说，但他用画面告诉我们了。

2. 文字上没说，图画上画出来了的

例如《母鸡萝丝去散步》，在画面里叙述了一个文字里没有提到的故事，让文字与图画形成一种氛围相反的对比，让孩子捧腹大笑。整本书 14 个画面，只有 32 个单词。如果只看文字，这本书讲的是母鸡萝丝从容不迫去散步的故事——母鸡萝丝去散步 / 穿过院子 / 绕过池塘 / 翻过干草堆 / 经过磨面房 / 钻过栅栏 / 从蜂箱下面走过去 / 回到鸡舍，正好赶上吃晚饭——似乎一切都只是一场平常不过的散步，只是母鸡散步的过程中，画面里紧跟着一只狐狸。于是，在画中母鸡萝丝散步的故事，变成了一只狐狸处心积虑想吃掉母鸡的故事。《母鸡萝丝去散步》这个故事真正要讲述的，却是文字之外，由画面所叙述出来的故事。

3. 文字与图画说的完全不是一回事

例如约翰·伯宁罕的《莎莉，离水远一点》，文字与图画说的就完全不是一回事。少女莎莉和父母一起来到了海边，这是《莎莉，离水远一点》的第 1 个画面，是一张单页，文字是"莎莉，水太冷，不适合游泳！"听上去像是妈妈在劝说莎莉，画面上也没有什么异样。但从第 2 个对页画面开始，文字与图画就分道扬镳了，不再叙述同一个故事了。你看，第 4 个对页画面，左面一页是妈妈和爸爸坐在椅子上，文字仍然是妈妈的唠叨："你可不可以小心一点，不要把新鞋子弄脏。"右面一页的画面上，却是莎莉划着一只小船驶向了海盗船。第 5 个对页画面，左面一页妈妈和爸爸仍然坐在椅子上，文字也仍然是妈妈的唠叨："莎莉，不要打那只狗，它可能是一只野狗。"而右面的画面上，海盗正用一把剑逼着莎莉……因为文字与图画各说各的，一个故事也就发展成了两个故事——左面是现实当中的一个故事，右面是莎莉脑海之中的一个幻想故事。不过，正因为图文之间存在着一种特殊的关系，在这两个故事之间，还存在一个潜在的、我们看不见的故事，就是现实当中莎莉的故事。

在绝大部分的图画书里，图画与文字呈现出一种互补的关系，缺一不可，具有一种交互作用。文字可以讲故事，图画也可以讲故事，但一本图画书的故事还应该是图画与文字一起讲出来的故事，即图文合奏。所以"一本图画书至少包含三种故事：文字讲的故事、图画暗示的故事，以及两者结合后所产生的故事。"（培利·诺德曼《阅读儿童文学的乐趣》）

六、幼儿戏剧剧本的改编

幼儿热爱戏剧。无论是作为幼儿戏剧的欣赏者还是参与者，幼儿都能够积极、主动地进入戏剧世界。其原因在于两方面。一方面是由幼儿的年龄特点决定的。幼儿年龄小，生活中的很多事情无法参与，但是幼儿对世界充满好奇，有强烈的探索欲望。于是，幼儿戏剧就很自然地满足了幼儿的需求，可以让幼儿更多参与到平时生活中无法参与的活动中，从而更深刻地体验和感受生活，也使得幼儿在幼儿戏剧活动中获得成长。另一方面，幼儿戏剧是游戏的深化。幼儿喜欢游戏，游戏是幼儿生活的全部。因此，在改编幼儿戏剧中不仅要遵循戏剧原则，同时还要遵循幼儿身心发展原则。

（一）遵循戏剧改编原则

无论狭义的还是广义的幼儿戏剧改编都需要注意以下要点。

1. 慎重选择原作

慎重选择原作是决定能否改编成功的前提。特别是狭义的幼儿戏剧，一般会选择那些线索比较单纯、情节完整连贯、人物形象鲜明、矛盾冲突较为突出、紧张的故事，改编它们并搬上舞台容易成功。而广义的幼儿戏剧，慎重选择原作不仅要考虑故事情节是否适合幼儿在幼儿园、家庭非正式舞台上表演，还要考虑表演的道具是否易于制作和操作。《木偶奇遇记》中主人公皮诺曹的命运变幻，丰富的情节、形象生动的性格特征，适合专业的剧团进行改编表演，其中复杂的场景布置、变换，以及道具制作只有专业剧团可以做到。

2. 把握剧本改编的特点

改编是一个再创作的过程。改编时既要尊重原作的主题、情节、人物，不随意增删，又要根据舞台演出的要求进行必要的改动。改编剧本的规律主要包括两方面。

（1）原作的叙述性内容要尽量化为人物的台词、动作和舞台提示

人物台词分为独白、旁白、对白，可以根据改编剧本的具体需要，选择性地使用。台词的转换还要注意遵循幼儿年龄特点。一般情况下，对于小班和中班上期的孩子，最好尽量把叙述语言转换成旁白或独白，少量转换为角色台词。而对于中班下期和大班的孩子尽可能转换成对白。比如谢华的童话《岩石上的小蝌蚪》的第一自然段是一段叙述的语言：

一个绿油油的小山坡上，有一块光秃秃的大岩石。一天，下了一场大雨，岩石上一个凹下去的地方积了水，就像一个浅浅的小水塘。在这小水塘里，忽然来了两只小蝌蚪，身子一扭一扭，尾巴一摆一摆，两只黑晶晶的小眼睛，东看看，西瞧瞧。

改编如下：

地　点：绿油油的小山坡上

时　间：快到中午

角　色：小男孩、两只小蝌蚪、小花狗、大花鸭

幕启后，（画外音）小哥哥今天上午在小河边，捞了两条小蝌蚪。在画外音中小男孩双手做捧着东西的样子跑上台。

小男孩：（四处寻找状）诶，这块大岩石，太棒了！昨天下了大雨，岩石上着这个凹下去的地方积了水，刚好可以放我的小蝌蚪。（双手捧着，轻轻放下，小男孩飞快跑下）

（小男孩画外音）你们等着，我回家拿个漂亮的杯子来……

（两只蝌蚪高兴地开始在水里跳舞，边跳边唱）

小蝌蚪甲：身子身子，扭一扭，东看看，西瞧瞧；

小蝌蚪乙：尾巴尾巴，摆一摆，东看看，西瞧瞧；

两只蝌蚪：小哥哥，小哥哥，你快快去，快快回；

我们哪也不会去，就在这里等着你，

等——着——你！

改编时，我们采取将叙述语言转化为舞台提示或人物台词，再加上动作辅助表达。

（2）为角色设计典型化的戏剧动作，穿插必要的游戏、舞蹈

无论是狭义的幼儿戏剧还是广义的幼儿戏剧，都需要为角色设计相应的戏剧动作。例如在前面《岩石上的小蝌蚪》的第一自然段的改编中，就将小蝌蚪游来游去的叙述语言，转换成小蝌蚪边游边唱的歌词，穿插了舞蹈动作。在幼儿园和家庭中开展的幼儿戏剧活动也要遵循最基本的戏剧原则，只是幼儿园和家庭中开展的幼儿戏剧活动从改编到表演更大程度上会考虑是否遵循了幼儿身心发展的原则，更强调幼儿戏剧的游戏性。开展幼儿戏剧活动的最终目的是帮助幼儿健康成长，而不是为了演戏而演戏。对于幼儿而言，是为了游戏而演戏！因为演戏好玩！

（3）把握规范的剧本格式

剧本的书写形式要规范，这也是改编剧本的关键。下面给大家提供一个剧本的基本范式：

剧　名
　　作者名

人物　某某　主角基本描述（年龄、职业、个人、爱好等）
　　　某某　与主角关系基本描述
　　　某某　与前面基本关系及基本描述
时间　某年某月某日
地点　某地
　　　第一场
　　　（小白兔高高兴兴跑回家，发现门口有个影子，他藏在大树后悄悄地观察）——舞台提示
白兔妈：（着急状）小白兔——，快回家啦！——角色对话
小白兔：（从大树后跳出来）妈妈，我在这呢！——角色对话

正文……

（剧终）

（二）遵循幼儿发展原则

1. 保持戏剧的童趣

保持戏剧的童趣是指在整个戏剧活动中，无论是剧情改编的游戏性，还是角色台词设计的韵文化，表演动作的夸张设计都要使幼儿戏剧具有趣味性。

2. 增加幼儿参与度

增加幼儿参与度就是关注每一个孩子的身心健康成长。在幼儿园要让更多的孩子参与到幼儿戏剧活动中去，而原作中可能只有有限的角色。例如，在汤素兰的笨狼系列故事的节选《半小时爸爸》中，角色一共只有三个，怎么办呢？我们可以采取增加角色的方法，但这就意味着要改编情节。无论增加角色，还是改编情节，其前提都是不改变原作的主题，因此要么增删情节，情节的改编要紧紧围绕主题。要么增加角色，但是主角不变。

理论与实践操作

　　1. 根据以上讲述的各类幼儿文学体裁的创编方法，选择你最喜欢且最希望尝试的一种去体验一下。
　　2. 试着思考一下，对于一篇幼儿文学作品而言，是否有不同创编方法？

拓展学习书目

［1］王瑞祥．儿童文学创作论［M］．北京：高等教育出版社，2009．
［2］陈淑华．五格书——创意DIY［M］．台北：光佑文化事业股份有限公司，2003．

关于这一节，请留下你的建议吧，谢谢！

第二节　优秀幼儿文学作品的选择方法

本节导读

> 本节提供选择优秀幼儿文学作品的基本方法，使用者同时结合个人的爱好、需要，选择符合自己要求的幼儿文学作品。

选择优秀的幼儿文学作品是父母和幼教工作者非常需要的一项工作，但是何谓"优秀"幼儿文学作品？幼儿所处的状况不同，选择者的理念不同、所具备的幼儿文学的素质不同，选择的方法肯定是五花八门。在这个快餐文化盛行的时代，人们常常无暇静下心来真正提升自我，只想直接获取成功的秘诀。但是教育没有捷径可走，幼儿教育也是如此。"每个孩子都是一个珍贵的个体"，个体的差异决定了因材施教的教育方法。汪懋祖说："欲确立选材标准，必深究儿童生活、教育原理；又须具有文学训练，方言知识。"说法虽然不一定全面，但指出了确立一个选材标准所需要的知识结构与实施途径。当然幼儿文学选择评价的标准是一个持续不断发展的过程。

一、主题：充满儿童精神

树立正确的幼儿观和幼儿文学观是选择行为合适与否的基本保证。不同的理念，决定着不同的选择行为。"儿童有自己的精神世界，这个世界并不完全是成人想象的那种天真、稚拙和不成熟，那里有顺理成章的离奇与夸张、活泼与想象。用幼儿的眼睛去看待世界，收获的将是五彩缤纷。"（朱自强《儿童文学概论》）儿童的精神具体表现为游戏精神和创造精神。

（一）游戏精神

幼儿在文学的世界里最自由，因为当"工作"不再受威胁和强迫的时候，就能陶醉和享受"工作"。这里的"工作"就是游戏。

（二）创造精神

爱因斯坦曾说过："想象力比知识更重要，因为知识是有限的，而想象力概括着世界上的一切，推动着进步，并且是知识进化的源泉。"幼儿文学是诗一般的、充满梦幻的艺术，在这个广阔的天地里，孩子们可以随意展开想象的翅膀，自由翱翔。

二、内容：符合幼儿发展需要

以幼儿发展的需要为基本标准，即不要站在成人角度居高临下地揣测、曲解幼儿的需要。幼儿有了解世界的需要，神奇的世界吸引了他们，使他们产生强烈的好奇心，所以他们知道的或不知道的，都是他们想探寻的。优秀的幼儿文学作品内容具体表现为以下两方面。

（一）给幼儿带来快乐

幼儿文学的启蒙作用是在"有趣"的前提下完成的，是幼儿在快乐中接受的。优秀的幼儿文学作品常常充满欢乐明朗的色调，充满幼儿情趣。幼儿文学给幼儿的"益处"正是在不经意自然流泻"乐趣"，吸引孩子们如痴如醉于其间。

（二）给幼儿永恒的爱

"幼儿文学从创作之初，就充满了爱的初衷，作者们怀着爱意和责任感，回避着现实社会中的政治、战争、暴力、欺诈、色情等阴暗的内容，以细腻而博大的爱呵护着孩子们的成长，丰富着孩子们的精神世界，使爱继续永恒。"（黄云生《人之初文学解析》）幼儿文学作品中所表现的爱是博大的、深邃的。幼儿文学不仅要让孩子理解爱的博大与深邃，懂得爱别人是快乐的，同时也学会体验被爱的幸福。成人选用幼儿文学作品应坚守这一原则。

三、表达：浅与深的结合

这里的"浅"是就语言表达的角度而言，即林良先生所说的"浅语的艺术"。而"深"则是指在浅显的语言里表达的对人生最深切的关注，就如方卫平教授说的"童年不仅仅只是幼稚的、不成熟的，他还联系、融合着历史的古老、现代的年轻和未来的无限可能"。

幼儿文学作品的浅与深的结合有时还会表现出一种幽默的效果。幽默对于幼儿而言是一种品质，它对幼儿形成开朗活泼的个性会起到有益的帮助。幼儿文学的幽默重在营造欢乐、滑稽的、机智的艺术氛围，为他们从小播下幽默的良种。

幼儿文学是一种具有独创性和高度艺术智慧的美学。重新认识和发掘幼儿文学的美学可能和潜力，是当代优秀的幼儿文学作品所给予我们的在选择上的又一个启示。

四、选择优秀幼儿文学作品的其他建议

（一）利用幼儿文学理论知识选择

许多成人自身的幼儿文学素养不够，严重影响了优秀的幼儿文学作品的选择。可以采取收看、参加相应的讲座培训的方式自我提高，以便更好地选择幼儿文学作品。另外，本书对不同体裁的幼儿文学作品的理论和示例分析，也可供家长、幼儿教师在选择优秀的幼儿文学作品时作为参考。

（二）慎重对待市场的广告宣传

面对市场上各种各样的广告宣传，家长和幼儿教师都不要盲从，要在深入、全面了解的基础上，谨慎选择。

（三）请教专业的人士或参考相应的正式的获奖书目

琳琅满目的图书，会令很多家长感到茫然，不知买哪些好，对此向大家介绍两种方法。一是向专业人士咨询，将自己的需求特点告知专业人士，得到较有针对性的建议；二是从目前国内外儿童读物的专业大奖中选择适合自己孩子的图书。

1. 国外著名儿童文学大奖

（1）国际安徒生文学奖（Hans Christian Andersen Award）

这是目前世界儿童文学界公认的最高荣誉，因其独特的地位，人们常常称它为"小诺贝尔奖"。国际安徒生文学奖由国际儿童读物联盟于1956年设立，每两年一次，授予儿童图书作家和插图画家，奖励并感谢他们写出的好书。这个奖项由丹麦女王玛格丽特二世赞助，并以童话大师安徒生的名字命名。国际儿童读物联盟是一个致力于在世界范围内推广少年儿童图书的公益性组织，成立于1953年，总部设在瑞士的巴塞尔，目前在世界

各国有 60 个分会，中国分会就设在北京的中国少年儿童出版社。

（2）纽伯瑞儿童文学奖

这是美国的童书大奖，奖励的对象是在美国出版的儿童图书。由于长期形成的知名度和权威性，它在世界儿童文学界的地位仅次于国际安徒生文学奖。

纽伯瑞奖由美国图书馆协会于 1922 年设立，每年一次，授予在美国出版的原创儿童文学作品，鼓励作家为孩子们创作优秀作品。这个奖项以 18 世纪英国著名出版家纽伯瑞的名字命名，这位出版家因开创了现代英美儿童文学的发展道路而被誉为"儿童文学之父"。纽伯瑞奖不奖励图画书作品，因为美国图书馆协会为图画书专门设立了另外一个奖项，那就是著名的凯迪克图画书奖。

（3）凯迪克图画书奖

凯迪克图画书奖由美国图书馆协会于 1937 年设立，每年一次，授予在美国出版的图画书，鼓励画家为孩子们创作优秀的图画书。这个奖项以 19 世纪英国伟大的插画家鲁道夫·凯迪克的名字命名，这位插画家是现代儿童图画书的先驱。

每年由美国图书馆协会从上一年美国出版的数万本童书中，选出一名首奖和三名杰作，并颁发奖章。凡是得奖作品，封面上都贴有凯迪克先生的著名插画"骑马的约翰"奖牌贴纸，金色为首奖，银色为杰作。凯迪克大奖代表童书界的至高荣誉，可谓图画书的"奥斯卡"奖。

（4）格林威大奖

格林威大奖是由图书馆协会于 1955 年为儿童绘本创立的奖项，主要是为了纪念 19 世纪伟大的童书插画家凯特·格林威女士所创设。英国格林威奖设有"格林威大奖"、"最佳推荐奖"和"荣誉奖"。虽然是英国儿童绘本的最高荣誉，但得奖者却不仅限于英国国籍的插画家，除鼓励英国本土的创作人才之外，亦不忘兼顾国际性。

2. 国内著名儿童文学大奖

（1）全国优秀儿童文学奖

全国优秀儿童文学奖是由中国作家协会主办的评奖活动，是国内具有最高荣誉的文学大奖之一。每三年评选一次，评选的体裁十分广泛，获奖作品一般不超过 20 种。评选标准坚持思想性与艺术性完美统一的原则，兼顾儿童文学中幼儿、儿童、少年三个层次。

（2）冰心奖

冰心奖创立于 1990 年，由著名作家韩素音女士倡导发起，以备受爱戴的冰心老人命名，得到了国内外文学、出版等各界人士大力支持。十几年来，它由最初的单一儿童图书奖，发展为包括图书、新作、艺术等奖项的综合性大奖，目的在于鼓励儿童文学作品的创作出版，发现、培养新作者，支持和鼓励儿童艺术普及教育的发展等。

（3）宋庆龄儿童文学奖

宋庆龄儿童文学奖是 1986 年在巴金、冰心等老一辈著名作家的热心倡导下发起的，是中宣部批准的全国性的重要奖项。它以宋庆龄益善、益智、益美的儿童教育观为指导，坚持主旋律和多样化、思想性和艺术性的统一。其宗旨为：通过表彰一批优秀作家作品，鼓励儿童文学的创作，扩大儿童文学的影响，推进新世纪儿童文学的繁荣和发展。该奖每两至三年评选一届，在社会上产生了积极的影响。奖项设有特殊贡献奖，新人奖，大奖作品，佳作奖等。

（4）陈伯吹儿童文学奖

陈伯吹先生是我国著名儿童文学家、教育家，1981 年，他捐资设立由少年儿童出版社主办的"陈伯吹儿童文学奖"，陈伯吹儿童文学奖是我国目前连续运行时间最长的文学奖项之一，对鼓励和促进儿童文学的创作、培养儿童文学作家起到了极大作用。奖项设有大奖、优秀作品奖和杰出贡献奖。

理论与实践操作

1. 每位同学选择一首自己喜欢的儿歌，并陈述你选择它的原因。（注：全班同学不要重复）

2. 请以小组形式讨论选择你们认为适合幼儿的一首幼儿诗、一则幼儿故事或一本图画书，请陈述选择的理由。

拓展学习书目

[1] 黄乃毓. 童书是童书 [M]. 南昌：二十一世纪出版社，2009.

[2] 黄乃毓，李坤珊，王碧华. 童书非童书 [M]. 南昌：二十一世纪出版社，2009.

[3] 朱自强. 经典这样告诉我们 [M]. 济南：明天出版社，2010.

关于这一节，请留下你的建议吧，谢谢！

第三节　幼儿文学作品的家庭阅读方法

本节导读

古人有言"至乐莫如读书",阅读是人心的第一道曙光。父母是孩子的第一任老师,父母的引导和阅读习惯将会影响着孩子自身阅读习惯的养成。本节旨在帮助家长树立正确的阅读理念,掌握正确的阅读策略。

小组探讨

1. 家庭阅读与学校教育之间的关系是怎样的?
2. 家庭阅读与幼儿成长之间的关系是怎样的?

一、家庭阅读的要求

为了让孩子爱上阅读,更好地开展家庭阅读,家长们可以注意以下几条要求。

(一)树立正确的幼儿文学作品阅读观

家长要从心底里认可并尊重幼儿文学作品,并且不过分强调幼儿文学作品的教育功能。有的家长总是认为幼儿的文学作品过于浅显,自己不屑于阅读。持这样心态和看法的家长无法从内心进入幼儿文学作品,对幼儿文学作品的理解也不会真正深入和正确,一方面会无形中给孩子带来一种不良的心理暗示,即这个作品并不值得去阅读,从而导致幼儿对阅读作品的兴趣逐渐递减;另一方面,也很难做到真正平等并充满感情地与幼儿交换阅读心得,从而使幼儿的阅读无法真正获得提高。事实上,优秀的幼儿文学作品是能直抵人的心灵本质的,它与年龄没有关系。所以家长需要放下姿态,站在幼儿的角度感受幼儿作品所传递的美感。

有的家长在阅读后总是寻找幼儿文学作品的教育价值,这其实也忽略了阅读本身的意义。阅读是一种强调过程而并非重视结果的活动，关键是看孩子在阅读中是否情感上获得陶冶和提升，而不是过分追求阅读的功利目的，即阅读的具体过程中不能过分强调阅读能使孩子"获得什么知识"，而应该强调阅读过程中孩子是否获得阅读的"快感"，而当经历了漫长的阅读过程后，家长希望达到的功利目的其实也能最终获得——孩子会爱上阅读，进而爱上学习。

（二）购买符合幼儿年龄与兴趣的书籍

很多家长感叹给孩子阅读书籍的时候，孩子不乐意倾听。出现这样的情况，有可能是家长的讲述方式不吸引人，也可能是书籍超越了幼儿阅读的接受水平，或者是忽略了孩子自身的兴趣爱好。故此，给孩子选书的时候要在深入了解孩子兴趣的基础上以及关注孩子的特殊性的基础上加以选择。一般情况下，0—3岁的幼儿由于年龄的缘故，适合以图为主的书籍，所以可以购买故事情节较为简单且多有重复、色彩对比强烈的图画书。另外，购买的书籍也可结合不同幼儿的性格特点进行购买。一般性格内向害羞的幼儿可以多读一些风格幽默诙谐、人物表情夸张大胆的书籍，有利于孩子性格向外向的方向变化，从而达到性格的良性发展；有的幼儿好动易躁，难有安静的时刻，则可以选择温馨感人的故事，从而让孩子养成良好的倾听习惯。所以书籍的选择是关键的一步。

（三）营造良好的幼儿阅读环境与氛围

孩子是家长的一面镜子。想让孩子爱上阅读，大人在家里也要以身作则，自己也要经常阅读，给孩子树立良好的榜样。一方面，家长可以为孩子营造阅读的外在环境。即在家中专门辟出一角来存放孩子的书籍，给孩子制造可以随时方便取阅书籍的外在条件，另一方面，制订家庭阅读守则和计划，家长可以每周或每天规定特定时间开展家庭阅读会，让家人围坐一起，关掉电视，一起拿出书籍阅读，这样有利于孩子养成对阅读的心理期待和良好的阅读习惯。

（四）阅读结束后的互相交流

积极的反馈能够激发孩子的阅读动机和兴趣。如果只单纯让孩子阅读书籍，而不交流阅读所得，或者解答孩子阅读中产生的疑惑，那么阅读的收效也会大打折扣，久而久之，幼儿阅读的兴趣也会下降。因此阅读后的交流就显得必不可少。作为家长，首先要认真倾听幼儿阅读后的感受，积极并隐性地引导幼儿正确理解阅读的内容，注意这个时候父母的身份不是权威的专家，而是孩子快乐阅读的一个分享者，其身份与孩子是平等的，其交谈的氛围是宽松自由的，甚至是松散的。其次，启发孩子思考并及时给予鼓励。孩子的认识总是有限的，很多时候他们的认识存在一些偏差，甚至没有正确领悟到作者所传递的信息，这个时候就可以采用启发的方式让孩子进一步思考，从而达到正确的阅读。另外，心理学家分析，处于幼儿阶段的孩子对自我的评价能力较低，特别容易受到外在评价的影响并以外在的评价作为自我评价的准绳。故此在启发幼儿进一步思考的同时，还要对幼儿的每一个小进步及时地给予正面的鼓励和评价，使幼儿在阅读中感受进步的快乐和产生阅读的成就感，从而让阅读获得良性循环发展。

二、具体的阅读方法

由于幼儿接受文学主要是依靠听赏来获得，即依靠成人的力量来完成阅读活动，所以幼儿阅读活动的开展大部分时候需要得到成人的配合和帮助。这一时期典型的家庭阅读方式是亲子阅读，即在家长的引领下展开幼儿的阅读活动。

（一）家长朗读式

父母的声音在每个孩子心中都是最美的。孩子在妈妈的肚子里的时候就已经开始熟悉爸爸妈妈的声音了。爸爸妈妈的声音能让孩子心灵上获得巨大的安全感和满足感，但如果家长在朗读幼儿文学作品的时候更加绘声绘色，用声音营造一个优美的故事环境，孩子就能更好地倾听家长的朗读。为此，家长朗读的时候可以尽量注意声音的处理，即声音的轻重缓急、粗细大小的处理。一般情况而言，忧伤的文字可以用缓慢低沉的声音来表现，欢快的词句则用高亢、急促的声音来朗诵；另外性格傻傻的、憨憨的角色声音上可以处理得粗犷、缓慢一点，而性格聪明机灵的角色声音上可以处理得尖细、急促一点。下面以一篇童话《给狗熊奶奶读信》为例来说明声音的处理可以更好地促进家长朗读质量的提高，让孩子更加爱上家长的声音，尤其是朗读故事的声音。

给狗熊奶奶读信

张秋生

邮递员鸵鸟阿姨,给狗熊奶奶送来了一封信。狗熊奶奶是那样的高兴,她盼信盼了好几天,她是很想念远方的小孙子的。狗熊奶奶老眼昏花,她看不清信上说些什么。她来到河边,请河马先生帮她念一念信。当河马张开大嘴,高声地读了一句:"奶奶您好!"时,狗熊奶奶就不那么高兴了:"他是这样粗声粗气地称呼我吗?连'亲爱的'也不加。这个没礼貌、不懂事的小东西!"当信中说到他想吃奶奶做的甜饼时,狗熊奶奶更不高兴了:"他就这样用命令的口气,叫我给他捎甜饼吗?这办不到!"狗熊奶奶气鼓鼓地从河马先生手中拿回信,步履蹒跚地回家了。走在半路上,她越来越想小孙子了。正巧,夜莺姑娘在树上唱歌。她请夜莺姑娘把信再读一遍。夜莺姑娘喝了点露水润润嗓子,当她念了第一句:"奶奶,您好!"时,狗熊奶奶听了浑身舒服:"小孙孙你好!虽然你没用'亲爱的',可是我从语气中听出来了,这比加'亲爱的'还要亲爱……"当念到小孙孙想吃奶奶做的甜饼时,狗熊奶奶眼眶湿润了:"这多好,我可爱的小孙子,他没忘记我,连我做的蜂蜜甜饼也没忘记,他是一个有良心的孩子……"狗熊奶奶乐呵呵地从夜莺姑娘手中接回了信,迈着轻快的步子,回家给小孙子做甜饼去了。

点评:这则童话总共出现了三个主要的角色,一个是狗熊奶奶,一个是河马,还有一个是夜莺。狗熊奶奶年纪很大,在声音的处理上总体来说,可以相对慢一点、粗一点,但注意在河马和夜莺读信后她的表现是相反的,所以还要注意声音的变化——前者是激愤、生气的语气,声音上要在总体的缓慢、粗重外,还略显高亢、急促;而后面是高兴、轻快的语气,声音在总体的缓慢、粗重外,还略显轻柔、优美。而河马的嘴巴很大,直接就处理为粗声粗气地说话,夜莺的嗓音甜美,这就需要处理得清脆、圆润。

(二)家长提问式

为了提升幼儿勤于思考、善于观察的能力,家长在和孩子开展亲子阅读的时候,可以采用提问的方式来进行。尤其是阅读图画书的时候,可以向孩子提出相关的问题,如:这幅画画的是谁啊?它在干什么?它遇到什么啊?等等。比如阅读图画书《可爱的鼠小弟》就可以让采用提问式。这种方法可以针对那些巧设机关、注重细节的书籍。另外,也可以选取那些构思精巧,结局出乎意料的故事,家长讲述时在情节出现逆转的地方戛然而止,向孩子提问:你认为接下来会怎样?让孩子猜测结局,《100只狼和一只猪》就可以采用这种方式。

（三）共同朗读式

当孩子已经具备一定的阅读能力的时候，我们可以采取亲子合作完成阅读的方式。一方面，可以以自然句和段来区分，如一人读一句或者一段等方式来展开。另一方面，也可按角色的分配来朗读，即家长和孩子以不同的角色来分配所读的内容。共同朗读式在声音的处理上与家长朗读式一样，注意声音的轻重缓急、粗细高低的变化。通过共同朗读可以让父母与孩子间的脉脉温情在家庭中氤氲而生，极大地鼓舞孩子的阅读兴趣，从而实现更好地阅读。这种方法比较普及，适合绝大多数的幼儿文学作品。

（四）表演游戏式

阅读是多元的、立体的学习。在亲子阅读中家长可以用游戏和活动的方式来实现阅读的目的，在玩玩演演、画画说说、唱唱跳跳中感受文学的魅力。其中，亲子共同表演故事是非常受孩子喜欢的游戏，通过表演重现书中角色与情节，发挥孩子想象力，激发阅读的兴趣，延伸阅读行为。戏剧表演作为一种高级游戏，是最受孩子追捧，也是最符合孩子内在需要的一种学习方式，所以采用戏剧表演的方式来开展阅读活动，也是最能获得孩子认可的阅读方式。家长在与孩子共同制作道具、共同表演中会不知不觉地激发孩子说话的欲望，巩固和强化学得的语言，提高他们的语言水平，而且，还锻炼了孩子的动手能力和空间想象力。阅读，将带给孩子精神的满足，也发展欣赏、观察、判断、表达、记忆等多元的能力。比如美国著名童话作家阿诺德·洛贝尔的《青蛙和蛤蟆》，因为角色单一，适宜家庭表演。

春天来了

〔美〕阿诺德·洛贝尔

青蛙加快脚步，跑上通往蟾蜍家的小路。到了蟾蜍家，他敲敲门，没有人答应。"蟾蜍，蟾蜍，"青蛙大声地叫，"快点起床，春天到了！""瞎扯。"屋子里传来了一个模糊的声音。"蟾蜍！蟾蜍！"青蛙又喊，"太阳出来了，雪在融化了，你该醒来了。"

"我不在家。"那个声音说。

青蛙自己开了门，走进蟾蜍的小屋。里面一片黑乎乎，所有的窗户都关着，所有的窗帘都垂着。

"蟾蜍，你在哪儿啊？"青蛙叫着。

"走开！"那个声音从屋子的一角传来。

青蛙一看，蟾蜍还躺在床上，被子蒙到头上了。

青蛙把蟾蜍推下床，又推出卧房，推到了门外的走廊上。外面的太阳好明亮，晃得蟾蜍直眨眼。

他说"救命啊！我什么也看不见了。"

"别傻了，"青蛙说，"你看见了四月明亮温暖的阳光。也就是说，我们可以开始一起度过这新的一年了，蟾蜍。"

青蛙又说："你想想看，那该多好啊。我们可以在草地上蹦跳，在树林里奔跑，还可以在小河里游泳。到了夜晚，我们就坐在这儿，数着天上的星星。"

"青蛙，我可没这个兴致。"蟾蜍说，"这会儿，我要回房睡觉去了。"

蟾蜍转身回到屋子里，跳上床，拉起被子，又要蒙头大睡。

"可是，蟾蜍，"青蛙着急了，"你会错过一大堆好玩的事情！"

"那你告诉我，"蟾蜍说，"我到底睡了多久啦？"

"你呀，打从去年十一月就一直睡，睡到现在了。"青蛙回答。

"这么说，我再多睡一小会儿，也不要紧。"蟾蜍说，"等过了五月半，你再回来，把我叫醒好了。再见，青蛙。"

"可是，蟾蜍，"青蛙说，"这样一来，我就会孤孤单单的一直到那个时候啊！"

蟾蜍没吭声，他已经睡着了。

青蛙看看蟾蜍的月历，十一月的那张还在上面。青蛙把十一月的那张撕掉，又撕掉了十二月的那张，一月的那张，二月的那张，三月的那张，撕到了四月的那张。青蛙把四月的那张也撕掉了。

青蛙跑到蟾蜍的床边。"蟾蜍，蟾蜍，快起来，现在是五月了。"

"什么？"蟾蜍说，"五月这么快就到了？"

"是啊，"青蛙说，"不信，看看你的月历嘛。"

蟾蜍看看月历，五月的那张果然在最上面。

"哇！真的是五月了！"蟾蜍说着，一骨碌爬下床。然后，他和青蛙跑到外面去，看看春天的大地是个什么样儿。

点评：分析这个故事，我们发现它多用对话来推动情节，便于开展表演。另外该故事人物较少，适合家庭表演。在角色的处理上，青蛙是能干的、聪明的，而蛤蟆是笨笨的、可爱的。扮演的时候表情动作要夸张，声音要洪亮，尽量把人物的性格融入到表演中。另外，为了增强戏剧效果，家长和孩子可以动手制作简易的青蛙和蟾蜍的头饰，便于更好地进入角色。

家长是孩子的第一任老师，在孩子的生命中，家长扮演着不可替代的重要角色。所以，要想孩子拥有良好的阅读能力，关键还是家长的努力。让我们一起徜徉在阅读的海洋中，用爱心来浇灌幼儿的成长，用书籍来塑造幼儿的灵魂！

关于这一节,请留下你的建议吧,谢谢!

第四节 幼儿文学作品的具体实践方法

本节导读

年幼的孩子因为受阅读能力的限制,不能独自阅读和理解幼儿文学作品,他们接受幼儿文学的方式是"听赏",因此成人是幼儿文学的第一阅读者,成人对幼儿文学作品的理解和演绎就显得尤为重要。不同幼儿文学文体各具特点,在演绎方法上各具特色,本节就儿歌、幼儿诗、幼儿故事、图画书和幼儿戏剧五种体裁进行具体分析,探讨幼儿文学作品的具体表现方式。

一、儿歌表演

儿歌是幼儿最早接触、最易接受、顺口易懂的短小诗歌,是活在孩子们口头的文学,能让他们充分地感受到美和乐趣。儿歌表演更是幼儿教师在幼儿园教育教学活动中的重要内容。幼儿教师应该能够根据幼儿的情绪和思维特点,恰当运用语言和体态语技巧,音韵优美、生动形象地表演儿歌。

(一)儿歌朗读

1. 显韵

儿歌的押韵一般是每逢双句的最后一字的韵母相同或相近,诗行押韵的末尾字叫韵脚,朗读儿歌时要把韵脚读得突出一些,舒展一些,将儿歌的韵律强调出来。这种朗读方法叫"显韵",否则叫"跑韵"。当然显韵也不要太突兀,要掌握恰到好处的分寸,例如《小蚱蜢》:

小蚱蜢,学跳高,(ao)
一跳跳上狗尾草。(ao)
腿一弹,脚一翘,(ao)
"哪个有我跳得高?"(ao)

草一摇，摔一跤，（ao）

头上跌个大青包。（ao）

2. 节奏

在儿歌中，有规律地出现一定数量的音节，形成一定数量的节拍，朗读起来就形成节奏。这里的节奏主要体现在语言的快、慢、断、连的变化上，通过它造成情感和情节叙述的紧、急、舒、缓。儿歌的节奏感有跳跃性，常常可以用击掌的方式反映其旋律。朗读时节奏需要适当夸大重音、停连和语气的表现，才能在稳定的节拍中形成明显变化。

3. 变化

根据儿歌内容作巧妙的语气词安排，增加朗读的趣味。儿歌的构思往往非常巧妙，在恰当的地方增加戏剧化的语气词，可以突出儿歌的表演性，增加趣味感。

（二）儿歌表演

表演包括态势语和表情跟声音的有效配合。态势语和表情是儿歌生动化、形象化的保障，恰到好处的态势语还能帮助孩子理解并记忆儿歌内容。

态势语和表情的表演要求——简单、夸张、一致。

简单是动作设计不宜过于复杂，一般是根据内容进行形象化设计，手势的出势和收势干净利落，符合节拍点。

夸张是富有戏剧化色彩的重要手段，也符合儿童喜欢夸张的心理特点。在表演中眼神和动作的夸张是初学者需要注意的难点。

一致是多次表演同一首儿歌，动作和表情尽量前后一致。孩子常常用动作来帮助自己记忆儿歌内容，是儿歌内容的提示符号，因此前后一致就显得很重要。

二、幼儿诗朗读

幼儿诗比较自由，不像儿歌那样要求句与句之间的音步和节奏对称，甚至不要求押韵。幼儿诗在形式上也比较开放，可以句无定字，节无定行。在朗诵时，要在自然的语言律动中显示出内在的节奏感和音乐美。幼儿诗可分为抒情诗和叙事诗两大类。幼儿抒情诗是幼儿心灵的直接袒露，感情色彩明显，朗读幼儿抒情诗要做到字字含情，吟诵生活之美、自然之美、童心之美。幼儿叙事诗带有浓郁的情感写人和事，朗读幼儿叙事诗，要能用声音塑造不同的人物，读出情节的童趣。

为了让孩子深入感受作品的语言美，意境美、同时也给朗读者营造更美的朗读氛围，提倡朗读时运用多种手段辅助朗读，如配乐朗读、配图朗读、表演朗读、分角色朗读等。

三、故事讲述

故事是深受孩子喜爱的体裁，识字不多的孩子都是通过听赏的方式来感受故事内容，因此成人是故事的第一演绎者。成人怎样才能讲好故事呢？生动讲述故事要注意以下几点：

（一）用声音变化刻画人物

人物刻画得好不好是故事讲述是否生动的一个关键。有的人讲故事，千人一声，听不出任何的区别，更谈不上对人物性格的刻画，让人听起来平淡无味，毫无吸引力。用声音刻画人物是在声音的变化上下功夫，声音的变化符合人物形象、年龄和性别特点，更要符合其性格特征。利用声音的高、低、粗、细、明、暗、虚、实、强、弱、刚、柔、快、慢的变化塑造鲜明的人物形象。

如讲故事《狼和小羊》，故事中两个角色的音色对比反差大，狼的形象是凶恶、残暴、狡诈、蛮不讲理的成年男性，其声音特点是：低沉、粗哑、说话力度大、蛮横。小羊是温柔、怯懦、较年幼的孩子的形象，其声音特点是：柔、细，语气间透出着急的感觉。这样的发声对比，如能在音色上确定到位，讲故事的生动性就能得到提升。

（二）叙述情节要有张有弛

叙述故事情节要紧扣"讲"字，口语化，平实自然。讲述时语气、节奏要随着情节的变化、人物的活动、情感的发展而改变。基本语气是自然、亲切，这样比较亲近幼儿，使幼儿易于接受。叙述情节时语调可以比较夸张，夸张是儿童心理的一个重要特点，也是童话等故事的重要表现手法，在讲述中运用夸张技巧，可以更好地再现故事内容。夸张的方法是：加大讲述中轻重缓急的对比幅度；夸大对停顿、重音的处理；强调不易理解的词；强调新出现的角色名称。

（三）态势语设计简单有趣

故事讲述过程中恰到好处的态势语表现，能使故事更加立体，更加生动。态势语主要出现在人物形象的塑造上，因此动作设计要与人物形象和性格特点相符合。动作表现要到位，收放自如，夸张有趣却不做作。叙述情节时手势运用较多，如掌式、指式、拳式，但切勿杂乱过多。

（四）讲故事互动增添乐趣

讲故事只顾自己一味地讲，孩子往往容易走神。有经验的讲述者会在恰当的地方穿插一些有趣的提问，以此增强互动，抓住孩子注意力。提问一般包括对刚才内容的回忆，如：他说了什么？谁出来了？有的提问能引发孩子思考，如问为什么，还有的问题可以适当引发孩子想象，如对接下来情节的猜测。

四、幼儿图画书讲述

有了一本好的图画书，我们该如何呈现给孩子？幼儿图画书的讲述主要有幼儿园集体阅读和亲子阅读两种方式。无论哪一种方式，成人都需要了解相应的讲述方法，使图画书充分发挥它的价值。

（一）先看图再看文

看图画书时成人要习惯首先从图画里去了解故事的内容，注意图画里画了什么，图画的细部与整体有何关联，前一幅图与下一幅图之间如何串联，画与画之间的串联如何铺陈出故事的情节，不忽略画面带给我们的信息。看懂图后再看文，这样才能得到一个立体丰满的故事。

（二）注重讲述的顺序

从封面开始，注意环衬和扉页，有时要结合封底。

图画书的讲述应该从封面开始。封面是预测图画书内容的主要来源。对题目的介绍、对故事内容的猜测并引起孩子阅读的兴趣，往往都是从封面开始的。例如《大卫惹麻烦》，在讲述封面时可以这样设计讲述语言：

看，他就是大卫。他在干什么？他坐在墙角，眼睛看着一个时钟。他好像被罚坐墙角了。发生了什么事？大卫惹了什么麻烦？我们一起来看这个故事吧。

环衬是封面与书芯之间的一张纸，通常一半是粘在封面背后，一半是活动的，也有人称为蝴蝶页。环衬在图画书中有时不仅仅是一张白纸或彩纸，我们要注意它所带来的信息，如《我爸爸》。环衬上画的是爸爸睡衣的花色，这件睡衣是爸爸在故事中一直穿着的衣服，是留在作者心目中印象最深的爸爸的形象。如果能引导孩子去发现，这是一件很有趣的事情。

扉页，又叫主书名页，是环衬之后，正文之前的一页，上面一般写着图书的书名，作者。讲图画书时在扉页部分可以再一次强调故事名字加深印象。有的扉页还有有趣的设计，如《大卫上学去》的扉页上，这个穿着裙子，叉着手，站在讲桌前的人是谁呢？不妨让孩子们猜一猜。

图画书作者有时会将封面和封底画成一个整体，在讲完故事后再把封面封底连起来，会让孩子更进一步体会到故事的内容，如《小黑鱼》。还有的图画书故事结局是在封底展现的，如《1只小猪和100只狼》。

（三）巧妙设计讲述语言

讲图画书可以只照着图书上的文字念吗？图画书的文字常常非常简洁，如果只按照图画书的文字来讲，很显然常常构不成一个生动的故事，信息量也不够。所以我们需要设计个性语言。

1. 个性语言的设计

个性语言，就是把自己对图画的理解变成规范完整又艺术化的语言，结合着原书的文字一起呈献给孩子。有的需要在原来的文字上增加，有的需要适当删减，如《大卫，不可以》。

讲封面时，教师可以增加对大卫的介绍：

大卫是一个五岁的男孩。他长着大大的脑袋，小小的眼睛、三角鼻子，看，还有几颗小尖牙。大卫的妈妈总是说："大卫不可以。"我们一起来看看，大卫都做了什么，让妈妈总是说这句话？

故事中大卫拿着锅具大吵大闹，图中只有一句话："大卫不要吵。"我们可以增加个性语言：

"大卫最爱玩的游戏是扮演小鼓手。瞧他,大铁锅扣在脑门上,挥舞着大铁铲敲打平底锅。当当当,我是小鼓手,哈哈哈,看我多神气!妈妈生气地说:"大卫,不要吵!""

2. 叙述者角度的变化

讲述时需要小心地选择叙述角度,即用第一人称还是第三人称。有的图画书以第一人称讲起来会感觉更有趣味,如《真正的100%女巫汤》:

孩子们,你们好,我是考克拉,是一个真正的女巫。今天啊我来讲一个我自己的故事,是关于胡萝卜大葱土豆汤的奇妙故事。我住在一片美丽的森林里,瞧,这就是我的家。有一年冬天,天气冷得厉害。我听着大风呼呼地吹着,大雨啪啪地拍打门窗,心里十分高兴,我最喜欢这样的天气。哦,在这样的天气里要是能来点热热的浓汤,那可就太好了……

3. 适当的留白

绘画技巧中讲究画面的留白,是每一个画面构图的设计巧思。讲图画书也同样要注意留白,讲述中的留白是在看故事的每一页时留时间,不点破。

留时间是孩子需要观察画面。

不点破是孩子能用眼睛看到的,不需要全部用语言讲出来,给孩子自己体会的过程。

留白的程度是多大,取决于孩子的年龄和画面理解的难易程度。如讲《疯狂星期二》最后一页:"另一个星期二晚上7点58分,奇迹再一次发生了……"教师不需要讲"猪飞上了天",在老师意犹未尽的语气中,孩子观察到的景象会令他们自己激动地喊起来:"猪,是猪飞起来了!"

(四)游戏化的互动设计

幼儿园讲图画书通常是教师面对若干个孩子讲述,每个孩子的专注程度不相同,教师需要全面调节讲述氛围,控制讲述节奏,在讲述过程中考虑适当加入互动环节,以活跃听故事现场的气氛,增加游戏性。互动通常包括卖关子似的提问、共同说出故事中重复性的语言、共同完成一个简单的动作等。

互动的设计要少而精,如果图画书讲述有过多的提问,会破坏故事的整体性,也会降低孩子看图书的兴趣。

(五)注重讲述的生动性

讲图画书如果只是干巴巴地念文字,对孩子的吸引程度也会降低。尽管图画书讲述不需要肢体语言的过多配合,但是语气和表情仍需符合儿童喜欢夸张,愿意张扬的个性特点。

人物音色的变化要丰富并有个性，甚至可以巧妙地运用语言节奏押韵等特点。如《月亮的味道》，原文是："爬到山顶，月亮近多了。可是小海龟还是够不着。海龟叫来了大象。"在讲述时可以稍作修改，增加海龟的语言：

大象大象，
快到我的背上，
我们一起摘月亮，
摘下月亮尝一尝。

（六）图书翻阅技巧得当

在家庭环境中，亲子阅读是一对一或小范围，图书摆放相对自由，只要孩子觉得舒服，家长又能看见图画书，双方可以紧紧靠在一起。幼儿园要面对集体讲述，教师首先就要考虑采用大图大字图画书。其次是教师持书不能离孩子太远，孩子看书的视线不能过高。图画书常常是背对教师的，因此要求教师对故事内容和画面情景非常熟悉。

图画书阅读不适合一人面对太多的儿童翻阅，有时不得已也会采用多媒体替代图画书。这是一种替代方法，但我们还是强调，孩子自己翻阅和接触图书是非常重要的体验。因此尽可能面对小众进行图画书的讲述，同时让每个孩子都有翻书、摸书的机会。

五、幼儿戏剧活动组织

（一）介绍故事情节

先要给幼儿绘声绘色地讲述故事情节（剧情），使他们喜爱剧中的人物，激起表演的欲望。然后由成人（教师、父母等）扮演主角，幼儿扮演配角，进行必要的语言、动作和表情示范。待幼儿对剧情熟悉后，就由幼儿扮演主角。这里所谓的示范，不是让幼儿机械地模仿成人的语言、动作或表情，如果这样，就会成为一种负担而使他们失掉乐趣。重点是让幼儿体验人物的情感，熟悉人物的对话。只要幼儿能在想象中置身于规定的情境，增加或忽略某些情节、更换台词中的某些词语都是容许的。这正是幼儿创造性的表现，应该得到鼓励。

（二）设计动作性台词

成人戏剧主要通过人物台词（对白、独白）来塑造形象，表现主题，而幼儿戏剧很少有大段对白或独白，它主要通过人物的动作（包括舞蹈）来塑造形象、表现主题。如《五彩小小鸡》就是主要靠动作来展开剧情的；《照镜子》的人物形象和主题是靠唱词配合舞蹈动作来表现的。这符合幼儿好动和感情外露的特点。即使是以对白为主的童话剧和幼儿话剧，如《小熊拔牙》、《"小祖宗"与"小宝贝"》，台词的动作性也很强，这样便于演员设计动作，吸引住好动的幼儿观众。因此幼儿戏剧十分强调动作性语言。

为幼儿戏剧设计动作性台词要注意以下几点：

1. 看得懂

每个动作的意思要明白，即必须让小观众通过人物动作看懂动作的含义。要避免增加不必要的动作，以免分散幼儿的注意力。

2. 幅度大

细微的表情动作，往往不能引起孩子的注意。《五彩小小鸡》中有这么一段：灰鼠向红蛋一扑，抱住蛋，向后一仰，四脚朝天地抱住蛋，棕鼠拖着灰鼠尾巴就跑。这一系列动作幅度大，老鼠偷蛋的形象十分生动。

3. 有变化

动作要有变化，动作节奏也要有变化。因为单调的动作、缓慢的节奏会使幼儿感到厌烦，而连续的快节奏动作又会使幼儿过分兴奋而疲劳。如《五彩小小鸡》中，在一系列追回鸡蛋、赶走老鼠的动作之后，是伴随有音乐的孵小鸡动作，节奏是缓慢的，接着又是老鹰捉小鸡的紧张追逐。这种有张有弛、有快有慢的节奏变化，既能使幼儿保持注意力集中，又不至于过分疲劳。

在幼儿戏剧的排演中，夸张的表情和形体动作也是使幼儿戏剧产生幽默感的一种方式。要注意的是，舞台动作要结合幼儿舞蹈动作，使其具有美感。动作设计的多少要恰到好处，例如在表演过程中，一般不要边做动作边说台词，这样会影响戏剧的表达。另外也不要在说台词的同时，出现背台的现象。

（三）加入音乐元素

幼儿戏剧中的音乐元素要比成人戏剧中的更为突出。它包括两个方面。

1. 台词的音乐性

台词要朗朗上口,最好是韵文,以便幼儿记诵。《小熊拔牙》的台词就十分富于音乐性。幼儿戏剧中的小歌舞形式很受幼儿欢迎,因为它的动作性强,谱了曲的唱词还能使观众加深印象。

如《小熊请客》中,谱曲的唱词几经反复演唱,待全剧结束,小观众也能跟着唱了。

2. 烘托气氛和人物形象的音乐

幼儿戏剧经常借用音乐形象来烘托气氛。在《小熊请客》中,每一个小动物出场,都伴有相应的音乐。由于幼儿对音乐的感受力较强,因此音乐形象有助于小观众对剧中形象和气氛的领悟。

(四) 夸张的服装与道具

在幼儿戏剧排演过程中,角色服装以及舞台道具不容忽视。不论服装还是道具的色彩都要鲜艳亮丽,造型要立体和夸张。如老鼠的造型注意突出它的尖鼻子、圆耳朵和细长的尾巴,尖鼻子可以用较硬的纸张折叠而成,使老鼠尖嘴猴腮的特点更真实,而它细长的尾巴可以用铜丝毛线裹成;小黄鸡用嫩黄色的金丝绒作成一件帽子衫,那毛茸茸的一身绒毛,让人一看就感觉到它的可爱;小熊用肥大臃肿的连衣裤,就把肥肥胖胖的、傻得可爱的形象塑造得活灵活现了。

背景的制作既要注意色彩,又要注意立体感。例如制作苹果树,可以将树画成平面的,而苹果做成立体的,这样可以增加真实感。幼儿戏剧中的道具制作一定要夸张。比如,在制作童话剧《"妙乎"回春》中的小猫拿的一把菜刀,就不能做成和真实生活中一样大小,而要比真实生活中的菜刀夸张三倍左右,这样才能产生幽默喜剧的效果。在色彩上也要引人注目,菜刀可以用硬纸壳来制作,外面贴上金色或银色的锡箔纸。

幼儿在游戏中最容易相信假定的前提,这是他们的心理特征使然,毫不奇怪。一把椅子可以是火车,也可以是商店的货柜,甚至是医院的手术台。因此,活动的服装道具只要多少有些象征性就够了。比如老人的手杖、解放军的帽子或木枪、小姑娘的花手帕等，剧情都是在想象中发展的，幼儿会明白可以相信什么，不应该去注意什么，从而假戏真做地去进行表演。

　　作为幼儿最喜爱的文学形式之一的幼儿戏剧，能给孩子们带来真正的快乐。而让幼儿快乐，比使幼儿明白一个道理，掌握一个知识点，学会一种技能重要得多。

关于这一节，请留下你的建议吧，谢谢！

第五节 幼儿园文学活动设计与案例

本节导读

本节主要介绍幼儿园文学活动设计的基本思路和方法,同时,结合具体活动案例来体会幼儿文学的"文学性"如何在实践中与幼儿年龄特点结合起来。

一、幼儿园文学活动设计概述

我国古代教育学家孔子曰:"知之者,不如好之者;好之者,不如乐之者。"幼儿园文学活动就是要运用更巧妙、新颖的手段调动幼儿兴趣。

在幼儿园文学活动中,经常呈现急功近利地灌输知识、以能背诵几首儿歌、讲几个故事为目的的现象。对于幼儿而言,一篇文学作品可以玩、唱、跳、说、想、演……从视、听、说、演着手,巧妙而适当地运用游戏、绘画、手工、谈话、音乐、表演、多媒体等多种形式,加深幼儿对文学作品的理解,充分激发幼儿对文学的情感体验和对情感特征的识别,才是幼儿园文学活动的真正目的。我们注重的应该是幼儿对文学作品的体验和理解。

如新诗《鱼儿的妈妈》,作品通过天色不早,鱼儿该游回妈妈身边,钓鱼的小朋友也该回家,使幼儿感受充满爱心的深情呼唤。可以采用游戏、情景表演的手段,为幼儿准备钓鱼竿,布置鱼塘的环境,孩子们在"鱼塘"边玩起钓鱼游戏,扮演妈妈的老师深情呼唤钓鱼的孩子回家,孩子们听到"妈妈"的声音,回到妈妈身边。在钓鱼的过程中,幼儿将"鱼儿"钓起来的游戏,会给他们带来成功的喜悦和自豪感;而妈妈充满爱心的呼唤:"我的孩子,快回家了"让幼儿在表演的亲身实践中,体验妈妈的爱。在文学活动中,可以采用妙趣横生而又服务于目标的教学手段，这不仅能辅助幼儿对文学作品的理解和体验，还能帮助幼儿顺利进入活动状态。

在幼儿园文学活动中，可以采取仿编、续编、故事表演等方式来感受和体会文学作品所传递的情感和主题思想。比如，选择有固定重复的框架结构的儿歌、新诗、散文，调动幼儿的个人生活经验进行扩展想象，仿编出自己的诗歌和散文段落。如儿歌《走路歌》（小班）："鱼儿走路水中跃，白鹅走路摇摇摇，兔子走路蹦蹦跳，猫咪走路静悄悄。"可以抓住小班幼儿喜欢小动物，好模仿动物的动作特点对作品进行仿编。

另外，可以选取幼儿喜爱的故事题材来进行续编活动。活动中，通过实物、情景启发、触动幼儿敢想、敢说的求知欲，联系生活实际展开丰富的想象，找到解决问题的好办法，并引导幼儿将所想出的办法迁移到故事角色身上，体现角色间对话和心理活动，从而为故事创编出一个富有情节的、较为合理的故事结尾。为了让幼儿有更充分的理由说明自己对故事结果的猜想，教师还可以让幼儿回家续编，并在每日午餐前的"表演会"时讲述给大家听。

故事表演一直是幼儿比较喜欢的活动形式。可以选择幼儿熟悉的故事、诗歌、散文等作品为蓝本展开表演活动。孩子们在老师提供或自己制作的道具、场景下，按自己的理解，运用对话、动作、手势、表情等手段来扮演各种角色表现情节。如在表演《小灰老鼠的故事》活动中，每个孩子选择自己喜欢的角色，扮演小老鼠、巨人、叶子、小老鼠的朋友。虽然，故事中没有提到小老鼠有些什么朋友，但是在他们会想象到小兔、小花狗、青蛙、鸭子……幼儿结合已有经验，展开想象的翅膀，在一个能使他们想说、敢说、喜欢说、有机会说的环境中，自由尽情地抒发情感，积极主动地模拟表演，乐学不倦。

幼儿园文学活动的方式多种多样，这里列举一些案例供大家参考。

二、幼儿园文学活动案例

（一）幼儿诗歌活动设计案例

活动设计：朱红娟　重庆市新村幼教集团工商分园

活动内容：一排鸭子

活动班级：小班

活动目标

① 在游戏中感受儿歌带来的快乐，培养幼儿对文学作品的兴趣。

② 喜欢用普通话大声有节奏地朗诵儿歌。

③ 能用动作表现、感知儿歌中的叠音词：歪歪，拍拍，晒晒，伸伸，吃吃。

活动准备

1. 物质准备

场地布置——青菜地一片，小鸭头饰——与幼儿人数相等，鸭妈妈头饰一个。

2. 经验准备

初步了解小鸭子的特点。

活动重点

能用普通话大声有节奏地朗诵儿歌。

活动难点

能用动作表现理解儿歌中的叠音词：歪歪，拍拍，晒晒，伸伸，吃吃。

活动过程

1. 开始部分：进入情境

（1）情景导入

教师学鸭叫，引幼儿进入角色。

师："嘎嘎，（鸭妈妈）我的鸭子宝宝们在哪里呢？"（幼："在这里"。）

师："鸭宝宝，今天的太阳真好，妈妈带你们去晒太阳，好吗？我们小鸭子排好队伍，做一群神气的小鸭子。"

（2）感知儿歌

教师与幼儿一起矮矮、歪歪地学小鸭子走走，拍拍翅膀，晒晒太阳，帮助幼儿体验与妈妈一起游戏时高兴的情绪。（这时鸭妈妈一时高兴念起了儿歌，第二遍时如果有幼儿跟念就抓住教育契机，为儿歌内容理解做铺垫）"宝贝们，你们也喜欢念这首儿歌呀，那就跟妈妈一起念起来吧！"

师："宝宝们，你们看，那边有一片菜地，跟妈妈一起去吃青菜好吗？""鸭宝宝们，你看，这里有一条小河，要过了这条小河才能到达菜地，和妈妈一起踩水过去吧，踩水的时候要注意安全哟。"（教师带幼儿快节奏地念儿歌）

2. 基本部分：感受儿歌

（1）感受儿歌乐趣

过了小河，上岸了就用慢节奏念儿歌，带幼儿到菜地吃青菜。

师："宝贝们，天快黑了，跟妈妈高高兴兴地回家吧。"（带着幼儿念着儿歌回家）

（2）体味儿歌的情感

师：宝贝们，你们喜欢这首儿歌吗？你们觉得这首儿歌哪里最好玩呢？"宝贝们，刚才妈妈念的这首儿歌你们知道是谁教妈妈的吗？是鸭婆婆教我的。鸭婆婆很喜欢这首儿歌，无论是白天还是睡觉，她都会念这首儿歌。今天，宝贝们睡觉的时候，妈妈也轻轻给你们念这首儿歌。（鸭妈妈随摇篮曲的曲调给幼儿完整念儿歌两遍，声音慢慢减弱。）

幼儿再次欣赏儿歌：翅膀拍拍，太阳晒晒，伸伸脖子，吃吃青菜。一排鸭子，个子矮矮，走起路来，屁股歪歪。

（3）指导儿歌表演

师："宝宝们，天亮了，跟鸭妈妈一起去锻炼锻炼吧？""我们一起来做做鸭子操。"（教师带幼儿结合儿歌做两遍早操，强调儿歌中的动词歪歪，拍拍，伸伸，吃吃）

第一遍完整夸张地表演，第二遍强调动词做动作。

师："宝宝们做了早操，跟妈妈去吃吃早餐吧。"（带幼儿念儿歌吃青菜）

3. 结束部分：表演儿歌

（1）激发表演欲望

师："（电话铃响，引起幼儿注意）宝宝们，电话来了，我们一起来听是谁打来的电话。"（教师与电话人表演对话）

师："刚刚妈妈接到家里打来的电话，说有客人来了，要我们赶快回家接待客人。"（教师带幼儿念儿歌回家。）

师："宝宝们，你们看，来了这么多客人，来我们给客人打招呼吧！我们一起来表演鸭子操给客人们看，表示我们对客人的欢迎，好吗？"（幼儿集体表演儿歌）

（2）结束欣赏活动

师："客人们，宝宝们表现好吗？""今天宝宝们表现得真棒，我的宝宝们也玩累了哦，身上出了很多汗，现在妈妈带你们出去游泳，好吗？""跟妈妈一起把我们刚才的儿歌念起来，走到游泳池去了。"（带幼儿整齐地念儿歌退场）

点评

《一排鸭子》这首儿歌短小活泼，语言简明，韵律响亮。儿歌运用拟人、夸张等表现手法,刻画了妙趣横生的鸭子形象,适合小班幼儿的年龄特点,很容易被幼儿接受。

小班幼儿对情景游戏很感兴趣,在本次活动中,教师抓住幼儿这一主要特点,采用情景游戏的方法组织活动,让孩子们在玩中学,学中玩,真正达到有教无痕。

附儿歌原文:

一排鸭子
谢武彰

一排鸭子,个子矮矮,走起路来,屁股歪歪。
翅膀拍拍,太阳晒晒,伸伸脖子,吃吃青菜。
一排鸭子,个子矮矮,走起路来,屁股歪歪。

(二)幼儿故事活动设计案例

活动设计:王涛 重庆市万州区天福幼儿园
活动内容:聪明的小羊
活动班级:小班

活动目的
① 了解故事内容,掌握故事情节及角色对话。
② 能用语言、动作、表情展现小羊聪明又勇敢的角色形象。
③ 在情景表演中感受集体表演的乐趣。

活动准备
狼、小羊图片、故事光盘。

活动过程
1. 创设情境

出示狼和小羊的图片,引导幼儿想象故事情节,为幼儿了解文本情节做准备。

问题引导:大灰狼要吃小羊,小羊会怎么办?如果你是小羊会想到哪些办法?

小结引导：小朋友想了这么多的办法，让小羊躲过了危险，你们真聪明。不知道我们故事中的小羊有没有这么聪明，让我们一起来欣赏故事——聪明的小羊。

2. 欣赏故事

播放光盘，欣赏故事内容，通过熟悉角色对话，熟练掌握文本的情节，为故事情景表演做准备。

（1）欣赏故事，了解内容

问题引导：小羊想了什么办法逃出来的？

（2）熟悉角色对话，掌握文本情节

问题引导：

① 小羊想了吃东西的办法，它是怎么说的？狼是什么表现？用语言、动作、表情表现出来。

② 小羊假装肚子痛，是怎么说的？狼是什么表现？用语言、动作、表情表现出来。

小结引导：小羊在危险面前临危不惧，从容地想办法救出了自己，真是一只聪明又可爱的小羊。狼自以为自己聪明，结果却让小羊逃走了，真是一只又蠢又笨的狼。

3. 角色扮演

以老师扮演老狼为引，引导幼儿自发扮演聪明的小羊，进入情境表演，通过角色表演，让幼儿充分感知小羊聪明又勇敢的角色形象，在情景表演中感受集体表演的乐趣。

① 老师扮演狼，幼儿扮演小羊，感受小羊聪明、勇敢的形象。

② 老师扮演小羊，幼儿扮演狼，让孩子在老师扮演的小羊角色中感受不一样的角色形象。

③ 找一个小伙伴，自选角色分别表演故事情节，深入感知各具特色的小羊形象，感受和小伙伴一起表演的快乐。

4. 活动结束

点评

这是一篇小班下期的童话故事，可怜的小羊被凶恶的狼抓住了，这只聪明的小羊却在危险面前临危不惧，从容地想办法，逃了出来。小羊的聪明反衬出狼的愚蠢，看到这样的故事内容和角色形象，真是让人忍俊不禁。

这个活动文本选择是幼儿喜欢的，设计符合幼儿兴趣点。一是狼和小羊的角色形象是孩子们熟悉的，符合孩子的年龄特点，有很多这方面的已有经验（比如看过《喜羊羊与灰太狼》或听过有关的故事），所以他们喜欢并有信心表演；二是故事情节简单好掌握，内容符合孩子同情弱者的心理；三是角色对话有趣，孩子们愿意去表演；四是和小伙伴一起表演出各种形象的小羊非常有趣，孩子们觉得很快乐。

所以幼儿教师在文学作品的选择上要注重已有经验、年龄特征、难度适中、有趣味性等方面，即可解决孩子在活动中的兴趣问题。

附原文：

聪明的小羊

狼在雪地里抓住了小羊。狼好高兴，准备把小羊带回家好好吃一顿。

小羊见路上都是积雪，没办法逃走，只好跟着狼走。走到半路，小羊停下来对狼说："狼大哥，我肚子好饿，想吃点东西。"

狼想，吃吧吃吧，反正你也逃不了，就同意了。

小羊走到路边的野果树前，嘴巴不停地动着——其实，小羊一点都没吃。

小羊回到狼面前，对狼说："真好吃，真好吃。"狼总算把小羊带到了自己的家门口。

狼想，现在该我说"真好吃"了。这时，小羊突然大叫了起来："哎哟，哎哟。我肚子痛死了，野果子有毒。狼大哥，我受不了啦，求求你，快把我吃掉吧！"

狼听了，心理"咯噔"一下：好险，幸亏我没吃小羊。狼得意地对小羊说："什么，让我吃你？让我也肚子痛？哼，我没那么笨！"狼说罢走进自己的房间，"砰"地关上了门。

聪明的小羊高高兴兴地回家啦。

（三）幼儿散文活动设计案例

活动设计：王小兰　霍宇　重庆市新桥医院幼儿园

活动内容：落叶和树

活动班级：大班

活动目标

① 理解美文内容，体验、感受落叶和树之间的情谊，有感情地朗诵美文。

② 用指偶分角色扮演"落叶"和"树"，喜欢并大胆进行表演。

③ 养成良好的合作表演能力。

活动准备

1. PPT 图片两幅

一幅树和黄黄的树叶图、一幅树叶飘落图。

2. 指偶

树和落叶，每个幼儿一对。

3. 背景音乐

活动过程

1. 谈话引入，了解落叶和树的关系，感受落叶和树的友谊

（1）欣赏 PPT 图片，请幼儿观察

问：这是什么季节的树呢？为什么？（秋天，叶子黄了、枯萎了）

老师总结：秋天，树叶变枯了，变黄了，快要脱落了。

（2）欣赏 PPT 图片，边朗诵：枯黄的叶子，随风悠悠地离开了枝头，飘落在地上

问：落叶会飘落到哪儿去呢？会变成什么样呢？（帮助幼儿理解落叶的作用）落叶和大树要分开了，猜猜他们会对对方说些什么呢？（幼儿自由发言，帮助幼儿理解他们的友谊）

2. 理解欣赏美文，学习朗诵美文

师：他们究竟会对对方说些什么呢？请小朋友们认真仔细地听一听。

（1）完整欣赏美文（背景音乐）

提问：树对落叶说了什么？落叶又对树说了些什么呢？你们的心里又会有什么样的感受呢？你觉得落叶和树是好朋友吗？为什么？

（2）学习朗诵美文

① 跟诵一遍；

② 出示指偶，再次欣赏；

③ 幼儿用指偶扮演角色落叶和树，学习有感情地朗诵美文。

3. 分角色表演美文

（1）师、幼互动分角色表演朗诵

（老师扮大树，幼儿扮落叶）

（2）男、女互动分角色表演朗诵

（男扮大树，女扮落叶）

（3）幼儿两两互动分角色表演朗诵

（自主商量扮演角色）

4. 结束

把这篇好听的美文朗诵给外面的落叶和大树听。

点评

《落叶和树》这篇美文主要是以"落叶"和"树"的对话让幼儿感受它们之间的关系和友情，"我们永远是好朋友"是美文传递的中心思想。活动设计中，教师运用了多种方式方法，调动幼儿的学习兴趣。例如，为了让幼儿有更直观的体验，教师应用"落叶"和"树"的指偶，帮助提高幼儿学习这篇美文的兴趣。在活动过程中，教师还运用了谈话、音乐伴奏下的朗读方式以及幼儿用动作表演的方式，让幼儿更好地理解落叶和树的关系，感受落叶和树分别时的情绪体验，充分让幼儿感受、体验好朋友之间那种依依不舍的情感。

在这个文学活动设计中，还体现了文学活动注重文学性的特点。通过引导幼儿循序渐进学习幼儿文学作品，让幼儿感受美、体验美、享受美，而不是简单地向幼儿朗诵作品，让这种美的熏陶在幼儿的脑海中留下印迹，潜移默化地影响幼儿的心灵。

附原文：

落叶和树

洪敬业

秋天，树叶变枯了，变黄了，快要脱落了。

枯黄的叶子，随风悠悠地离开了枝头，飘落在地上。

树对落叶说："老弟，咱们快要分手了，谢谢你替我出了那么多的力。"

"不用谢。"落叶慢慢地说，"我们还会在一起的。我将要被雨水融化，钻进泥土，化为养料，继续滋润你的根部，让你来年长出更多更绿的叶子。"

"是啊！"树说开了，"你为我无私地奉献出一切，没有你，哪来明年一个充满生机的全新的我呢？我们永远是好朋友。"

（四）幼儿戏剧活动设计案例

活动设计：付同林　重庆市巴蜀幼儿园

活动内容：天亮了再玩

活动班级：小班

活动目标

① 在老师提示下有意识地用不同的动作或音调扮演角色，并用适宜的音量和较完整的对话参与戏剧表演。

② 在音乐控制下能较快地用头饰装扮自己准备游戏，并能收放道具。

③ 愿意主动参与，体验扮演动物角色参与戏剧表演的乐趣。

活动准备

1. 物质准备

① 头饰：小猪6个，小兔4个，小狗4个，蝴蝶4个，公鸡2个。

② 位置：弧形，桌子上贴头饰提示家和凳子。

③ 音乐光盘《森林里的童话》的结尾片段，在天亮后出来玩时播放。

④ 教师角色扮演：小猪、小兔、小狗、小蝴蝶、公鸡。

⑤ 场景布置：森林背景（树、草丛等）、各个动物的家。

2. 经验准备

熟悉故事。

活动过程

1. 以邀请客人导入活动，分析表演的要点

（1）扮演角色的教师躲在背景后模仿声音

师："今天，老师给你们请来了几位特别的客人，眼睛闭上，让我们一起来猜猜他们是谁，好吗？"

教师发出不同叫声后，提问：猜猜有哪些动物？你是怎么知道的？

（2）动物入场，用不同的方式介绍自己，对比发现角色的不同

① 观看动物作自我介绍

各个角色要一直做好自己的动作：小猪边说边做动作，声音粗重；小兔声音很小很

小；小狗表现出活泼的样子；花蝴蝶声音甜美；公鸡声音很洪亮。

提问：他们是哪个故事里的角色？

一起来听听他们是怎么介绍自己的。

② 分析角色特点

提问：他们在介绍自己的时候有什么不一样？

预设幼儿的回答：小兔的声音太小，X是这样做的，他们的耳朵不一样等。

小结：原来我们要让别人喜欢看你的表演，不仅要做动作，还要大声的说话，这样大家才听得很清楚。告诉你们个秘密，在舞台上说话时声音说得不大也不小，这在戏剧表演里叫音量。只有你的音量大大的，别人才听得清楚。

师：小兔，你愿意用适宜的音量再来介绍一次吗？

（3）幼儿变动物，找朋友并介绍自己

师：你们会向他们一样用适合的音量来介绍自己吗？我们一起来变这里的角色吧！

念魔语：魔法变，魔法变，魔法变变变。幼儿变成各种动物角色。

师：你是谁？点评有音调变化或者动作不同的幼儿。

小动物上台介绍自己。

师：小猪小猪（小兔、蝴蝶等）在哪里？小猪小猪快上来？幼儿边说边模仿角色集体走上台和老师扮演的角色一起面对大家介绍自己。

教师根据入戏情况点评：你用声音告诉大家你是一只XXX，真棒！你入戏了；你的动作坚持得好，也能让大家看到你扮演的角色——

2. 回顾故事，分析对话

（1）教师表演故事

这些小动物还给我们带来了节目呢！请欣赏童话剧《天亮了再玩》。

教师们表演时，用灯光进行配合。天黑时关灯，天亮时开灯。

（2）分析对话

提问：晚上，小猪找了哪些小动物玩？他是怎么说的？谁来学学小猪？

小动物们是怎么回答的？谁来用较夸张的动作和不大不小的音量学一学。

小结：欢迎自己，你们学得真好！不仅有大大的声音，还有夸张的动作呢！有的小动物还表现出了不一样的动作。

3. 幼儿独立表演

师：那你们愿意来挑战老师们，比刚才表演得更好吗？谁愿意来试一试？

（1）装扮角色

教师弹一遍音乐，结束后看各角色是否在指定的地方准备好。

（2）幼儿表演

① 提出表演要求

用自己的动作表现独特的小动物；看看谁能一直坚持做好自己角色的动作；音量大，要是有不同的声音（语调）表现角色的对话就更好。

② 在教师旁白的提示下配合灯光表演故事

提示幼儿音量和不背台。

（3）幼儿评价

表演结束后不取头饰，坐到位置上点评。

提问：你觉得自己哪里表演得好？

请幼儿在大家面前展示。谁还有比他做得更好，音量更合适的角色呢？请幼儿为大家展示一下。

教师还可以根据表演中发现的亮点，邀请幼儿来展示。

在规定时间内放回道具，重新选择道具交换角色再次游戏。

教师：下面我们来交换角色，看看谁比刚才表演得更好？有信心比刚才表演得更特别吗？

点评

小班初期教师力图通过喜欢的小故事作为载体引导幼儿愿意用普通话参与表演，并逐步向语言动作同构的目标发展，减少幼儿在日常生活中以动作代替语言的表达方式。针对《指南》精神提出的"能用声音、动作模拟情景以及爱观看戏剧表演"的幼儿目标。本次活动设计体现以下几个特点。

① 文本选择符合幼儿年龄特点，重复不仅是幼儿文学中常常运用的表现方式，也是小班幼儿喜欢且便于接受的方式。

② 示范表演，激发模仿愿望。通过教师的表演给予幼儿模仿的对象，体现小班模仿

式学习，同时通过角色扮演时某个较差表现的对比，激发幼儿寻找方法，逐步积累对角色处理的经验，不断超越自己。

③ 道具少而方便幼儿自己操作和对减少对表演的干扰；同时运用音乐控制法提示幼儿快速的装扮自己，用道具分角色解决了幼儿分角色的合作问题。

④ 重点围绕用适宜的音量和夸张的动作展开突破，意图逐步突破语言和动作同构。对小班幼儿，首先突破大声说话，才能为后期根据不同角色或情境调整音量作准备。

附原文：

天亮了再玩

森林里有许多的小动物，天黑了，他们都回家睡觉了，可小猪还想出去玩，小猪去找小兔，他对小兔说："小兔，我们出去玩吧！"小兔说："天黑了，我要睡觉了，等天亮了再玩吧！"

小猪去找小狗，他对小狗说："小狗，我们出去玩吧！"小狗说："天黑了，我要睡觉了，等天亮了再玩吧！"

小猪去找小蝴蝶，他对小蝴蝶说："小蝴蝶，我们出去玩吧！"小蝴蝶说："天黑了，我要睡觉了，等天亮了再玩吧！"

小猪想：天黑了，大家都要睡觉了，我也应该回家睡觉了。

第二天，天一亮，小猪就起来了，他大声喊："小兔，小狗，小蝴蝶，天亮了，我们一起出去玩吧！"小兔，小狗，小蝴蝶说："好！我们一起出去玩吧！"他们一起在森林里玩得真高兴。

（五）幼儿图画书的活动设计案例

活动设计：李欣　重庆市巴蜀幼儿园

活动内容：锡制的森林

活动班级：大班

活动目标

① 熟悉并理解绘本内容，了解老爷爷和森林之间的关系。

② 能仔细观察画面，并通过交流、讲述的方式表达自己对画

面的情节的理解。

③感受老爷爷为了梦想而不断努力的信心与勇气。

活动过程

1. 提问绘本封面导入

师：这本书的封面有点特别，和我们平时看到的图书封面有一些区别，它给你什么样的感觉？

幼儿一："我觉得这个封面让我感觉鲜艳的颜色正在消失，好可怕啊！"

幼儿二："灰色在我的眼前，让我觉得暴风雨就快要来临了！"

幼儿三："我看到封面上所有的东西都是灰白色的，只有花是彩色的，这让我很担心，那些灰色的东西是不是都死掉了。"

2. 幼儿自主阅读

①师：这是我们文中的主角，你觉得他是一个什么样的老爷爷？你是怎样看出来的？"

幼儿一："他是个善良的老爷爷，因为他的周围有黄色的灯光，看上去很温暖。"

幼儿二："他在读一本鸟语花香的书，说明他很喜欢动物。"

②师：老爷爷在白天都在忙些什么，谁能有序的将为大家讲讲吗？先、再、然后这些词可以帮你讲得更有序。

幼儿一："他是搜集废品的人吧，我们小区搜废品的叔叔就是搜集这些东西。

师：谁能有序地为大家讲讲老爷爷的工作，先、然后、再这些词可以帮你说得更有序。

幼儿二："老爷爷先把废旧的东西抬到一起，再用车拉到一个地方堆起来，然后把垃圾进行分类。"

③师："你觉得锡制的森林前后有什么变化？为什么会有这种变化？

幼儿一：颜色上不同，前面的森林是灰色，是冷冰冰的，可怕的；后面是五彩缤纷的、热闹的，我喜欢后面的森林。

幼儿二：开始的森林像个可怕的梦，很孤独；后面的森林像热闹的动物园。

3. 教师小结

师：老爷爷在这样冰冷可怕的地方，他如果没有那个像他读的书里一样五彩缤纷的梦想，没有自己执着的坚持和努力，会有后面这片美丽的森林吗？

我们不管在什么地方，什么时间，只要心中有个小小的希望和梦想，就像我们种的小种子，用我们的努力为它浇水施肥，总有一天它会实现的哦！

点评

《锡制的森林》，一本在视觉上带给人很大冲击的绘本，肃杀的灰色弥漫整个页面，石版画特有的笔触渲染出故事悲凉的前调，同后面梦幻般绚丽的场景形成鲜明的对比。一个老人用自己执着的信念和双手实现自己梦想的过程，能让孩子通过读图理解，这是阅读时的重点。教师在活动过程中，能根据图画书的情节和幼儿的生活经验和情感体验巧妙设问，环环相扣。

该活动实录了幼儿的语言，目的是让大家了解幼儿对于作品敏锐的观察力和丰富的感受力。阅读是多通道引导幼儿感知不同生活，体会丰富情感，欣赏多种艺术表达的媒介；也是让幼儿乐于表达，平等对话，敢于展示的平台。幼儿通过对图画书的细细品读，从文字，到画风，到色彩，体会藏在童趣故事里的人生真意。

关于这一节，请留下你的建议吧，谢谢！

参考文献

[1] 黄云生.人之初文学解析[M].上海：少年儿童出版社，1997.

[2] 朱自强.儿童文学概论[M].北京：高等教育出版社，2009.

[3] 金波.幼儿的启蒙文学——金波幼儿文学评论集[C].南宁：接力出版社，2005.

[4] 方卫平，孙建江.浙江儿童文学60年理论精选[C].杭州：浙江少年儿童出版社，2009.

[5] 林良.浅语的艺术[M].台湾：国语日报，2011.

[6] 朱自强.经典这样告诉我们[M].济南：明天出版社，2010.

[7] 丰子恺.丰子恺文集.艺术卷第2卷[G].浙江：浙江文艺出版社，1992.

[8] 朱光潜.文艺心理学[M].合肥：安徽人民出版社，1987.

[9] 许央儿.论幼儿文学接受的游戏性特征[J].学前教育研究.2006.

[10] 黄进.游戏精神与幼儿教育[M].南京：江苏教育出版社，2006.

[11] 中国作协儿童文学委员会.光荣和使命——2004全国儿童文学创作会议论文集[C].济南：明天出版社，2005.

[12] 张美妮，巢扬.幼儿文学概论[M].重庆：重庆出版社，1996.

[13] 郑荔.儿童文学[M].南京：江苏教育出版社，2009.

[14] 周忠和.俄苏作家论儿童文学[M].河南少年儿童出版社，1983.

[15] 班马.中国儿童文学理论批评与构想[M].武汉：湖北少年儿童出版社，1990.

[16] 贺宜.幼儿文学随笔[M].上海：少年儿童出版社，1987.

[17] 王国维.人间词话[M].北京：中国人民大学出版社，2011.

[18] 老舍.文学概论讲义[M].上海：复旦大学出版社，2004.

[19] 〔法〕卢梭.《爱弥尔》[M].北京：北京出版社，2008.

[20] 蒋风.中国儿童文学发展史[M].上海：少年儿童出版社，2007.

[21] 吴其南.中国童话发展史[M].上海：少年儿童出版社，2007.

[22] 韦苇.外国儿童文学发展史[M].上海：少年儿童出版社，2007.

[23] 方卫平，王昆建.儿童文学教程[M].北京：高等教育出版社，2004.

[24] 王泉根.儿童文学教程[M].北京：北京师范大学出版社，2009.

［25］郑克鲁．外国文学史［M］．北京：高等教育出版社，1999．

［26］洪汛涛．童话学［M］．合肥：安徽少年儿童出版社 1986．

［27］彭懿．走进魔法森林［M］．北京：外语教学与研究出版社，2010．

［28］梅子涵．阅读儿童文学［M］．上海：少年儿童出版社，2005．

［29］王林．幼儿文学［M］．北京：人民教育出版社，2005．

［30］张之路．中国少年儿童电影史论［M］．北京：中国电影出版社，2005．

［31］林文宝，陈正治等．幼儿文学［M］．台湾：台湾五南图书出版公司，2010．

［32］颜慧，索亚斌．中国动画电影史［M］．北京：中国电影出版社，2005．

［33］瞿亚红．论幼儿文学［M］．北京：高等教育出版社，2007．

［34］周杰人，李杰．学前儿童文学［M］．上海：华东师范大学出版，2009．

［35］〔日〕松居直．幸福的种子［M］．济南：明天出版社，2007．

［36］郝广才．好绘本，如何好［M］．南昌：二十一世纪出版社，2009．

［37］彭懿．图画书阅读与经典［M］．南昌：二十一世纪出版社，2006．

［38］张金梅．浅谈怎样选择低幼读物［J］．早期阅读，2005．

［39］彭斯远．中国儿童文学悖论［M］．长春：时代文艺出版社，2010．

［40］彭斯远．叶君健评传［M］．太原：希望出版社，2004．

［41］王泉根．现代中国儿童文学主潮［M］．重庆：重庆出版社，2000．

［42］朱自强．中国儿童文学的走向［C］．上海：少年儿童出版社，2006．

［43］陈丹辉．幼儿教师语言训练［M］．北京：高等教育出版社，2010．

［44］黄云生．琐事、灵魂及童话品格——呆向真儿童小说散论［J］．浙江师范大学学报，1993．

［45］教师进修教材协编委员会．幼儿文学［M］．上海：上海教育出版社，1987．

［46］王泉根．新时期儿童文学研究［G］．石家庄：河北少年儿童出版社，2004．

［47］于虹．儿童文学［M］．北京：人民教育出版社，2004．

后 记

从 2006 年开始建设校级精品课"幼儿文学"至今，时间已经滑过了近七个年头。也许人生由许多个七年组成，但这七年对于我而言却不一般。七年的坚持不懈，让我真正走进了幼儿和幼儿文学。

在这七年里，我和团队成员脚踏实地地建设"幼儿文学"这门校级精品课。验收时，别人只有一张纸，我却抱着六个沉甸甸的资料盒子，并以市级精品课的标准结题。虽然以优秀的成绩结题，但是在申报市级精品课时，成功的那门课程不是"幼儿文学"，而是一门建设时间不足半年的课程。但是我告诉自己和团队成员：只要努力，是金子总要发光！很多事情是功到自然成的。

2008 年，我们成功申报了重庆市重点教改课题"高等师范院校儿童文学系列课程教学改革研究与实践"。经过三年兢兢业业的不懈努力，在 2012 年的验收检查中，得到了外校专家的高度评价。专家说，一看材料，就知道是做的实事！"做实事"是我们团队的一贯风格和工作准则。在这期间，我个人还参加重庆市广播电视大学的"幼儿文学"课程的录像拍摄。

2012 年 3 月，我们有机会参加市级精品视频公开课的申报工作，要求在 15 天内拍摄出不少于五讲的"幼儿文学"课程内容。好在我们有前几年的丰富积累，我和我的团队如期完成了课程录像。经过激烈的竞争，不断的整改，今年 4 月，"幼儿文学与幼儿成长"五讲课程作为"中国大学视频公开课"，挂在了国家教育部、财政部"十二五"期间启动实施的"高等学校本科教学质量与教学改革工程"支持建设的高等教育课程资源共享平台——"爱课程"网上。

在这七年里，在中国作家协会儿童文学委员会、陕西人民美术出版社的大力支持下，我们共同义务为重庆市一线幼儿教师开展了幼儿文学相关培训达 52 次。

在这七年里，我们一步一个脚印，做着一件又一件"实事"。今天，这本《幼儿文学》教材即将由北京大学出版社出版了。这本教材尽管称不上经典，但它是我们在幼儿文学教学研究中长期辛勤耕耘的结晶，我们倍感欣慰。我想，只要一如既往地"做实事"，我们在将来，还会做得更好。

《幼儿文学》一书的编写有以下三个特点。

其一，此书编写的目的性和针对性很强。

该书不单是大学教育学院的教材，同时也是幼儿园教师和幼儿家长的最好读物。《幼儿文学》不单是文学理论书籍，同时它也在和千家万户读者大众探讨一个最受关心的社会问题——幼儿教育的文化读物。幼儿教育如同幼儿哺乳一样，是特别讲究乳制品的营养性和哺乳量的。由此，使我们想到已故文学大师茅盾在谈儿童文学创作时曾说过的一段话："母亲在哺乳幼儿时一定要掌握进食的分寸，比如什么年龄该喂多少奶，什么年龄该吃米饭甚至添加一点粗粮，都是有一定之规的。违背了这个规律，就会让身体柔弱的幼儿生病。为低幼孩子创作文学作品，也要像母亲哺乳那样严格掌握作品的内涵容量，否则，即便艺术技巧再高明，那过于高深或玄妙的主题内涵，也是会遭到小读者排斥和抵制的。"《幼儿文学》一书就秉承着这一理念，来为相关专业的大学生、幼儿园教师和幼儿家长支招并传授幼儿文学原理。

其二，作为一本大学教材，《幼儿文学》特别强调本书与读者，即学校师生之间的教学相长与互动关系。

在体例安排上，一反传统的课堂教学模式，即老师在课堂上讲课，学生听为主，老师布置作业，学生回家练习；而采取"翻转课堂式教学模式"，这是从英语"Flipped Class Model"翻译过来的术语，一般也被称为"反转课堂式教学模式"。这种教学模式，力求以学生为本位，发挥读者自身的学习主观能动性。这种教学模式下，学生在课堂外完成知识的学习，而课堂变成师生之间和学生与学生之间互动的场所，包括答疑解惑、知识的运用等，从而达到更好的教育效果。该教材在导读之后设置了"小组探讨"，让学生在课堂教学之前先完成相应的思考。

另外，该书在每页右侧留出一定空白，让读者可以极其方便地写下自己的阅读感受和见解。在每一章末尾，也设置了便于学生反馈关于教学建议和批评的专用页，这都为实现教与学、编者与读者之间的直接对话交流提供了平台。

其三，在幼儿文学的文体教学方面，既注重儿歌、散文、寓言、童话、故事和戏剧等多种体裁的系统品评与赏析，又特别突出具有表演性的儿童戏剧和具有强烈视觉功能的图画书的讲解与介绍。幼儿戏剧及其动画片的制作和表演、图画书的色彩和线条处理，都是孩子特别感兴趣的。我们坚持与时俱进的观念，竭力将国外、我国台港澳与内地的上述艺术门类加以对比研究分析。

本书的第一章，第三章的第五、六节，第四章的第一、三、四节的部分和第二、五节全部由瞿亚红编写；第二章的第一、三节，由唐英和瞿亚红共同编写；第二章的第二节、第三章的第二节、第四章的第一节的部分、第三节的全部由黄轶斓编写；第三章的第一节、

第四章的第一节的部分，由吴晓云编写；第三章的第四节、第四章的第一、四节的部分，由谭雪莲编写。第三章的第三节、第四章的第一节的部分，由付东生编写。真诚感谢团队成员的辛勤付出！

瞿亚红 2013 年 7 月 10 日于大学城集贤楼 510 室